HEYNE BÜCHER

W0337488

SCIENCE FICTION

Herausgegeben
von Wolfgang Jeschke

Von Alfred Bester erschienen in der Reihe
HEYNE SCIENCE FICTION & FANTASY:

Die Rache des Kosmonauten (auch: Tiger! Tiger!) · 06/3051
Demolition · 06/3670

In der BIBLIOTHEK DER SCIENCE FICTION LITERATUR:

Tiger! Tiger! (auch: Die Rache des Kosmonauten) · 06/24

ALFRED BESTER

DEMOLITION

Roman

Science Fiction

Neuauflage

WILHELM HEYNE VERLAG
MÜNCHEN

HEYNE SCIENCE FICTION & FANTASY
Band 06/3670

Titel der amerikanischen Originalausgabe
THE DEMOLISHED MAN
Deutsche Übersetzung von Horst Pukallus
Das Umschlagbild schuf Jerome Podwil

2. Auflage

Redaktion: Wolfgang Jeschke

Printed in Germany 1993
Umschlaggestaltung: Atelier Ingrid Schütz, München
Satz: Schaber, Wels
Druck und Bindung: Elsnerdruck, Berlin

ISBN 3-453-30587-6

1

Explosion! Erschütterung! Die Pforte zum Tresorraum springt auf. Drinnen liegt weithin Geld aufgestapelt, ein leichter Raub, nur noch zusammenzuraffen, fortzuschaffen. Wer ist das? Wer befindet sich im Tresorraum? O Gott! Der Mann ohne Gesicht! Mit festem Blick. Bedrohlich. Stumm. Furchtbar. Fort... fort...

Fort, oder ich werde den Paris Pneumatique Express und das wundervolle Mädchen mit dem blütenzarten Antlitz und der hingebungsvollen Gestalt versäumen. Wenn ich mich beeile, ist es noch nicht zu spät. Aber das am Eingang ist kein Bahnbeamter. O Himmel! Der Mann ohne Gesicht. Mit festem Blick. Bedrohlich. Stumm. Nicht schreien. Aufhören zu schreien...

Aber ich schreie nicht. Ich singe auf einem Podium aus funkelndem Marmor, während die Musik schwillt und die Scheinwerfer lohen. Doch ringsum im Amphitheater ist niemand. Es gleicht einer riesigen düsteren Grube... leer bis auf einen Zuschauer. Stumm. Mit festem Blick. Bedrohlich. Der Mann ohne Gesicht.

Und diesmal war der Schrei laut. Ben Reich erwachte. Er lag still im Hydropathie-Bett, während sein Herzschlag flatterte und seine Augen ihren Blickpunkt gleichgültig auf die Gegenstände rundum im Raum einstellten, die eine Geruhsamkeit erzeugen sollten, zu der er sich außerstande fühlte. Wände aus grüner Jade, Licht in der Nachttischlampe in Gestalt eines Mandarins aus Porzellan, dessen Kopf unaufhörlich nickte, wenn man ihn anfaßte, ein Multi-Chronometer, das die Uhrzeiten von drei Planeten und sechs Monden anzeigte, das Bett ein Kristallbecken voller mit Kohlensäure angereichertem Glyzerin von genau 37,7 Grad Celsius. Leise öffnete jemand die Tür, und im Halbdunkel erschien Jonas, ein Schatten in braunrotem Schlafanzug, eine schemenhafte Gestalt mit Pferdegesicht und dem Gebaren eines Leichenbestatters. »Wieder?« fragte Reich.

»Ja, Mr. Reich.«

»Laut?«

»Sehr laut, Sir. Wie in schrecklicher Furcht.«

»Ihre verdammten Eselsohren!« brummte Reich. »Ich habe niemals Furcht.«

»Gewiß, Sir.«

»Verschwinden Sie!«

»Jawohl, Sir. Gute Nacht, Sir.« Jonas wich zurück und schloß von draußen die Tür.

»Jonas!« rief Reich hinterdrein. Der Hausdiener trat erneut ein. »Entschuldigen Sie, Jonas.«

»Schon gut, Sir.«

»Nein, es ist nicht gut so.« Reich schenkte ihm ein freundschaftliches Lächeln. »Ich behandele Sie wie einen Verwandten. Für diese Laune zahle ich Ihnen zuwenig.«

»Durchaus nicht, Sir.«

»Wenn ich Sie das nächste Mal anschnauze, schnauzen Sie zurück. Warum soll der Spaß nur auf meiner Seite sein?«

»O nein, Sir, das geht nicht.«

»Hören Sie auf meinen Rat, dann gewähre ich Ihnen eine Gehaltserhöhung.« Reich lächelte nochmals. »Das ist alles, Jonas. Vielen Dank.«

»Dankeschön, Sir.« Der Diener ging.

Reich erhob sich aus dem Bett und trocknete sich vorm Drehspiegel mit einem Badetuch ab; dabei übte er sein leutseliges Lächeln. »Man muß sich seine Feinde aussuchen«, murmelte er. »Feindschaften darf man nicht dem Zufall überlassen.« Er betrachtete sein Spiegelbild: breite, kraftvolle Schultern, schmale Hüften, die Beine lang und sehnig; ein gediegenes Angesicht mit offenherzigem Blick, einer Nase, die gemeißelt wirkte wie bei einem Standbild, und einem kleinen Mund mit dem Ausdruck von Empfindsamkeit, aber auch Falten der Unversöhnlichkeit. »Warum nur?« fragte er sein Spiegelbild. »Ich möchte das Aussehen nicht mit dem Teufel tauschen. Ich wollte nicht mit Gott den Platz tauschen. Warum also schreie ich im Schlaf?« Er streifte den Morgenmantel über und warf einen Blick auf das Multi-Chronometer, ohne sich darüber im klaren zu sein, daß er den Überblick der Uhrzeiten im Sonnensystem mit einer unbewußten Selbstverständlichkeit ablas, die seine Vorfahren außer Fassung gebracht hätte. Die Anzeigen lauteten:

A. D. 2301

VENUS	ERDE	MARS
22. Mittl. Solartag	15. Februar	35. DuoDezember
Mittag + 09	11.05	22.20
	Greenwich	Central Syrtis

MOND	10	GANYMED	KALLISTO	TITAN	TRITON
2D 3H	1D 1H	6D 8H	13D 12H	15D 3H	4D 9H
		(verfinstert)		(Durchgang)	

Nacht, Mittag, Sommer, Winter... ohne lange überlegen zu müssen, konnte Reich Datum, Uhrzeit und Jahreszeit für jeden Längengrad eines jeden Himmelskörpers im Sonnensystem nennen. Hier in New York brach ein unerfreulicher Morgen nach einer für ihn unerfreulichen Nacht bitterböser Alpträume an. Er mußte ein paar Minuten für die Analyse durch seinen ESP-Psychiater opfern. Diesen Schreien mußte ein Ende gemacht werden. »E wie ESPer«, murmelte er. »ESP wie ExtraSensorische Perzeption... Telepathen, Gedankenleser, Hirn-Introvisoren. Man sollte wirklich meinen, daß ein Arzt, der zum Gedankenlesen fähig ist, dafür sorgen kann, daß das Schreien aufhört. Man sollte davon ausgehen können, daß ein ESPer mit Doktorhut einem in den Kopf gucken kann und es schafft, daß dieses Schreien aufhört. Diese verfluchten Gedankenleser sollen ja schließlich der größte Fortschritt in der Natur sein, seit die Evolution des Homo Sapiens begann. E wie Evolution. Lumpen! E wie Erzschnorrer!« Er stieß, während er vor Wut zitterte, die Tür auf. »Aber ich fürchte mich nicht!« brüllte er. »Ich fürchte mich niemals!« Er strebte den Korridor hinunter und klatschte dabei seine Sandalen rücksichtslos auf den silbernen Boden: *Klackedipatsch-klackedipatsch.* Die Nachtruhe des Hauspersonals war ihm gleichgültig, und es kam ihm nicht einmal in den Sinn, daß sein frühmorgendliches Gelatsche zwölf Herzen aus dem Schlaf riß und sie mit Abneigung und Rachegedanken erfüllte. Er öffnete ebenso schroff die Tür zu den Räumen seines Analytikers und legte sich auf die Couch.

ESPer Dr. psi 2 Carson Breen war schon wach und zu allem bereit. Als Reichs Analytiker in Festanstellung schlief er den sogenannten Wärterschlaf, worin er mit seinem Patienten *en rapport* blieb, so daß dessen Bedürfnis nach ärztlicher Aufmerksamkeit ihn unfehlbar weckte. Jener eine Schrei hatte genügt, um Breen in Bereitschaft zu versetzen. Er hatte neben der Couch Platz genommen, gekleidet in einen eleganten, mit Stickereien geschmückten Talar (seine Stellung trug ihm ein Jahresgehalt von zwanzigtausend Kredits ein), und war hellwach (sein Dienstherr war nicht nur großzügig, er verlangte auch eine Menge). »Sprechen Sie sich aus, Mr. Reich.«

»Wieder der Mann ohne Gesicht«, brummte Reich.

»Alpträume?«

»Blöder Blutsauger, sehen Sie doch selber in meinem Kopf nach! Ach, entschuldigen Sie...! Das war kindisch von mir. Ja, wieder Alpträume. Ich versuchte eine Bank auszurauben. Dann wollte ich einen Zug erreichen. Dann sang jemand. Ich glaube, ich selbst. Ich bemühe mich, Ihnen die Träume so gut darzustellen, wie ich's kann. Ich glaube, daß ich nichts auslasse...« Ein langes Schweigen entstand. »Nun?« Schließlich konnte sich Reich nicht länger zusammennehmen. »Können Sie etwas feststellen?«

»Sie bleiben dabei, daß Sie den Mann ohne Gesicht nicht erkennen können, Mr. Reich?«

»Wie sollte ich das? Ich sehe ja nie ein Gesicht. Ich weiß nur...«

»Ich glaube, daß Sie es durchaus können, Mr. Reich. Sie wollen es einfach nicht.«

»Hören Sie mal«, fuhr Reich in schuldbewußter Wut auf, »ich zahle Ihnen zwanzigtausend, und wenn Sie mir dafür nicht mehr zu bieten haben als solche idiotischen Redensarten...!«

»Sprechen Sie im Ernst, Mr. Reich, oder ist diese Äußerung lediglich ein Resultat Ihres allgemeinen Angstsyndroms?«

»Ich habe keine Angst«, schnauzte Reich. »Ich kenne auch keine Furcht. Ich habe nie...« Er verstummte, als er begriff, wie untauglich es war, lauthals herumzuschimpfen, während der Hirn-Introvisor mit seinem geübten Verstand unter der lautstarken Oberfläche seiner Worte nachforschte. »Jedenfalls täuschen Sie sich«, sagte er mürrisch. »Ich weiß nicht, wer es ist. Es handelt sich um einen Mann ohne Gesicht. Mehr kann ich nicht sagen.«

»Sie haben die wesentlichen Einzelheiten verdrängt, Mr. Reich. Sie müssen dahin gelangen, daß Sie sie wieder wahrnehmen. Wir wollen es ein wenig mit freier Assoziation versuchen. Bitte ohne laute Worte. Ausschließlich in Gedanken. Raub...«

›Juwelen... Uhren... Diamanten... Aktien... Obligationen... Münzen... Falschgeld... Bargeld... Banknoten... Dorld...‹

»Was war das letzte?«

›Nur ein gedanklicher Ausrutscher. Goldbarren, das sollte es heißen.‹

»Das war kein Ausrutscher. Es war eine bedeutsame Berichtigung – oder vielmehr, eine Änderung. Machen wir weiter. Paris Pneumatique...«

›Länge... Waggons... Abteile... Erde... Klimaanlage...‹ »Das ergibt doch keinerlei Sinn.«

»Doch, Mr. Reich. Ein Wortspiel von phallischer Bedeutung. Ersetzen Sie ›Erde‹ durch ›Erbe‹, dann verstehen Sie, was ich meine. Weiter, bitte.«

»Ihr Gedankenschnüffler seid doch einfach zu gescheit. Na, wir wollen sehen. Pneumatique...« *›Zug... unterirdisch... Preßluft... Überschallgeschwindigkeit... GESCHWIND WIE DER WIND, ein Werbespruch des... Teufel, wie heißt diese Firma? Ich kann mich nicht entsinnen. Woher komme ich denn jetzt überhaupt daran?‹*

»Aus dem Vorbewußten, Mr. Reich. Noch ein Durchgang, dann werden Sie schon besser durchblicken. Amphitheater...«

›Sitze... Parkett... Loge... Boxen... Ställe... Pferde... marsianische Pferde... marsianische Pampas...‹

»Da haben Sie's, Mr. Reich. Mars. Im Lauf der vergangenen sechs Monate hatten Sie siebenundneunzig Alpträume, in denen der Mann ohne Gesicht vorkam. Er ist in Träumen Ihr steter Gegner, Quertreiber und Ihr ständiges Schreckgespenst, die drei gemeinsame Nenner aufweisen: Finanz- und Transportwesen sowie den Mars. Immer wieder. Der Mann ohne Gesicht, Finanzwesen, Transportwesen, Mars.«

»Das alles sagt mir nichts.«

»Aber es muß etwas zu bedeuten haben, Mr. Reich. Es muß sich so verhalten, daß Sie Ihren Quälgeist sehr gut kennen. Aus welchem anderen Grund sollten Sie denn die Tatsache der Bekanntschaft verdrängen, indem Sie sein Gesicht unkenntlich machen?«

»Ich mache überhaupt nichts«, meinte Reich mißgestimmt.

»Als weitere Hinweise bieten sich das veränderte Wort ›Dorld‹ und der vergessene Name der Firma an, die den Werbespruch ›GESCHWIND WIE DER WIND‹ verwendet...«

»Ich sage Ihnen doch, daß ich nicht weiß, wer es ist.« Unvermittelt erhob sich Reich von der Couch. »Ihre Hinweise nutzen mir nichts. Ich kann ihn nicht identifizieren.«

»Der Mann ohne Gesicht erfüllt Sie nicht mit Furcht, weil er kein Gesicht hat. Sie wissen, wer er ist. Sie hassen und fürchten ihn, aber er ist Ihnen bekannt.«

»Sie sind der Introvisor. Dann sagen Sie's mir.«

»Meine Fähigkeiten haben ebenfalls Grenzen, Mr. Reich. Ohne Unterstützung kann ich nicht tiefer in Ihren Geist vordringen.«

»Was meinen Sie mit Unterstützung? Sie sind der beste ESPer-Arzt, den ich unter Vertrag nehmen konnte. Wenn Sie...«

»Weder denken Sie das, Mr. Reich, noch ist es Ihr Ernst. Sie haben absichtlich einen ESPer Zweiten Grades eingestellt, um in einem solchen Notfall geschützt zu sein. Nun müssen Sie den Preis für Ihre Vorsicht zahlen. Wenn es Ihr Wunsch ist, daß das Schreien aufhört, müssen Sie einen ESPer Ersten Grades konsultieren... Beispielsweise Augustus Tate, Gart oder Samuel @kins...«*

»Ich werde es in Erwägung ziehen«, murmelte Reich und wandte sich zum Gehen.

»Übrigens«, rief Breen, als er die Tür öffnete, »›GESCHWIND

---

*@= at (= à, per)

WIE DER WIND‹ ist ein Werbespruch des D'Courtney-Kartells. Wie gefällt Ihnen das in Verbindung mit der Änderung von ›Gold‹ in ›Dorld‹? Denken Sie einmal in Ruhe darüber nach.«

›*Der Mann ohne Gesicht!*‹ Reich schlug die Tür zwischen seinem Bewußtsein und Breen zu, ohne daß sein Schritt stockte, und taumelte erst im Korridor, auf dem Rückweg in seine Räume. Eine Aufwallung wilden Hasses beherrschte sein Inneres. ›*Er hat recht. D'Courtney ist schuld an diesen Schreien. Aber nicht, weil ich mich vor ihm fürchte. Ich fürchte mich vor mir selbst. Ich wußte es immer. Tief drinnen wußte ich es die ganze Zeit. Ich wußte, daß ich diesen Lumpen D'Courtney umbringen muß, wenn ich ihn erkenne. Ich sehe nie ein Gesicht, weil es die Fratze des Mordes ist.*‹

In voller Bekleidung und übler Laune stapfte er schließlich aus seinen Wohnräumen hinab auf die Straße, wo ihn ein Jumper der Monarch erwartete und in kurzem Flug durch nur eine gewaltige Steilkurve zu jenem gewaltigen Hochbau beförderte, in dem sich einige hundert Stockwerke und mehrere tausend Beschäftigte des New Yorker Hauptbüros der Monarch befanden. Das Monarch-Hochhaus war sozusagen das Zentralnervensystem eines in unglaublich weitem Umfeld tätigen Unternehmens, einer Pyramide, die die Bereiche Transportwesen, Fernmeldetechnik, Schwerindustrie, Fertigprodukte, Großhandel, Forschung, Geo-Exploration und Import umfaßte. Die Monarch Gemeinwirtschaftliche Allzweck AG kaufte und verkaufte, handelte und lieferte, produzierte und vernichtete. Ihre Verflechtung mit ihren Tochterfirmen und Holdinggesellschaften war so kompliziert, daß es eines festangestellten ESPer-Buchhalters 2 bedurfte, um sich im vielfältigen Kreislauf ihrer Finanzen zurechtzufinden.

Reich betrat sein Büro, gefolgt von seiner Chefsekretärin (ESPer Sekretärin 3) und deren Mitarbeitern, die ihm die Arbeitsunterlagen des heutigen Morgens hinterhertrugen. »Legen Sie das ganze Zeug dorthin«, ordnete er unfreundlich an, »und scheren Sie sich hinaus.« Man häufte die Papiere und Kristalldatenträger auf seinen Schreibtisch und beeilte sich ohne Murren wieder aus seinem Büro. Man war seine Launenhaftigkeit gewöhnt. Reich setzte sich hinter seinen Schreibtisch; er bebte in einer Wut, die schon jetzt D'Courtney zu verzehren genügt hätte. »Ich werde dem Lumpenhund«, murmelte er nach einer Weile, »eine letzte Chance geben.« Er schloß seinen Schreibtisch auf und öffnete das Stahlfach, dem er das Code-Buch für Führungskräfte entnahm, das ausschließlich für Geschäftsführer von Firmen erhältlich war, die Lloyds viermal als A 1* eingestuft hatte. Er fand die gesuchten Begriffe ungefähr in der Mitte des Buchs.

QQBA	PARTNERSCHAFT
RRCB	UNSERE ZWEI
SSDC	IHRE ZWEI
TTED	FUSION
UUFE	UNTERNEHMEN
VVGF	INFORMATION
WWHG	ANGEBOT ANGENOMMEN
XXIH	ALLGEMEIN BEKANNT
YYJI	VORSCHLAG
ZZXJ	VERTRAULICH
AALK	GLEICHANTEILIG
BBML	VERTRAG

Reich legte einen Zettel ins Code-Buch, um die Seite wiederfinden zu können und schaltete das V-fon ein. »Verbinden Sie mich mit der Code-Abteilung«, sagte er zum Abbild der Angestellten in der Zentrale. Der Bildschirm verschwamm, dann gewährte er Einblick in ein verräuchertes Zimmer, worin man zahllose Bücher und Spulen sah. Ein Mann mit angegrautem Haar und verblichenem Hemd schaute auf und straffte sich, als er seinen Chef erblickte.

»Ja, Mr. Reich?«

»Morgen, Hassop. Sie sehen aus, als könnten Sie einen Urlaub gebrauchen.« *›Man muß sich seine Feinde aussuchen.‹* »Legen Sie eine Woche Spaceland ein. Auf Kosten der Monarch.«

»Danke, Mr. Reich. Vielen herzlichen Dank.«

»Nehmen Sie eine vertrauliche Übermittlung vor. An Craye D'Courtney. Der Text lautet...« Reich schlug wieder das Code-Buch auf. »YYJI TTED RRCB UUFE AALK QQBA. Die Antwort blitzschnell an mich weitergeben. Klar?«

»Alles klar, Mr. Reich. Wird unverzüglich erledigt.«

Reich trennte die Verbindung. Er kramte in den Unterlagen und Datenträgern auf seiner Tischplatte, suchte einen der letzteren heraus und schob den Speicherkristall ins Wiedergabegerät. »Monarch minus zwo Komma eins eins drei vier Prozent«, ertönte die Stimme seiner Chefsekretärin. »D'Courtney plus zwo Komma eins eins drei null Prozent...«

»Verflucht noch einmal«, nuschelte er vor sich hin. »Aus meiner in seine Tasche.« Er schaltete das Gerät aus und erhob sich, ruhelos vor qualvoller Ungeduld. Stunden konnten vergehen, bis eine Antwort eintraf. Und von D'Courtneys Entgegnung hing sein ganzes Leben ab. Er verließ sein Büro und begann durch die vielen Stockwerke und verschiedenen Abteilungen des Monarch-Hochhauses zu streifen, täuschte einen seiner durch Unnachsichtigkeit gekennzeichneten Rundgänge vor, die zu seinen gewohnten Eigenheiten zählten. Seine ESPer-Sekretärin begleitete ihn unauffällig wie ein abgerichteter Hund. *›Wie eine guterzogene Hündin‹*, berichtigte er in Gedanken. »Verzeihung«, sagte er dann laut. »Haben Sie das mitbekommen?«

»Schon gut, Mr. Reich. Ich verstehe Sie.«

»Tatsächlich? Ich nicht. Verdammter D'Courtney!«

In der Personalabteilung war man wie üblich dabei, die zwangsläufig hohe Anzahl von Bewerbungen zu begutachten, zu prüfen und auszusieben, Bewerbungen von Angestellten, Handwerkern, Spezialisten, Mittleren Führungskräften und Fachleuten der Leitungsebene. Die Erstauswahl nahm man anhand von Standardtests und persönlichen Gesprächen vor, doch geschah das anscheinend nie zur Zufriedenheit des ESPer-Personalleiters der Monarch, der gerade in eisiger Wut durch die Personalabteilung stapfte, als Reich eintrat. Die Tatsache, daß Reichs Sekretärin ihm eine telepathische Ankündigung des Besuchs vorausgeschickt hatte, änderte für ihn nichts. »Mir stehen für das entscheidende Auswahlgespräch pro Bewerber zehn Minuten zur Verfügung«, erläuterte der Personalleiter soeben in ungnädigem Tonfall einem Mitarbeiter. »Das sind sechs in der Stunde und achtundvierzig je Tag. Solange mein Prozentsatz an endgültigen Ablehnungen nicht unter fünfunddreißig gesunken ist, verschwende ich meine Zeit, und so etwas heißt, man vergeudet die Zeit der Monarch. Die Monarch beschäftigt mich nicht, damit ich die offensichtlich Ungeeigneten aussondere. Das ist Ihre Aufgabe. Also erfüllen Sie sie gefälligst.« Er wandte sich Reich zu und nickte mit kleinlicher Korrektheit. »Guten Morgen, Mr. Reich.«

»Morgen. Haben Sie Schwierigkeiten?«

»Keine, die sich nicht beheben ließen, wenn die Mitarbeiter dieser Abteilung erst einmal begreifen, daß die ExtraSensorische Perzeption kein Wunderding ist, sondern eine Fähigkeit, die man im Spannungsfeld zwischen Leistung und Gehalt anzuwenden hat. Und wie haben Sie im Fall Blonn entschieden, Mr. Reich?«

›Er hat Ihre Vorlage noch nicht gelesen‹, teilte die Sekretärin dem Personalleiter auf telepathischer Ebene mit.

›Ich darf Sie darauf hinweisen, junge Frau, daß eine Verschwendung vorliegt, wenn ich nicht mit maximaler Effizienz eingesetzt bin! Die Vorlage Blonn liegt seit drei Tagen auf Mr. Reichs Schreibtisch.‹

»Zum Teufel, wer ist Blonn?« fragte Reich.

»Erlauben Sie, Mr. Reich, daß ich Ihnen zunächst den Hintergrund verdeutliche. Im ESPer-Verband sind schätzungsweise einhunderttausend ESPer Dritten Grades Mitglieder. Ein ESPer Dritten Grades kann in die Bewußtseinsebene eines menschlichen Geistes Einblick nehmen, er kann erkennen, was jemand denkt, sobald derjenige es denkt. Ein Drittgradiger gehört zur untersten Qualifikationsklasse der Telepathen. Die Mehrzahl unserer Mitarbeiter in der Sicherheitsabteilung sind ESPer Dritten Grades. Wir beschäftigen mehr als fünfhundert...«

›Das ist ihm alles bekannt. Jeder weiß das. Kommen Sie zur Sache, Sie Umstandskrämer.‹

›Seien Sie so gütig und erlauben Sie mir, auf meine Weise zur Sache zu kommen.‹ »Ferner sind schätzungsweise zehntausend ESPer Zweiten Grades im Verband Mitglieder«, setzte der Personalleiter seine Erklärung ungerührt fort. »Dabei handelt es sich um Experten wie mich, die unter die Bewußtseinsebene des menschlichen Geistes ins Vorbewußte eindringen können. Die meisten ESPer Zweiten Grades haben wir unter den qualifizierten Berufen: Ärzte, Anwälte, Techniker, Ausbilder, Ökonomen, Architekten und ähnliches.«

»Und alle zusammen kosten sie ein Vermögen«, nörgelte Reich.

»Warum nicht? Wir haben einzigartige Dienste zu bieten. Die Monarch weiß diese Tatsache zu würdigen. Gegenwärtig beschäftigt die Monarch über zweihundert zweitgradige ESPer.«

›Wollen Sie nicht endlich zur Sache kommen?‹

»Und schließlich sind etwas weniger als eintausend ESPer Ersten Grades Mitglieder im ESPer-Verband. Die Erstgradigen sind Tiefen-Introvisoren, sie können nicht nur die bewußten und vorbewußten Schichten des Geistes einsehen, sondern auch das Unterbewußtsein, die tiefgelegenste Schicht. Vergessene Urtriebe und dergleichen. Diese Leute nehmen natürlich Spitzenpositionen ein, im Bildungswesen, in besonderen Zweigen der Medizin... dann gibt es ja Analytiker wie Tate, @kins, Moselle... und Kriminologen wie Lincoln Powell vom Anti-Psychosen-Kommissariat... und Polit-Analytiker, Regierungsbevollmächtigte, Sonderberater des Kabinetts und so etwas. Die Monarch hatte bis jetzt allerdings noch nie die Gelegenheit, einen ESPer Ersten Grades einzustellen.«

»Und?« meinte Reich gedämpft.

»Nun ist diese Gelegenheit da, Mr. Reich. Ich glaube, wir können Blonn kriegen. Kurz gesagt...«

›Ist Ihnen das möglich?!‹

»Kurz gesagt, Mr. Reich, die Monarch beschäftigt so viele ESPer, daß ich in meiner Vorlage die Anregung unterbreitet habe, eine eigene ESPer-Personalabteilung einzurichten, die ein Mann wie Blonn leiten sollte, der sich ausschließlich den Einstellungsgesprächen mit Telepathen widmen kann.«

›Er sieht nicht ein, warum Sie das nicht zu leisten imstande sein sollen.‹

»Ich habe Ihnen den ganzen Hintergrund dargestellt, um zu erklären, warum ich diese Aufgabe nicht dauerhaft erfüllen kann, Mr. Reich. Ich bin ESPer Zweiter Klasse. Normale Bewerber kann ich schnell und gründlich überprüfen, andere ESPer dagegen nicht mit der gleichen Schnelligkeit und Wirtschaftlichkeit. Alle ESPer sind, wenngleich mit unterschiedlicher Wirksamkeit, die von ihrer jeweiligen Leistungseinstufung abhängt, zur Errichtung eines Gedankenschirms fähig. Für die gründliche Überprüfung eines Drittgradigen bräuchte ich eine Stunde. Bei einem Zweitgradigen wären es schon zwei Stunden. Den Gedankenschirm eines Erstgradigen könnte ich niemals durchdringen. Wir müssen für diese Tätigkeit einen Erstgradigen wie Blonn einstellen. Die Kosten dürften gewaltig hoch sein, aber es besteht die sehr dringende Notwendigkeit.«

»Wieso denn so dringlich?« erkundigte sich Reich.

›Um Himmels willen! Tischen Sie ihm bloß nicht auch noch das auf! Das ist keine Ablenkung, sondern ein rotes Tuch. Seine Laune ist doch nun wirklich schon übel genug!‹

›Ich muß meine Arbeit tun, meine Teure.‹ »Die Tatsache, die eine solche Maßnahme so dringlich macht, Mr. Reich, ist ganz einfach, daß die Monarch nicht die besten ESPer einstellt. Das D'Courtney-Kartell hat uns die besten Leute immer vor der Nase weggeschnappt. Immer wieder hat uns D'Courtney, weil wir ungenügend orientiert sind, dazu verleitet, mit ihm um weniger gute Leute ein Tauziehen zu veranstalten, während er in aller Stille die besten ESPer anwarb.

»Verdammt noch mal!« brüllte Reich. »Verfluchter D'Courtney! Also gut. Veranlassen Sie das. Sagen Sie diesem Blonn sofort, daß er künftig D'Courtney an der Nase herumzuführen hat. Nun machen Sie schon!«

Reich polterte zur Personalabteilung hinaus und suchte die Abteilung Großhandel auf. Dort erwartete ihn die gleiche unangenehme Einsicht. Die Monarch Gemeinwirtschaftliche Allzweck fiel deutlich hinter das D'Courtney-Kartell zurück. Sie verschlechterte sich in jedem Bereich – Werbung, Technik, Forschung, Public Relations. Es war unmöglich, die Gewißheit der letztendlichen Niederlage noch zu leugnen. Reich sah ein, daß er mit dem Rücken an der Wand stand. Er kehrte zurück in sein Büro und schritt ein paar Minuten lang wutentbrannt hin und her. »Es hat keinen Zweck«, sagte er schließlich leise zu sich selber, »ich weiß es, ich muß ihn umbringen. Er wird einer Fusion niemals zustimmen. Warum sollte er's denn auch? Er hat mich abgedrängt, und er weiß es genau. Ich muß ihn abmurksen, und dazu benötige ich Unterstützung. ESPer-Unterstützung.« Er schaltete das V-fon an. »Freizeitzentrum«, sagte er. Auf dem Bildschirm erschien ein riesiger, blitzblanker Klubraum, der von Chrom und Emaille nur so funkelte und ausgestattet war mit einer SB-Bar und Tischen mit eingebauten Gesellschafts- und Glücksspielen. Dem Anschein nach handelte es sich um eine Freizeitstätte, und man benutzte sie durchaus auch in entsprechender Weise. Hauptsächlich jedoch war das ›Freizeitzentrum‹ das Hauptquartier der mächtigen Abteilung Spionage der Monarch. Der Direktor besagter Abteilung, ein bärtiger Gelehrter namens West, hob den Blick von einem Schachspiel, über dem er gegrübelt hatte, und widmete seine Aufmerksamkeit Reich.

»Guten Morgen, Mr. Reich.«

Durch die förmliche Anrede gewarnt, leitete Reich das Gespräch mit Belanglosigkeiten ein. »Guten Morgen, Mr. West. Wollte nur mal kurz mit Ihnen reden. Meine väterliche Neigung, Sie wissen ja. Was interessiert die Leute in letzter Zeit bei Ihnen am meisten?«

»Die Interessen sind eigentlich sehr ausgewogen, Mr. Reich. Ein wenig habe ich allerdings Anlaß zur Klage. Insgesamt sind die Menschen etwas zu spielwütig.« West äußerte mit wechselhafter Tonlage noch einige bedeutungslose Floskeln, bis zwei Angestellte der Monarch, die sich *bona fide* im Klubraum aufhielten, ihre Gläser leerten und gingen. Dann entspannte er sich und sank im Sessel zurück. »So, jetzt ist die Luft rein, Ben. Sie können loslegen.«

»Hat Hassop inzwischen den Geheim-Code geknackt, Ellery?« Der Hirn-Introvisor schüttelte den Kopf. »Gibt er sich wenigstens alle Mühe?« West lächelte und nickte. »Wo ist D'Courtney?«

»An Bord der ›Astra‹ *en route* nach Terra.«

»Sind Ihnen seine Absichten bekannt? Wo wird er sich voraussichtlich aufhalten?«

»Nein, keine Ahnung. Soll ich nachforschen lassen?«

»Ich weiß es nicht. Das kommt darauf an...«

»Worauf?« Neugierig musterte West auf seinem Bildschirm

Reichs Abbild. »Ich wollte, die telepathischen Schwingungen würden auch durchs Visifon übertragen, Ben. Ich wüßte jetzt zu gern Ihre Gedanken.«

Reich lächelte grimmig. »Ich bin froh um diese Eigenheit des Visifons. Wenigstens haben wir noch diesen Schutz vor Gedankenlesern. Ellery, wie ist Ihre Einstellung zum Verbrechen?«

»Vorbildlich.«

»Gemäß der Allgemeinheit?«

»Nach Maßgabe des Verbandes. Der Verband mißbilligt Verbrechen, Ben.«

»Was macht denn eigentlich den ESPer-Verband so wichtig? Sie kennen doch den Stellenwert, den im Leben Geld und Erfolg besitzen... Warum sind Sie nicht gescheiter? Weshalb lassen Sie sich das Denken vom Verband abnehmen?«

»Sie können das nicht verstehen. Wir werden sozusagen in den Verband hineingeboren. Wir leben im Verband. Wir sterben im Verband. Wir haben das Recht, die Leitungsorgane des Verbandes zu wählen, und damit ist alles getan. Der Verband regelt unser Berufsleben. Er bildet uns aus, stuft uns ein, setzt unsere ethischen Prinzipien fest, achtet darauf, daß wir sie einhalten. Er gewährt uns seinen Schutz, indem er uns in allen Angelegenheiten beisteht, in denen der einzelne nicht Fachmann ist und nicht sein kann, ähnlich wie in einem Ärzteverband. Wir haben auch das Äquivalent zum Eid des Hippokrates, den ESPer-Schwur. Gott stehe dem ESPer bei, der ihn bricht... was zu tun, wie ich vermute, Sie mir vorschlagen.«

»Vielleicht«, meinte Reich wachsam. »Mag sein, daß ich andeute, es könnte sich für Sie als die Mühe wert erweisen, auf den ESPer-Schwur zu pfeifen. Kann sein, daß ich dabei an viel Geld denke... mehr Geld, als Sie oder irgendein ESPer Zweiten Grades normalerweise im ganzen Leben zu sehen bekommen.«

»Vergessen Sie's, Ben. Kein Interesse.«

»Einmal angenommen, Sie vergessen statt dessen Ihren ESPer-Schwur. Was geschähe dann?«

»Der Verband schlösse mich aus.«

»Sonst nichts? Ist das so schlimm? Ist das schlimm, wenn man ein Vermögen in der Tasche hat? Es hat schon gescheite ESPer gegeben, die sich nicht länger vom Verband gängeln ließen. Gewiß, man hat sie ausgeschlossen, ja. Na und? Seien Sie vernünftig, Ellery.«

West lächelte schief. »Sie können es eben nicht verstehen, Ben.«

»Dann machen Sie's mir begreiflich.«

»Diese ausgeschlossenen ESPer, die Sie erwähnt haben... solche wie zum Beispiel Jerry Church... sie waren gar nicht besonders gescheit. Es verhält sich folgendermaßen...« West überlegte. »Bevor die Chirurgie echte Fortschritte machte, gab es unter den Menschen eine Behindertengruppe, die man Taubstumme nannte.«

»Kein Gehör, keine Fähigkeit zum Sprechen?«

»Ja, genau. Sie verständigten sich durch eine Handzeichensprache. Das bedeutete, sie konnten sich mit niemandem außer Taubstummen verständigen. Vestehen Sie? Diese Menschen mußten unter ihresgleichen leben, oder sie hätten gar nicht leben können. Ein Mensch wird verrückt, wenn er nicht die Möglichkeit hat, sich mit Freunden und Bekannten zu unterhalten.«

»So?«

»Einige von ihnen betrieben organisierte Erpressung. Sie verlangten von den besseren Verdienern unter den Taubstummen eine wöchentliche Abgabe. Wer sich zu zahlen weigerte, den ächteten sie. Die Opfer hatten die Wahl, entweder zu zahlen oder in vollkommener Vereinsamung zu leben, bis sie darüber den Verstand verloren.«

»Sie meinen, die ESPer sind wie damals die Taubstummen?«

»Nein, Ben. Die Taubstummen, das sind die Normalen wie Sie. Unsereins käme um den Verstand, wenn er nur mit Normalen zusammenleben müßte. Wenn Sie also irgendeine krumme Sache vorhaben, dann möchte ich lieber überhaupt nichts davon erfahren.«

Unter Reichs Augen schaltete West seinen Apparat aus. Mit einem Aufbrüllen der Wut packte Reich einen goldenen Briefbeschwerer und schleuderte ihn in den Bildschirm aus Kristallglas. Noch ehe sämtliche der vielen kleinen Scherben und Splitter ringsum verstreut lagen, befand er sich im Korridor und auf dem Weg aus dem Gebäude. Seine ESPer-Sekretärin wußte, wohin er ging. Sein ESPer-Chauffeur wußte, wohin er wollte. Als Reich daheim ankam, sah ihn sein ESPer-Butler und veranlaßte sofort die Vorverlegung des Mittagessens; dabei stellte er die Mahlzeit nach Reichs unausgesprochenen Wünschen zusammen. Reichs Zorn hatte ein bißchen nachgelassen, als er in sein Arbeitszimmer trat und ohne zu zögern zum Safe strebte, den man in einer Ecke als Lichtschimmer erblickte. Es handelte sich lediglich um ein Aktenschränkchen in Wabenbauweise, das jedoch einer eintaktigen Zeitverschobenheit unterlag. Mit jeder Sekunde, wenn die eigenzeitliche Phase des Safes und die Temporalphase sich deckten, pulste das Schränkchen in hellem Lichtschein. Der Safe war nur durch das unnachahmbare Porenmuster von Reichs linkem Zeigefinger zugänglich. Reich hob seine Fingerspitze in den Mittelpunkt des Schimmers. Das Leuchten blieb aus, und das Schränkchen erschien. Reich ließ den Finger erhoben und entnahm dem Schränkchen ein kleines schwarzes Notizbuch sowie einen großen roten Umschlag. Dann zog er seinen Finger zurück, und der Safe driftete wieder in den Zustand temporaler Phasenverschobenheit. Reich blätterte die Seiten des Notizbüchleins durch. AGENTUREN... ANARCHISTEN... BANKMELKER... BESTECHUNGEN (BEWIESENE FÄLLE)... BESTECHUNGEN (POTENTIELLE)... Unter BESTECHUNGEN (POTENTIELLE) fand er die Namen von siebenundfünfzig bekannten Persönlichkeiten; eine davon war ESPer Dr. psi 1 Augustus Tate. Zufrieden nickte Reich. Er riß den roten Umschlag auf und begutachtete den Inhalt. Der Umschlag enthielt fünf sehr eng beschriebene Blätter; sie und die Handschrift waren Jahrhunderte alt. Sie waren eine Hinterlassenschaft des Gründers der Monarch Gemeinwirtschaftlichen Allzweck AG und ebenso der Familie Reich. Vier der Blätter trugen die Überschriften: PLAN A, PLAN B, PLAN C, PLAN D. Das fünfte Blatt war mit dem Hinweis VORBEMERKUNG überschrieben. Langsam las Reich die altertümliche Schrägschrift.

Von Herzen meinen Nachfolgern zugeeignet.

Der Prüfstein des Intellekts ist die Weigerung, einfach das Nächstbeste zu tun. Da Du diesen Brief geöffnet hast, verstehen wir einander. Ich habe vier allgemein gehaltene Mordpläne ausgearbeitet, die Dir von Nutzen sein können. Ich vermache sie meinen Nachfolgern als Bestandteil des Familienerbes. Die Einzelheiten muß jeder selbst festlegen, so wie es die Zeit, die Umwelt und die Notwendigkeit erfordern.

Zur Beachtung: Das Wesen des Mordes ändert sich nie. In jedem Zeitalter bleibt er ein Konflikt des Mörders mit der Gesellschaft, dessen Preis das Opfer ist. Und das ABC des Konflikts mit der Gesellschaft bleibt immer gleich. Sei verwegen, unerschrocken und habe Selbstvertrauen, dann wirst Du vom Erfolg gekrönt sein. Gegen diese Vorzüge kann die Gesellschaft nichts ins Feld führen.

Geoffry Reich

Reich unterzog die Pläne einer bedächtigen Begutachtung, voller Bewunderung für den ersten Reich seines Stammbaums, weil er soviel Weitsicht besessen hatte, für jeden nur erdenklichen Notfall Vorsorge zu treffen. Die Pläne selbst waren überholt, aber sie regten sehr die Fantasie an; Reich hatte Ideen, zuerst nur vage, dann verfestigten sie sich, bis er sie verwarf und sich sofort neuen Überlegungen widmete. Ein Hinweis erregte seine besondere Aufmerksamkeit:

> *Wenn Du Dich für einen geborenen Mörder hältst, dann vermeide eine zu sorgfältige Planung. Verlaß Dich hauptsächlich auf Deinen Instinkt. Dein Verstand kann Dich im Stich lassen, aber Dein Trieb zum Morden ist Dir ein treuer Begleiter durchs ganze Leben.*

»Trieb zum Morden!« knirschte Reich gedämpft. »Meine Fresse, ja, wahrhaftig, den habe ich!« Das Telefon summte einmal, bevor sich die Automatik einschaltete. Im Apparat zwitscherten ein paar Wörter, dann schob sich ein Streifen aus dem Aufnahmegerät. Reich ging zum Tisch und nahm den Streifen zur Hand. Die Mitteilung war kurz und verhängnisvoll. CODE-TEXT AN REICH: ANTWORT WWHG. »WWHG!« brüllte Reich. »›Angebot abgelehnt‹! *Abgelehnt!* ABGELEHNT! Na schön, D'Courtney! Wenn's nicht die Fusion sein soll, dann muß es eben die Vernichtung sein.«

2

ESPer Dr. psi 1 Augustus Tate verlangte für jede Stunde einer Analyse 1000,– Kr. Das war kein hoher Honorarsatz, berücksichtigte man, daß kaum ein Patient mehr als eine Stunde von Tates kostspieliger Zeit beanspruchen mußte; doch immerhin belief sich damit sein Tageseinkommen auf 8000,– Kr., das Jahreseinkommen betrug weit über 2 Mio. Kr. Nur wenige Menschen wußten allerdings, was für einen Anteil seines Einkommens er an den ESPer-Verband abzuführen hatte; der Verband verwendete sein Geld für die Ausbildung neuer Telepathen und zum Vorantreiben seines langfristigen Eugenikplans, der jedem auf der Welt die ExtraSensorische Perzeption bringen sollte.

Augustus Tate selbst wußte es nur zu gut, und die 95%, die er zahlen mußte, waren ihm ein ständiger Dorn im Fleisch. Infolgedessen gehörte er der Liga Patriotischer ESPer an, einer ultrarechten politischen Vereinigung innerhalb des ESPer-Verbandes, die dem Zweck diente, die Autokratie und das Einkommen der ESPer oberen Grades zu bewahren. Diese Mitgliedschaft war der Sachverhalt, dem er es verdankte, daß er in Ben Reichs Notizbuch unter der Spalte BESTECHUNGEN (POTENTIELL) verzeichnet stand. Reich stürmte ohne Umschweife in Tates vornehm ausgestatteten Behandlungsraum, widmete Tates zwergenhafter Gestalt einen einzigen Blick – einer Gestalt, deren Proportionen etwas mißlich geraten waren, aber Tate half diesem Übel ab, indem er sich von hervorragenden Schneidern einkleiden ließ – und nahm Platz. »Schauen Sie schnell selber nach«, sagte er unwirsch.

Er betrachtete Tate aufmerksam, während der elegante ESPer ihn aus einem Glitzeräuglein musterte und in kurzen, abgehackten Sätzen seine Feststellungen hervorstieß. »Sie sind Ben Reich von der Monarch. Zehn-Milliarden-Unternehmen. Sie meinen, Sie müßten mir bekannt sein. Sie sind's auch. Sie befinden sich in einem Konkurrenzkampf um Sein oder Nichtsein mit dem D'Courtney-Kartell. Stimmt's? Sie hegen für D'Courtney erbitterte Feindschaft. Stimmt's? Heute morgen haben Sie ihm eine Fusion angeboten. Code-Text: YYJI TTED RRCB UUFE AALK QQBA. Stimmt's? Angebot ist abgelehnt worden. Stimmt's? Aus Verzweiflung haben Sie nun beschlossen...« Plötzlich verstummte Tate.

»Nur weiter«, sagte Reich.

»Sie haben sich entschlossen, als ersten Schritt zur Übernahme seines Kartells D'Courtney zu ermorden. Sie wollen, daß ich Ihnen dabei helfe... Mr. Reich, das ist lächerlich! Sollten Sie bei derartigen Gedanken bleiben, muß ich Sie zur Anzeige bringen. Sie kennen doch selbst die Gesetze!«

»Seien Sie vernünftig, Tate. Sie können mir helfen, das Gesetz zu brechen.«

»Nein, Mr. Reich. Ich bin nicht in der Lage, Ihnen zu helfen.«

»Das sagen Sie? Ein ESPer Ersten Grades? Und das soll ich glauben? Ich soll Ihnen glauben, Sie seien dazu außerstande, jeden beliebigen Menschen, jede Gruppe oder auch die ganze Welt hereinzulegen?«

Tate lächelte. »So etwas nennt man ein Zuckerbrot«, sagte er. »Eine ganz charakteristische Methode von...«

»Schauen Sie in meinen Kopf«, unterbrach ihn Reich. »Damit sparen wir Zeit. Lesen Sie meine Gedanken. Ihre Fähigkeiten. Meine Hilfsmittel. Eine unschlagbare Kombination. Mein Gott! Es ist ein Glück für die Welt, daß ich es bei diesem einen Mord bewenden lassen will. Zusammen könnten wir das Universum ausplündern.«

»Nein«, sagte Tate mit Entschiedenheit. »Das geht einfach nicht. Ich muß Sie anzeigen, Mr. Reich.«

»Warten Sie. Möchten Sie wissen, was ich Ihnen biete? Sehen Sie genauer nach. Wieviel bin ich zu zahlen bereit? Was ist die obere Grenze?«

Tate schloß die Augen. Sein puppenhaftes Gesicht straffte sich aus Konzentration. Dann schlug er fassungslos die Augen wieder auf. »Das kann doch nicht Ihr Ernst sein«, rief er.

»Doch, ist es«, brummte Reich. »Und nicht nur das, Sie wissen auch, daß ich Ihnen dies Angebot in gutem Glauben unterbreite, nicht wahr?« Nachdenklich nickte Tate. »Und Sie besitzen darüber volle Klarheit, daß die Monarch *und* das D'Courtney-Kartell das Angebot wahrmachen können.«

»Fast möchte ich's glauben.«

»Sie dürfen es ruhig glauben. Seit fünf Jahren finanziere ich die Liga Patriotischer ESPer. Wenn Sie mir tief genug in meinen Geist blicken, werden Sie sehen, warum. Mir ist der ESPer-Verband nicht weniger zuwider als Ihnen. Die Prinzipien des Verbandes sind schädlich fürs Geschäft... sie schaden dem Verdienst. Die Liga ist jene Organisation, die eines Tages den ESPer-Verband ablösen könnte...«

»Das ist mir alles klar«, sagte Tate in scharfem Tonfall.

»Hätte ich die Monarch *und* das D'Courtney-Kartell unter meinen Fittichen, wäre es mir viel besser und nachdrücklicher möglich, der Liga Auftrieb zu verleihen und sie dabei zu unterstützen, den Verband zu zerschlagen. Ich kann Sie auf Lebenszeit zum Vorsitzenden eines neuen ESPer-Verbandes machen. Das ist eine Zusage, an die ich keinerlei Bedingungen knüpfe. Allein schaffen Sie das nie, aber im Zusammenwirken mit mir wird es gelingen.«

Tate schloß die Augen. »Seit neunundsiebzig Jahren hat es keinen erfolgreichen vorsätzlichen Mord gegeben«, sagte er leise. »Durch uns ESPer ist es unmöglich, die Mordabsicht bis zum Mord zu verheimlichen. Oder falls jemand solange ESPern aus dem Weg gegangen ist, war es ihm nachher unmöglich, sein Wissen um den Mord zu verbergen.«

»Aussagen von ESPern haben vor Gericht keine Beweiskraft.«

»Gewiß, aber wenn ein ESPer in jemandes Gewissen eine Schuld entdeckt, fällt es ihm jederzeit leicht, objektive Beweise für die erkannte Tat zu ermitteln. Lincoln Powell, der Hauptkommissar des Anti-Psychosen-Kommissariats, ist in dieser Hinsicht allgemein bekannt für seine Tüchtigkeit.« Tate öffnete die Augen. »Wünschen Sie unser Gespräch nicht lieber zu vergessen?«

»Nein«, antwortete Reich barsch. »Zuvor wollen wir einmal gemeinsam überlegen. Warum mußten Mörder bisher scheitern? Weil Gedankenleser über die Welt wachen. Wer kann einen Gedankenleser überlisten? Ein anderer Gedankenleser. Bis jetzt war noch kein Mörder so klug, sich einen Gedankenleser zu besorgen, der mit ihm zusammenarbeitete. Oder falls einer auf diesen Gedanken kam, konnte er wahrscheinlich mit keinem ESPer ins Geschäft kommen. Aber ich bin nun mit einem ESPer handelseinig geworden.«

»Sind Sie da sicher?«

»Ich habe einen Krieg zu führen«, sprach Reich unbeirrt weiter. »Ich bin darauf angewiesen, eine Entscheidungsschlacht gegen die ganze Gesellschaft zu gewinnen. Wir wollen darin ein Problem von Strategie und Taktik sehen. Mein Problem ist ganz einfach genau das Problem jeder Armee. Verwegenheit, Unerschrockenheit und Selbstvertrauen sind nicht genug. Eine Armee benötigt außerdem einen Nachrichtendienst. Man gewinnt einen Krieg dank der Leistungen seines Nachrichtendienstes. Ich brauche Sie als meinen Nachrichtendienst-Leiter.«

»Na schön.«

»Ich führe den Kampf. Sie liefern die Nachrichten. Ich muß wissen, wo D'Courtney sein wird, wo ich zuschlagen kann. Den Mord begehe ich persönlich, aber Sie müssen mir mitteilen, wann und wo ich die günstigste Gelegenheit habe.«

»Verstehe.«

»Als erstes muß ich zu ihm vordringen... durch die Abwehrstellungen, die D'Courtney umgeben. Dazu bedarf es Ihrer Aufklärung. Sie müssen die Normalen überprüfen, die ESPer erkennen, mich warnen, Sie haben zu verhindern, daß ESPer meine Gedanken lesen, wenn ich mich vor ihnen nicht drücken kann. Sobald ich den Mord ausgeführt habe, muß ich mich wieder durch einen Ring von Normalen und ESPern zurückziehen. Auch bei dieser Absetzbewegung müssen Sie mir beistehen. Sie müssen nach dem Mord die Lage unter Beobachtung halten. Sie haben festzustellen, wen die Polizei verdächtigt und warum. Wenn ich weiß, daß ein Verdacht auf mich fällt, kann ich ihn von mir ablenken. Wenn ich weiß, daß ein anderer im Verdacht steht, kann ich die falsche Spur untermauern. Ich kann diesen Krieg ausfechten, und ich kann diesen Krieg gewinnen, wenn ich auf Ihre nachrichtendienstliche Tätigkeit bauen darf. Ist das die Wahrheit oder nicht? Schauen Sie in mein Innerstes.«

»Es ist wahr«, sagte Tate nach langem Schweigen. »Es ließe sich schaffen.«

»Machen Sie mit?«

Tate zögerte; dann nickte er mit endgültiger Entschiedenheit. »Ja. Ich bin dabei.«

Reich atmete tief ein. »Ausgezeichnet. Und nun der Plan, den ich mir ausgedacht habe. Ich glaube, ich kann den Mord unter der Deckung eines alten Gesellschaftsspiels begehen, das sich ›Sardinenbüchse‹ nennt. Es soll mir die Gelegenheit geben, in D'Courneys Nähe zu gelangen, und ich habe einen schönen Trick herausgefunden, um ihn zu töten. Ich weiß, wie man eine altertümliche Schußwaffe ohne Kugeln abfeuert.«

»Einen Moment einmal«, unterbrach ihn Tate in scharfem Tonfall. »Wie wollen Sie Ihre Absichten vor all den ESPern geheimhalten, mit denen Sie alltäglich Umgang haben? Ich kann nicht ständig neben Ihnen stehen.«

»Ich lege mir einen zeitweiligen Gedankenschirm zu. Ich kenne in der Melody Lane eine Liedermacherin, und die wird mir helfen, ohne es zu merken.«

»Das könnte klappen«, meinte Tate nach einem kurzen Blick in Reichs Bewußtsein. »Aber mir fällt etwas anderes ein. Angenommen, D'Courtney läßt sich schwer bewachen? Wollen Sie sich auf eine Schießerei mit seinen Leibwächtern einlassen?«

»Nein. Ich hoffe, so etwas wird überflüssig sein. Ein Physiologe namens Jordan hat kürzlich für die Monarch ein Gas entwickelt, das die Sehnerven angreift. Wir wollen es für den Fall von Streiks auf Lager haben. Das werde ich gegen D'Courtneys Leibwache einsetzen.«

»Ich verstehe, ja. Das geht klar.«

»Wenn Sie mit mir zusammenarbeiten, müssen Sie mich immer auf dem laufenden halten, doch ich benötige eine Information vor allen anderen. Wenn D'Courtney in der Stadt weilt, ist er gewöhnlich zu Gast bei Maria Beaumont.«

»Der Goldenen Verbandsmatratze?«

»Genau. Ich möchte zuallererst, daß Sie ermitteln, ob D'Courtney sich auch diesmal bei ihr herumtreibt. Davon hängt alles ab.«

»Das ist ganz einfach. Ich kann D'Courtneys Vorhaben und Reiseziele ohne weiteres für Sie in Erfahrung bringen. Heute abend findet bei Lincoln Powell eine Party statt, und wahrscheinlich wird auch D'Courtneys Arzt dort sein. Er ist für eine Woche nach Terra gekommen. Ich werde bei ihm mit den Nachforschungen anfangen.«

»Und Sie fürchten sich nicht vor Powell?«

Tate lächelte geringschätzig. »Täte ich's, Mr. Reich, hätte ich mich dann mit Ihnen auf diese Abmachung eingelassen? Vermeiden Sie Fehler. Ich bin kein Jerry Church.«

»Church!«

»O ja. Spielen Sie nicht den Überraschten. Der zweitgradige Church. Vor zehn Jahren hat man ihn wegen jener läppischen

Kleinigkeit aus dem Verband geworfen, die er Ihnen als Gefallen getan hat.«

»Verdammt, das haben Sie aus meinem Kopf, was?«

»Von dort und aus der Verbandsgeschichte.«

»Nun, diesmal wird's nicht so kommen. Sie sind härter und klüger als Church. Brauchen Sie irgend etwas für Powells Party? Frauen? Kleidung? Juwelen? Geld? Rufen Sie nur die Monarch an.«

»Ich brauche nichts. Jedenfalls vielen Dank.«

»Kriminell, aber großzügig, so bin ich.« Reich lächelte, als er aufstand, um zu gehen. Er bot Tate nicht die Hand an.

»Mr. Reich!« rief plötzlich Tate. Reich, der bereits an der Tür stand, drehte sich um. »Das Schreien wird weitergehen. Der Mann ohne Gesicht ist kein Symbol für Mord.«

›*Was? O Gott! Die Alpträume? Noch immer? Verfluchter Gedankenschnüffler, woher wissen Sie davon? Woher haben Sie ...?*‹

»Seien Sie kein Narr. Dachten Sie, Sie könnten einen Einser an der Nase herumführen?«

›*Wer versucht hier wen an der Nase herumzuführen, Sie Lump?! Was ist mit den Alpträumen?*‹

»Nein, Mr. Reich, das verrate ich Ihnen nicht. Ich bezweifle, daß irgend jemand außer einem Erstgradigen es Ihnen sagen kann, und nach dieser Unterredung werden Sie's natürlich nicht wagen, einen anderen Einser zu konsultieren.«

›*Um Himmels willen, Mann! Wollen Sie mir nicht helfen?*‹

»Nein, Mr. Reich.« Tate lächelte bösartig. »Das ist im Verhältnis zu Ihnen meine einzige kleine Waffe. Sie schafft zwischen uns Gleichheit. Sie gewährleistet ein Gleichgewicht der Macht. Verstehen Sie? Gegenseitige Abhängigkeit sichert wechselseitiges Vertrauen. Kriminell, aber ESPer... so bin ich.«

Wie alle ESPer oberen Grades wohnte ESPer Dr. phil. psi 1 Lincoln Powell in einem eigenen Haus. Der Grund war weniger Aufwendigkeit um seines Prestiges willen, sondern vornehmlich das Bedürfnis nach Ungestörtheit. Die Gedankenübertragung war von zu schwacher Natur, um Mauern durchdringen zu können, doch die durchschnittliche Wohneinheit aus Plastik war zu unsolide, um sie zu hemmen. Das Leben unter so einem Wasserfall aus vielfältigen Gedankenströmen war für einen ESPer ein Inferno ungedämpfter Emotionen. Powell, der Leiter des Anti-Psychosen-Kommissariats, konnte sich ein kleines Einfamilienhaus aus Kalkstein leisten, das an der Treppenschleuse zum Hudson stand und Ausblick über den North River bot. Das Häuschen umfaßte nur vier Räume; im Obergeschoß ein Schlafzimmer und einen Arbeitsraum, unten ein Wohnzimmer und eine Küche. Powell unterhielt keinen einzigen Diener. Wie die meisten ESPer oberen Grades brauchte Powell regelmäßig längere Zeitspannen völligen Alleinseins. Er zog es vor, selbst für sich zu sorgen. Er befand sich in der Küche und begutachtete nochmals die Auswahl der in ihrer Vorbereitung begriffenen Erfrischungen und Leckerbissen für die Party; dabei pfiff er leicht falsch eine kümmerliche Melodie vor sich hin.

Powell war ein schlanker Mann gegen Ende der Dreißig, hochgewachsen, etwas schlaksig, und zeichnete sich durch eine bedächtige Art der Bewegung aus. Sein breiter Mund schien immerzu genau im nächsten Moment lachen zu wollen; gegenwärtig jedoch zeugte seine Miene von kummervoller Enttäuschung. Seine Überlegungen galten den unbestreitbaren Verrücktheiten und Blödsinnigkeiten eines seiner schlimmsten Mitarbeiter. Die wesentliche Eigenschaft eines ESPers war seine Empfänglichkeit. Seine Umgebung färbte stark auf seine Persönlichkeit ab. Powells Problem war, daß er einen übermächtigen Sinn für Humor hatte, und dadurch fielen seine Reaktionen unweigerlich weit übertrieben aus. Ihn ereilten Anwandlungen, die er für sich ›Falscher Freund‹ nannte. Jemand mochte Lincoln Powell eine unschuldige Frage stellen, und plötzlich antwortete aus seinem Mund sein Falscher Freund. Seine entfesselte Vorstellungskraft braute augenblicklich die wildesten Kriminalgeschichten zusammen, die er dann mit der Miene aufrichtiger Überzeugung vortrug. Er konnte den Lügner in seinem Innern nicht überwinden. Erst am heutigen Nachmittag hatte sich Powell, bloß weil Polizeipräsident Crabbe im Rahmen einer Nachfrage in einem eher routinehaften Fall von Erpressung einen Namen falsch aussprach, zu einem dramatischen Bericht beflügelt gefühlt, worin ein vorgetäuschtes Verbrechen, eine erfundene mitternächtliche Aktion von verwegener Art und ein heldenmütiger, aber nur erdachter Lieutenant Köpenick vorkamen. Nun wollte der Polizeipräsident diesem Lieutenant Köpenick eine Auszeichnung verleihen. »Falscher Freund«, murmelte bitter Powell, »du machst mir großes Kopfzerbrechen.«

Die Türglocke läutete. Überrascht sah Powell auf die Uhr (für seine Gäste war es noch zu früh), dann sendete er dem TW-Sensor im Türschloß in Cis den Befehl *›Öffnen!‹*. Der Sensor reagierte auf die telepathischen Wellen wie eine Stimmgabel, die auf den richtigen Ton zu schwingen anfängt, und die Haustür glitt beiseite. Sofort nahm Powell einen vertrauten sinnlichen Eindruck wahr: Schnee/Minze/Tulpen/Taft. *›Mary Noyes. Kommst du,* *um einem armen Junggesellen bei den Vorbereitungen zur Party behilflich zu sein? Das muß man dir hoch anrechnen.‹*

›Ich hatte gehofft, daß du mich gebrauchen kannst, Lincoln.‹

›Jeder Gastgeber braucht an seiner Seite eine Gastgeberin. Mary, was soll ich als Appetithäppchen machen...?‹

›Dafür habe ich gerade erst ein brandneues Rezept ersonnen. Ich erledige das für dich. Gebackenes Chutney &.‹

›&?‹

›Das hat eine durchschlagende Wirkung, mein Lieber.‹ Sie betrat die Küche, äußerlich ein Mädchen von geringer Körpergröße, aber großräumig und turmhoch in ihren Gedanken; äußerlich von dunkler Erscheinung, aber in ihrem Innern weiß wie Frost. Fast eine Nonne in Weiß, trotz des herben, rassigen Äußeren; das Wirkliche war ihr Geist. Man ist, was man denkt. *›Ich wünschte, ich könnte mich neubedenken, Liebling. Meine Psyche anders bestimmen.‹*

›Du möchtest anders sein (Laß dich küssen, wie du bist!), Mary?‹

›Könnte ich's nur! (Nie küßt du mich richtig, Lincoln.) Ich bin es leid, jedesmal wahrzunehmen, wie du Minze wahrnimmst, wenn wir uns sehen.‹

›Das nächste Mal füge ich Brandy und Eis hinzu. Gut geschüttelt. Voilà! Cocktail à la Mary!‹

›Denk daran. Und SCHNEE bin ich auch satt.‹

›Warum soll ich auf den Schnee verzichten? Ich mag Schnee.‹

›Aber ich liebe dich.‹

»Und ich liebe dich, Mary.«

»Danke, Lincoln.« Aber er sagte es. Immer sprach er es aus. Er dachte es nie. Hastig wandte sie sich ab. Ihre unterdrückten Tränen glichen für ihn einer geistigen Verbrühung.

›Schmerzt es wieder, Mary?‹

›Nicht wieder. Immer. Immer.‹ Die tieferen Schichten ihres Geistes schrien in verzweifelter Not. *›Ich liebe dich, Lincoln. Ich liebe dich. Du bist meine Vatergestalt: Inbegriff der Sicherheit, der Wärme, von Herzlichkeit und Schutz. Weise mich nicht immer ab... nicht immerfort... auf ewig...‹*

»Hör zu, Mary...«

›Bitte sprich nicht, Lincoln. Nicht mit Worten. Ich kann es nicht ertragen, daß Worte uns trennen.‹

›Du bist meine Freundin, Mary. Immer. In jedem Mißgeschick. In jeder Freude.‹

›Aber nicht in der Liebe.‹

›Nein, mein Liebes. Nimm es doch nicht so schwer. Nicht in der Liebe.‹

›Ich bringe, wenn nur der Himmel Erbarmen mit mir hat, genug Liebe für uns beide auf.‹

›Eine Liebe, auch wenn der Himmel mit uns Erbarmen hat, ist nie genug für zwei Menschen, Mary.‹

›Bevor du vierzig bist, Lincoln, mußt du eine ESPer heiraten. Der Verband besteht darauf. Das weißt du doch selbst.‹

›Ich weiß es.‹

›Dann gewähre unserer Freundschaft ein Vorrecht, Lincoln. Heirate mich. Schenk mir ein Jahr, mehr nicht. Nur ein kurzes Jahr, um dich zu lieben. Danach werde ich dich freigeben. Ich will mich nicht an dich hängen. Ich will ja nicht, daß du Abneigung gegen mich entwickelst. Liebster, es ist so wenig, worum ich dich bitte... meine Bitte ist so leicht zu erfüllen...‹

Die Türglocke läutete. Powell sah Mary ratlos an. »Gäste«, sagte er leise und sendete in Cis *›Öffnen!‹* zum TW-Sensor. Doch Mary sendete gleichzeitig um eine Quinte höher die Anweisung zum Schließen. Die harmonisierten Telepathie-Wellen verschmolzen, und die Haustür blieb geschlossen.

›Erst gib mir eine Antwort, Lincoln.‹

›Ich kann dir die Antwort, die du dir wünschst, nicht erteilen, Mary.‹ Die Türglocke läutete erneut. Festen Griffs nahm er sie bei den Schultern, zog sie näher und blickte ihr tief in die Augen. *›Du bist eine Zweitgradige. Schau mir in den Geist, so tief du kannst. Was siehst du darin? Was erkennst du in meinem Herzen? Was ist die Antwort?‹*

Er hob alle geistigen Schranken auf. Wie mit dem Grollen eines unterirdischen Stroms ergossen sich die Tiefen seiner Gedankenwelt mit der Übermächtigkeit eines Wasserfalls in warmer, furchtbar eindrucksvoller Flut über sie... fürchterlich, aber dennoch voller Anziehungskraft und begehrenswert. Doch... »Schnee«, sagte sie mit matter Stimme. »Minze. Tulpen. Taft.« *›Hol deine Gäste, Lincoln Powell. Ich bereite die Appetithäppchen vor. Zu mehr bin ich nicht gut.‹*

Er gab ihr einen Kuß, strebte ins Wohnzimmer und öffnete unterwegs die Haustür. Sofort durchfunkelte ein wahrer Springquell von geistiger Brillanz das Haus, gefolgt von den Gästen.

Die ESPer-Party begann.

›Ehrlich, ›Appetithäppchen?‹ ›Ja,
Ellery, ›Danke, ja köstlich. freilich,
ich Mary. Ah, die sind Tate,
bezweifle, ich
daß behandle
du ›Appetithäppchen?‹ D'Courtney.
noch Ich
lange erwarte
›Wir für ›Appetithäppchen?‹ ihn
haben die binnen
Galen Monarch kurzem
zum arbeiten in
Feiern kannst. der
mitgebracht. Der Stadt.
Er hat gerade im Verband sein
›Falls steht Examen
es kurz bestanden
dich davor, und
interessiert, die den
Powell, wir sind Spionagetätigkeit Zweiten
bereit, der Grad
dich Monarch erhalten.‹
zum als
Vorsitzenden unethisch
des einzustufen.‹
Verbandes ›Appetithäppchen?‹
vorzuschlagen.‹ ›Oh, ja,
›Appetithäppchen?‹ danke,
Mary...‹
›Appetithäppchen?‹

›@kins! Chervil! Tate! Reißt euch doch zusammen. Seht euch bloß einmal das Gedankenmuster (?) an, das wir gewoben haben...‹ Das TW-Geplapper hörte auf. Die Gäste lauschten einen Moment lang in ihre Gedankenwelt hinein, dann brachen sie in Gelächter aus.

›Das erinnert mich an meine Zeit im Kindergarten. Ich bitte um ein wenig Rücksichtnahme auf euren Gastgeber. Ich komme ja völlig aus dem Gleis, wenn wir mit diesem Mischmasch weitermachen. Laßt uns ein wenig Ordnung bewahren. Es braucht ja nicht schön zu sein.‹

›Nenn uns bloß ein Muster, Lincoln.‹

›Was wünschst du dir?‹

›Korbgeflechtmuster? Mathematische Kurven? Musik? Architektonische Gebilde?‹

›Irgend etwas. Irgend etwas, solange es mir heute ein bißchen das Gehirn schont.‹

›Verzeihung, Lincoln.	*Klar, man trifft ja überall*	*ESPer*
Tate,	*Alan Seaver*	*sollen*
aber	*als*	*nicht*
Kein ordentlich gewählter	*Vorsitzender war noch*	*unverheiratet*
Arzt	*Gast,*	*bleiben,*
ist so	*doch*	*womöglich*
Großzügig ausgedrückt,	*ich finde, Alan ist zieml.*	*versaut*
und	*peile*	*das dem*
gerade	*noch*	*Verband*
im	*nichts*	*den*
besonderen	*von*	*ganzen*
Fall	*seiner*	*eugenetischen*
D'Courtneys	*Ankunft erfolgt ganz nach*	*Plan.‹*
	aber	

Wieder ergab sich ein Ausbruch von Gelächter, als Mary Noyes plötzlich mit ihrem zusammenhanglosen *›aber‹* sozusagen in der Luft schwebte. Die Türglocke läutete nochmals, und ein Anwalt des Solaren Billigkeitsgerichtshofes, ein ESPer 2, kam mit seiner Freundin, einem gezierten jungen Mädchen, das äußerlich erstaunlich attraktiv war und den Anwesenden noch unbekannt. Das TW-Muster der Kleinen war schlicht und nicht allzu empfänglich. Offenbar eine Dreier. *›Seid gegrüßt, seid gegrüßt! Ich bitte zerknirscht um Entschuldigung für die Verspätung. Der Grund waren Orangenblüten und Trauringe. Auf dem Weg hierher hatte ich endlich den Mumm, die Eheschließung vorzuschlagen.‹*

»Und ich Dummerchen habe eingewilligt«, sagte das Mädchen und lächelte.

›Du sollst nicht sprechen!‹ Der Gedanke des Anwalts fuhr auf das Mädchen nieder wie ein Blitz. *›Das hier ist kein Brabbelstündchen für Drittgradige. Ich habe dir ausdrücklich nahegelegt, keine Worte zu gebrauchen.‹*

»Ach, ich hab's vergessen«, rutschte der Ärmsten wieder eine laute Äußerung heraus, und im nächsten Moment erhitzte sie den Raum mit ihrem Schrecken und ihrer Scham. Powell trat vor und nahm sie an der zittrigen Hand.

›Achten Sie nicht auf ihn, er ist sowieso nur ein Spät-Zweier und Snob. Ich bin Lincoln Powell und bei der Polizei so etwas wie Sherlock Holmes. Sollte Ihr Verlobter Sie schlagen, werde ich's ihm schon austreiben, daß er's bitter bereut. Kommen Sie, lernen Sie Ihre Verbandskollegen kennen…‹ Er geleitete sie rundum durchs Zimmer. *›Dies ist Gustus Tate, ein Kurpfuscher Ersten Grades. Neben ihm sehen Sie Sam & Sally @kins. Sam ist auch einer von der Sorte. Sally ist Zweier und Kindergärtnerin. Sie sind von der Venus zu Besuch hier…‹*

»Ha-hall…« *›Hallo, wie geht's?‹*

›Der Dicke, der dort am Fußboden sitzt, ist Wally Chervil, Architekt und Zweier. Die Blondine auf seinem (Schoß)^2 *ist June, seine Frau. June ist eine Zweier-Redakteurin. Der da ist Galen, ihr Sohn, er unterhält sich gerade mit Ellery West. Galen ist Techniker und hat den Dritten Grad…‹* Der junge Galen Chervil wollte schon entrüstet daran erinnern, daß er sich soeben für den Zweiten Grad qualifiziert und schon seit einem Jahr kein einziges lautes Wort gesprochen hatte, aber Lincoln unterbrach ihn unterhalb der Perzeptionsschwelle des Mädchens und erklärte ihm den Grund für den absichtlichen Fehler.

»So, aha«, sagte daraufhin Galen, »dann sind wir Bruder und Schwester im Zeichen der Drei. Ich bin froh, daß noch jemand wie Sie gekommen ist. Ich war schon fast eingeschüchtert inmitten so vieler Super-ESPer.«

»Ach, ich weiß nicht, ich glaube, es ist halb so schlimm. Zuerst war mir ja auch etwas bange, aber jetzt ist mir bereits wohler zumute.«

›Und hier ist die reizende Gastgeberin: Mary Noyes.‹

›Hallo! Ein Appetithäppchen gefällig?‹

›Ja, danke. Die sehen wirklich lecker aus, Mrs. Powell.‹

›Na, wie wäre es jetzt mit einem Spielchen?‹ überlagerte Powell hastig die Allgemeinheit. *›Zum Beispiel Rebus?‹*

Draußen drückte sich Jerry Church an die Gartenpforte von Powells Haus, verborgen im Schatten des kleinen Torbogens aus Kalkstein, und lauschte aus ganzem Herzen und mit seinem gesamten Wesen. Er war durchgefroren, stumm, starr von der Kälte und voller Begierde. Er steckte voller Widerwillen, Haß, Verachtung und zugleich Begierde. Er war ein ESPer 2 und sehnsüchtig nach ESPer-Gesellschaft. Die Ursache seiner Sehnsucht war der ihm auferlegte Bann. Durch den dünnen Fensterladen aus Ahorn sickerte das vielschichtige TW-Gespinst heraus: eine vielfältig verflochtene, in unaufhörlichem Wechsel begriffene Gesamtanordnung von Schwingungen, die Wohlgelauntheit verbreitete. Und ESPer 2 Church, der seit zehn Jahren einer Hungerkur ausgesetzt war, was die Aufmerksamkeit anderer ESPer betraf, sehnte sich grenzenlos nach seinesgleichen, nach der Welt der ESPer, die er verloren hatte.

›*Ich habe D'Courtney erwähnt, weil ich nun an einen Fall geraten bin, der recht ähnlich gelagert sein könnte.*‹ Das war Augustus Tate, der sich hartnäckig @kins widmete.

›*Ach, tatsächlich? Das ist allerdings hochinteressant. Vielleicht sollten wir unter diesen Umständen einmal die beiden Fallgeschichten einem Vergleich unterziehen. Ich bin übrigens sowieso bloß hier, weil D'Courtney auch nach Terra kommt. Schade, daß D'Courtney… na, uns nicht zur Verfügung stehen wird.*‹ @kins bemühte sich offenbar, Diskretion zu bewahren, wogegen Tate anscheinend irgend etwas herauszufinden versuchte. Vielleicht auch nicht, doch jedenfalls geschah drinnen ein äußerst feinmaschiges geistiges Abschotten und Konter-Abschotten, das einem Duell mit elektrischen Strömen innerhalb eines Systems komplizierter Schaltkreise ähnelte.

›*Ich finde, daß Sie reichlich gemein zu dem armen Mädchen waren, werter Kollege.*‹

»Du liebe Scheiße«, zischelte Church gehässig vor sich hin, »was der Kerl für ein blödes Zeug daherdenkt! Ausgerechnet Powell, der dafür gesorgt hat, daß ich rausfliege, der muß nun einem Anwalt Moral predigen!«

›*Armes Mädchen? Eine wahrhaftig stockdumme Pute, Powell, das ist sie! Meine Güte, wie schlichtmütig können Sie eigentlich sein?*‹

›*Sie ist doch nur eine Dreier. Seien Sie gerecht.*‹

›*Sie geht mir schwer auf die Nerven.*‹

›*Meinen Sie, daß es richtig ist… sie zu heiraten, wenn Sie so für sie empfinden?*‹

›*Seien Sie doch kein romantischer Trottel, Powell. Wir müssen nun einmal ESPer heiraten. Aber ich kann doch wenigstens auf einem hübschen Mäulchen bestehen.*‹

Im Wohnzimmer beschäftigte man sich unterdessen mit dem Rebus. Mary Noyes war dabei, einen Begriff zu erfragen der in einem Bild versteckt war, das von dem Text eines uralten Gedichts gebildet wurde.

›Fest			*sich*
gemauert			*Geziemt*
in			*das wir ernst bereiten,*
der		*wohl*	*von oben. Zum Werke,*
Erden	*ein*	*ernstes*	*kommt*
Steht	*Wort;*	*Wenn gute*	*Segen*
die	*Reden*	*sie begleiten,*	*der*
Form,	*Dann*	*fließt die*	*Doch*
aus	*Arbeit*	*munter*	*loben;*
Lehm		*fort.‹*	*das Werk den Meister*
gebrannt.			*muß der Schweiß, Soll*
Heute			*rinnen*
muß			*heiß*
die			*Stirne*
Glocke werden,	*Frisch, Gesellen,*	*seid zur*	*Hand! Von der*

Nanu, was war denn das bloß?! Ein Auge in einem Glas? Hm? Oh! Kein Glas! Ein Bierkrug. Ein Steinkrug. Auge in einem Stein. Einstein! Na, das war ja leicht.

›Was hältst du von Powell für diesen Posten, Ellery?‹ Der Gedanke stammte von Chervil mit dem falschen Lächeln und dem würdevoll rundlichen Bauch.

›Als Vorsitzenden des Verbandes?‹

›Ja.‹

›Ein verdammt tüchtiger Mann. Ein Romantiker, aber sehr tüchtig. Der ideale Kandidat, würde er bloß endlich heiraten.‹

›Daran ist ja eben seine romantische Ader schuld. Es fällt ihm schwer, ein Mädchen zu finden.‹

›Ist das nicht mit allen euch Ober-ESPern so? Gott sei Dank, daß ich kein Einser bin.‹

Dann zerklirrte in der Küche Glas, und Church empfing wieder die Gedanken von Pater Powell, wie er ihn bei sich nannte, der diesmal den kleinen Rotzkerl Augustus Tate zu maßregeln anfing. *›Es ist nicht schlimm um das Glas, Gustus. Ich mußte es als Ablenkung fallen lassen, um dich zu decken. Du verstrahlst ja Ruhelosigkeit wie eine Nova.‹*

›Ach, Quatsch, Powell.‹

›Kein Quatsch. Was ist das für ein Wirbel um Ben Reich?‹

Der kleine Scheißer war wirklich schwer auf der Hut. Seine geistige Panzerung erhärtete sich spürbar. *›Ben Reich? Wie kommst du auf Ben Reich?‹*

›Durch dich, Gustus. Den ganzen Abend lang befaßt du dich schon mit ihm. Ich mußte es einfach merken.‹

›Ich nicht, Powell. Das muß eine andere TW gewesen sein.‹ Das geistige Äquivalent eines schallenden Gelächters. *›Powell, ich schwöre dir, ich habe nicht …‹*

›Hast du dich mit Reich eingelassen, Gustus?‹

›Nein.‹ Aber man spürte, wie Tates geistige Schotten schlagartig hundertprozentig dichtmachten.

›Beherzige den Rat eines alten Verbandshasen, Gustus. Reich kann dich in große Schwierigkeiten bringen. Sei schön vorsichtig. Erinnerst du dich noch an Jerry Church? Ihn hat Reich ins Unglück gestürzt. Gib acht, daß es dir nicht ebenso ergeht.‹ Tate entfernte sich ins Wohnzimmer; Powell blieb in der Küche, fegte langsam, mit seinen bedächtigen Bewegungen, die Scherben zusammen. Church kauerte reglos an der Hintertür, bezähmte den glutheißen Haß in seinem Herzen. Der junge Chervil unterhielt die Verlobte des Anwalts, indem er ihr auf geistiger Ebene ein Liebeslied vortrug und es zugleich mit einer visuellen Parodie begleitete. Pubertärer Kram. Die Ehefrauen befleißigten sich einer lebhaften mentalen Konversation in Sinuskurven. @kins und West waren in eine Kreuz- und Querdiskussion aus verzwickten Geweben sensorischer Gedankenbilder verwickelt, deren Faszination, die sie auf Church ausübten, seine Sehnsucht schmerzlich vertieften. *›Möchtest du einen Schluck mittrinken, Jerry?‹* Die Hintertür hatte sich geöffnet, und auf der Schwelle zeichnete sich Powells Gestalt ab; er hielt ein Glas, dessen Inhalt sprudelte, in der Hand. Der sanfte Sternenschein erhellte sein Gesicht. Die Augen in den tiefen Höhlen spiegelten Verständnis und Mitgefühl wider. Verdutzt richtete sich Church auf und nahm das angebotene Glas scheu entgegen. *›Aber laß davon nichts zum Verband vordringen, Jerry. Ich bekäme eine Menge Ärger für die Mißachtung des Tabus, das deinem Status anhaftet. Ich verstoße ohnehin dauernd gegen irgendwelche Vorschriften. Armer Jerry … Wir müssen irgend etwas für dich tun. Zehn Jahre sind zu lang.‹*

Plötzlich schüttete Church das Getränk Powell ins Gesicht, machte auf dem Absatz kehrt und lief davon.

3

Am Montagmorgen um 9 Uhr erschien auf dem Bildschirm von Reichs V-fon Tates püppchenhaftes Gesicht. »Ist dies eine sichere Verbindung?« erkundigte er sich in scharfem Ton. Zur Antwort wies Reich bloß auf das Sicherheitszeichen. »Na schön«, sagte Tate. »Ich glaube, ich habe meinen ersten Auftrag für Sie erledigt. Gestern abend konnte ich @kins ein wenig unter meine telepathische Lupe nehmen. Aber bevor ich Ihnen etwas erzähle, muß ich Sie warnen. Wenn man einem Einser in den Geist schaut, ist die Möglichkeit von Irrtümern sehr groß. @kins hatte sich mit aller Sorgfalt abgeschirmt.«

»Das ist mir alles klar.«

»Craye D'Courtney trifft mit der ›Astra‹ am nächsten Mittwochmorgen vom Mars ein. Er wird sich sofort in Maria Beaumonts Stadtwohnsitz begeben und dort für genau eine Nacht im Geheimen und Verborgenen zu Gast sein... nicht länger.«

»Eine Nacht«, sagte Reich leise. »Und dann? Was hat er vor?«

»Keine Ahnung. Anscheinend plant D'Courtney irgendeine drastische Maßnahme...«

»Gegen mich!« entfuhr es Reich.

»Vielleicht. Nach allem, was ich von @kins weiß, unterliegt D'Courtney irgendeiner Art von schwerstem Streß, und seine Anpassungsfähigkeit zerschmilzt. Lebens- und Todestrieb haben sich entworren. Er ist infolge dieser emotionalen Katastrophe einem beschleunigten Verfall unterworfen...«

»Verflucht noch einmal!« schnauzte Reich unbeherrscht. »Drücken Sie sich verständlich aus! Mein Leben hängt von diesen Informationen ab.«

»Es verhält sich ganz einfach. Jeder Mensch besitzt ein Gleichgewicht von zwei entgegengesetzten Trieben. Einer ist der Lebenserhaltungstrieb, der andere der Todestrieb. Beide Triebe streben dasselbe Ziel an... das Nirwana. Der Lebenserhaltungstrieb ringt ums Nirwana, indem er jedes Hindernis auf jede erdenkliche Weise fortzuräumen versucht. Der Todestrieb strebt das Nirwana auf dem Wege der Selbstzerstörung an. Normalerweise sind beide Triebe in einem an diesen gewohnten Zustand angepaßten Individuum miteinander verschmolzen. Unter Streß bilden sie dagegen zwei getrennte Triebstränge. Das geschieht gegenwärtig bei D'Courtney.«

»Ja, wahrhaftig! Und er hat's auf mich abgesehen!«

»@kins will D'Courtney am Donnerstagmorgen aufsuchen, um ihn möglichst von dem abzubringen, das er zu tun beabsichtigt, was immer das auch sein mag. @kins ist deswegen jedenfalls sehr beunruhigt und fest entschlossen, es zu verhindern. Er hat auf der Venus einen Schnellraumer bestiegen, um vor D'Courtney hier anzukommen.«

»Er kann sich die Mühe sparen, D'Courtney aufzuhalten. Das werde ich schon persönlich erledigen. Er braucht mich nicht zu beschützen. Ich kann mich selber schützen. Das ist ein Fall von Selbstverteidigung, Tate... kein Mord! Selbstverteidigung! Sie haben gute Arbeit geleistet. Mehr brauche ich nicht, um Erfolg zu haben.«

»Sie brauchen noch viel mehr, Reich. Unter anderem Zeit. Heute ist Montag. Sie müssen am Mittwoch bereit sein.«

»Und das werde ich auch«, knirschte Reich. »Sorgen Sie dafür, daß Sie's auch sind.«

»Wir können uns keinen Mißerfolg erlauben, Reich. Wenn daraus ein Fehlschlag wird... das bedeutet Demolition. Haben Sie das berücksichtigt?«

»Demolition für uns beide. Das weiß ich ganz genau.« Plötzlich klang Reichs Stimme brüchig. »Ja, Tate, Sie sitzen mit mir im selben Boot, und ich werde es steuern bis zum Ende... selbst bis zur Demolition.«

Er verwendete den ganzen Montag auf die Vorbereitungen, plante mit Verwegenheit, Unerschrockenheit und Selbstvertrauen. Wie ein Künstler auf einem Blatt in schwachen Umrissen eine Skizze entwirft, bevor er mit der kräftigen Tusche ans Werk geht, so legte er die Grundzüge seines Plans fest; aber die Tusche ließ er sozusagen weg: der Endkampf sollte seinem Trieb zum Morden vorbehalten bleiben. Er beendete die Planung und schlief die Nacht vom Montag auf den Dienstag recht anständig... bis er mit einem Schrei erwachte, nachdem er wieder vom Mann ohne Gesicht geträumt hatte. Am Dienstagnachmittag verließ Reich das Monarch-Hochhaus früher als üblich und stattete dem am Sheridan Place gelegenen Century Audio Shop einen Besuch ab. Der Laden führte hauptsächlich piezoelektrische Kristallspeicher in den verschiedensten Formen – winzige Edelsteine in vornehmen Fassungen. Die neueste Modeerscheinung waren Broschen für Damen; diese Schmuckstücke konnten Aufnahmen ganzer Opern enthalten. (»Bei Musik auf Schritt und Tritt/Schwingt Ihre Muschi munter mit.«) Im Century standen auch einige Regale voller altmodischer gedruckter Bücher.

»Ich möchte eine echte Besonderheit für eine Freundin, die ich lange vernachlässigt habe«, sagte Reich zum Verkäufer. Man legte ihm haufenweise Artikel vor. »Das ist mir alles nicht außergewöhnlich genug«, quengelte er. »Warum stellt man hier eigentlich keinen Introvisor ein, der die Wünsche eines Kunden im Handumdrehen sicher erkennt, so daß der Kunde nicht solche Umstände hat? Wie kann man ein Geschäft denn so altertümlich und urgroßväterlich betreiben?« Er begann durch den Laden zu schlendern, umlauert von einem Gefolge besorgten Personals. Nachdem er genügend lange herumgestöbert hatte und ehe der beunruhigte Geschäftsführer sich entschloß, einen ESPer-Verkäufer herzubestellen, blieb er vor den Bücherregalen stehen. »Was ist das?« fragte er in scheinbarer Verwunderung.

»Bücher, Mr. Reich. Alte Bücher.« Das Personal begann ihm gemeinsam umständlich die Theorie und Praxis des archaischen Visual-Buchs zu erläutern, während Reich langsam nach dem zerfledderten braunen Band suchte, auf den allein er es abgesehen hatte. Er erinnerte sich noch gut daran. Er hatte es vor fünf Jahren einmal durchgeblättert und sich danach einen Vermerk in sein kleines schwarzes Notizbuch geschrieben. Der alte Geoffry Reich war nicht der einzige Reich geblieben, der die Überzeugung hegte, daß sich Weitsicht auszahlte.

»Interessant. Ja, wirklich. Faszinierend. Was ist dies hier für ein Buch?« Er zog den braunen Band heraus. »›Party-Spiele‹. Von wann ist es denn? Ja, kann so etwas wahr sein?! So lange gibt es schon Partys?« Die Belegschaft versicherte ihm einmütig, daß die Menschen auch früher schon in mancherlei Hinsicht erstaunlich modern eingestellt gewesen seien. »Und was da drinsteht!« Reich lachte gedämpft auf. »›Blindekuh‹ ... ›Römische Beichte‹ ... ›Besentanz‹ ... ›Sardinenbüchse‹. Na, was mag das wohl sein? Seite sechsundneunzig. Das wollen wir uns einmal ansehen.« Reich blätterte, bis sein Blick auf eine fettgedruckte Überschrift fiel: HEITERE SPIELE FÜR GEMISCHTE PARTYS. »Da, schau her«, sagte er in geheuchelter Fassungslosigkeit. Er legte einen Finger auf den Absatz, an den er sich noch gut entsann.

SARDINENBÜCHSE

Man wählt einen Spieler zur Sardine. Alle Lichter werden gelöscht, und die Sardine darf sich irgendwo im Haus verstecken. Nach ein paar Minuten schwärmen die übrigen Spieler einzeln aus, um die Sardine zu suchen. Wer sie findet, darf es den restlichen Spielern nicht verraten, sondern wird ebenfalls zur Sardine. Die Sardinen verstecken sich gemeinsam an einem Ort ihrer Wahl. Nacheinander werden alle Spieler, die die Sardinen finden, ebenso zu Sardinen. Alle Sardinen verbergen sich im selben Versteck. Schließlich tappt nur noch ein Spieler im wahrsten Sinne des Wortes im Dunkeln. Er ist der Verlierer.

»Das Buch nehme ich«, sagte Reich. »Das ist genau, was ich brauche.«

Am Abend arbeitete er drei Stunden lang mit Glut, Säure, Farbe, Beizstoff und Schere, um den gesamten Rest des Bandes zu verschandeln und zu entstellen, alle anderen Spielanweisungen bis zur Unbrauchbarkeit zu verstümmeln; jede versengte Stelle, jeder Riß, jeder Schnitt bereitete ihm ein irres Vergnügen, als ob er in Wirklichkeit D'Courtneys wehrloser Klappergestalt diese Mißhandlungen zufügte. Als sein Mord *in effigie* begangen war, bestanden die ganzen Texte nur noch aus unbegreiflichen Bruchstücken; bloß die Anleitung zum Spiel ›Sardinenbüchse‹ war erhalten geblieben.

Reich packte das Buch ein, versah das Päckchen mit der Anschrift von Taxator Graham und warf es in die Rohrpost. Mit einem Fauchen und Poltern verschwand es; eine Stunde später gelangte es mit einem eindrucksvoll besiegelten Gutachten Grahams wieder auf Reichs Schreibtisch. Offensichtlich war es – wie er erwartet hatte – nicht aufgefallen, daß es sich bei den Beschädigungen um sein Werk handelte. Er ließ das Buch mitsamt dem Gutachten (wie es der Brauch war) geschenkmäßig verpacken und durch die Rohrpost zu Maria Beaumonts Stadtwohnsitz befördern. Zwanzig Minuten später erhielt er eine Antwort.

> Liebling! Liebling! Liebling! Ich dacht schon, Du hättest mich arms kleins Häschen vergessen. (Offenbar hatte Maria das Brieflein eigenhändig geschrieben.) Dein Geschenk ist 1fach himmlisch! Sei heut abend Gast im Haus Beaumont. Wir haben 1e Party. Da können wir gleich viele Spiele aus Deim duften Buch spielen.

Außerdem enthielt die Versandkapsel ein Bild Marias, das eingeschlossen war in einen sternförmigen Kunstrubin. Natürlich war es ein Nacktfoto. Reich antwortete sofort.

> Bin untröstlich, da heute abend verhindert. Mir ist eine meiner Millionen abhanden gekommen.

Marias Entgegnung ließ nicht lange auf sich warten.

> Dann komm eben am Mittwoch, Du fleißiger Biber! Ich geb' dir 1e von meinen.

Reich säumte nicht lange mit seiner Zusage.

> Nehme mit Freuden Einladung an. Bringe noch einen Gast mit. Tausend Grüße und Küsse!

Danach ging er ins Bett. Er schrie, als ihm im Traum der Mann ohne Gesicht erschien.

Im Laufe des Mittwochvormittags suchte Reich die Wissenschaftliche Abteilung der Monarch auf (»Wissen Sie, das sind halt solche Anwandlungen von Väterlichkeit.«) und brachte eine angeregte Stunde mit seinen jungen Schlaumeiern zu. Er diskutierte mit ihnen ihre Tätigkeit und ihre glanzvolle Zukunft (wofür sie der Monarch nur Vertrauen entgegenzubringen bräuchten). Beiläufig erzählte er ihnen den alten schweinischen Witz vom unverheirateten Siedler, der im tiefsten Weltraum eine Notlandung auf einem Friedhofsasteroiden machen muß (»... und da sagte die schöne Leiche zu ihm: ›Erlauben Sie mal, junger Mann, ich bin eine anständige Touristin!‹«), über den seine Schlauköpfchen pflichtgemäß lachten, während sie sich insgeheim getrost dem Chef ein wenig an Niveau überlegen fühlen durften. Während dieser Entfaltung von größtmöglicher Leutseligkeit – im Rahmen des Angebrachten – konnte Reich nebenbei einen Blick in den strengen Zugangsbeschränkungen unterworfenen Lagerraum mit den geheimsten Hilfsmittelchen der Monarch werfen und bei dieser Gelegenheit eine Anti-Visual-Patrone an sich nehmen. Es handelte sich um kupferne Profilstäbe in der halben Größe von Sprengkapseln, aber sie waren doppelt so gefährlich. Sobald man sie aufriß, schoß das Treibgas in einer grellen, bläulichen Flamme hinaus, die das Rhodopsin – ein Farbeiweiß in der Netzhaut des Auges – ionisierte, dadurch das Opfer blendete und seine Wahrnehmung von Raum und Zeit aufhob.

Am Mittwochnachmittag begab sich Reich in die Melody Lane inmitten des Künstlerviertels und bimmelte an der Tür der Psycho-Song GmbH, deren Leiterin ein gerissenes junges Weibsstück war, das für die Verkaufspolitik der Monarch bereits hervorragendes Reimgeklingel und im vergangenen Jahr, als die Monarch alles aufbieten mußte, um einen Arbeitskampf schnellstens zu beenden, einige Streikbrecherlieder von verheerender Wirkungskraft geliefert hatte. Der Name dieser jungen Frau lautete Duffy Wyg&.* Für Reich war sie die Verkörperung des modernen Karrieremädchens – die jungfräuliche Verführerin.

»Na, Duffy, wie geht's, wie steht's?« Er gab ihr einen gleichmütigen Kuß. Reich pflegte ihre Rundungen mit vom Erfolg geschwängerten Umsatzkurven zu vergleichen; doch sie war für seinen Geschmack noch ein bißchen zu jung.

»Na, Mr. Reich?« Sie sah ihn mit seltsamem Blick an. »Eines Tages werde ich jemanden vom Verein ESPer der Einsamen Herzen heranziehen, um endlich einmal Aufschluß über die Bedeutung Ihrer Küsse zu erhalten. Ich kann mich nie völlig des Eindrucks erwehren, als ginge es Ihnen gar nicht so sehr darum, Ihr Geld loszuwerden.«

---

* & = and

»Sehr liegt mir auch nicht daran.«
»Schuft!«
»Ein Mann muß sich frühzeitig entscheiden, Duffy. Wenn er's vorzieht, Mädchen zu küssen, gibt er gleichzeitig seinem Geld den Abschiedskuß.«
»Aber Sie haben mich doch jedesmal geküßt.«
»Nur weil Sie der Dame auf dem Kredit so sehr ähneln.«
»Tataaa-tataaa-tataaa ...!«
»Huch, wie poppig.«
»Scheißkerl«, sagte sie.
»Tschingdera-tschingdera ...«
»Den Klotzkopf würde ich zu gerne umbringen, der diese Blasmusik erfunden hat«, sagte Duffy verdrossen. »Na gut, Feinspinkelchen. Was haben Sie auf dem Herzen?«
»Glücksspiele«, antwortete Reich. »Ellery West, der Leiter unseres Freizeitzentrums, jammert darüber, daß das Personal der Monarch zuviel an den Spieltischen hockt. Ich persönlich habe an sich nichts dagegen.«
»Sicher. Wer beim Betrieb Schulden hat, ersucht ungern um Gehaltserhöhung.«
»Sie sind doch einfach zu gescheit, meine liebe Kleine.«
»Sie möchten also so eine Art von Song, der die Spielleidenschaft mindert?«
»Etwas ähnliches. Er muß eingängig sein. Aber nicht zu plump. Keine direkte Propaganda, ich lege mehr Wert auf ein Lied mit Verzögerungswirkung. Ich will die Beeinflussung mehr oder weniger unbewußt geschehen lassen.« Duffy nickte und machte sich rasch einige Vermerke. »Und sehen Sie zu, daß es eine hörenswerte Melodie ist. Ich muß sie mir dann ja von was weiß ich wie vielen Leuten anhören, die sie den ganzen lieben langen Tag hindurch singen, summen und pfeifen.«
»Alle meine Produktionen sind so gut, daß man sie hören kann, Sie Mistkerl.«
»Ja, einmal.«
»Das kostet Sie einen Tausender mehr.«
Reich lachte. »Da wir gerade von Monotonie sprechen ...«, begann er glattzüngig.
»Was gar nicht der Fall ist.«
»Welches war die hartnäckigste Melodie, die Sie jemals komponiert haben?«
»Hartnäckig?«
»Sie wissen, was ich meine. So etwas wie ein Reklamegetingel, das einem nicht wieder aus dem Ohr geht. Einen Ohrwurm.«

»Oh, Sie meinen etwas Einprägsames wie einen Pepsi, wie wir das nennen.«

»Warum?«

»Keine Ahnung. Angeblich, weil vor einigen Jahrhunderten der erste von einem Typ namens Pepsi geschrieben worden sein soll. Aber ich glaube das nicht so recht. Ich habe einmal einen gemacht...« Angesichts der Erinnerung zog Duffy schreckhaft die Schultern ein. »Ich denke noch heute ungern daran. Er sollte mindestens für einen Monat im Gedächtnis der Leute bleiben. Mich hat er ein Jahr lang verfolgt.«

»Bestimmt übertreiben Sie.«

»Nein, auf Ehrenwort, Mr. Reich. Das Ding hieß ›Spannung! rief der Tensor‹. Ich schrieb es damals für diesen Reinfall von Show mit dem verrückten Mathematiker. Man wollte etwas, das einmal echt einschlägt, und so kam's auch, aber anders als erhofft. Die Leute waren bald so sauer, daß das Programm geändert werden mußte. Und ich habe dabei ein Vermögen verloren.«

»Das Liedchen möchte ich aber gerne mal hören.«

»Das kann ich Ihnen nicht antun.«

»Ach, kommen Sie, Duffy, machen Sie schon, ich bin jetzt wirklich neugierig.«

»Sie werden's noch bereuen.«

»Ach was.«

»Na schön, Sie Dickschädel«, sagte sie und zog die Tastatur des Synthesizers heran. »Das soll meine Rache für ihren kühlen Begrüßungskuß sein.« Ihre Handflächen und die Finger huschten anmutig und geschwind über die Tastatur. Eine Melodie, die sich auszeichnete durch unüberbietbare Monotonie, erfüllte den Raum mit quälerischer, unverzeihlicher Abgedroschenheit. Sie war die Quintessenz jedes melodischen Klischees, das Reich je gehört hatte. Gleichgültig, an welche Melodie man sich zu entsinnen versuchte, unweigerlich geriet man auf dem Weg über vertraute Töne wieder zurück zu ›Spannung! rief der Tensor‹. Dann begann Duffy zu singen.

> »Acht, Mensch, sieben, Mann,
> Sechs, Mensch, fünf, Mann,
> Vier, Mensch, drei, Mann,
> Zwei, Mensch, eins, Mann!
> Spannung! rief der Tensor.
> Spannung! rief der Tensor.
> Spannung, Spiel und
> Spökenkieken sind im Gang!«

»Um Gottes willen!« entfuhr es Reich.

»In diese Melodie habe ich tatsächlich ein paar knallharte musikalische Kniffe eingearbeitet«, sagte Duffy, während sie weiterspielte. »Bemerken Sie den Takt nach dem letzten ›Mann‹? Das ist eine Halbkadenz. Dann folgt so ein Takt hinter ›Gang‹, also besteht der Schluß des Songs ebenfalls aus einer Halbkadenz, und deshalb kann man ihn niemals beenden. Der Takt erzwingt einen Kreislauf. Das geht so: ›Spannung, Spiel und Spökenkieken sind im Gang!‹ SCHR*UMM!* ›Spannung, Spiel und Spökenkieken sind im Gang!‹ SCHR*UMM!* ›Spannung, Spiel und...‹«

»Sie sind ja ein richtiger kleiner Satansbraten!« Reich sprang auf und patschte seine Handflächen auf die Ohren. »Ich bin erledigt. Wie lange hängt einem das an?«

»Nicht länger als einen Monat.«

»Spannung, Spiel und Spöken...! Das ist das Ende! Das wirft mich nieder! Gibt's davor keine Rettung?«

»Doch«, antwortete Duffy. »Es ist ganz einfach. Sie brauchen bloß mich niederzuwerfen.« Sie schmiegte sich an ihn und schenkte ihm mit ihrem jungen Mund einen ernstgemeinten Kuß. »Scheißkerl«, sagte sie leise. »Dickkopf. Idiot. Tölpel. Wann benimmst du dich endlich wie ein Mann und schleifst mich an den Haaren durch den Dreck? Besinn dich, du Lump. Warum bist du nicht so schlau wie ich dich einschätze?«

»Ich bin sogar noch schlauer«, sagte er; und ging. Wie Reich es vorgesehen hatte, prägte sich der Song seinem Gedächtnis nachhaltig ein; er wanderte ihm im Kopf herum, während er hinunter auf die Straße eilte. *›Spannung! rief der Tensor. Spannung! rief der Tensor. Spannung, Spiel und Spökenkieken sind im Gang!‹* SCHR*UMM!* Ein tadelloser Gedankenschirm für einen Nicht-ESPer. Welcher Introvisor wollte das durchdringen? *›Spannung, Spiel und Spökenkieken sind im Gang!‹* »Viel schlauer«, murmelte Reich und bestellte einen Jumper, der ihn in den äußeren Westen der Stadt zu Jerry Churchs Pfandladen bringen sollte. *›Spannung, Spiel und Spökenkieken sind im Gang!‹*

Trotz aller gegenteiligen Behauptungen ist die Pfandleiherei noch immer das älteste Gewerbe der Welt. Das Verleihen von Geld gegen bewegliche Habe als Sicherheit ist die allerälteste menschliche Erwerbstätigkeit. Man findet Beweise für sie in der fernsten Vergangenheit, und man kann sie sich auch in der fernsten vorstellbaren Zukunft noch ganz gut denken, so unverändert, wie die Pfandleihe selbst bleibt. Man betrat Jerry Churchs Kellerlager, vollgepackt mit dem wahllos verstreuten Strandgut der Zeit, und stand in einem Museum der Ewigkeit. Und auch Church persönlich, der scheel dreinblickte und ständig röchelte und rotzte, dessen Gesicht grau und bläulich war von den inneren Mißhandlungen durch seine Leiden, war die zeitlose Verkörperung des schmierigen Pfandleihers. Church kam aus dem Schatten geschlurft und trat vor Reich hin, der in fahler Helligkeit, verursacht durch einen Lichtflecken des Sonnenscheins, der durch ein Fenster fiel, an der Ladentheke stand. Church erschrak nicht. Er verleugnete Reich. An dem Mann vorbei, der seit zehn Jahren sein Todfeind war, schleppte er sich hinter die Ladentheke und nahm eine geschäftsmäßige Haltung ein. »Ja, bitteschön?«

»Hallo, Jerry.«

Ohne aufzublicken, streckte Church ihm über die Ladentheke die Hand entgegen. Als Reich sie drücken wollte, zog er sie blitzartig zurück. »Nein«, sagte Church in einem Knurrlaut, der halb in ein hysterisches Kichern ausartete. »Nein, danke. Es genügt, wenn Sie mir geben, was Sie verpfänden wollen.«

Der ESPer hatte sich eine kleingeistige Bosheit geleistet, und Reich war darauf hereingefallen. Aber dergleichen zählte nicht. »Ich habe nichts zu verpfänden, Jerry.«

»So arm geworden? Wie die Großen Tiere mit der Zeit klein werden! Aber mit so was muß man immer rechnen, hm? Einmal ist jeder ganz unten. Einmal ist jeder unten.« Church musterte ihn mit schiefem Blick, versuchte offenbar seine Gedanken zu lesen. Sollte er's ruhig versuchen. *›Spannung, Spiel und Spökenkieken sind im Gang!‹* Sollte er sich an diesem irren Singsang ruhig die geistigen Zähne ausbeißen. »Wir kommen alle zu Fall«, bekräftigte Church. »Eines Tages kommen wir alle zu Fall.«

»Kann sein, Jerry. Mir ist es bis jetzt allerdings nicht passiert. Ich hatte bisher Glück.«

»Ich hatte Pech«, nölte der ESPer. »Ich bin Ihnen begegnet.«

»Jerry«, sagte Reich mit nachsichtiger Geduld, »ich habe Ihnen niemals Pech gebracht. Es war Ihr Schicksal, daß Sie heruntergekommen sind. Kein...«

»Sie gottverdammter Lumpenhund«, sagte Church mit entsetzlich leiser Stimme. »Sie gottverfluchter Menschenhai! Hoffentlich verfaulen Sie bei lebendigem Leibe, ehe Sie krepieren. Machen Sie, daß Sie aus meinem Laden verschwinden! Ich will mit Ihnen nichts zu schaffen haben. Nichts! Vestehen Sie mich?«

»Auch nichts mit meinem Geld?« Reich holte aus seiner Tasche zehn schimmernde Sovereigns und zählte sie auf die Theke. Das war ein äußerst gelungener Schachzug. Im Gegensatz zum Kredit war das Hartgeld der Unterwelt der Sovereign. *›Spannung, Spiel und Spökenkieken sind im Gang!‹*

»Am allerwenigsten mit Ihrem Geld. Ich wünsche mir von ganzem Herzen, daß Ihnen einmal jemand den Arsch bis zum Hals aufreißt. ich würde gerne Ihr Blut in der Gosse verspritzt sehen. Ich wollte, daß Würmer sich durch Ihre Augen in Ihr ekelhaftes Gehirn fressen... Aber Ihr Geld will ich nicht.«

»Was wollen Sie statt dessen, Jerry?«

»Sie haben es doch gehört!« kreischte der ESPer. »Ich hab's Ihnen doch deutlich genug gesagt! Sie gottverdammter, widerwärtiger...!«

»Was wollen Sie, Jerry?« wiederholte Reich ungerührt, dessen Blick fest auf dem verhutzelten Mann ruhte. *›Spannung, Spiel und Spökenkieken sind im Gang!‹* Er hatte Church noch immer in der Gewalt. Es spielte keine Rolle, daß Church einmal ein Zweier gewesen war; Herrschaft war keine Frage der ESP. Sie war eine Frage der Persönlichkeit. *›Acht, Mensch, sieben, Mann... sechs, Mensch, fünf, Mann...‹* Er hatte Church immer in der Hand gehabt; und er würde ihn immer in der Hand behalten.

»Was möchten Sie?« fragte Church widerwillig.

Reich schnob erheitert. »Sie sind der ESPer. Sagen Sie's doch.«

Church schwieg ein Weilchen lang. »Ich kann's nicht«, murmelte er dann. »Ich blicke nicht durch. Irgendeine verrückte Musik überlagert alles...«

»Dann will ich's Ihnen sagen. Ich möchte einen Revolver.«

»Einen was?«

»R-E-V-O-L-V-E-R. Revolver. Alte Schußwaffe. Man verschießt damit durch Explosion Projektile.«

»Dergleichen habe ich nicht.«

»O doch, Jerry. Keno Quizzard hat es vor einiger Zeit mir gegenüber erwähnt. Er hat die Waffe gesehen. Sie ist aus Stahl und zusammenklappbar. Ein hochinteressantes Stück.«

»Wofür wollen Sie das Ding haben?«

»Lesen Sie meine Gedanken, Jerry, sehen Sie ruhig selber nach. Ich habe nichts zu verheimlichen. Mein Wunsch ist völlig unschuldig.«

Churchs Miene begann Angespanntheit widerzuspiegeln, dann gab er den Versuch verdrossen auf. »Es ist mir die Mühe nicht wert«, nuschelte er und schlurfte wieder in die Schatten im Hintergrund des Kellers. Aus einiger Entfernung ertönte das Knarren und Knallen metallener Schubfächer. Church kehrte mit einem gedrungenen Gegenstand aus mattem Stahl zurück und legte es neben das Geld auf die Ladentheke. Er drückte einen Knopf, und das stählerne Gebilde klappte auseinander zu einem Revolver, dessen Griff um einen Schlagring bereichert war und dessen Lauf ein aufgesetztes Stilett besaß. Eine Nahkampfwaffe des 20. Jahrhunderts... der Inbegriff des Mordes. »Wofür wollen Sie die Waffe?« fragte Church noch einmal.

»Sie hoffen, Sie fänden womöglich irgend etwas, um mich zu erpressen, hm?« Reich lächelte. »Da muß ich Sie leider enttäuschen. Ich brauche sie nur als Geschenk.«

»Ein gefährliches Geschenk.« Der ausgestoßene ESPer widmete ihm einen Seitenblick, der unverhohlen Haß und Hohn zum Ausdruck brachte. »Sie sind wieder dabei, irgend jemanden ins Unheil zu stürzen, hä?«

»Aber beileibe nicht, Jerry. Es ist ein Geschenk für einen teuren Freund. Für Dr. Augustus Tate.«

»Tate!« Church glotzte ihn fassungslos an.

»Kennen Sie ihn? Er sammelt alten Kram.«

»Ich kenne ihn. Ich kenne ihn.« Church kicherte und röchelte dabei kurzatmig. »Aber nun beginne ich ihn noch besser kennenzulernen. Er beginnt mir sogar leid zu tun.« Sein Lachen verstummte, und er heftete einen eindringlichen Blick auf Reich. »Freilich, das ist ein wunderhübsches Geschenk für unseren Gustus. Ein treffendes Geschenk. Es ist nämlich geladen.«

»Ach? Geladen ist es?«

»O ja, Sie haben richtig gehört. Es ist geladen. Mit fünf wunderschönen Patronen.« Church kicherte wieder greisenhaft. »Ein Geschenk für Gustus.« Er legte einen Hebel um. Aus der Seite der Waffe kippte eine Trommel mit fünf Geschoßkammern; man sah die Messingböden der Patronenhülsen. Church hob seinen Blick von den Patronen in Reichs Gesicht. »Fünf Drachenzähne für Gustus.«

»Ich habe Ihnen doch gesagt, daß dieser Kauf einem harmlosen Zweck dient«, sagte Reich in nachdrücklichem Tonfall. »Wir müssen diese Zähne ziehen.«

Church musterte ihn erstaunt, dann trottete er durch einen Mittelgang nach hinten und kam mit zwei kleinen Werkzeugen zur Ladentheke. Rasch löste er die Geschosse aus den Hülsen. Er schob die daraufhin unschädlichen Hülsen zurück in die Kammern, kippte die Trommel zurück an ihren Platz und legte die Waffe wieder neben das Geld. »Jetzt ist sie ungefährlich«, sagte er in lebhafter Erheiterung. »Völlig ungefährlich für den lieben kleinen Gustus.« Erwartungsvoll sah er Reich an. Reich streckte beide Arme aus. Mit einer Hand schob er Church das Geld hin, mit der anderen zog er die Waffe zu sich heran. In diesem Moment geschah mit Church eine erneute Verwandlung. Das Gebaren flatterhaften, quietschvergnügten Wahnwitzes floh ihn. Er packte Reichs Handgelenke mit eisenharten Klauen und beugte sich mit heißer Eindringlichkeit über die Ladentheke. »Nein, Ben«, sagte er und benutzte damit zum ersten Mal Reichs Vornamen. »Das ist nicht der Preis. Sie wissen's genau. Trotz dieser verrückten Dudelei in Ihrem Kopf weiß ich, daß Ihnen das klar ist.«

»Also schön, Jerry«, sagte Reich mit beherrschter Stimme, ohne seine Faust um den Griff der Waffe auch nur einmal bloß im geringsten zu lockern. »Dann nennen Sie den Preis. Wie hoch soll er sein?«

»Ich will rehabilitiert werden«, entgegnete der ESPer. »Ich möchte, daß man mich wieder in den Verband aufnimmt. Ich will wieder leben. Das ist der Preis.«

»Was kann denn ich in dieser Beziehung schon tun? Ich bin kein ESPer. Ich gehöre dem Verband nicht an.«

»Sie sind durchaus nicht hilflos, Ben. Sie kennen Mittel und Wege. Sie können im Verband für mich ein gutes Wort einlegen. Sie können für meine Rehabilitation sorgen.«

»Unmöglich.«

»Sie können bestechen, erpressen, Empfehlungen geben... Leute kaufen, ihnen Gefälligkeiten erweisen, sie überzeugen. Sie sind dazu imstande, Ben. Sie können das schaffen. Helfen Sie mir, Ben. Ich habe Ihnen auch einmal geholfen.«

»Und daran wäre ich damals fast finanziell ausgeblutet.«

»Und ich?« schrie der ESPer. »Und wie ist es mir ergangen? Meine Existenz habe ich verloren.«

»Aber durch diesen Schaden sind Sie klüger geworden, und das ist ein Gewinn, der Ihren Verlust ausgleicht.«

»Um Himmels willen, Ben! Helfen Sie mir. Helfen Sie mir oder bringen Sie mich um. Ich bin sozusagen ohnehin tot. Ich habe bis jetzt bloß nie genug Mut aufbieten können, um den Freitod zu vollziehen.«

Für einen Moment herrschte Schweigen. »Ich glaube, Jerry«, sagte dann Reich mit schroffer Stimme, »am besten für Sie wäre tatsächlich Selbstmord.« Der ESPer prallte zurück wie vor einem glutheißen Eisen. Die Augen, die Reich aus seinem verfallenen Gesicht anstarrten, waren plötzlich glasig. »Und nun nennen Sie mir den Preis«, fügte Reich hinzu.

Unter Aufwendung äußersten Mutwillens spie Church auf das Geld und maß Reich ein letztes Mal mit einem Blick voller Haß. »Der Spaß soll Sie nichts kosten«, sagte er, wandte sich um und schlurfte davon in die düsteren Schatten seines Kellers.

4

Bevor der Pennsylvania Station in New York aus Gründen, die im unbegreiflichen Wirrwarr am Ende des 20. Jahrhunderts verschollen waren, die Zerstörung widerfuhr, war sie, obwohl etliche Millionen Reisende, die dort hindurchkamen, niemals davon hörten, ein meilensteinartiges Bindeglied im Strom der Zeit gewesen. Das Innere des riesenhaften Bahnhofsgebäudes war als Nachbildung der Thermen des Caracalla im alten Rom gestaltet worden. Und gleichartig war das Haus von Madame Maria Beaumont gebaut, unter ihren tausend allernächsten Gegnern – das hieß, jenen, die ihr auch intimer bekannt waren – dauerhaft im Gespräch als die ›Goldene Verbandsmatratze‹.

Als Reich, an seiner Seite Dr. Tate und in der Tasche Mord, aus der Osttangente hinunter zu dem weitläufigen Gebäude glitt, vermittelten ihm seine Sinne sonderbar fiebrig bruchstückhafte Eindrücke. Den Anblick der Gäste drunten... das Glitzern von Uniformen, Abendkleidern, phosphoreszierender Haut, von Kegeln pastellfarbener Lichter, die an Pfeilerstreben baumelten... *›Spannung! rief der Tensor...‹* Der Lärm von Stimmen, Musik, Ansagen und dem Widerhall all dessen... *›Spannung, Spiel und Spökenkieken...‹* Der herrliche Querschnitt aus Haut und Parfüm, Speisen, Wein, vergoldetem Prunk... *›Spannung, Spiel und Spökenkieken...‹* Die vergoldeten Fallen des Todes... von etwas, das in Gottes Namen nun seit siebzig Jahren ausgeblieben war... der vergessenen Kunst... vergessen wie Aderlaß, Schädelbohren und Alchemie... Ich bringe den Tod zurück. Nicht das überstürzte, irrsinnige Töten der Psychotiker, der Krawallbrüder..., sondern den normalen, vorsätzlichen, geplanten, kaltblütigen...

»Um Himmels willen!« fuhr Tate ihn unterdrückt an. »Geben Sie acht, Mann. Sie lassen ja den Mörder durchscheinen.«

›Acht, Mensch, sieben, Mann...‹

»So ist's besser. Da kommt einer der ESPer-Sekretäre. Er hat die Aufgabe, die Gäste vor der Belästigung durch Party-Schmarotzer zu bewahren. Singen Sie weiter.«

»Dr. Tate! Mr. Reich!« Ein hochgewachsener, gertenschlanker junger Mann mit Messerhaarschnitt in Goldblond, violetter Bluse und silberner Kniebundhose kam ihnen entgegen. »Ich bin sprachlos! Buchstäblich! Ich bringe nicht ein einziges Sterbenswörtchen heraus. Kommen Sie herein. Treten Sie näher.«

›Sechs, Mensch, fünf, Mann...‹

Maria Beaumont kam durch die Menge der Gäste gepflügt, ihre Arme ausgestreckt, Stielaugen, die nackten Brüste vorgereckt –

ihr Leib war durch pneumatisch-kosmetische Korrekturen in eine übertriebene ostindische Idealgestalt verwandelt, ausgepolsterte Hüften, gepolsterte Schenkel, aufgetriebene vergoldete Brüste. Für Reich glich sie der klecksig bepinselten Galionsfigur einer pornografisch getakelten Fregatte – war sie nur die ›Goldene Verbandsmatratze‹. »Liebling! Ben! Liebling!« Sie warf ihm ihr pneumatisch gestrafftes Gewebe kiloweise entgegen und umarmte ihn mit der ungestümen Kraft eines Gorillaweibchens, versuchte seine Hand in die Kluft zwischen ihren Brüsten zu klemmen. »Einfach zu, *zu* wundervoll!«

»Es ist auch immer zu formvollendet bei dir, Maria«, flüsterte er ihr ins Ohr.

»Hast du deine verschollene Million schon wiedergefunden, Liebling?«

»Gerade ist sie mir in die Hände gefallen, meine Liebe.« Er tätschelte ihre goldenen Titten.

»Sei schön vorsichtig, du kühner Liebhaber. Jede Kleinigkeit dieser göttlichen Party wird haargenau aufgezeichnet.« Reich sah über ihre Schulter Tate an. Tate schüttelte entschieden den Kopf. »Komm und laß dir jeden vorstellen, der jemand ist«, sagte Maria. »Wir haben später noch unheimlich viel Zeit für uns.« Das Licht in den Kreuzgewölben über ihren Köpfen wechselte und verschob sich im Spektrum. Die Kleidung änderte ihre Farben. Haut, die zuvor perlmuttartig rosa schimmerte, leuchtete nun in gespenstischer Fahlheit. Links von Reich gab Tate plötzlich das vereinbarte Zeichen, das besagte: Gefahr! Gefahr! Gefahr!

›Spannung, Spiel und Spökenkieken sind im Gang!‹ SCHR*UMM! ›Spannung, Spiel und Spökenkieken sind im Gang ...!‹* Maria stellte ihm einen anderen kraftlosen Jüngling vor, diesmal mit kupferrotem Messerhaarschnitt, Schwärmermiene, fuchsienroter Bluse und Kniebundhose in Preußischblau.

»Larry Ferar, Ben. Mein zweiter Gesellschaftssekretär. Larry hat schon immer danach *gelechzt*, dich einmal kennenzulernen.«

›Vier, Mensch, drei, Mann ...‹

»Mr. Reich! Ich bin überwältigt! Ich bringe keinen Piepser heraus.«

›Zwei, Mensch, eins, Mann!‹ Der junge Sekretär genoß einen Moment lang Reichs Lächeln und ging dann weiter. Tate, der Reich in geringem Abstand, aber unauffällig folgte, nickte ihm zu, um ihn zu beruhigen. Wieder änderte sich die Beleuchtung. Die Kleidung der Gäste schien sich teilweise aufzulösen. Reich, der sich der Mode, in den Kleidungsstücken Ultraviolett-Fenster gearbeitet zu haben, nie unterworfen hatte, stand in seinem un-

durchsichtigen Anzug unbehelligt und beobachtete verächtlich die hastigen Blicke der Augen ringsum, ihr Suchen, Bewundern, Vergleichen und Begehren. Wieder gab Tate das abgesprochene Zeichen: Gefahr! Gefahr! *›Spannung! rief der Tensor ...‹*

Ein Sekretär trat zu Maria. »Madame«, stammelte er geflüstert, »eine geringfügige Unregelmäßigkeit hat sich ergeben.«

»Worum handelt es sich?«

»Um den Chervil-Junior. Galen Chervil.« Tates Gesicht schien zu schrumpfen.

»Was ist mit ihm?« Maria spähte ins Gedränge.

»Sie können ihn links vom Springbrunnen stehen sehen, Madame. Er ist sozusagen ein Eindringling. Ich habe ihn gewissermaßen unter meine ESP-Lupe genommen. Er befindet sich ohne Einladung hier. Er ist Student. Er hat darum gewettet, sich hier einschleichen zu können. Zum Beweis beabsichtigt er ein Bild von Ihnen zu stehlen.«

»Von mir?!« rief Maria und musterte durch die Fenster in Galen Chervils Kleidung dessen Körperbau. »Was hält er von mir?«

»Tja, Madame, er ist recht schwierig zu introvisieren. Doch ich glaube, er hätte ganz gerne mehr von Ihnen als bloß Ihr Bild.«

»Oho, hätte er das gerne?!« Maria kicherte fröhlich.

»Hätte er, Madame. Soll man ihn zum Gehen veranlassen?«

»Nein.« Maria betrachtete nochmals den muskulösen jungen Mann, bevor sie sich umwandte. »Er soll seinen Beweis erhalten.«

»Und er wird ihn nicht zu stehlen brauchen«, bemerkte Reich.

»Sieh an!« quietschte Maria. »Eifersucht! Eifersucht! Komm, wir wollen erst einmal einen Bissen zu uns nehmen.«

Auf einen dringlichen Wink Tates stahl sich Reich für ein kurzes Weilchen beiseite. »Reich, Sie müssen Ihren Plan aufgeben.«

»Zum Henker, wieso?«

»Wegen des jungen Chervil.«

»Was ist denn mit ihm?«

»Er ist ein Zweier.«

»Verfluchte Scheiße!«

»Ein frühreifes Früchtchen, aber in der Tat höchst begabt... ich bin ihm am vergangenen Sonntag bei Powell begegnet. ESPer lädt Maria Beaumont gewöhnlich nie nach Hause ein. Ich bin ja nur mit Ihnen als *Sésame-ouvre-toi* auf diese Party gelangt. Auf diesen Umstand habe ich gebaut.«

»Und ausgerechnet dieser geile Pißjüngling muß sich hier einschleichen! Gottserbärmlicher Mist!«

»Geben Sie auf, Reich.«

»Vielleicht kann ich ihm aus dem Weg gehen.«

»Reich, ich kann die Gesellschaftssekretäre in der Hand behalten. Sie sind nur Dreier. Aber ich kann nicht gewährleisten, daß ich es schaffe, es mit ihnen und einem Zweier aufzunehmen... auch wenn er bloß ein junger Schnösel ist. Er ist noch jung. Möglicherweise ist er gegenwärtig viel zu nervös, um so recht in anderer Leute Köpfe schauen zu können. Aber ich vermag Ihnen nichts zu versprechen.«

»Ich stecke nicht zurück«, zischte Reich aus zusammengebissenen Zähnen. »Das kann ich nicht. Ich bekomme nie wieder so eine Gelegenheit. Und selbst wenn ich wüßte, ich erhielte noch eine, täte ich's nicht. Ich kann's nicht. Ich bin diesem verdammten D'Courtney schon viel zu nah, so nah, daß ich seinen Gestank in der Nase habe. Ich...«

»Reich, Sie werden niemals...«

»Widersprechen Sie mir nicht ständig. Wir ziehen die Sache jetzt durch, jetzt oder nie.« Reich kehrte Tate seine finstere Miene voll zu. »Ich weiß, daß Sie nach einer Möglichkeit suchen, um sich herauszuwinden«, sagte er, während er in Tates unruhiges Gesicht starrte. »Aber das wird Ihnen nicht gelingen. Wir machen beide weiter bis zum Ende, beide selbst bis zur Demolition.« Er rückte seine verzerrte Miene zu einem maskenhaften Lächeln zurecht und nahm neben seiner Gastgeberin auf einer Couch vor einem Tisch Platz. Bei diesen Anlässen war es noch immer Brauch, daß Paare sich zugeneigt wechselseitig fütterten, aber diese Freundschaftsgeste, die ihren Ursprung in orientalischer Höflichkeit und Weitherzigkeit hatte, war mittlerweise zu einem erotischen Spiel heruntergekommen. Die Aufnahme von Nahrungshappen war mit der Berührung von Zungen und Fingern verbunden, und ebenso häufig bot man Bissen mit den Lippen an. Vom Wein trank man Mund an Mund. Süßigkeiten verabreichte man auf intimere Weise. Reich ließ alles mit innerlich auf dem Siedepunkt angelangter Ungeduld über sich ergehen und wartete auf die entscheidende Mitteilung von Tate. Zu Tates Aufgaben gehörte es auch, D'Courtneys Aufenthaltsort innerhalb des Gebäudes aufzuspüren. Reich sah dem kleinwüchsigen ESPer nach, wie er sich durch das Treiben der Fresser entfernte, und hielt ihn unter Beobachtung, während Tate auf mentaler Ebene umhertastete, spähte, nachforschte; doch schließlich kehrte er zurück und schüttelte den Kopf, nickte hinüber zu Maria Beaumont. Offenbar war Maria die einzige Quelle der gesuchten Information, aber zur Zeit sinnlich zu erregt, um ohne weiteres mit Tiefenreichweite introvisiert werden zu können. Ein neues Hindernis in der unausgesetzten Reihe von Krisenmomenten, denen der Instinkt eines sogenannten geborenen Mörders begegnen mußte. Reich stand auf und schlug die Richtung zum Springbrunnen ein. Tate hielt ihn unterwegs auf. »Was haben Sie vor, Reich?«

»Ist das nicht klar? Ich muß dafür sorgen, daß sie sich den jungen Chervil aus dem Kopf schlägt.«

»Wie das?«

»Gibt es vielleicht zwei Möglichkeiten?«

»Um Himmels willen, Reich, gehen Sie nicht in die Nähe dieses Burschen.«

»Geben Sie mir den Weg frei.« Reich verbreitete eine mentale Aufwallung wuchtigen psychischen Drucks, und der ESPer wich zurück. Eingeschüchtert gab er Reich furchtsame Zeichen, daß er warten möge, und Reich versuchte, sich zu beherrschen. »Es hat seine Risiken, ich weiß, aber die Gefahr ist längst nicht so groß wie Sie meinen. Erstens ist er jung und unerfahren. Zweitens ist er als Party-Schmarotzer hier und dürfte deshalb fast die Hosen voll haben. Drittens kann er gegenwärtig seine Fähigkeiten nicht in vollem Umfang anwenden, denn andernfalls hätten diese Eunuchen von Sekretären ihn nicht so schnell entdeckt.«

»Verfügen Sie über irgendein Mittel zur bewußten Kontrolle über Ihre Gedanken? Können Sie Zwiedenken?«

»Ich habe dies Lied in meinem Schädel und außerdem genug Schwierigkeiten am Hals, um das Zwiedenken zum reinsten Vergnügen zu machen. Und nun gehen Sie mir aus dem Weg und halten Sie sich bereit, damit Sie von Maria Beaumont erfahren, was wir wissen müssen.«

Chervil mümmelte ganz allein am Springbrunnen und versuchte auf eine nicht linkischer mögliche Art und Weise den Eindruck zu erwecken, als gehöre er ganz selbstverständlich dazu.

»Pip«, sagte Reich. – »Pop«, antwortete Chervil.

»Bim«, sagte Reich. – »Bam«, erwiderte Chervil munter.

Nachdem er so die neueste Modeschrulle zur Vermeidung von Förmlichkeiten verwendet hatte, um sich Chervils Vertrauen sozusagen durch Vortäuschen geistiger Verwandtschaft und gleichartiger Wellenlänge zu erschleichen, setzte er sich neben ihm auf die Einfassung des Springbrunnens. »Ich bin Ben Reich.«

»Ich bin Gally Chervil ... ich meine, Galen Chervil. Ich ...« Er fühlte sich merklich durch Reichs Namen beeindruckt.

›Spannung, Spiel und Spökenkieken ...‹ »Dieses verdammte Lied«, murmelte Reich. »Gestern habe ich es zum ersten Mal gehört, und es geht mir ganz einfach nicht wieder aus dem Sinn. Chervil, Maria weiß, daß Sie ein ungeladener Gast sind.«

»O nein!«

Reich nickte.

›*Spannung, Spiel...*‹

»Soll ich verschwinden?«

»Ohne das Bild?«

»Sie wissen auch davon? Dann muß ein ESPer im Haus sein.«

»Sogar zwei sind's. Ihre Gesellschaftssekretäre. Leuten wie Ihnen verdanken sie ja ihre Stellung.«

»Was soll ich nur wegen des Bilds machen, Mr. Reich? Ich habe fünfzig Kredits gewettet. Sie dürften ja wissen, was eine Wette bedeutet. Sie sind schließlich Spekula... Finanzspezialist.«

»Gut, daß ich kein ESPer bin, was? Na, macht nichts, ich nehme dergleichen nicht übel. Sehen Sie dort den Torbogen? Gehen Sie geradewegs in diesen Gang und halten Sie sich rechts. Sie gelangen dann ins Herrenzimmer. Dort sind die Wände nahezu lückenlos mit Bildern Marias behangen, alle in Kunststein ausgeführt. Bedienen Sie sich. Sie wird bestimmt keines vermissen.«

Der junge Mann erhob sich überstürzt und verstreute in seiner Hast den Rest seines Essens. »Vielen Dank, Mr. Reich. Eines Tages kann ich Ihnen sicher auch einmal einen Gefallen erweisen.«

»Zum Beispiel?«

»Sie dürften durchaus sehr überrascht sein. Zufällig bin ich...« Er unterbrach sich und errötete. »Sie werden's dann schon erfahren. Nochmals vielen Dank.« Auf Umwegen begann er sich dem Zugang zum Herrenzimmer zu nähern.

›*Vier, Mensch, drei, Mann, zwei Mensch, eins, Mann!*‹ Reich eilte zurück an die Seite seiner Gastgeberin.

»Du unartiger Liebhaber«, sagte sie, »wen hast du gefüttert?! Ich kratze ihr die Augen aus!«

»Dem jungen Chervil habe ich den Rachen gestopft«, antwortete Reich. »Er hat mich gefragt, wo du deine Bilder hortest.«

»Ben! Du hast es ihm doch nicht verraten?!«

»Doch, klar.« Reich grinste. »Er sucht sich gerade eins aus, und dann wird er wie der Blitz abhauen. Du weißt doch, ich bin eifersüchtig.« Sie sprang von der Couch auf und rauschte in die Richtung zur Galerie davon. »Bam«, sagte Reich.

Kurz vor 23 Uhr war das Ritual der Gefräßigkeit beendet, und die Völlerei hatte die Gesellschaft in einen Spannungszustand versetzt, der zur Erleichterung der Abgeschiedenheit im Dunkeln verlangte. Maria Beaumont hatte ihre Gäste noch nie enttäuscht, und Reich hoffte, daß sie auch heute abend das richtige zu tun verstand. Sie hatte das Spiel ›Sardinenbüchse‹ anzukurbeln. Darüber erlangte Reich endgültig volle Klarheit, als Tate vom Herrenzimmer kam und genaue Hinweise zum Auffinden des versteckten

D'Courtney lieferte. »Ich weiß nicht, wie Sie damit davonkommen wollen«, flüsterte Tate. »Sie erfüllen schier jede Frequenz des TP-Spektrums mit Mordgier. Er ist im Haus. Allein. Ohne Diener. Nur zwei Leibwächter, die Maria Beaumont für ihn bereitgestellt hat. @kins hatte recht. Der Mann ist lebensbedrohlich krank...«

»Keine Sorge. Ich werde ihn schon kurieren. Wo steckt er?«

»Gehen Sie durch den westlichen Torbogen. Dann rechtsum. Die Treppe hinauf. Droben nehmen Sie den Übergang. Dann wieder nach rechts. Sie gelangen in die Gemäldegalerie. Die Tür zwischen den Gemälden ›Raub der Lukrezia‹ und ›Raub der Sabinerinnen‹.«

»Das hört sich ja ganz bezeichnend an.«

»Diese Türe müssen Sie öffnen. Steigen Sie die Treppe empor bis zum Vorraum. Im Vorraum sind zwei Leibwächter. In den Räumen dahinter ist D'Courtney. Es handelt sich um die alte Hochzeits-Suite, die ihr Großvater einrichten ließ.«

»Bei Gott! Diese Suite will ich wieder gemäß ihrer einstigen Bestimmung verwenden. Ich werde D'Courtney mit dem Mord vermählen. Und ich komme damit davon, mein kleiner Gustus. Zweifeln Sie nicht an mir.«

Die ›Goldene Verbandsmatratze‹ begann lautstark Aufmerksamkeit zu erheischen. Maria klatschte in die Hände, um Ruhe zu schaffen; sie stand auf einem kleinen Podium zwischen den beiden Springbrunnen im Schein eines rosigen Lichts, den Kopf vor Erregung hochrot, glitzrig von Schweiß. Ihre feuchten Handflächen patschten dumpf, und in Reichs Bewußtsein klang der Widerhall wie: *Tod. Tod. Tod.* »Ihr Lieben!« rief Maria. »Ihr Lieben! Ihr Lieben! Heute nacht werden wir noch gewaltiges Vergnügen haben. Wir werden selber für unsere Unterhaltung sorgen.«

Aus der Mitte der Gäste erscholl ein unterdrücktes Stöhnen. »Ich bin eine anständige Touristin«, brabbelte die Stimme eines Betrunkenen.

»Ihr unartigen Lieben«, rief Maria in das Gelächter, »es besteht kein Grund, enttäuscht zu sein. Wir wollen ein wunderbares altes Spiel spielen. Und zwar im Dunkeln.« Die Gesellschaft geriet wieder in bessere Stimmung, als rundum die Beleuchtung sich verdüsterte und allmählich erlosch. Nur die rosa Lampe überm Podium brannte noch, und in deren Schein hob Maria ein zerfleddertes Buch. Reichs Geschenk.

›Spannung...‹ Langsam blätterte Maria darin, verkniff angesichts der ungewohnten Anforderung, die die gedruckten Schriftzeichen an sie stellten, ihre Augen. *›Spiel...‹*

»Das Spiel heißt ›Sardinenbüchse‹«, krähte Maria. »Ist das nicht einfach süß?«

›Sie hat den Köder geschluckt. Sie hängt am Haken. In drei Minuten bin ich unsichtbar.‹ Reich befühlte seine Taschen. Die Waffe. Die Anti-Visual-Kapsel. *›Spannung, Spiel und Spökenkieken sind im Gang!‹*

»›Man wählt einen Spieler zur Sardine‹«, las Maria vor. »Das werde ich sein. ›Alle Lichter werden gelöscht, und die Sardine darf sich irgendwo im Haus verstecken...‹« Während sich Maria durch die Spielanleitung arbeitete, versank der weiträumige Saal vollends in pechschwarze Finsternis, mit Ausnahme des rosafarbenen Lichts überm Podium. »›Nacheinander werden alle Spieler, die die Sardinen finden, ebenso zu Sardinen. Alle Sardinen verbergen sich im selben Versteck. Schließlich tappt nur noch ein Spieler im wahrsten Sinne des Wortes im Dunkeln. Er ist der Verlierer.‹« Maria klappte das Buch zu. »Und der Verlierer, meine Lieben, kann uns nur leid tun, denn wir werden dies entzückende alte Spiel auf eine ganz umwerfende neue Weise spielen.« Als die letzte Lampe sich über ihr trübte, zog Maria ihr Kleid aus und entblößte ihren staunenswerten nackten Körper, ihr Wunderwerk der pneumatisch-kosmetischen Chirurgie. »*So* werden wir ›Sardinenbüchse‹ spielen«, rief sie. Der letzte Funke von Lichtschein erlosch. Ein Tosen vorfreudigen Gelächters und Beifall brauste empor, dann entstand ein vielfaches Rascheln von Kleidung, die über Haut streift. Gelegentlich ertönte da oder dort ein Reißgeräusch, gedämpfte Ausrufe und vereinzeltes Lachen.

Endlich war Reich unsichtbar. Ihm stand eine halbe Stunde zur Verfügung, um in den Wohntrakt des Gebäudes zu schleichen, D'Courtney zu finden und zu töten und sich unter die Spieler zu mischen. Tate war damit betraut, ihm die ESP-Sekretäre aus dem Wege zu halten. Alles stand bestens. Abgesehen vom Zwischenfall mit dem jungen Chervil war es eine todsichere Sache. Aber man mußte Risiken eingehen. Reich durchquerte den Saal und wich unterm westlichen Torbogen einer Anzahl splitternackter Gestalten aus. Hinterm Torbogen betrat er das Musikzimmer und wandte sich nach rechts, tastete nach der Treppe. Am Fuß der Treppe blieb ihm keine andere Wahl, als über ein Hindernis aus Leibern hinwegzuklettern, deren Arme ihn wie die Fangarme eines Kraken hinabzuziehen versuchten. Er erstieg die Treppe, eine Ewigkeit von siebzehn Stufen, und folgte unsicheren Fußes dem Verlauf einer schmalen, überdachten Überführung, die ausgelegt war mit Velours. Plötzlich packte ihn jemand, eine Frau preßte sich an ihn. »Hallo, Sardinchen«, flüsterte sie ihm ins Ohr. Da spürte sie auf ihrer Haut seine Kleidung. »Oooh«, stieß sie hervor, als sie die harten Umrisse des Revolvers in seiner Brusttasche fühlte. »Was ist denn das?« Er schlug ihre Hand beiseite. »Aber, aber, Sardinchen! Laß ihn raus!« Sie kicherte. »Komm raus aus deiner Büchse.« Er entzog sich ihr und prallte mit der Nase gegen die Wand am Ende des Übergangs. Dort kehrte er sich wieder nach rechts, öffnete eine Tür und gelangte in eine gewölbte Gemäldegalerie von etwa fünfzehn Meter Länge. Auch hier war die Beleuchtung ausgeschaltet, abe die lumineszenten Gemälde, die unter ultravioletten Spotlights glommen, erfüllten die langgestreckte Räumlichkeit mit kränklichem Glanz. Die Galerie war menschenleer. Zwischen der lüsternen Darstellung Lukrezias und dem Bildnis einer Schar Sabinerinnen befand sich eine glatte Tür aus polierter Bronze. Reich blieb davor stehen, holte aus seiner Gesäßtasche die kleine Anti-Visual-Kapsel und versuchte den kupfernen Profilstab fest zwischen Daumen und Zeigefinger zu halten. Seine Hände bebten heftig. In seinem Innern brodelten Wuß und Haß, und seine Lust an Tod und Verderben jagte eines nach dem anderen Bilder eines grausam gestraften D'Courtney an seinem geistigen Auge vorüber.

»Herrje!« rief er mit gepreßter Stimme. »Er ist doch gegen mich! Er geht mir an die Gurgel. Ich kämpfe ums Überleben!« Er fauchte seine Stoßseufzer in fanatischen Dreier- und Neunersatzgebilden heraus. »Steh mir bei, Herrgott! Heute und morgen so wie gestern. Steh mir bei! Steh mir bei! *Steh mir bei!*« Seine Finger beruhigten sich; er hielt die Kapsel in sicherem Griff und drückte mit einem Ruck die Bronzetür einwärts, die daraufhin den Blick auf eine Treppe aus neun Stufen freigab, die hinauf zu einem Vorraum führten. Reich ließ seinen Daumennagel mit einer Kraft gegen den Verschluß der Kapsel schnippen, als wolle er eine Münze zum Mond schleudern. Er wandte die Augen ab, als er die Kapsel nach oben warf. Ein kalter, blauroter Blitz zuckte. Reich sprang die Treppe hinauf wie ein Tiger. Die beiden Leibwächter der Beaumont saßen noch auf der Bank, wo Reichs Eindringen sie überrumpelt hatte. Ihre Gesichter waren schlaff und ausdruckslos, ihr Sehvermögen war aufgehoben, ihr Zeitgefühl verloren. Falls jemand kam und die beiden Männer entdeckte, bevor er seine Tat ausgeführt hatte, bedeutete das die Demolition. Sollten sich die Leibwächter erholen, ehe die Tat vollbracht war, bedeutete das die Demolition. Ganz gleich, was nun geschah, er spielte mit der Demolition. Indem er die letzten winzigen Reste von Bedenken erstickte, öffnete Reich die mit Edelsteinen verzierte Tür und betrat die Hochzeits-Suite.

5

Reich gelangte in einen kugelförmigen Raum, der gestaltet war wie der Kelch einer riesenhaften Orchidee. Die Wände glichen geschwungenen Orchideen-Blütenblättern, der Boden ähnelte einem goldenen Blütenboden. Die Sessel, Tische und Couches waren orchideenhaft und von goldener Farbe. Aber der Raum war alt. Die Kelchwände waren verblaßt und abgeblättert; die goldenen Fliesen des Bodens sahen mittlerweile schäbig aus, ihre kunstvolle Wiedergabe der Staubgefäße war rissig. Auf einer Couch ruhte ein alter Mann, runzlig und verwelkt, vertrocknet wie eine Strähne Tang. Es war D'Courtney, der hingestreckt lag wie ein aufgebahrter Leichnam. Erbost knallte Reich die Tür zu. »Du bist doch wohl nicht schon tot, du alter Hundsfott?!« brüllte er. »Das darf doch nicht wahr sein!« Der verblühte Mann fuhr zusammen, schaute herüber und erhob sich dann mühselig von der Couch, während sich sein Gesicht zu einem Lächeln verzog. »Aha, noch am Leben«, rief Reich begeistert. D'Courtney kam Reich entgegen, lächelte unverändert und streckte überdies die Arme aus, als heiße er einen verlorenen Sohn willkommen. »Sind Sie taub?« schnauzte Reich ihn verunsichert an. Der Greis schüttelte den Kopf. »Sie sprechen englisch«, schrie Reich. »Sie können mich hören. Sie können mich verstehen. Ich bin Reich. Ben Reich von der Monarch.« D'Courtney nickte, sein Lächeln blieb. Lautlos bewegte sich sein Mund. Plötzlich glitzerten in seinen Augen Tränen. »Zum Teufel, was ist los mit Ihnen? Ich bin Ben Reich! Ben Reich! Kennen Sie mich? Antworten Sie!«

D'Courtney schüttelte den Kopf und deutete sich auf die Kehle. Wieder regte sich sein Mund. Krächzlaute drangen über seine Lippen; dann brachte er Worte heraus, so leise wie das Rieseln von Staub. »Ben... lieber Ben... So lange gewartet... nun... nicht sprechen. Meine Kehle... kann nicht sprechen.« Erneut versuchte er Reich zu umarmen.

»Arrgh! Bleiben Sie mir vom Hals, blödsinniger Idiot!« Gereizt wich Reich dem Greis aus und umkreiste ihn wie ein Tier, die Nackenhaare gesträubt, und in seinem Blut schäumte die Mordlust.

D'Courtneys Lippen formten stumm zwei Wörter. ›Lieber Ben...‹

»Sie wissen, weshalb ich hier bin. Was haben Sie nun für Schliche vor? Doch nicht mein Liebhaber zu werden?« Reich lachte. »Sie alter Sausack! Glauben Sie denn, Sie könnten mit so einem Affentheater noch mein Herz erweichen?« Er schlug zu. Der Greis torkelte unter dem Hieb rückwärts und fiel in einen Orchideen-Sessel, der aussah wie eine klaffende Wunde. »Hören Sie mir gut zu...« Reich folgte D'Courtney und beugte sich über ihn; er begann wie übergeschnappt zu schreien. »Jahrelang haben Sie Wind gesät, nun werden Sie Sturm ernten! Und da wollen Sie mich mit einem Judaskuß um die süße Rache betrügen?! Hält der Mord die andere Wange hin? Wenn ja, dann umarme mich, Bruder Mörder. Küsse den Tod! Lehre den Tod Liebe! Lehre Frömmigkeit und Scham und Blut und... Nein. Halt. Ich...« Er verstummte und schüttelte den Kopf wie ein Stier, der das Gespinst eines Deliriums abzustreifen versucht.

»Ben«, flüsterte entsetzt D'Courtney, »hör zu, Ben...«

»Zehn Jahre lang haben Sie mir Steine in den Weg gehäuft. Dabei gab es für beide genug Platz. Für die Monarch und das D'Courtney-Kartell. All den Platz in Raum und Zeit, aber Sie wollten mich bluten sehen, was? Mir das Herz brechen. Mich in Ihre dreckigen Pfoten kriegen! Der Mann ohne Gesicht!«

Fassungslos schüttelte D'Courtney den Kopf. »Nein, Ben. Nein...«

»Nennen Sie mich nicht Ben. Ich bin nicht Ihr Freund. In der vergangenen Woche habe ich Ihnen eine letzte Chance eingeräumt, unsere Auseinandersetzung ohne Aufsehen beizulegen. Ich. Ich, Ben Reich. Ich habe um Waffenstillstand ersucht. Um Frieden gebeten. Um Eintracht. Ich habe gebettelt wie ein altes Weib. Mein Vater hätte mich angespien, lebte er noch, jeder anständige, aufrechte Reich hätte dafür gesorgt, daß ich vor Scham schwarz werde. Und trotzdem habe ich um Frieden gebeten. Oder nicht? Hä? Oder etwa nicht?« Reich schüttelte D'Courtney rücksichtslos. »Antworten Sie!«

D'Courtneys Gesicht war bleich geworden und verriet Unverständnis. »Ja«, wisperte er schließlich. »Fusion angeboten... habe angenommen.«

»Was haben Sie?«

»Angenommen. Seit Jahren darauf gewartet. Angenommen.«

»Angenommen?!«

D'Courtney nickte. Sein Mund formte die Buchstaben: ›WWHG.‹

»Was? WWHG? Angenommen?« Der Greis nickte erneut. Reich heulte vor Lachen auf. »Sie blöder alter Lügner! Das ist Ablehnung. Weigerung. Zurückweisung. Krieg.«

»Nein, Ben. Nein...«

Reich packte zu und riß D'Courtney auf die Füße. Der Greis war leicht und zerbrechlich, aber sein Leichtgewicht wirkte auf

Reich aus Abscheu wie eine widerwärtige Last, und die Berührung der verhutzelten Haut schien seine Finger zu versengen. »Also müssen wir's austragen, oder? Bis zum bitteren Ende, nicht wahr? Bis in den Tod.« D'Courtney schüttelte den Kopf und versuchte, ihm irgendwelche Zeichen zu geben. »Keine Fusion. Kein Frieden. Tod. So lautet die Entscheidung, hm?«

»Ben… nein…«

»Wollen Sie aufgeben?«

»Ja«, wisperte D'Courtney. »Ja, Ben. Ja.«

»Lügner. Ungeschickter alter Lügner.« Reich lachte. »Aber Sie sind gefährlich. Ich sehe es jetzt deutlich. Täuschung und Verstellung. Das ist Ihre Tour. Sie ahmen die Dummen nach und legen die Schlauen herein, wenn ihre Aufmerksamkeit nachläßt. Aber nicht mit mir. Niemals.«

»Ich bin nicht… dein Feind, Ben.«

»Nein«, zischte Reich, »in der Tat nicht, weil Sie nämlich so gut wie tot sind. Sie sind so gut wie tot, seit ich diese Orchideen-Gruft betreten habe. Mann ohne Gesicht! Sie haben mich zum letzten Mal schreien gehört! Sie sind ein- für allemal erledigt!« Reich zerrte den Revolver aus seiner Innentasche. Er drückte auf den Knopf, und die Waffe entfaltete sich wie eine rote stählerne Blume. Ein gedämpftes Stöhnen entrang sich D'Courtneys Lippen, als er das Mordwerkzeug erblickte. Voller Entsetzen wich er zurück. Reich sprang vor und hielt ihn auf. D'Courtney wand sich in Reichs Faust, seine Miene flehentlich, die Augen glasig und von Tränen gerötet. Reich verlegte seinen Griff in D'Courtneys dürren Nacken und zerrte den Kopf des Mannes heran. Er mußte, sollte sein Trick gelingen, in D'Courtneys Mund feuern.

In diesem Moment schwang eines der Blütenblätter, die die Wände bildeten, zur Seite, und ein halbbekleidetes Mädchen stürzte herein. Reich sah in seiner Schrecksekunde den Korridor hinter dem Mädchen, eine offene Schlafzimmertür am anderen Ende, das Mädchen, unter einem hastig übergeworfenen seidenen Morgenmantel, halb durchsichtig wie milchiges Glas, anscheinend nackt, blondes Haar, das wehte, dunkle Augen, die weit aufgerissen waren aus Schrecken… ein Wetterleuchten wilder Schönheit.

»Vater!« schrie das Mädchen. »Um Gottes willen! Vater!«

Es kam herüber zu D'Courtney gelaufen. Sofort drehte Reich sich so, daß er zwischen beide geriet, ohne dabei seinen Griff zu lockern. Das Mädchen blieb ruckartig stehen, taumelte rückwärts, schrie und lief um Reich herum nach links. Reich wirbelte auf der Stelle und stach auf tückische Weise mit dem Stilett nach dem Mädchen. Es konnte ihm entgehen, mußte sich dazu jedoch hinter die Couch zurückziehen. Reich nutzte die Atempause und schob die Spitze der Klinge zwischen D'Courtneys Zähne, zwang seine Kiefer auseinander.

»Nein!« schrie das Mädchen. »Nicht! Um Himmels willen! Vater!«

Es stolperte um die Couch und versuchte nochmals einzugreifen. Reich stieß D'Courtney die Mündung des Revolvers in den Mund und drückte den Abzug durch. Ein dumpfer Knall erscholl, und aus D'Courtneys Hinterkopf sprudelte ein Blutschwall. Reich ließ den Toten fallen und eilte hinter dem Mädchen her. Als er es packte, leistete es Widerstand und schrie. Reich und das Mädchen kreischten gemeinsam aus vollem Halse. Unvermittelt befielen krampfartige Zuckungen Reich, und er mußte das Mädchen loslassen. Es sank vornüber auf die Knie und kroch zu dem Toten. Wie unter furchtbarem körperlichen Schmerz stöhnte das Mädchen auf, als es die Waffe, die noch zwischen D'Courtneys Lippen hervorragte, aus dem Mund des Toten zog. Dann kauerte es stumm und reglos über dem Leichnam, der noch konvulsivisch zuckte, und starrte in das wachsbleiche Angesicht.

Reich rang um Atem und rammte schmerzhaft die Knöchel seiner Fäuste aneinander. Als das Brausen in seinen Ohren abschwoll, näherte er sich dem Mädchen, während zu zugleich seine Gedanken zu ordnen und ein zweites Mal *ad hoc* seinen Plan der veränderten Situation anzupassen versuchte. Mit einem Zeugen hatte er niemals gerechnet. Niemand hatte jemals eine Tochter D'Courtneys erwähnt. Dieser gottverfluchte Tate! Nun mußte er auch das Mädchen töten. Er...

Das Mädchen wandte den Kopf und warf ihm über die Schulter einen Blick voller tiefstem Schrecken zu. Wieder sah er das blitzartige Aufleuchten blonden Haars, dunkler Augen, dunkler Brauen, dieser ganzen wilden Schönheit. Es sprang auf, entwand sich seinen klammen Händen, lief zu der mit Edelsteinen besetzten Tür, riß sie auf und stürmte hinaus ins Vorzimmer. Während die Tür langsam wieder zurückschwang, sah Reich die Leibwächter noch schlaff auf der Bank sitzen, er sah das Mädchen lautlos die Treppe hinunterfliehen, in den Händen den Revolver – *in ihrer Hand die Demolition.*

Reich gab sich einen Ruck. Sein gestocktes Blut begann wieder durch die Adern zu pochen. Mit drei Sprüngen erreichte er die Tür, polterte die Treppe hinab und stürzte in die Gemäldegalerie. Dort erblickte er sie nicht, aber er bemerkte, wie sich die jenseitige Tür gerade schloß. Und noch immer hörte man von dem Mädchen keinen Laut. Noch schlug es nicht Alarm. Wie lange mochte es noch dauern, bis sie das ganze Haus zusammenschrie? Er rannte durch die Gemäldegalerie und in den Übergang. Überall herrschte unverändert pechschwarze Dunkelheit. Er tastete sich blindlings dahin und gelangte auf den Treppenabsatz oberhalb des Musikzimmers. Dort verharrte er. Nichts war zu hören. Noch immer entstand kein Lärm. Er stieg die Treppe hinab. Die stille Finsternis war gräßlich. Warum schrie das Mädchen nicht? Wo war es? Reich strebte zum westlichen Torbogen und erkannte es am ruhigen Gluckern der Springbrunnen, als er wieder den Festsaal erreichte. Wo steckte das Mädchen? Wo in all diesem schwarzen Schweigen befand es sich? Und mit ihm die Waffe! Herr im Himmel! Sein frisierter Revolver!

Eine Hand berührte seinen Arm. Erschrocken fuhr Reich zurück. Tates Stimme flüsterte auf ihn ein. »Ich habe achtgegeben. Sie haben genau...«

»Sie Vollidiot!« knirschte Reich aufgebracht. »Er hatte seine Tochter dabei! Warum haben Sie nicht...«

»Seien Sie still«, unterbrach ihn Tate unwirsch. »Ich sehe mir's in Ihrem Kopf an.« Nach fünfzehn Sekunden atemlosen Schweigens begann er haltlos zu beben. »Mein Gott«, winselte er. »O mein Gott...« Seine Stimme zeugte von panischer Furcht.

Seine Reaktion wirkte jedoch auf Reich wie ein Katalysator. Reichs Selbstbeherrschung stellte sich wieder ein. Er begann wieder klar zu denken. »Halten Sie Ihr Maul«, wies er den ESPer barsch zurecht. »Das heißt noch lange nicht Demolition.«

»Sie müssen sie ebenfalls umbringen, Reich. Wir müssen sofort...«

»Schweigen Sie. Zuerst einmal müssen wir sie finden. Schauen Sie sich im Haus um. Sie kennen ja von mir ihr Hirnwellenmuster. Machen Sie sie ausfindig. Ich warte drüben an dem Brunnen. Vorwärts, Mann!« Er stieß Tate vor sich und wankte zum Springbrunnen. Er beugte sich über die Einfassung aus Jaspis und wusch sich das erhitzte Gesicht. Im Becken war Burgunder. Reich trocknete sich ab, ohne auf die leisen Geräusche zu achten, die er von der anderen Seite des Beckens vernahm. Offenbar badete dort irgendeine Person – oder es waren mehrere Personen – im Wein. Reich befaßte sich mit eiligen Überlegungen. Das Mädchen mußte gefunden und getötet werden. Falls es noch im Besitz der Waffe war, wenn Tate sie fand, konnte er sie benutzen. Aber falls nicht? Was dann? Sollte er sie erwürgen? Nein... Der Springbrunnen. Das Mädchen war unter dem seidenen Morgenmantel nackt. Er konnte ihm den Fetzen ausziehen. Man würde sie ertrunken im Brunnen entdecken – wie irgendeinen Gast, der zu lange im Wein gebadet hatte. Aber es mußte bald geschehen… bald… bald… Bevor man dies verdammte ›Sardinen‹-Spiel beendete. Wo blieb Tate? Wo war das Mädchen? Tate kam durch die Dunkelheit herangeschwankt; sein Atem ging rasselnd und pfeifend. »Nun?«

»Sie ist fort.«

»Sie waren nicht einmal lange genug unterwegs, um im Haus eine Herde Elefanten zu finden. Tate, wenn Sie ein doppeltes Spiel treiben…«

»Wie könnte ich denn? Mitgefangen, mitgehangen, so ist das nun einmal. Glauben Sie mir, ihr Hirnwellenmuster ist weit und breit nicht feststellbar. Sie ist weg.«

»Hat jemand gemerkt, wie sie verschwand?«

»Nein.«

»Herrgott! Aus dem Haus fort!«

»Wir hauen jetzt lieber auch ab.«

»Ja, aber wir dürfen nicht einfach davonlaufen. Sobald wir uns von hier abgesetzt haben, verfügen wir noch über die ganze Nacht, um sie zu finden, aber wir müssen gehen, als sei nichts passiert. Wo ist die ›Verbandsmatratze‹?«

»Im Hauskino.«

»Wird denn ein Film vorgeführt?«

»Nein. Das Spiel ist noch im Gang. Alle sind inzwischen dort zusammengequetscht wie Sardinen in der Dose. Wir beide sind nahezu die letzten, die noch herumlaufen.«

»Und buchstäblich im Dunkeln tappen, hä? Kommen Sie!« Er nahm Tates zittrigen Ellbogen und schlug mit dem ESPer den Weg zum Hauskino ein. Er begann mit kläglicher Stimme zu rufen. »He!… Hallo! Wo seid ihr alle? Maria! Ma-ri-aaa! Wo seid ihr?« Tate stieß ein hysterisches Schluchzen aus. Roh schüttelte Reich ihn durch. »Reißen Sie sich zusammen, Mann! In fünf Minuten sind wir draußen. Dann können Sie noch genug jammern.«

»Aber wenn wir hier festsitzen, erwischen wir das Mädchen nicht. Wenn wir…«

»Weshalb sollten wir denn hier festsitzen? VUS, mein lieber Gustus, das muß unser Motto sein: Verwegenheit, Unerschrockenheit und Selbstvertrauen.« Reich schob die Tür zum Hauskino einwärts. Auch drinnen war es dunkel, aber man spürte die Wärme zahlreicher Leiber. »Heda!« rief er. »Wo seid ihr! Ich bin ganz allein!« Keine Antwort. »Maria! Ich bin ganz allein im Dunkeln.«

Ein unterdrücktes Prusten, dann ein vielstimmiger Ausbruch

schallenden Gelächters. »Liebling, Liebling, Liebling!« rief Maria. »Dir ist ja der Spaß völlig entgangen, du Ärmster.«

»Wo bist du, Maria? Ich will dir gute Nacht sagen.«

»Oh, du willst doch nicht schon gehen?«

»So leid es mir tut, meine Liebe. Es ist spät. Morgen will ich einen Bekannten übers Ohr hauen, und dazu muß ich ausgeschlafen sein. Wo bist du, Maria?«

»Komm auf die Bühne, Liebling.«

Reich schritt den Seitengang hinunter, ertastete die Stufen und betrat die Bühne. Er fühlte im Rücken die kühle Wölbung der Projektionskugel. »Jetzt«, rief plötzlich eine Stimme. »Wir haben ihn. Licht!« Grellweißes Licht erhellte die Kugel und blendete Reich. Die Gäste in den Sesseln rund um die Projektionskugel schrien vor Lachen, dann grölten und johlten sie aus Enttäuschung.

»O Ben, du mogelst«, gellte Marias Stimme. »Du bist ja angezogen. Das ist frech von dir. Wir haben *jeden* einfach herrlich *flagrante* erwischt.«

»Andermal ist auch ein Tag, liebe Maria.« Reich streckte die Hand aus und begann sich zum Abschied artig zu verbeugen. »Meine Verehrung, Madame. Ich bedanke mich für ...« Er stutzte und schwieg. Auf der schneeweißen Spitzenmanschette, die aus dem Ärmel seines Anzugs ragte, bildete sich ein zornroter Fleck. Reich sah einen zweiten und dritten Fleck auf dem Spitzengewebe erscheinen, wie gebannt und stumm vor Staunen. Er zog die Hand zurück, und da fiel ein roter Tropfen zu seinen Füßen auf den Boden, gefolgt von einem langsamen, aber unstillbaren Tröpfeln dunkelroter Perlen.

»Das ist ja Blut!« kreischte Maria. »Das ist Blut! Im Obergeschoß blutet jemand. Um Gottes willen, Ben... du darfst mich jetzt nicht im Stich lassen. Licht! Licht! Licht!«

6

Auf die Benachrichtigung ›GZ. Beaumont. YLP-R‹ durch die Polizeiwache des Bezirks – im Klartext: ›Aus dem Haus Beaumont (Südpark 9) ist gesetzwidrige Handlung oder Unterlassung gemeldet worden.‹ – traf bei der Beaumont um 0 Uhr 30 eine Blitzstreife des Polizeilichen Patrouillendienstes ein. Um 0 Uhr 40 fand sich am Tatort der Polizeihauptmann des betroffenen Bezirks ein, nachdem die Streife ihm durchgegeben hatte: ›Möglicherweise Gesetzwidrigkeit der Kategorie SCHWERVERBRECHEN AAA.‹ Um 1 Uhr morgens erreichte Lincoln Powell das Haus

Beaumont; durch einen dringenden Anruf und in eindringlichem Gespräch hatte ein Vize-Inspektor ihn darum gebeten.

»Ich sage Ihnen, Powell, es ist ein SCHWERVERBRECHEN Drei-A. Ich schwöre es. Mir ist die Spucke weggeblieben. Ich weiß nicht, ob ich mich über so eine Sensation freuen oder mir lieber für die Zukunft Sorgen machen soll, aber eines ist mir völlig klar: von uns hier ist niemand dazu in der Lage, diesen Fall anzupacken.«

»Warum denn das nicht?«

»Hören Sie, Powell, Mord ist eindeutig anomal. Nur ein übel verzerrtes Gedankenwellenmuster kann Tod durch Gewaltanwendung herbeiführen. Habe ich recht oder nicht?«

»Doch, haben Sie.«

»Aus diesem Grund ist ja innerhalb von mehr als siebzig Jahren kein erfolgreiches Drei-A vorgekommen. Ein Mensch kann heutzutage nicht mit einem derartig verzerrten WM umherlaufen und einen Mord ausbrüten, ohne aufzufallen. Seine Aussichten, unbemerkt zu bleiben, dürften die gleichen sein wie für jemanden mit drei Köpfen. ESPer erkennen solche Absichten, ehe derjenige sie in die Tat umsetzen kann.«

»Wir geben uns Mühe – aber die Voraussetzung ist natürlich, daß wir solchen Leuten überhaupt rechtzeitig begegnen.«

»Heute gibt's zu viele ESPer, um ihnen im Alltag aus dem Wege gehen zu können. So etwas wäre nur einem Einsiedler möglich. Aber wie könnte andererseits ein Einsiedler jemanden vorsätzlich umbringen?«

»Tscha, wie?«

»Und hier haben wir es mit einem Mordfall zu tun, in dem die Tat offensichtlich mit aller Sorgfalt vorausgeplant worden ist – und der Mörder ist niemandem aufgefallen. Niemand hat etwas bemerkt. Selbst Maria Beaumonts ESPer-Sekretäre haben versagt. Das heißt, es gab gar nichts Auffälliges festzustellen. Der Mörder muß ein passables Wellenmuster besessen haben und dennoch anomal genug zum Morden gewesen sein. Wie sollen wir ein solches Paradoxon lösen?«

»Verstehe. Wie beurteilen Sie die Situation?«

»Wir haben einen Riesenhaufen von Unklarheiten auszuräumen. Erstens wissen wir nicht, auf welche Weise D'Courtney getötet worden ist. Zweitens ist seine Tochter verschwunden. Drittens hat jemand D'Courtneys Leibwächter subjektiv um eine Stunde beraubt, und wir können uns nicht vorstellen, wie. Viertens...«

»Sparen Sie sich den Rest. Ich breche sofort auf.«

Der Hauptsaal im Hause Beaumont erstrahlte in harschem weißen Licht. Überall wimmelte es von uniformierten Polizisten. Die Experten in den weißen Kitteln des Polizeilabors schwärmten umher wie Käfer. Die Party-Gäste befanden sich (mittlerweile wieder bekleidet) in der Mitte der Halle, wo sie zusammengedrängt und von Posten umstellt waren wie in einem Pferch; sie kreisten umeinander wie furchtsame Rindviecher in einem Schlachthaus. Als Powell von der Osttangente kam, hochgewachsen und schlank, in Schwarz und Weiß gekleidet, fühte er sich von einer Woge der Feindseligkeit begrüßt. Rasch wandte er sich auf telepathischer Ebene an ESPer-Inspektor 2 Jackson ›Jax‹ Beck. *›Wie ist die Lage, Jax?‹*

›Empfehle TW-Codierung.‹ Sie verlagerten ihre telepathische Unterhaltung in den internen polizeilichen TW-Code, der aus einem Gemisch unbegreiflicher Bilder, ausgewechselter Bedeutungsinhalte und persönlicher Symbole bestand. *›Hier sind ESPer‹*, ergänzte Beck in nun codierter Fassung. *›Wir müssen sichergehen.‹* Binnen einer Mikrosekunde brachte er Powell auf den neuesten Erkenntnisstand.

›Aha. Ich sehe klar. Abscheulich. Was treiben die ganzen Leute da auf der Tanzfläche? Führen Sie irgend etwas auf?‹

›Das Stück ‚Bulle kontra Freund & Helfer'.‹

›Ist das nötig?‹

›Das ist ein ganz mieser Haufen. Verwöhntes Pack. Unredlich. Die Sorte von Menschen, die sich immer dagegen sträubt, der Polizei die Arbeit zu erleichtern. Denen muß man irgendein Theater vormachen, um sie zur Zusammenarbeit zu bewegen. Und in diesem Fall werden wir sie bitter nötig haben. Ich mime den Bullen. Sie kommen nun als Freund & Helfer.‹

›Sehr schön. Saubere Arbeit. Wir fangen sofort mit unserem Auftritt an.‹ Auf halber Länge des Abstiegs vom Parkplatz in den Saal blieb Powell stehen. Von seinem Mund wich der Ausdruck von Gutmütigkeit. Aus seinen dunklen Augen schwand jede Spur von Freundlichkeit. Sein Gesicht nahm einen Ausdruck erschrokkener Entrüstung an. »Beck«, schnauzte er. Seine Stimme hallte im Saal blechern wider. Totenstille ergab sich. Aller Augen richteten sich auf ihn. Inspektor Beck kam zu Powell.

»Hier, Sir«, meldete er sich im Tonfall eines Rohlings zur Stelle.

»Haben Sie hier den Befehl, Beck?«

»Jawohl, Sir.«

»Ist das Ihre Vorstellung von der korrekten Durchführung einer Untersuchung? Sie treiben hier Unschuldige wie eine Herde Vieh zusammen?«

»Mit Verlaub, Sir«, schnarrte Beck, »es handelt sich nicht um Unschuldige. Hier ist ein Mann ermordet worden.«

»Vorerst sind in diesem Haus alle Anwesenden unschuldig, Beck. Sie gelten als unschuldig und sind mit aller angebrachten Höflichkeit zu behandeln, bis die Wahrheit ermittelt ist.«

»Was, diese Bande von Lügnern?« kollerte Beck in offener Geringschätzigkeit »Mit Höflichkeit? Dieses Hyänenrudel von degenerierten Ganoven aus der sogenannten vornehmen Welt...?«

»Wie können Sie sich solche Redensarten erlauben?! Entschuldigen Sie sich augenblicklich.« Beck holte tief Luft und ballte wütend die Fäuste. »Inspektor Beck, haben Sie mich nicht verstanden? Bitten Sie diese Damen und Herren sofort um Entschuldigung.«

Beck starrte Powell an, dann drehte er sich der Versammlung zu, die die Auseinandersetzung aufmerksam beobachtete. »Bitte entschuldigen Sie«, nuschelte er mit gepreßter Stimme.

»Und ich warne Sie, Beck«, grollte Powell. »Sollte so etwas noch einmal vorkommen, mache ich Sie zur Schnecke. Ich schicke Sie geradewegs zurück in die Gosse, woher Sie stammen. Und nun gehen Sie mir aus den Augen.« Powell betrat den Saal und schenkte den Anwesenden ein Lächeln. Plötzlich war er wieder vollkommen verändert. Sein Verhalten ließ äußerst fein, aber wahrnehmbar durchblicken, daß er sich mit ihnen wie ein Herz und eine Seele fühlte. Seine Wortwahl zeichnete sich sogar durch eine Andeutung eleganter Korrumpiertheit aus. »Meine Damen und Herren, Sie sind mir selbstverständlich ausnahmslos vom Sehen bekannt, wogegen ich mich eines solchen Ruhms nicht erfreuen darf, so daß Sie mir gestatten werden, mich vorzustellen. Ich bin Kommissar Lincoln Powell vom Anti-Psychosen-Kommissariat. Kommissar und Psychosen, zwei echt antiquierte Begriffe, hm? Aber wir brauchen uns daran ja gar nicht zu stören.« Er ging mit ausgestreckter Hand hinüber zu Maria Beaumont. »Meine liebe Madame Maria, was für ein erregender Höhepunkt Ihrer Party! Ich beneide Sie und alle Ihre Gäste. Sie werden Geschichte machen.« Unter den Gästen ertönte Getuschel der Erleichterung. Die bedrückende Feindseligkeit begann sich zu lindern. Maria nahm benommen Powells Hand und bemühte sich gewohnheitsmäßig, ihre leicht aufgelöste Erscheinung wieder in Ordnung zu bringen. Powell erfreute und verwirrte sie, indem er ihr herzhaft einen väterlichen Kuß auf die Stirn drückte. »Madame... ich weiß, Sie haben eine unangenehme halbe Stunde durchleben müssen. Diese Flegel in Uniform...«

»Lieber Kommissar...« Sie klammerte sich wie ein kleines Mädchen an seinen Arm. »Ich war so außer mir vor Schrecken...«

»Gibt es hier einen stillen Raum, wo man sich gemütlich zusammensetzen und diese peinliche Angelegenheit in aller Ruhe abwickeln kann?«

»Ja, lieber Kommisaar...« Sie begann wahrhaftig in kindlichem Wisperton zu sprechen. »Das Herrenzimmer.«

Powell schnippte mit den Fingern. Der Polizeihauptmann trat vor. »Geleiten Sie Madame Beaumont und ihre Gäste ins Herrenzimmer«, befahl Powell. »Wachen brauchen keine aufgestellt zu werden. Die Damen und Herren benötigen jetzt Schonung, um ihre Fassung zurückzugewinnen.«

»Mr. Powell, Sir...« Der Polizeihauptmann räusperte sich. »Zu Madame Beaumonts Gästen ist noch zu bemerken... einer traf erst ein, nachdem man das Verbrechen gemeldet hatte. Ein Anwalt. Mr. 1/4maine.*«

Powell suchte und erspähte ESPer-Rechtsanwalt 2 Jo 1/4maine unter den Gästen und übermittelte ihm einen telepathischen Gruß. *›Hallo, Jo!‹*

›Hallo!‹

›Was machen denn Sie auf diesem Besäufnis?‹

›Ich bin beruflich hier. Mein Kli(Ben Reich)ent hat mich herbestellt.‹

›Dieser Obergauner? Das macht mich sofort argwöhnisch. Warten Sie hier mit Reich. Wir werden die Sache gleich regeln.‹

›Das war vorhin ein wirksamer Auftritt mit Beck.‹

›Verflucht, haben Sie unseren Code geknackt?!‹

›Nein, und ich sehe auch keinerlei Aussichten, es noch zu schaffen. Aber ich kenne Sie beide. Der sanftmütige Jax als stahlharter Bulle, das ist ja wohl ein Witz.‹

Von der anderen Seite des Saals, wo er scheinbar im Winkel schmollte, mischte sich Beck ein. *›Tun Sie uns den Gefallen und plaudern Sie nichts aus, Jo.‹*

›Sind Sie wahnsinnig?!‹ 1/4maine reagierte, als habe man ihn ermahnt, ja nicht die Gesamtheit der ethischen Prinzipien des Verbandes anzutasten. Er strahlte einen Ausbruch von Entrüstung aus, der Beck zum Grinsen veranlaßte.

Diese telepathische Unterhaltung fand während jener Sekunde statt, in der Powell noch einmal in tugendhafter Verehrung Marias Stirn küßte und dann mit sanfter Gewalt ihre zittrige Umklammerung von seinem Arm löste. »Meine Damen und Her-

---

* 1/4 = Quarter

ren... wir sehen uns im Herrenzimmer.« Die Gästeschar entfernte sich, geführt vom Polizeihauptmann. Sie redeten, ganz neuartig angeregt, lebhaft durcheinander. Der Vorfall begann auf sie den Eindruck einer wirklich sagenhaften neuen Form des Zeitvertreibs zu machen. Durch das Stimmengewirr und Gelächter spürte Powell plötzlich die eisernen Ellbogen einer straffen geistigen Sperre. Er erkannte diese Ellbogen und ließ sein Staunen durchblicken. *›Gustus! Gustus Tate!‹*

›Oh. Hallo, Powell!‹

›Du hier? Und so still & bescheiden?‹

›Gustus?‹ meldete sich Beck zu Gedanke. *›Ich habe gar nicht bemerkt, daß er hier ist.‹*

›Um alles in der Welt, warum versteckst du dich unter der Allgemeinheit?‹ Von Tate kam ein Chaos aus Ärger, Verdruß, Furcht vor Schmälerung seiner Reputation, Selbstvorwürfen, Scham... *›Gib dir einen Ruck, Gustus. Dein WM dreht sich ja im Kreis. Ein kleiner Skandal kann dir beileibe keinen Schaden zufügen. Du wirst dadurch nur menschlicher wirken. Bleib hier & hilf uns. Ich hab's irgendwie im Urin, daß wir noch einen Einser brauchen können. Das hier dürfte ein ganz verzwickter Fall von Drei-A sein.‹*

Sobald der Saal geräumt war, musterte Powell die drei Männer, die zurückgeblieben waren und in seiner Nähe standen. Jo ¼maine war ein untersetzter Mann, von stämmiger Gestalt und wuchtig gebaut, mit einem schimmernden Glatzkopf und freundlichem, schlichtmütigen Gesicht. Der kleingewachsene Tate war nervös und fahrig... mehr als gewöhnlich. Und dann der notorisch bekannte Ben Reich. Powell begegnete ihm zum ersten Mal. Er war hochgewachsen, breitschultrig, sichtlich ein Mann von Entschlossenheit; ihn umgab eine ungeheuer starke Aura von Charme und Machtbewußtsein. In seiner Macht kannte er dennoch Raum für Freundlichkeit, aber sie war verdorben durch die Gewohnheit tyrannischen Gehabes. Reichs Augen waren scharf und von kalkuliert wohlwollendem Ausdruck, doch sein Mund wirkte zu klein und von zuviel Empfindsamkeit geprägt, ähnelte sonderbar einer Narbe. Ein Mann, der eine fast magnetische Anziehungskraft besaß, aber zugleich in seinem Innern etwas Unbestimmtes, das abstieß. Er lächelte Reich zu. Reich erwiderte das Lächeln. Spontan schüttelten sie sich die Hände. »Locken Sie jeden so aus der Reserve, Mr. Reich?«

»Das ist das Geheimnis meines Erfolgs.« Reich grinste. Er verstand Powells Äußerung. Sie befanden sich *en rapport*.

»Na, lassen Sie bloß die anderen Gäste nicht merken, wie Sie das machen. Sonst würden sie mich eines abgekarteten Spiels verdächtigen.«

»Sie doch nicht, Powell, o nein! Sie können denen jederzeit etwas vorspiegeln. Sie könnten ihnen eingeben, sie befänden sich in geheimem Einverständnis mit Ihnen.«

Beide Männer lächelten wieder. Ein unerwarteter Chemotropismus zog sie wechselseitig an. Darin lag eine große Gefahr. Powell versuchte, diesen Einfluß zu meiden. Er wandte sich an ¼maine.

»Also Jo?«

›Es geht um die Introvision, Lincoln…‹

»Wir wollen uns auf Mr. Reichs Verständigungsebene unterhalten«, unterbrach Powell. »Ich lege Wert auf klare Verhältnisse.«

»Mr. Reich hat mich hergerufen, damit ich in meiner Eigenschaft als Rechtsanwalt seine Interessen wahrnehme. Keine Introvision, Lincoln. Dieser Fall hat sich völlig auf Indizien zu beschränken, soweit Mr. Reich von den Untersuchungen betroffen sein sollte. Ich bin hier, um das zu gewährleisten. Ich werde jeder Befragung beiwohnen.«

»Sie können doch nicht die Telepathie verbieten, Jo. Dafür gibt es keine gesetzliche Handhabe. Wir dürfen ermitteln, soviel wir zu ermitteln verstehen…«

»Vorausgesetzt, jede Introvision geschieht mit dem Einverständnis des Betroffenen. Ich bin hier, um Ihnen zu sagen, wann eine stattfinden darf und wann nicht.«

Powell sah Reich an. »Was ist denn überhaupt hier geschehen?«

»Wissen Sie das nicht?«

»Ich hätte es gern aus Ihrer Sicht gehört.«

»Warum gerade aus Mr. Reichs Sicht?« mischte sich hastig ¼maine ein.

»Ich möchte herausfinden, warum er so eilig einen Rechtsanwalt gerufen hat. Könnte ja sein, daß er in diesen Fall verwickelt ist.«

»Ich bin in vielerlei Sachen verwickelt.« Reich lächelte. »Ein Unternehmen wie die Monarch kann man nicht leiten, ohne eine ganze Menge von Geheimnissen anzuhäufen, die man berechtigterweise zu hüten wünscht.«

»Aber Mord gehört nicht dazu, oder?«

›Unterlassen Sie das, Lincoln!‹

›Und unterlassen Sie es, telepathische Schutzwände durch die

Gegend zu schieben, Jo. Ich bin bloß neugierig, weil ich diesen Mann mag.‹

›Na, aber dann bitte zu einer Zeit, die Ihr Geld kostet... nicht zu Lasten meiner Zeit, die meinen Klienten teuer zu stehen kommt.‹

»Jo möchte nicht, daß ich Sie mehr mag als nötig.« Powell lächelte Reich an. »Es wäre mir wirklich lieber, Sie hätten keinen Anwalt geholt. Nun bin ich mißtrauisch.«

»Ist das nicht einfach eine Berufskrankheit?« Reich lachte.

»Nein.« Powells Falscher Freund übernahm die Regie und gab glattzüngig Antwort. »Sie werden es nicht auf Anhieb glauben, aber die Berufskrankheit der Kriminalisten ist Vertrauensseligkeit. Das ist wie Rechtshändigkeit und Linkshändigkeit. Die Mehrzahl aller Kriminalisten leidet unter seltsamen Anwandlungen von Leichtgläubigkeit. Ich war natürlich auch so ein Linkshänder, bis mich dann der Fall Parsons eines...« Mit einer urplötzlichen Anstrengung würgte Powell das Lügenmärchen ab. Er tat zwei Schritte zur Seite, weg von seinen Zuhörern, die gespant gelauscht hatten, und seufzte schwer auf. Als er sich den anderen Männern wieder zuwandte, war sein Falscher Freund fort. »Ich erzähle Ihnen diese Geschichte bei einer anderen Gelegenheit«, sagte er. »Berichten Sie, was geschah, nachdem Madame Maria und die anderen Gäste das Blut auf Ihr Hemd tropfen sahen.«

Reich senkte seinen Blick auf die Blutflecken an seinen Spitzenmanschetten. »Sie schrie Zeter und Mordio, und wir rannten allesamt hinauf in die Orchideen-Suite.«

»Wie konnten Sie denn im Dunkeln den Weg finden?«

»Es brannte Licht. Maria hatte herumgeschrien, man solle wieder Licht machen.«

»Und als das Licht brannte, hatten Sie keine Schwierigkeiten, die Suite zu finden, wenn ich das richtig sehe?«

Reich lächelte grimmig. »Ich habe die Suite nicht gefunden. Diese Räume sind, wie wir erfahren haben, eigentlich diskreter Natur und daher weder jedermann zugänglich noch überhaupt bekannt. Maria hat uns den Weg gezeigt.«

»Dort befanden sich Leibwächter... sie waren außer Gefecht gesetzt worden?«

»Genau. Sie wirkten wie Puppen.«

»Wie versteinert, hm? Sie hatten keinen Finger gerührt?«

»Woher soll ich das wissen?«

»Tscha, woher?« Powell faßte Reich scharf ins Auge. »Was war mit D'Courtney?«

»Er lag da wie tot. Ach, Quatsch, er war tatsächlich tot.«

»Und alle umstanden ihn und gafften ihn an?«

»Ein paar Leute sahen sich in den restlichen Räumen der Suite um und suchten die Tochter.«

»Sie meinen Barbara D'Courtney. Ich dachte, niemand hätte gewußt, daß sich D'Courtney und seine Tochter im Haus aufhalten? Wie kam man also darauf, nach einer Tochter zu suchen?«

»Wir wußten auch nichts davon. Maria unterrichtete uns. Folglich suchten wir die Tochter.«

»Hat es Sie überrascht, als sie sich nicht auffinden ließ?«

»Wir waren fassungslos.«

»Haben Sie irgendeine Vorstellung, wohin sie verschwunden sein könnte?«

»Maria meinte, sie hätte ihren Alten umgebracht und wäre dann untergetaucht.«

»Glauben Sie das auch?«

»Keine Ahnung. Die ganze Sache ist ja völlig verrückt. Wenn das Mädchen so irrsinnig war, ohne ein Wort wegzulaufen und nackt durch die Straßen zu rennen, dann wäre es naturgemäß auch denkbar, daß es seinen Vater auf dem Gewissen hat.«

»Wollen Sie mir die Erlaubnis erteilen, Ihre Aussage allgemein und in bezug auf die Einzelheiten durch eine Introvision zu überprüfen?«

»Die Antwort darauf erhalten Sie von meinem Rechtsanwalt.«

»Die Antwortet lautet nein«, sagte 1/4maine. »Jedermann ist durch die Verfassung das Recht zugebilligt, ein ESP-Verhör abzulehnen, ohne daß sich dadurch für ihn Nachteile ergeben dürfen. Und Mr. Reich lehnt ab.«

»Und ich stehe vor einem Berg von Schwierigkeiten.« Powell seufzte und zuckte die Achseln. »Na, dann will ich mit der Untersuchung anfangen.« Sie drehten sich um und gingen in die Richtung zum Herrenzimmer.

Quer durch den Saal wandte sich im polizeilichen TW-Code Beck an Powell. *›Lincoln, warum haben Sie sich von Reich zum Narren halten lassen?‹*

›Habe ich das?‹

›Natürlich. Mit seiner Schlagfertigkeit erteilt dieser Taikun Ihnen jederzeit eine Abfuhr, wenn Sie sich weiter so einfältig anstellen.‹

›Na, Sie sollten lieber das Messer wetzen, Jax. Ihr Taikun ist reif für die Demolition.‹

›Was?‹

›Haben Sie nicht den Ausrutscher bemerkt, als er mir so bereitwillig Rede und Antwort stand? Reich wußte nicht um die Toch-

ter. Niemand wußte von ihr. Angeblich hat er sie nicht gesehen. Niemand sah sie. Er könnte sich selbstverständlich zusammengereimt haben, daß der Mord ihr einen solchen Schrecken einjagte, daß sie völlig verstört blindlings aus dem Haus lief. Soviel Überlegung darf man jedem zutrauen. Aber woher weiß er, daß sie NACKT hinauslief?'

Für einen Moment herrschte im telepathischen Bereich vollständige Sendestille. Dann spürte Powell, als er durch den nördlichen Torbogen zum Herrenzimmer strebte, wie eine Welle heißer Bewunderung ihn einholte. *›Respekt, Lincoln. Ich beuge mich dem Meisterdetektiv.‹*

Das ›Herrenzimmer‹ im Hause Beaumont war in der Anlage eines Türkischen Bads ausgeführt. Der Boden bestand aus einem Mosaik von Hyazinth, Spinell und Tigerauge. Die Wände – durch Stränge von Draht aus Cloisonné-Gold in viereckige Flächen unterteilt – glitzerten von eingesetzten synthetischen Edelsteinen: Rubin, Smaragd, Amethyst, Granat, Chrysolith, Topas... und alle enthielten verschiedene Bilder der Hausherrin. Überall lagen Knautschpolster aus Samt verstreut, Dutzende von Sesseln und Chaiselongues standen verteilt. Powell trat ein und begab sich sofort in die Mitte des Raums, ließ Reich, Tate und ¹/₄maine zurück. Das Durcheinander der Stimmen verstummte, und Maria Beaumont raffte sich von ihrem Platz auf. Powell winkte ihr zu, daß sie sitzenbleiben könne. Er schaute in die Runde, schätzte die Massenpsyche der versammelten Weichlinge im Handumdrehen richtig ein und entschied sich für die am besten angebrachte Taktik. Nach einer Weile begann er zu sprechen. »Das Gesetz«, erläuterte er, »macht um den Tod einen albernen Riesenwirbel. Tausende von Menschen sterben täglich, aber weil nun jemand den Mumm und den Unternehmungsgeist hatte, dem alten D'Courtney auf die letzte Reise zu helfen, besteht das Gesetz darauf, ihn zum Volksfeind abzustempeln. Ich halte das für idiotisch, aber bitte erzählen Sie's nicht weiter.« Er legte eine Pause ein, um sich eine Zigarette anzuzünden. »Sie wissen natürlich alle, daß ich ein ESPer bin. Wahrscheinlich hat diese Tatsache einige von Ihnen beunruhigt. Sie stellen sich vor, ich stünde hier wie irgendein telepathisches Monstrum, bräche mit meinen mentalen Tentakeln Ihre geistigen Türschlösser auf. Na... selbst wenn ich das könnte, Jo ¹/₄maine würde es nicht dulden. Und könnte ich es, dann – um ehrlich zu sein – wäre ich nicht hier. Ich säße statt dessen auf dem Throne des gesamten Universums, von Gott praktisch ununterscheidbar. Aber wie mir aufgefallen ist, hat bis jetzt noch niemand von Ihnen irgendeine Bemerkung über eine derartige Ähnlichkeit gemacht...« Stellenweises Gelächter belohnte seinen Humor. Powell lächelte auf entwaffnende Weise. »Nein, das Massengedankenlesen ist eine Leistung, die auch ein ESPer nicht bieten kann«, sprach er weiter. »Es ist schwierig genug, die Gedanken eines einzelnen Individuums zu lesen. Unmöglich ist es jedoch, wenn einige Dutzend Wellenmuster ein WM-Konglomerat erzeugen. Und wenn sich eine Gruppe von so einzigartigen, hochgradig individualistischen Persönlichkeiten wie Sie zusammengefunden hat, steht unsereins davor völlig hilflos.«

»Und er meinte, *ich* könnte Leute aus der Reserve locken«, murmelte Reich.

»Sie haben am Abend das Spiel ›Sardinenbüchse‹ gespielt«, sagte Powell. »Ich wollte, ich wäre eingeladen gewesen. Sie müssen beim nächsten Mal an mich denken, Madame...«

»Das werde ich«, rief Maria. »Das werde ich bestimmt, mein lieber Kommissar...«

»Während dies Spiel stattfand, hat jemand D'Courtney umgebracht. Wir sind nahezu sicher, daß es sich um einen vorsätzlichen, geplanten Mord handelt. Sobald das Labor mit der Arbeit fertig ist, erhalten wir Gewißheit. Aber bis dahin dürfen wir durchaus schon einmal davon ausgehen, daß ein Schwerverbrechen der Kategorie Drei-A vorliegt. Das versetzt uns dazu in die Lage, ein anderes Spiel zu spielen... eines, das sich ›Mord‹ nennt.« Powell spürte, daß die Gäste auf seine Ausführungen mit Unsicherheit reagierten. Er setzte seine Darlegungen in der vorherigen untertriebenen Weise fort, verwandelte das scheußlichste Verbrechen seit siebzig Jahren sorgsam in ein Stück Unwirklichkeit. »In dem Spiel ›Mord‹ besteht die Voraussetzung aus der unterstellten Ermordung eines Opfers. Ein Detektiv-Spieler muß herausfinden, wer es ermordet hat. Er stellt den anderen Spielern, die die Verdächtigen sind, viele Fragen. Jeder muß die Wahrheit sagen, außer dem Mörder, der lügen darf. Der Detektiv vergleicht die Aussagen, ermittelt dabei, wer lügt, und entlarvt schließlich den Täter. Ich dachte, es würde Ihnen vielleicht eine Freude bereiten, dies Spiel zu spielen?«

»Wie denn?« fragte eine Stimme.

»Ich bin nur eine anständige Touristin«, rief eine andere; daraufhin entstand wieder Gelächter.

»Die Untersuchung eines Mordfalls erforscht drei Aspekte eines Verbrechens.« Powell lächelte. »Erstens das Motiv. Zweitens die Methode. Drittens die Gelegenheit. Mit den beiden letzteren Problemen befassen sich unsere Mitarbeiter vom Polizei-Labor.

Das Motiv jedoch können wir im Verlauf unseres Spiels entdekken. Und wenn das gelingt, erleichtert das die Klärung der beiden anderen Punkte ganz erheblich. Wußten Sie, daß unsere Leute vom Labor nicht feststellen können, was D'Courtney getötet hat? Wissen Sie schon, daß D'Courtneys Tochter verschwunden ist? Sie verließ das Haus, während Sie ›Sardinenbüchse‹ spielten. Wissen Sie, daß man das Bewußtsein von D'Courtneys Leibwächtern auf geheimnisvolle Weise kurzgeschlossen hat? Ja, wahrhaftig. Jemand hat ihnen aus ihrem Zeitempfinden eine volle Stunde gestrichen. Wir alle wüßten nur zu gerne, wie.« In ihrer atemlosen Faszination befanden sie sich dicht am Rand der Falle. Er mußte sie mit unendlicher Behutsamkeit schließen. »Tod, Verschwinden, Zeitdiebstahl ... all das können wir aufklären, wenn wir das Motiv kennen. Ich werde in diesem Spiel der Detektiv sein. Sie spielen die Verdächtigen. Sie sagen mir auf meine Fragen die Wahrheit ... außer dem Mörder, versteht sich. Wir erwarten von ihm, daß er lügt. Aber wir werden ihn überführen und diese Party zu einem triumphalen Abschluß bringen, wenn jeder von Ihnen mir die Erlaubnis zur Hirn-Introvision erteilt.«

»Oh!« schrie Maria auf.

»Einen Moment, Madame, bitte verstehen Sie mich richtig. Ich möchte lediglich die Erlaubnis. Dann wird es sich erübrigen, Introvisionen tatsächlich vorzunehmen. Denn wenn alle unschuldigen Verdächtigen mir ihre Erlaubnis geben, muß jener der Schuldige sein, der sie verweigert, begreifen Sie? Er allein hat allen Grund, eine Introvision abzulehnen.«

»Darf er so etwas?« flüsterte Reich zu ¼maine. Der Rechtsanwalt nickte.

»Stellen Sie sich einmal einen Moment lang vor, wie es sich abspielen wird.« Powell schmückte seine fantastische Darstellung nun für sie aus, verwandelte den Raum in ein Theater. »Ich frage in dienstlichem Ton: ›Erlauben Sie mir eine Introvision?‹ Ich gehe durch das Zimmer ...« Langsam begann er wirklich durchs Herrenzimmer zu schreiten, machte nacheinander vor jedem Gast eine höfliche Verbeugung. »Und man antwortet mir ... ›Ja‹ ... ›Ja‹ ... ›Natürlich‹ ... ›Warum nicht?‹ ... ›Selbstverständlich‹ ... ›Ja‹ ... ›Jawohl‹ ... Und dann entsteht plötzlich ein Schweigen höchster Spannung ...« Powell blieb vor Reich stehen, stand hochaufgerichtet, in bedrohlicher Haltung. »›Und Sie, Sir‹, frage ich. ›Gestatten Sie mir eine Introvision?‹ « Alle beobachteten das Geschehen wie Hypnotisierte. Selbst Reich war außer Fassung geraten, vom Zeigefinger, der auf ihn wies, und der eindringlichen, finsteren Miene wie gebannt. »Zögern. Das Gesicht des Verdächtigen wird knallrot, dann kalkweiß, als ihm das Blut daraus weicht. Man hört, wie er seine Weigerung herausquetscht: ›Nein...!‹...« Der Komissar hob seine Hände und drehte sich im Kreis, als wolle er die ganze Versammlung schwungvoll in die Arme schließen. »Und genau das ist der atemberaubende Augenblick, da wir wissen, wir haben den Mörder gefangen!«

Fast legte er sie herein. Fast. Seine Anregung war gewagt, neuartig, aufregend; ein plötzliches Angebot von Ultraviolett-Fenstern, die durch Kleidung und Fleisch Einblick in die Seele gewährten... Aber Marias Gäste nährten in ihren Seelen Lumperei... verbargen Meineide, verhehlten Seitensprünge... beherbergten das Böse. Und ihre insgeheime Scham stürzte sie unvermittelt in blankes Entsetzen. »Nein!« keifte Maria. Alle sprangen auf die Füße und schrien durcheinander. »Nein! Nicht! Nein!«

›Das war ein vielversprechender Versuch, Lincoln, aber da haben Sie ihre Antwort. Mit Hilfe dieser Hyänen werden Sie das Motiv nie in Erfahrung bringen.‹

Sogar angesichts des Mißerfolgs blieb Powell charmant. »So schwer es mir dienstlich fällt, meine Damen und Herren, persönlich kann ich Ihnen keinen Vorwurf machen. Nur ein Dummkopf würde einem Polizisten vertrauen.« Er seufzte. »Einer meiner Mitarbeiter wird von jenen unter Ihnen, die sich der Mühe mündlicher Aussagen unterziehen möchten, die diesbezüglichen Angaben auf Band sprechen lassen. Mr. ¼maine wird Ihnen zu Diensten sein, um Sie zu beraten und Ihre Rechte zu wahren.« Er warf ¼maine einen trübsinnigen Blick zu. *›Und um mir Steine in den Weg zu legen.‹*

›Sie sollten mir nicht so auf dem Gemüt herumdrücken, Lincoln. Dies ist das erste Verbrechen gemäß Drei-A seit über siebzig Jahren. Ich muß an meine Karriere denken. Dieser Fall kann mich nach ganz oben befördern.‹

›Ich muß auch meine Karriere im Auge behalten, Jo. Wenn mein Kommissariat es nicht fertigbringt, diesen Fall zu lösen, kann es sein, daß man mich fertigmacht.‹

›Dann muß eben diesmal jeder von uns für sich geradestehen. Da haben Sie ganz schön was am Hals, Lincoln.‹

»Verdammte Scheiße«, sagte Powell. Er winkte Reich zum Abschied zu und schlenderte aus dem Herrenzimmer.

Die Mitarbeiter des Labors hatten mittlerweile in der Orchideen-/Hochzeits-Suite ihr Werk getan. De Santis, schroff, reizbar und in seinem gesamten Gebaren von ansteckender Ruhelosigkeit, übergab Powell die Berichte. »Das ist ein ganz scheußliches Mistding«, sagte er im gequälten Tonfall völliger Überarbeitung.

Powell betrachtete D'Courtneys Leichnam. »Womöglich Selbstmord?« erkundigte er sich äußerst unwirsch. Zu De Santis verhielt er sich immer recht zackig, weil De Santis ein Verhältnis dieser Art am ehesten zu schätzen wußte und mit keiner anderen Beziehung zufrieden gewesen wäre.

»Haaach! Leider ausgeschlossen. Keine Waffe zu finden.«

»Womit ist er denn umgebracht worden?«

»Wissen wir nicht.«

»Noch immer nicht? Sie hatten doch drei Stunden lang Zeit!«

»Wir wissen es eben nicht«, schnauzte De Santis. »Deshalb ist es ja so ein dickes Ding.«

»Ja, hören Sie mal, er hat doch ein Loch im Kopf, da können Sie einen Christbaum durchschieben!«

»Ja, ja, ja, natürlich. Eintrittsöffnung oberhalb des Zäpfchens. Austrittsöffnung unterhalb der Fontanelle. Tod augenblicklich eingetreten. Aber was hat die Wunde erzeugt? Was hat ihm das Loch durch den Schädel gehauen? Was meinen Sie dazu?«

»Harte Strahlung?«

»Keine Verbrennung.«

»Kristallisation?«

»Keine Erfrierung.«

»Ein Nitrodampfstrahl?«

»Keine Ammoniakrückstände.«

»Säure?«

»Zuviel Splitter. Ein Säurespritzer könnte eine derartige Wunde erzeugen, aber dabei wäre es zu keiner Zertrümmerung der Schädelrückseite gekommen.«

»Eine Stichwaffe?«

»Sie meinen ein Stilett oder einen Dolch?«

»Dergleichen.«

»Unmöglich. Besitzen Sie davon eine Vorstellung, wieviel Kraft jemand aufwenden müßte, um mit einem Stich eine solche Wirkung zu erzielen? So etwas geht nicht.«

»Tscha... dann bin ich bald am Ende mit Waffen, die Löcher reißen. Halt mal! Wie wäre es mit einem Geschoß?

»Was meinen Sie damit?«

»Ein Geschoß aus einer alten Schußwaffe. Früher verschoß man mittels Patronen durch schwache Explosionen Kugeln aus sogenannten Schußwaffen. Laut und stinkig.«

»Können wir in diesem Fall ausschließen.«

»Warum?«

»Warum?!« brauste De Santis auf. »Weil hier kein Geschoß zu finden ist. In der Wunde steckt keins. In diesem Raum liegt keins. Nirgendwo ist eines.«

»Verfluchter Mist!«

»Da stimme ich Ihnen rückhaltlos zu.«

»Haben Sie sonst nichts Ungewöhnliches festgestellt? Irgend etwas?«

»Doch. Vor seinem Tod hat er etwas Süßes genascht. Habe in seiner Mundhöhle einen Klumpen Gel gefunden... ein Stückchen Kuvertüre von irgendeiner x-beliebigen Süßigkeit.«

»Na und?«

»In der ganzen Suite sind keine Süßigkeiten.«

»Vielleicht hatte er gerade alle aufgegessen.«

»Keine Süßigkeiten im Magen. Aber mit seinem Hals hätte er keinesfalls Süßigkeiten gegessen.«

»Warum nicht?«

»Psychogener Krebs. Fortgeschrittenes Stadium. Er konnte nicht sprechen, ganz zu schweigen vom Kauen klebrigen, zähen Zeugs.«

»Verdammt und zugenäht! Wir benötigen die Waffe... ganz gleich, was für eine es sein mag.« Powell drehte den Stapel von Feldreports zwischen den Händen, musterte den wachsbleichen Leichnam und pfiff für ein Weilchen schaurig vor sich hin. Er entsann sich, einmal aus einem Audio-Buch von einem ESPer gehört zu haben, der an einem Leichnam eine Hirn-Introvision vornahm... so etwas ähnliches wie jenes alte Ammenmärchen, man könne aus der Netzhaut der Augen eines Toten Fotos entwickeln. Er wünschte sich, es wäre möglich. »Na schön«, sagter er schließlich und seufzte. »Wir kennen weder das Motiv noch die Methode. Wir wollen hoffen, daß wir etwas mehr über die Umstände der Angelegenheit herausfinden, oder wir können Reich niemals überführen.«

»Reich? Welchen Reich? Ben Reich? Was ist mit ihm?«

»Am meisten mache ich mir Sorgen wegen Gustus Tate«, murmelte Powell. »Wenn er mit in dieser Sache drinsteckt... Was? Ach, Reich? Er ist der Mörder, De Santis. Ich habe Jo ¼maine im Herrenzimmer überlistet. Reich hat sich verplappert. Ich habe einen kurzen Einakter aufgeführt und Jo abgelenkt, um mich durch eine Introvision überzeugen zu können. Was ich Ihnen sage, ist selbstverständlich noch inoffiziell, aber ich habe auf die erste Introvision genug gesehen, um mir dessen ganz sicher zu sein, daß Reich der Täter ist.«

»Heiliger Bimbam!« entfuhr es De Santis.

»Aber damit bin ich noch verflucht weit von der Möglichkeit entfernt, ein Gericht zu überzeugen. Reich trennt noch ein langer Weg von der Demolition, Kollege. Ein langer, langer Weg.« Mißgestimmt kehrte Powell dem Leiter des Labors den Rücken zu, durchquerte den Vorraum und stieg hinab zum Feld-HQ in der Gemäldegalerie. »Und außerdem kann ich den Kerl gut leiden«, murmelte er sich in den Kragen. In der Gemäldegalerie unterhalb der Orchideen-Suite, wo sich die zeitweilige Standortleitung niedergelassen hatte, trafen sich Powell und Beck zu einer kurzen Besprechung. Ihr mentaler Wortwechsel beanspruchte in der für die telepathische Verständigung typischen Blitzschnelligkeit genau dreißig Sekunden.

›So, Jax, es ist wirklich Reich, der sich auf die Demolition gefaßt machen kann. Wir haben ihn dazu verleitet, daß er sich verplappert, und zur Sicherheit habe ich in Maria Beaumonts Herrenzimmer auf die Schnelle eine unbemerkte Introvision vorgenommen. Ben Reich ist unser Mann.‹

›Bloß werden Sie's niemals beweisen können, Lincoln.‹

›Sind die Aussagen der Leibwächter denn gar kein bißchen aufschlußreich?‹

›Nicht im geringsten. Ihnen fehlt subjektiv eine gute Stunde. De Santis sagte, das Rhodopsin ihrer Netzhäute sei vorübergehend zerstört worden. Das ist der Sehpurpur… das Zeug in den Augen, womit man sieht.

›Aha, aha.‹

Soweit sich die Leibwächter betroffen fühlen, waren sie zur Stelle und auf Wache. Angeblich geschah überhaupt nichts,

›Das ist ja allerhand!‹

bis urplötzlich der ganze Haufen Gäste hereingestürmt sei

und Maria Beaumont herumgekreischt hätte, weil sie geschlafen haben sollten... Und sie schwören mit allem Nachdruck, sie seien jederzeit hellwach gewesen.‹

›Und WIE die ›Goldene Verbandsmatratze‹ kreischen kann!‹

›Aber wir wissen, es war Reich.‹

›SIE wissen, daß Reich es war. Sonst weiß es niemand.‹

›Er ging nach oben, während die Gäste ›Sardinenbüchse‹ spielten, zerstörte irgendwie den Sehpurpur der Leibwächter und brachte sie um eine Stunde Zeit. Er drang in die Orchideen-Suite ein und tötete D'Courtney. Auf irgendeine Weise geriet ihm das Mädchen in die Quere, und aus diesem Grund ist es auch fortgelaufen.‹

›Aber wie?‹

›Wie tötete er D'Courtney?‹

›Und zu guter Letzt: Warum tötete er D'Courtney?‹

›Ich weiß es nicht. Ich weiß keine der Antworten... noch nicht.‹

›So kriegen Sie niemals eine Demolition durch.‹

›Das weiß ich.‹

›Sie müssen Motiv, Methode und Gelegenheit objektiv nachweisen. Bis jetzt verfügen Sie nur über die ESP-Einsicht, daß Reich D'Courtney getötet hat.‹

›Hm-m.‹

›Hm-hm.‹

›Konnten Sie ersehen, wie oder warum?‹

›Ich konnte nicht tief genug introvisieren... 1/4maine war zu sehr auf der Hut.‹

›Und wahrscheinlich erhalten Sie auch nie die Möglichkeit. Jo ist ein zu wachsamer Mann.‹

›Gift & Galle! Jackson, wir brauchen das Mädchen!‹

›Barbara D'Courtney?‹

›Ja. Sie ist die Schlüsselperson. Wenn sie aussagt, was sie gesehen hat und warum sie fortgelaufen ist, können wir jedes Gericht zufriedenstellen. Sammeln Sie unsere bisherigen Erkenntnisse und geben Sie alles auf Speicher. Ohne das Mädchen nutzt das alles uns nichts. Lassen Sie alle gehen. Ohne das Mädchen nutzen sie uns sowieso nichts. Wir müssen uns um Reich kümmern... uns bemühen, zusätzliches Beweismaterial herbeizuschaffen, obwohl...‹

›Dieser Meinung bin ich auch.‹

›Jawohl.‹

›Allmählich beginne ich mich über das Mädchen zu ärgern.‹

›Obwohl es ohne das Mädchen nichts wert ist.‹

›Bei solchen Anlässen gehen auch mir Frauen besonders auf die Nerven, Mr. Beck. Meine Güte, warum versuchen sie bloß alle, mir die Ehe schmackhaft zu machen?‹

Mentales Äquivalent eines schallenden Gelächters.

Bissige (UNTERDRÜCKT) Bemerkung.

Bissige (UNTERDRÜCKT) Antwort.

Äußerung (UNTERDRÜCKT)

Nachdem er das letzte Wort behalten hatte, stand Powell auf und verließ die Galerie. Er benutzte den Übergang und stieg hinunter ins Musikzimmer; von dort aus betrat er den Saal. Er sah Reich, $^{1}/_{4}$maine und Tate an einem Springbrunnen stehen und sich angeregt unterhalten. Wieder befaßte er sich mit dem furchtbaren Problem einer eventuellen Verwicklung Tates in den Fall. Falls der gnomenhafte ESPer wirklich mit Reich unter einer Decke steckte, wie Powell schon in der vergangenen Woche während der Party vermutet hatte, war er womöglich auch Mitwisser dieses

Mordes. Die Vorstellung, daß ein ESPer Ersten Grades, eine der Hauptstützen des Verbandes, an einem Mord beteiligt sein könnte, war eigentlich undenkbar; doch wenn es sich so verhielt, ließ diese Tatsache sich so gut wie gar nicht beweisen. Niemand erfuhr ohne seine volle Einwilligung irgend etwas von einem Einser. Und sollte Tate (unglaublich... ausgeschlossen... 100:1 dagegen) tatsächlich mit Reich zusammenarbeiten, war Reich nahezu so unzugänglich wie Tate selbst. Powell entschied sich dafür, es ein letztes Mal mit einer propagandistischen Überrumplung zu versuchen, bevor er sich wohl oder übel wieder an die Polizeiarbeit machte, und ging hinüber zu den drei Männern. Bei der Annäherung erregte er ihre Aufmerksamkeit. Er richtete eine kurze Aufforderung an die beiden ESPer. *›Jo. Gustus. Bitte verschwindet. Ich möchte Reich etwas sagen, aber nicht, daß Ihr's hört. Ich werde ihn nicht introvisieren und seine Äußerungen nicht aufnehmen. Ich verspreche es dienstlich.‹* 1/4maine und Tate nickten, sagten leise etwas zu Reich und gingen. Reich sah ihnen mit verwunderter Miene nach; dann blickte er Powell entgegen.

»Haben Sie sie eingeschüchtert?« erkundigte er sich.

»Nur ums Gehen ersucht. Setzen Sie sich doch, Mr. Reich.« Sie nahmen beide auf dem Rand des Beckens Platz, musterten sich in friedfertigem Schweigen. »Nein«, sagte Powell nach einem Weilchen, »ich lese nicht Ihre Gedanken.«

»Das habe ich auch nicht angenommen. Aber Sie haben's in Marias Herrenzimmer getan, hm?«

»Haben Sie das gespürt?«

»Nein. Erraten. Genauso hätte ich es gemacht.«

»Es mangelt uns beiden an Vertrauenswürdigkeit, was?«

»Was für ein Quatsch«, sagte Reich mit allem Nachdruck. »Wir treiben doch keine Mädchenspiele. Wir setzen auf Sieg, Sie und ich. Die Feiglinge, Schwächlinge und schlechten Verlierer sind es, die sich hinter Spielregeln und Fairneß verstecken.«

»Und wie denken Sie über Ehre und Ehtik?«

»Unsere Ehre tragen wir in unserem Innern, aber sie richtet sich nach unseren eigenen Maßstäben... nicht den mühsam zurechtgezimmerten Gesetzen, die ein paar furchtsame Menschlein für die restlichen furchtsamen Menschlein festlegen. Jeder hat seine eigene Ehre und Ehtik, und wer will auf ihn mit dem Finger zeigen, solange er sich daran hält? Jemandes Ethik mag Ihnen mißfallen, aber Sie haben kein Recht, sie sittenwidrig zu nennen.«

Powell schüttelte traurig den Kopf. »In Ihrer Brust wohnen zwei Seelen, Reich. Eine davon ist ein feiner Kerl. Eine ist schlecht. Wären Sie ganz und gar ein Mörder, man empfände es weniger schlimm. Aber Sie sind halb Schurke und halb Heiliger, und das macht Ihren Fall äußerst betrüblich.«

»Als Sie mir winkten, da wußte ich, daß die Sache noch hart wird.« Reich lächelte. »Sie sind raffiniert, Powell. Sie bereiten mir wirklich Sorge. Ich kann's Ihnen nie anmerken, wenn Sie sich einen neuen Schlag ausgedacht haben, und weiß nie, nach welcher Seite ich mich ducken soll.«

»Dann hören Sie um Gottes willen mit dem Wahnsinn auf und bringen Sie's hinter sich«, sagte Powell. Er sprach mit leidenschaftlicher Überzeugungskraft. Seine Augen funkelten. Seine Eindringlichkeit erfüllte Reich erneut mit Schrecken. »Ben, ich werde Sie mit dieser Sache zur Strecke bringen. Ich werde den dreckigen Mörder in Ihnen erwürgen, weil ich den Heiligen bewundere. Dies ist für Sie der Anfang vom Ende. Sie wissen es. Warum erleichtern Sie sich nicht alles und geben auf?«

Einen Moment lang schwankte Reich am Rande des Entschlusses, die Waffen zu strecken. Dann riß er sich zusammen, um sich der Auseinandersetzung zu stellen. »Und verzichte auf den bedeutsamsten Kampf meines Lebens? Nein. Das könnte ich nicht, und vergingen darüber tausend Jahre. Wir werden dies Ringen bis zum Ende durchstehen, Lincoln.« Mißmutig zuckte Powell die Achseln. Die beiden Männer erhoben sich. Unwillkürlich reichten sie sich die Hände in der vierfachen, überkreuzten Weise der endgültigen Abschiednahme. »Ich habe einen großartigen Freund in Ihnen verloren«, sagte Reich.

»Sie haben einen großen Mann in sich selbst verloren, Ben.«

»Feindschaft?«

»Feindschaft.«

Und das war der Beginn der Demolition.

7

Der Hauptkommissar einer Stadt mit siebzehneinhalb Millionen Einwohnern kann nicht an seinem Schreibtisch herumsitzen. Er beschäftigt sich nicht mit Datenträgern, Akten, Papierkram und Dienstwegen. Er hat statt dessen drei ESPer-Sekretäre, die wahre Gedächtniskünstler sind und sämtliche Einzelheiten, derer er zur Erledigung seiner Aufgaben bedarf, in ihren Köpfen herumtragen, die wahre Wunder des Erinnerungsvermögens vollbringen. Sie pflegten ihn durchs Polizeipräsidium zu begleiten wie ein dreibändiges Nachschlagewerk. So geschah es auch diesmal, als Powell durch das Präsidium an der Center Street eilte, um seine

Hilfsmittel für das bevorstehende Ringen zusammenzusuchen, in Begleitung seines dreiköpfigen Überfallkommandos (vom Personal mit den Übernamen ›Winker‹, ›Blinker‹ und ›Nicker‹ belegt). Er setzte Polizeipräsident Crabbe seinerseits die allgemeinen Grundzüge des Falles auseinander. »Uns fehlen Motiv, Methode und Gelegenheit, Herr Polizeipräsident. Wir sehen zwar eine mögliche Gelegenheit, aber mehr noch nicht. Sie kennen ja Vater Moses. Er besteht auf felsenfesten Indizien.«

»Wen kenne ich?« Crabbe wirkte verblüfft.

»Vater Moses.« Powell grinste. »Das ist unser Spitzname für den Mosaic Multiplex Prosecution Computer. Man kann ja nicht immer die volle Bezeichnung verwenden, oder? Man würde sich die Zunge brechen.«

»Sie meinen diese verteufelte Rechenmaschine!« Crabbe schnob verächtlich.

»Ja, Sir. Ich bin nun soweit, daß ich alles daranzusetzen beabsichtige, um für Vater Moses die erforderlichen Beweise gegen Ben Reich und die Monarch zu sammeln. In diesem Zusammenhang möchte ich Ihnen eine unumwundene Frage stellen. Sind Sie bereit, ebenfalls alles daranzusetzen?«

Crabbe, der alle ESPer verabscheute und haßte, verfärbte sich hinter seinem Ebenholztisch in seinem in Ebenholz und Silber gehaltenen Büro tomatenrot und erhob sich von seinem Ebenholzsessel. »Was soll das bedeuten, Powell?«

»Es erübrigt sich, an irgendwelche Hinterhältigkeiten zu denken, Sir. Ich frage damit lediglich, ob Sie in irgendeiner Hinsicht mit Reich und der Monarch verbunden sind. Wenn's hart auf hart geht, werden Sie dann in Verlegenheit geraten? Könnte es Reich möglich sein, bei Ihnen aufzukreuzen und meinen Ermittlungen Riegel vorzuschieben?«

»Nein, verflucht noch mal, ausgeschlossen.«

›*Sir*‹, meldete sich ›Winker‹ telepathisch bei Powell. ›*Am vorjährigen 4. Dezember hat Polizeipräsident Crabbe mit Ihnen den Fall Monolith diskutiert. Beachten Sie bitte folgenden Auszug:*

POWELL: Diese Sache hat auch einen äußerst heiklen finanzwirtschaftlichen Gesichtspunkt, Herr Polizeipräsident. Womöglich fällt die Monarch uns mit einem Rechtseinwand in den Arm.

CRABBE: Reich hat mir sein Wort gegeben, daß er davon absieht, und auf Ben Reich kann ich mich jederzeit verlassen. Er hat es unterstützt, als ich Staatsanwalt werden sollte.

Ende des Zitats.‹

›Prächtig, ›Winker‹. Ich wußte doch, daß irgendeine Besonderheit unsere Crabbe-Materialien auszeichnet.‹ Powell änderte seine Taktik und starrte Crabbe eindringlich an. »Das sagen Sie so einfach? Wie war es denn mit Ihrer Kandidatur zum Bezirks-Staatsanwalt? Da hat Reich Sie doch unterstützt, oder?«

»Hat er.«

»Und ich soll glauben, daß er danach aufgehört hat, Sie zu fördern?«

»Ja, verflucht, Powell, ja, das sollen Sie. Er hat mir damals geholfen. Seitdem jedoch nicht wieder.«

»Also geben Sie mir im Vorgehen gegen Reich freie Hand?«

»Warum beharren Sie so darauf, daß Reich der Mörder ist? Das ist einfach lächerlich. Sie haben keinerlei Beweise. Sie selbst haben's ja gesagt.« Powell starrte ihn unverändert an. »Er hat ihn nicht getötet. Ben Reich würde niemals jemanden umbringen. Er ist ein anständiger Mann, der...«

»Geben Sie mir freie Hand oder nicht?«

»Na schön, Powell. Von mir aus.«

›Aber nur mit starkem Widerwillen. Merken Sie's sich. Er fürchtet sich ganz gewaltig vor Reich, Jungs. Und merken Sie sich noch etwas. Ich auch.‹

»Alles herhören«, sagte Powell zu seinen Mitarbeitern. »Sie alle wissen, was für ein kaltschnäuziges Ungetüm Vater Moses ist. Er ruft immer bloß nach Tatsachen... Fakten... Indizien... unwiderleglichen Beweisen. Wir müssen dieser verdammten Maschine daher Beweismaterial vorlegen, das sie davon überzeugt, daß gegen Reich Anklage zu erheben ist. Zu diesem Zweck wollen wir an Reich die DummSchlau-Methode anwenden. Die Mehrheit von Ihnen kennt das Verfahren bereits. Wir teilen jedem Observationsbedürftigen zwei Mitarbeiter zu, einen Dummen und einen Schlauen. Ersterer weiß nicht, daß ein Schlauerer ebenfalls an diesem Fall arbeitet. Der Observationsbedürftige weiß es auch nicht. Sobald er den Dummen abgeschüttelt hat, glaubt er sich in Sicherheit. Daraufhin fällt dem Schlauen die Tätigkeit wesentlich leichter. Genauso werden wir nun auch in der Sache Reich anfangen.«

»Alles klar«, sagte Beck.

»Gehen Sie sämtliche Abteilungen durch und suchen Sie einhundert Polizisten der niedrigsten Dienstgrade heraus. Stecken Sie sie in Zivilkleidung und setzen Sie sie auf den Fall Reich an. Lassen Sie sich vom Labor alle blödsinnigen Spür-Robots zuteilen, die in den letzten zehn Jahren in Dienst gestellt worden sind.

Orientieren Sie unsere gesamten Spezial-Kinkerlitzchen auf Reich. Aus all dem machen Sie das Paket Dumm… eines der Art, die er ganz bestimmt abschütteln wird, das abzuschütteln ihn aber Zeit und Aufwand kosten muß.«

»Irgendwelche besonderen Probleme?« erkundigte sich Beck.

»Warum hat man ausgerechnet das Spiel ›Sardinenbüchse‹ gespielt? Wer schlug das Spiel vor? Die Sekretäre der Beaumont sagten aus, daß keine Introvision Reichs möglich war, weil ihm ständig irgendein Lied durch den Kopf kreiste. Welches Lied? Wer hat es verfaßt? Wo hat Reich es gehört? Das Labor teilte mit, die Leibwächter seien mit einer Art von Sehpurpur-Ionisator außer Gefecht gesetzt worden. Überprüfen Sie alle Personen und Institutionen, die in dieser Richtung Forschungen betreiben. Was hat D'Courtneys Tod versacht? Veranlassen sie die Untersuchung von Wirkungen aller möglichen Waffen. Schaffen Sie Klarheit über Reichs Verhältnis zu D'Courtney. Wir wissen, daß sie im Geschäftsleben Rivalen waren. Bestand zwischen ihnen eine Todfeindschaft? War es Mord aus Gewinnsucht? Mord aus Furcht vor der Konkurrenz? Was und wieviel darf Reich durch D'Courtneys Tod zu gewinnen hoffen?«

»Du liebe Güte«, rief Beck. »Und das alles im Rahmen von Paket Dumm? Wir vermurksen uns den Fall selber, Lincoln.«

»Kann sein. Aber ich zweifle daran. Reich ist ein erfolgreicher Mann. Er kann auf eine Erfolgssträhne zurückblicken, die ihn stolz gemacht hat. Deshalb glaube ich, daß er auf uns hereinfällt. Jedesmal, wenn er einen unserer Köder umgangen hat, wird er meinen, er hätte uns ein Schnippchen geschlagen. In diesem Irrtum wollen wir ihn möglichst lange belassen. Wir werden für reichlich böses Blut in der Öffentlichkeit sorgen. Die Massenmedien sollen uns ruhig mal wieder in der Luft zerreißen. Wir spielen mit. Beschweren uns. Toben. Geben saure Erklärungen ab. Wir werden die tölpelhaften, einfältigen Bullen spielen… und während sich Reich infolgedessen an seiner Selbstzufriedenheit mästet…«

»Nehmen Sie ihn zwischen die Zähne«, ergänzte Beck und grinste. »Was ist mit dem Mädchen?«

»Das ist die einzige Ausnahme von unserem Paket Dumm. Wir setzen voll auf das Mädchen. Ich wünsche, daß man innerhalb einer Stunde eine Personenbeschreibung mit Foto an jeden Polizeibeamten im Kreis verschickt. Unter das Papier schreiben wir ganz dick, daß derjenige, der das Mädchen findet, sofort um fünf Dienstgrade befördert wird.«

›Sir‹, mischte sich telepathisch ›Nicker‹ ein, *›die Vorschriften*

erlauben nur Beförderungen um jeweils drei Dienstgrade gleichzeitig.‹

»Zum Teufel mit den Vorschriften«, brauste Powell auf. »fünf Dienstgrade mehr für den Mann, der Barbara D'Courtney findet! Ich muß das Mädchen haben.«

Im Monarch-Hochhaus schob Ben Reich alle Speicherkristalle von seinem Schreibtisch in die Hände seiner Sekretärinnen. »Verschwinden Sie sofort und nehmen Sie diesen ganzen Scheiß mit«, kollerte er. »Vorerst muß dieser Laden ohne mich laufen. Verstanden? Halten Sie mich mit keinerlei Kram auf.«

»Mr. Reich, wir dachten, Sie wollten nun, nach Craye D'Courtneys Ableben, die Geschäfte des D'Courtney-Kartells übernehmen. Wenn Sie...«

»Um genau das geht es mir gegenwärtig. Deshalb möchte ich ja mit nichts belästigt werden. Und nun raus! Vorwärts!« Er geleitete die Sekretärinnen nachdrücklich zur Tür, scheuchte sie hinaus, knallte die Tür zu und schloß sie ab. Er ging zum Visifon, tippte die Nummer BD 12232 und wartete ungeduldig. Nach erheblich überzogener Frist erschien vorm Hintergrund seines Pfandleihen-Schunds das Gesicht Jerry Churchs.

»Sie?« fauchte Church und hob eine Hand, um seinen Apparat auszuschalten.

»Ich. Geschäftlich. Sind Sie noch an der Rehabilitation interessiert?«

Church riß die Augen auf. »Weshalb?«

»Sie können sie sich verdienen. Ich leite umgehend Schritte zu Ihrer Rehabilitierung ein. Ich kann Ihnen diesen Gefallen tun, Jerry. Ich bezahle die Liga Patriotischer ESPer. Aber ich verlange eine hohe Gegenleistung.«

»Um Himmels willen, Ben, Sie wissen, daß Sie dafür alles verlangen können. Alles. Sie brauchen es nur zu sagen.«

»Genau das ist es, was ich will.«

»Alles?«

»Und jedes. Uneingeschränkte Dienstleistung. Sie kennen den Preis, den ich zahle. Verkaufen Sie?«

»Ich verkaufe, Ben, ja.«

»Und ich möchte auch Keno Quizzard zu meinen Diensten.«

»Das kann doch nicht Ihr Ernst sein, Ben. Er ist ein unzuverlässiger Vogel. Mit ihm macht man immer den Bock zum Gärtner.«

»Verabrede eine Zusammenkunft. Am selben Ort wie früher. Zur gleichen Zeit. Dies wird ganz wie damals, was, Jerry? Bloß wird die Geschichte diesmal ein gutes Ende nehmen.«

In der Eingangshalle des ESPer-Verbandsinstituts stand wie gewohnt eine Schlange von Interessenten aufgereiht, als Lincoln Powell sie betrat. Hunderte fanden sich täglich voller Hoffnung ein, Menschen jeden Alters, jeden Geschlechts und aus allen Schichten, und jeder träumte den Traum von der magischen Fähigkeit Telepathie, die ihnen alle Wünsche erfüllen sollte, ohne zu ahnen, welche hohe Verantwortung mit dieser Eigenschaft verbunden war; die Naivität ihrer Wunschträume veranlaßte Powell stets zum Lächeln. ›*Als Gedankenleser kann ich an der Börse mächtig absahnen...*‹ (Das Verbandsstatut verbot ESPern Finanzspekulationen und Glücksspiele.) ›*Als Gedankenleser finde ich die Antworten auf alle Prüfungsfragen heraus...*‹ Der das glaubte, war ein Schüler, der nicht wußte, daß Prüfungsausschüsse ESPer-Aufsichtsführende einsetzten, um zu verhindern, daß ESPer sie überlisteten. ›*Als Gedankenleser werde ich immer wissen, was die Leute wirklich über mich denken...*‹ – ›*Als Gedankenleser kann ich feststellen, welche Mädchen willig sind...*‹ – ›*Als Gedankenleser ist man der King...*‹

Die Empfangsdame jedoch verbreitete hinter ihrem Schalter auf der breitesten TP-Frequenz unverdrossen den Hinweis: ›*Wenn Sie mich hören, gehen Sie bitte durch die links befindliche Tür mit der Aufschrift NUR FÜR MITARBEITER. Wenn Sie mich hören, gehen Sie bitte durch die links befindliche Tür mit der Aufschrift NUR FÜR MITARBEITER...*‹ »Nein, Madame«, sagte sie dagegen zu einer selbstbewußten jungen Dame aus der Oberschicht, die bereits ihr Scheckheft gezückt hatte, »unser Verband berechnet nichts für Ausbildung und Unterweisung, daher ist Ihr Angebot für uns nicht interessant. Seien Sie so gut und gehen Sie nach Hause, Madame. Wir können für Sie nichts tun.« Da sie dem TP-Basistest des Verbandes gegenüber taub war, trollte sich die Frau in merklicher Verärgerung, und an ihre Stelle trat der Schüler. ›*Wenn Sie mich hören, gehen Sie bitte durch die links befindliche Tür...*‹

Plötzlich trat aus der Schlange der Wartenden ein junger Schwarzer, sah unsicher die Empfangsdame an und ging dann hinüber zur Tür, woran stand: NUR FÜR MITARBEITER. Er öffnete sie und trat hindurch. Powell verspürte freudige Erregung. Latente ESPer tauchten nur dann und wann auf. Er hatte das Glück, in genau einem solchen Moment gegenwärtig zu sein. Er nickte der Empfangsdame zu und folgte dem Latenten durch die Tür. Drinnen schüttelten zwei begeisterte Mitarbeiter des Verbandes dem verblüfften Mann die Hand und klopften ihm auf die Schultern. Powell trat für einen Augenblick hinzu und gratulierte dem Neuling ebenfalls. Es war noch immer ein glücklicher Tag für den Verband, wenn er unversehens auf einen weiteren ESPer stieß.

Powell schritt den Korridor zu den Räumen des Verbandsvorsitzenden entlang. Er kam an einem Kindergarten vorbei, worin dreißig Kinder und zehn Erwachsene Sprechen und Denken zu einem fürchterlichen, musterlosen Mischmasch verwirrten. *›Denken, meine Lieben‹*, überlagerte die beharrliche Mahnung des unendlich geduldigen Instruktors ihren Wirrwarr, *›denken! Sprechen ist unnötig. Achtet darauf, den Sprechreflex zu bekämpfen. Wiederholt die erste Regel ...‹*

»Vergiß den Kehlkopf«, rief die Klasse im Chor. Powell zog unter dem Mißklang die Schultern ein und ging weiter. Eine goldene Tafel bedeckte die Wand gegenüber des Kindergartens; in sie waren die geheiligten Worte des ESPer-Eides graviert.

> Ich will jenen wie Vater und Mutter ehren, der mich meine Kunst gelehrt hat. Ich will meinen Wohlstand mit ihm teilen und ihm in der Not Beistand gewähren. Ich will seine Kinder achten wie meine Brüder und sie diese Kunst durch Einführung, Unterweisung und alle anderen Methoden des Unterrichts lehren; und ich erkläre meine Bereitschaft, diese Kunst jeden anderen zu lehren. Die Regeln, denen ich mich unterwerfe, will ich im Rahmen meiner Fähigkeiten und meines Urteilsvermögens ausschließlich zum Wohle der Menschheit anwenden und niemals zum Schlechten oder zum Bösen, mag es auch von mir gefordert werden.
>
> In welchen Geist ich auch Einblick nehme, es soll geschehen zum Wohle des Menschen, niemals im Trachten nach Unrecht oder im Übelwollen. Welche Gedanken, die nicht zur allgemeinen Kenntnis bestimmt sind, ich auch in eines Menschen Geist sehe oder erkenne, ich will darüber Schweigen bewahren und sie als unantastbare Geheimnisse betrachten.

Im Unterrichtssaal wob eine Klasse von Dreiern in lernbegierigem Ernst einfache Korbgeflecht-WM, in denen sie aktuelle Ereignisse diskutierten. Unter ihnen befand sich ein kleiner frühreifer Zweier, ein zwölfjähriges Kerlchen, das der einförmigen Diskussion Zickzack-Schnörkel hinzufügte und jeden Zick-Auschlag mit einem gesprochenen Wort garnierte. Diese Äußerungen bildeten Reime, die wiederum stichlige Bemerkungen zur Diskussion abgaben. Das muntere Mitwirken des Jungen bot Grund zur Heiterkeit und war zugleich staunenswert verheißungsvoll.

In den Büroräumen des Vorsitzenden herrschte heller Aufruhr. Sämtliche Türen standen offen, Angestellte und Sekretärinnen eilten aufgescheucht umher. Der alte T'sung H'sai, Vorsitzender des Verbandes, eine stattliche Mandarinsgestalt mit geschorenem Schädel und gewöhnlich würdevoller Miene, stand inmitten seines Büros und tobte. Er war so wütend, daß er brüllte, und seine Mitarbeiter zitterten über sein hemmungsloses Schimpfen aus vollem Halse vor Entsetzen. »Es ist mir gleichgültig, wie sich diese Halunken nennen«, schrie T'sung H'sai. »Sie sind eine Bande egozentrischer raffgieriger Reaktionäre! Mir etwas von Reinhaltung der Art erzählen zu wollen, ha! Mir etwas über Aristokratie weismachen zu wollen, oho! Jetzt werde ich denen was erzählen. Das sollen sie erst mal verdauen. Miß Prinn! Miss Pr-i-nnnnn!« Miß Prinn kam in T'sungs Büro geschlichen, angesichts der Aussicht eines mündlichen Diktats außer sich vor Schrecken. »Nehmen Sie einen Brief an diese Lumpen auf. An die Liga Patriotischer ESPer. Werte Kollegen!« *›Guten Morgen, Powell. Habe Sie ja ewig nicht gesehen. Was macht Ihr Falscher Freund?‹* »Die von Ihrer Clique organisierte Kampagne für die Kürzung der Verbandsabgaben und Beschneidung der Mittel für die ESPer-Ausbildung und die Verbreitung der ESP unter der Menschheit erfüllt eindeutig den Tatbestand des Verrats und zeichnet sich aus durch faschistische Gesinnung. Absatz...« T'sung nahm für einen Moment seine Aufmerksamkeit von dem Schmähbrief und zwinkerte Powell in aufrichtiger Freundschaftlichkeit zu. *›Und haben Sie nun endlich die ESPer Ihrer Träume gefunden?‹*

›Noch nicht, Sir.‹

»Verdammt, Powell, heiraten Sie endlich!« schnauzte T'sung. »Ich möchte nicht in alle Ewigkeit an diesem Posten kleben! Absatz, Miß Prinn: Sie sprechen von der Höhe der Verbandsabgaben, von angeblich notwendiger Erhaltung dessen, was Sie die Aristokratie der ESPer nennen, von der Ungeeignetheit des Durchschnittsmenschen für die Ausbildung zum ESPer...« *›Was wollen Sie, Powell?‹*

›Ich möchte das Nachrichtensystem benutzen, Sir.‹

›Halten Sie mich nicht mit so was auf. Wenden Sie sich an meine Zweite Sekretärin.‹ »Absatz, Miß Prinn: Warum decken Sie nicht Ihre Karten auf? Sie Parasiten haben nichts als die Absicht, die ESP einer elitären Klasse vorzubehalten, damit Sie den Rest der

Welt in einen Blutspender für Ihr Blutsaugertum verwandeln können! Sie Schmarotzer gedenken nur ...« Rücksichtsvoll schloß Powell die Tür von außen und wandte sich an T'sungs Zweite Sekretärin, die in einer Ecke saß und schniefte.

›*Fürchten Sie sich tatsächlich vorm Alten?*‹

Mentales Äquivalent eines Augenzwinkerns.

Geistiges Äquivalent eines Fragezeichens.

›*Wenn Papa T'sung sich so aufregt, gönnen wir ihm ganz gerne den Eindruck, er könne uns einschüchtern. Dann fühlt er sich wohler. Es mißfällt ihm, wenn man ihn spüren läßt, daß er mehr so etwas ist wie ein Weihnachtsmann.*‹

›*Tscha, ich bin auch so was wie ein Weihnachtsmann. Hier bringe ich Ihnen eine Kleinigkeit.*‹ Powell legte die polizeiamtliche Beschreibung und ein Foto Barbara D'Courtneys auf den Schreibtisch der Sekretärin.

›*Was für ein schönes Mädchen!*‹ entfuhr es ihr.

›*Verbreiten Sie die Personalien samt Bild durchs Nachrichtennetz. Mit dem Vermerk DRINGEND. Eine Belohnung steht aus. Geben Sie durch, daß dem ESPer, der für mich Barbara D'Courtney findet, vom Verband für ein Jahr die Abgaben erlassen werden.*‹

›*Holla!*‹ Die Sekretärin setzte sich kerzengerade auf. ›*Meinen Sie, daß Sie das machen können?*‹

›*Ich glaube, ich besitze im Vorstand genug Einfluß, um es durchzusetzen.*‹

›*Da werden unsere Mitglieder aber aufhorchen.*‹

›*Darauf lege ich ja eben Wert. Ich möchte, daß jeder ESPer hellwach wird. Wenn ich mir etwas zum X-fest* wünsche, dann das Mädchen.*‹

Während der nachmittäglichen Pause war Quizzards Spielkasino geputzt und gebohnert worden; im Dasein von Spielern gibt es Pausen nur an Nachmittagen. Man hatte die Roulette- und Bakkarat-Tische abgebürstet, an den Würfeltischen glitzerten blitzblank die Aufganggitterchen, in Grün und Weiß glänzten die Felder des Hasardspiels. Die elfenbeinernen Würfel gleißten in Kugelbehältern aus Kristall wie Zuckerwürfel. Auf dem Schaltertisch des Kassierers lagen in verführerischen Stapeln Sovereigns aufgehäuft, die einheitliche Hartwährung der Spielhöllen und der Unterwelt. Ben Reich saß mit Jerry Church und Keno Quizzard, dem blinden Croupier, am Billardtisch. Quizzard war ein riesen-

---

*Xmas = Christmas (= Weihnachten)

großer Mann, jedoch feist und schwammig; er besaß eine madenhaft weiße Haut, einen feuerroten Bart und bösartige weißliche Augen ohne Blick. »Sie wissen, was ich Ihnen biete«, sagte Reich zu Church. »Und ich möchte Sie nochmals warnen, Jerry. Wenn Ihnen klar ist, was Ihnen am besten bekommt, dann versuchen Sie nicht, mir ins Hirn zu schauen. Ich bekäme Ihnen wie reines Gift. Wer mir in den Kopf blickt, sieht der Demolition entgegen. Merken Sie sich das.«

»Herrjemine«, murmelte Quizzard in seinem mürrischen Tonfall. »Steht es so schlimm? Ich habe keine Sehnsucht nach der Demolition, Reich.«

»Wem ginge es anders? Wonach verspüren Sie denn Verlangen, Keno?«

»Das ist vielleicht eine Frage!« Quizzard griff hinter sich und nahm mit zielsicherer Hand eine Rolle Sovereigns vom Kassenschalter. Er ließ die Münzen von der einen in die andere Hand klimpern. »Hören Sie, wonach es mich verlangt?«

»Nennen Sie mir den höchsten Preis, den Sie fordern würden, Keno.«

»Wofür?«

»Vergessen wir allen Kleinkram. Ich wünsche uneingeschränkte Dienstleistung und bin bereit, dafür Ihren Preis plus Spesen zu zahlen. Sie brauchen mir nur zu verraten, wieviel ich hinlegen muß, damit mein Wunsch unter Garantie in Erfüllung geht.«

»Das ist eine sehr bemerkenswerte Dienstleistung.«

»Ich habe bemerkenswert viel Geld.«

»Und zufällig hundert M herumliegen?«

»Hunderttausend. Stimmt's? So, das ist Ihr Preis.«

»Du meine...!« Church straffte sich und glotzte Reich an. »Hunderttausend?«

»Entscheiden Sie sich, Jerry«, riet ihm in abfälligem Ton Reich. »Wollen Sie Geld oder rehabilitiert werden?«

»Es wäre fast... Nein! Bin ich denn verrückt?! Ich bleibe bei der Rehabilitierung.«

»Dann hören Sie auf zu quasseln.« Reich wandte sich wieder an Quizzard. »Der Preis ist einhunderttausend.«

»Sovereigns?«

»Was denn sonst, Heringe? So, nun müssen wir noch eines klären – wollen Sie das Geld im voraus oder können wir sofort mit der Arbeit anfangen?«

»Oh, um Himmels willen, Reich«, quengelte Quizzard.

»Schluß mit dem Quatsch«, fuhr Reich ihn an. »Ich kenne Sie,

Keno. Sie stellen sich vor, Sie könnten jetzt herausfinden, was ich will und sich dann nach jemandem umsehen, der dafür mehr bietet. Aber ich wünsche, daß Sie sich hier und jetzt festlegen. Deshalb habe ich den Preis von Ihnen bestimmen lassen.«

»Tja«, meinte Quizzard nachdenklich, »ich hatte diese Vorstellung, Reich.« Er lächelte, und seine milchigen Augen verschwanden zwischen Hautfalten. »Und ich habe diese Vorstellung noch.«

»Dann will ich Ihnen ohne Umschweife sagen, wer mit Ihnen in dieser Sache auch ein Geschäft abschlösse! Ein Mann namens Lincoln Powell. Das Ärgerliche ist nur, daß ich nicht weiß, wieviel er zu bieten hätte.«

»Wieviel es auch wäre, ich wollte es nicht«, erwiderte Quizzard im Tonfall des Ekels.

»Ich gegen Powell, Keno. Darum handelt's sich hier. Ich habe meinen Einsatz genannt. Ich warte noch immer auf Ihre Antwort.«

»Gemacht«, entgegnete Quizzard.

»Schön«, sagte Reich. »Nun hören Sie gut zu. Erste Aufgabe. Ich suche ein Mädchen. Sein Name lautet Barbara D'Courtney.«

»Also dreht's sich um den Mord?« Quizzard nickte bedächtig. »Das habe ich vermutet.«

»Irgendwelche Einwände?« Quizzard schaufelte Goldmünzen von der einen in die andere Hand und schüttelte den Kopf. »Ich muß das Mädchen haben. In der vergangenen Nacht ist es Hals über Kopf aus dem Haus der Beaumonts verschwunden, und kein Aas weiß, wohin. Ich muß es unter meine Fittiche bekommen, Keno. Das muß ich hinkriegen, bevor die Polizei es findet.« Quizzard nickte. »Barbara D'Courtney ist ungefähr fünfundzwanzig Jahre, einssiebzig groß, etwa sechzig Kilo. Schlanke Taille. Lange Beine ...« Quizzards dicke Lippen lächelten wollüstig. Die blinden Augen glitzerten. »Blondes Haar. Dunkle Augen. Herzförmiges Gesicht. Voller Mund und leicht gebogene Nase ... Ein charaktervolles Gesicht. Es fällt überall sofort auf. Unübersehbar.«

»Bekleidung?«

»Als ich sie zuletzt sah, trug sie nur einen seidenen Morgenmantel. Durchsichtig weißlich wie Reif ... wie ein beschlagenes Fenster mit Eisblumen. Keine Schuhe. Keine Strümpfe. Keinen Hut. Keinen Schmuck. Sie war völlig vom Leitstrahl runter ... irrsinnig genug, um einfach aus dem Haus zu laufen und zu verschwinden. Ich muß sie ausfindig machen.« Irgend etwas bewog Reich zu einer Ergänzung. »Und ich will sie unversehrt. Verstanden?«

»Bei allem, was auf dem Spiel steht? Seien Sie vernünftig,

Reich.« Quizzard befeuchtete sich die wulstigen Lippen. »Gehen Sie kein Risiko ein, dann hat *sie* keine Chance, um Sie reinzureißen.«

»Um diese Gefahr zu beseitigen, zahle ich ja hunderttausend Mäuse. Ich habe eine prächtige Chance, mit weißer Weste davonzukommen, wenn Sie sie schnell genug aufspüren.«

»Womöglich muß ich den oder jenen schmieren, um diesen Auftrag zu erledigen.«

»Dann schmieren Sie. Suchen Sie in jedem Bordell, jeder Absteige, jeder Spielhölle, an jedem Aussteiger-Treff der ganzen Stadt. Betreiben Sie Mundpropaganda. Ich zahle alles. Ich möchte keinerlei Aufsehen. Ich will das Mädchen, sonst nichts, klar?«

Quizzard nickte; er spielte noch immer mit den Goldmünzen. »Alles klar.«

Plötzlich griff Reich über den Tisch und schlug Quizzard mit der Handkante über die Wurstfinger. Die Sovereigns wirbelten empor und schepperten dann in die vier Himmelsrichtungen davon. »Und ich verbitte mir jegliches Doppelspiel«, knarrte Reich mit bedrohlich gefühlloser Stimme. »Ich will das Mädchen, und zwar in meine Gewalt.«

8

Sieben Tage lebhafter Auseinandersetzung verstrichen. Eine Woche des Handelns und Zuwiderhandelns verging, eines Kampfes, den man in aller Unverhohlenheit an der Oberfläche austrug, während tief unter den aufgepeitschten Wassern der Öffentlichkeit Powell und Augustus Tate schwammen und wie stumme Haie kreisten, den Ausbruch des wirklichen Ringens erwarteten.

Ein Streifenpolizist, der sich zur Zeit in Zivilkleidung betätigen durfte, glaubte fest an die Wirksamkeit des Überraschungsangriffs. Während einer Pause im Theater knöpfte er sich Maria Beaumont vor. »Das Ganze war eine abgekartete Sache!« raunzte er sie vor ihren entsetzten Bekannten an. »Sie stecken mit dem Mörder unter einer Decke! Sie haben ihm den Weg geebnet! Deshalb haben Sie das ›Sardinen‹-Spiel vorgeschlagen. Stehen Sie mir unverzüglich Rede und Antwort!«

Die Goldene Verbandsmatratze heulte auf und lief davon. Als der Polizist von Paket Dumm sich diensteifrig an ihre Fährte heftete, unterzog ihn jemand einer tiefen, gründlichen Hirn-Introvision.

Tate zu Reich: Der Polizist glaubt tatsächlich selber, was er redete. Seine Dienststelle hält Maria Beaumont für eine Komplizin.
Reich zu Tate: Schön, von mir aus. Dann werfen wir sie den Wölfen vor. Die Bullen sollen sie sich ruhig greifen.

Infolgedessen blieb Madame Beaumont vollständig schutzlos. Sie suchte ausgerechnet in jenem Kreditinstitut Zuflucht, das den Beaumonts als Quelle ihres Reichtums diente. Der Polizist stöberte sie drei Stunden später dort auf und unterwarf sie im Büro des Kredit-Supervisors einem gnadenlosen Verhör. Er ahnte nicht, daß direkt vorm Büro Lincoln Powell stand und mit dem Kredit-Supervisor im telepathischen Bereich angeregt plauderte.

Powell an Mitarbeiter: Sie kannte das Spiel aus einem alten gedruckten Buch, das sie von Reich geschenkt bekam. Wahrscheinlich stammt es von Century. Dort führt man solches Zeug. Lassen Sie nachforschen. Hat er ausdrücklich danach gefragt? Ziehen Sie auch Erkundigungen bei Taxator Graham ein. Wieso war gerade ›Sardinenbüchse‹ das einzige noch leserliche Spiel im ganzen Buch? Vater Moses will es wissen. Und wo ist das Mädchen?

Ein Verkehrspolizist, der sich gegenwärtig in Zivilkleidung tummeln durfte, sah die Chance seines Lebens in der plump-vertraulichen Tour. »Hören Sie mal«, sagte er durch die Nase, als gehöre ihm die Welt, zum Personal im Century Audio Shop, »ich suche alte Schwarten mit Gesellschaftsspielen... so etwas in der Art, wie sie in der letzten Woche mein alter Kumpel Ben Reich bei Ihnen verlangt hat.«

Tate zu Reich: Ich habe mich in einigen Köpfen umgeschaut. Man erkundigt sich nach dem Buch, das Sie Maria Beaumont geschenkt haben.
Reich zu Tate: Lassen Sie sie getrost machen. In dieser Hinsicht kann mir nichts passieren. Ich muß mich darauf konzentrieren, das Mädchen zu greifen.

Der Geschäftsführer und das Personal erläuterten dem Fahnder von Paket Dumm auf seine plump-vertraulichen Fragen die Angelegenheit mit großer Geduld und in aller Ausführlichkeit. Viele Kunden dagegen verloren ihre Geduld und verließen das Geschäft. Ein Kunde jedoch saß still in einer Ecke, nach allem Anschein zu tief in die Klänge einer Kristallaufnahme versunken, um zu merken, daß sich niemand um ihn kümmerte. Niemand wußte, daß Jackson Beck nicht das geringste von Musik verstand.

Powell an Mitarbeiter: Anscheinend ist Reich rein zufällig auf das Buch gestoßen. Er sah es, als er nach einem Geschenk für Maria Beaumont suchte. Speichern Sie die Information. Und wo steckt das Mädchen?

Anläßlich einer Konferenz mit den zuständigen Leuten der Agentur, die die Werbung für den Monarch-Jumper betrieb (»*Einziges* Familien-Flugboot auf dem Markt!«) unterbreitete Ben Reich den Vorschlag für einen neuen Reklamerummel. »Ich habe mir folgendes überlegt«, sagte er. »Immerzu vermenschlichen die Leute die Produkte, die sie benutzen. Sie schreiben ihnen menschliche Eigenschaften zu. Sie geben ihnen Kosenamen und behandeln sie wie Haustiere. Ein Mann kauft einen Jumper lieber, wenn er ihm Gefühl entgegenbringen kann. Er schert sich in diesem Fall nicht um Leistung und Wirtschaftlichkeit. Er will seinen Jumper mögen.«

»Völlig klar, Mr. Reich. Völlig klar.«

»Deshalb werden wir unseren Jumper selber vermenschlichen«, sagte Reich. »Wir suchen ein Mädchen aus und machen es zur Monarch-Jumper-Biene. Wenn ein Konsument einen Jumper kauft, kauft er sich im stillen zugleich das Mädchen. Wenn er seinen Jumper poliert, streichelt er insgeheim das Mädchen.«

»Aber sicher, völlig klar!« rief der Verantwortliche. »Ihre Idee zeugt von einer Art intergalaktischen Weitblicks, der uns einfach in den Schatten stellt, Mr. Reich. Das wird ein wahres Feuerwerk an Aufsehen und Begeisterung geben, einen Großbrand der guten Laune, der Nero beschämt hätte.«

»Legen Sie umgehend mit einer Aktion los, um unsere Jumper-Biene aufzuspüren. Heizen Sie alle Verkäufer an. Lassen Sie die ganze Stadt durchkämmen. Das Mädchen soll ungefähr fünfundzwanzig sein. Ungefähr einssiebzig groß. Etwa sechzig Kilo. Dufte Figur. Natürlich Charme.«

»Klar, Mr. Reich. Völlig klar.«

»Es sollte eine Blondine mit dunklen Augen sein. Vollem Mund. Anständig ausdrucksvoller Nase. Hier haben Sie eine Skizze meiner Vorstellung von unserer Jumper-Biene. Bessern Sie sie aus, sorgen Sie für die Vervielfältigung und verteilen Sie das Blatt als so etwas wie einen Steckbrief an Ihre Mitarbeiter. Demjenigen, der das Mädchen findet, das ich mir vorstelle, winkt ein glänzender Posten.«

> *Tate zu Reich:* Ich habe ein wenig bei der Polizei introvisiert. Man beabsichtigt einen Mann in die Monarch einzuschleusen, um eine eventuelle Komplizenschaft zwischen Ihnen und Taxator Graham aufzudecken.
> *Reich zu Tate:* Sollen sie nur. Da gibt's nichts aufzudecken, und außerdem befindet sich Graham auf einer Geschäftsreise. Komplizenschaft zwischen Graham und mir! Powell kann doch nicht so dumm sein, oder? Aber vielleicht habe ich ihn überschätzt.

Keine Kosten scheute ein Polizist im Überfallkommando-Dienst, der sich bis auf weiteres in Zivilkleidung umschauen durfte und fest an das Erfolgsrezept Plastische Chirurgie glaubte. Mit taufrischen asiatischen Gesichtszügen bewarb er sich um eine Stellung in der Buchhaltung der Monarch AG und erhielt sie auch; dort versuchte er, Reichs finanzielle Beziehungen zu Taxator Graham zu durchschauen. Er kam nie auf den Gedanken, daß der ESPer-Personalleiter der Monarch seine Absicht erkannt und nach oben gemeldet hatte, und daß man ihn von droben still belächelte.

> *Powell an Mitarbeiter:* Unser Held hat in den Büchern der Monarch nach Beweisen für Bestechungen gesucht. Das dürfte Reichs Meinung von uns um fünfzig Prozent verschlechtert haben, und das heißt, er ist um fünfzig Prozent schwächer geworden. Fragen Sie nach: Wo ist das Mädchen?

Auf der Aufsichtsratssitzung der Stundenzeitung »Die Stunde«, der einzigen Rund-um-die-Uhr-Zeitung der Erde – sie erschien zu jeder vollen Stunde, also mit vierundzwanzig Ausgaben täglich –, verkündete Reich die Nachricht von einer neuen Monarch-Stiftung. »Wir werden sie ›Haus Zuflucht‹ nennen«, erklärte er. »Wir bieten den Abertausenden von Namenlosen in dieser Stadt in den Zeiten ihrer persönlichen Krise Hilfe, Trost und Zuflucht. Ist man im Stich gelassen worden, bankrott, wird man terrorisiert, ist man betrogen worden... hat man aus irgendeinem Grund Furcht und weiß nicht, wohin... ist man bis zum Halse voller Verzweiflung... dann soll man sich in Zukunft ans ›Haus Zuflucht‹ wenden können.«

»Eine ausgezeichnete Einrichtung«, meinte der Hauptschriftleiter. »Aber sie wird Sie verflucht teuer zu stehen kommen. Was versprechen Sie sich davon?«

»Public Relations«, erwiderte Reich schroff. »Ich wünsche, daß Sie die Stiftung in der nächsten Ausgabe gehörig bejubeln. Und nun beeilen Sie sich gefälligst!« Reich verließ den Sitzungssaal, begab sich hinab auf die Straße und suchte sich eine öffentliche Fernsprechzelle. Er rief das sogenannte Freizeitzentrum der Monarch an und erteilte Ellery West genau überlegte Anweisungen. »In jedes ›Haus Zuflucht‹ der Stadt will ich ins Büro einen Ihrer Leute. Ich will sofort eine vollständige Personenbeschreibung und ein Foto von jedem, der die Stiftung in Anspruch nimmt. Sofort, möchte ich betonen, Ellery. Sobald jemand die Schwelle überquert hat.«

»Ich bin's gewohnt, keine Fragen zu stellen, Ben, aber ich wollte, ich könnte Ihnen in dieser Sache ins Hirn schauen.«

»Hegen Sie gegen mich Argwohn?« knurrte Reich.

»Nein. Ich bin nur neugierig.«

»Geben Sie acht. Neugier kann tödlicher sein als das Schwert.« Als Reich aus der Fernsprechzelle trat, stürmte ein Mann auf ihn zu, der ein Getue falscher Eilfertigkeit entfaltete.

»Ach, Mr. Reich, was für ein Glück, daß wir uns gerade hier über den Weg laufen! Eben habe ich von Ihrer prächtigen neuen Stiftung gehört, und da dachte ich, ein Interview mit dem herzensguten Urheber dieser wundervollen neuen Wohltätigkeitsinstitution könnte doch auch in den Klatschspalten Wunder wirken...«

Ein Glück, daß sie sich gerade hier über den Weg liefen! Dieser Mann war niemand anderes als der berühmte ESPer-Reporter vom »Industrie-Kurier«. Wahrscheinlich war er ihm aus der Redaktion auf die Straße gefolgt, und nun... *›Spannung! rief der Tensor. Spannung! rief der Tensor. Spannung, Spiel und Spökenkieken sind im Gang!‹* »Kein Kommentar«, brummelte Reich. *›Acht, Mensch, sieben, Mann, sechs, Mensch, fünf, Mann...‹*

»Welches Kindheitserlebnis hat Sie zur Einsicht in das dringliche Bedürfnis Ihres Herzens gebracht, sich karitativen...«

›Vier, Mensch, drei, Mann, zwei, Mensch, eins...‹

»Gab es in Ihrem Leben jemals einen Zeitpunkt, da Sie nicht wußten, wohin Sie sich wenden sollten? Haben Sie sich jemals vor dem Tod oder vor Mord gefürchtet? Waren...«

›Spannung! rief der Tensor. Spannung! rief der Tensor. Spannung, Spiel und Spökenkieken sind im Gang!‹ Reich sprang in einen Jumper der Öffentlichen Verkehrsbetriebe und entkam.

Tate zu Reich: Die Polizei hat sich tatsächlich an Graham gehängt. Das ganze Labor befaßt sich bloß damit, den Taxator ausfindig zu machen. Gott weiß, was für Flausen sich Powell in den Kopf gesetzt hat, aber seine Nachforschungen entfernen sich jedenfalls von Ihrer Person. Ich glaube, unsere Erfolgsaussichten sind beträchtlich im Steigen begriffen.
Reich zu Tate: Davon kann keine Rede sein, solange ich nicht das Mädchen habe.

Marcus Graham hatte keine Anschrift hinterlassen, wo er zu erreichen sei, und ein halbes Dutzend unpraktische Spür-Robots, auf ihn angesetzt vom Polizei-Labor, begannen mit der Klärung seines Verbleibs. Ihre nicht weniger unpraktischen Erfinder begleiteten sie auf der Suche in verschiedene Teile des Sonnensystems. Unterdessen war Marcus Graham auf Ganymed eingetroffen, wo Powell ihn auf einer Auktion seltener Primitivbücher ausspähte, die ein ESPer-Auktionator mit atemberaubender Schnelligkeit durchführte. Diese Bücher waren ein Bestandteil des Drake-Erbes gewesen, das Ben Reich von seiner Mutter zufiel. Nun waren sie unerwartet auf dem Markt erschienen.

Powell befragte Graham im Foyer des Auktionssaals, vor einer Pforte aus Kristall, durch die man Ausblick auf Ganymeds arktische Tundra und die rotbraune, ringgestreifte Riesenkugel des Jupiter hatte, die den schwarzen Himmel ausfüllte. Danach ging Powell an Bord des Halbmonats-Linienraumers mit Kurs auf die Erde; eine hübsche Stewardeß verleitete seinen Falschen Freund dazu, ihm durch wüstes Polizistenlatein ein schlechtes Gewissen zu verursachen. Powell war ein zutiefst unzufriedener Mann, als er wieder das HQ betrat, und ›Winker‹, ›Blinker‹ und ›Nicker‹ befleißigten sich einiges zotigen Winkens, Blinkens und Nickens.

Powell an Mitarbeiter: Aussichtslos. Ich weiß nicht einmal, warum Reich überhaupt Graham den Umstand auferlegt hat, wegen der Auktion zum Ganymed zu fliegen.
Beck zu Powell: Was ist mit dem Spielebuch?
Powell zu Beck: Reich kaufte es, ließ es mit einem Gutachten versehen und schickte es der Beaumont als Geschenk. Es war in schlechtem Zustand, und die einzige noch vollständige Spielanleitung gehörte zum Spiel ›Sardinenbüchse‹. Auf dieser Grundlage wird Vater Moses niemals etwas gegen Reich unternehmen. Ich weiß, wie diese Maschine denkt. Verdammt, Beck! Wo ist das Mädchen?

Drei Polizeibeamte unterer Dienstränge setzte man nacheinander auf Miß Duffy Wyg& an, aber sie versagten und mußten wieder ihre Uniformen anziehen. Schließlich gelang es Powell, sie auf dem Ball 4000 zu sprechen. Mit ihm plauderte Miß Wyg& herzlich gerne.

Powell an Mitarbeiter: Ich habe mich bei Ellery West von der Monarch erkundigt, und er bestätigt Miß Wyg&s Angaben. West beklagte sich bei Reich über die Spielwut, und Reich kaufte einen Psycho-Song, um dagegen einzuschreiten. Es sieht also aus, als hätte er sich diese Telepathie-Barriere rein zufällig und unfreiwillig zugelegt. Liegen neue Erkenntnisse über den Trick vor, den Reich gegen die Leibwächter gebraucht hat? Und wo ist das Mädchen?

Infolge bissiger Kritik und unverhohlener Belustigung sah sich Polizeipräsident Crabbe gehalten, eine außerplanmäßige Pressekonferenz zu veranstalten. Im Laufe der Pressekonferenz gab er bekannt, daß das Polizei-Labor ein neues Untersuchungsverfahren zur Beweissicherung entwickelt habe, das es ermöglichen solle, den Fall D'Courtney innerhalb von 24 Stunden abzuschließen. Es handele sich um die fotografische Analyse des Sehpurpurs in den Augen der Leiche, durch die man ein Bild des Mörders zu erhalten hoffe. Die Polizei suche zur Mitarbeit noch Wissenschaftler, die auf Forschungserfahrungen mit dem Rhodopsin zurückblicken könnten.

Reich gedachte das Risiko, daß Wilson Jordan, der Physiologe, der für den Monarch den Rhodopsin-Ionisator ausgetüftelt hatte, in die Hände der Polizei geriet, so daß sie ihn ausquetschen könnte, nicht einzugehen; er rief Keno Quizzard an und heckte mit ihm einen Weg aus, um Dr. Jordan vorerst vom Planeten verschwinden zu lassen.

»Ich besitze auf Callisto ein Grundstück«, sagte Reich. »Ich trete den Titel ab und lasse ihn gerichtlich ausschreiben. Dann sorge ich dafür, daß er Jordan zufällt.«

»Und ich soll es Jordan brühwarm erzählen?« fragte Quizzard mit seiner mürrischen Stimme.

»So plump können wir natürlich nicht vorgehen, Keno. Wir dürfen keine Aufmerksamkeit auf uns lenken. Rufen Sie Jordan an. Machen Sie ihm Appetit. Den Rest soll er dann selbst herausfinden.«

Im Ergebnis dieser Unterhaltung meldete sich bei Wilson Jordan ein anonymer Anrufer mit mürrischer Stimme und versuchte zudringlich, gegen eine »kleine Vermittlungsgebühr« Dr. Jordans Interesse am Drake-Besitz auf Callisto zu wecken. Jordan, der noch nie von einem Drake-Besitz gehört hatte, fand die mürrische Stimme reichlich verdächtig und wandte sich an einen Anwalt. Durch den Rechtsanwalt brachte er in Erfahrung, daß er soeben höchstwahrscheinlich Legatar einer halben Million Kredit geworden sei. Eine Stunde später war der erstaunte Physiologe unterwegs nach Callisto.

Powell an Mitarbeiter: Wir haben Reichs Mann ans Licht gelockt. Jordan muß unsere Schlüsselperson zur Klärung von Reichs Rhodopsin-Trick sein. Er ist der einzige Visual-Physiologe, der nach Crabbes Aufruf abgehauen ist. Geben Sie Beck durch, daß er ihm nach Callisto folgen und am Mann bleiben soll. Was ist mit dem Mädchen?

Unterdessen machte auch die unauffällige Seite der Dumm-Schlau-Methode im stillen Fortschritte. Während Maria Beaumont Reichs Aufmerksamkeit mit ihren lautstarken Auftritten im Zangengriff der Polizei beanspruchte, ließ Powell auf geschickte Weise einen fähigen jungen Juristen aus der Rechtsabteilung der Monarch zum Mars locken und dort ohne Aufsehen unter Berufung auf ein zwar noch gültiges, aber längst veraltetes Gesetz von der Sittenpolizei festsetzen. Ein bewundernswert perfekter Doppelgänger des jungen Juristen trat kurze Zeit später bei der Monarch an seine Stelle.

Tate zu Reich: Nehmen Sie Ihre Rechtsabteilung unter die Lupe. Ich kann nicht ermitteln, was los ist, aber es handelt sich um eine oberfaule Sache, die uns gefährlich werden könnte.

Reich ließ einen ESPer 1 Rationalisierungsfachmann kommen – scheinbar zum Zweck einer allgemeinen Begutachtung – und deckte den Austausch auf. Er rief Keno Quizzard an. Der blinde Croupier lieferte einen Strohmann, der den fähigen jungen Juristen wie aus heiterem Himmel wegen mutwilligen Prozessierens verklagte. Das beendete die Laufbahn des Doppelgängers bei der Monarch auf unkomplizierte, rechtlich unantastbare Weise.

Powell an Mitarbeiter: Verdammter Mist! Reich durchkreuzt unsere Pläne, knallt uns nahezu jede Tür vor der Nase zu... dem Paket Schlau ebenso wie dem Paket Dumm. Wir müssen rauskriegen, wer für ihn die Observation erledigt. Und das Mädchen finden.

Während der Polizist vom Überfallkommando mit seinem top-frischen Asiatengesicht im Monarch-Hochhaus herumschnüffelte, kehrte ein Wissenschaftler der Monarch, der sich bei einer Explosion in einem Laboratorium schwer verletzt hatte, scheinbar um eine Woche früher als vorgesehen aus dem Krankenhaus zurück und meldete sich arbeitseifrig zum Dienst. Sein Kopf war stark bandagiert, aber er gierte regelrecht nach Arbeit. Das war die Arbeitsmoral, die die Monarch groß gemacht hatte.

> *Tate zu Reich:* Endlich bin ich dahintergekommen. Powell ist kein Dummkopf. Er betreibt seine Nachforschungen auf zwei Ebenen. Schenken Sie den Vögelchen, die so leicht auffliegen, keine Beachtung. Achten Sie auf die Karte aus seinem Ärmel. Ich habe irgend etwas über ein Krankenhaus aufgeschnappt. Nehmen Sie das als Anhaltspunkt.

Reich verfuhr gemäß dieser Empfehlung. Drei Tage brauchte er dafür, dann rief er Keno Quizzard an. Prompt beraubten unbekannte Täter die Monarch um Platin im Wert von 50000 Kr., und während des Einbruchs ins Laboratorium zerstörte ein Feuer den Lagerraum mit den firmeninternen Spezialitäten. Den verfrüht genesenen Wissenschaftler entlarvte man als Schwindler, beschuldigte ihn der Mittäterschaft am geschehenen Verbrechen und übergab ihn der Polizei.

> *Powell an Mitarbeiter:* Das bedeutet, daß wir niemals den Beweis dafür erbringen können, daß Reichs Anti-Rhodopsin aus seinem eigenen Labor stammte. Um alles in der Welt, wie hat er uns bloß durchschaut? Läßt sich denn auf keiner Ebene irgend etwas erreichen? Wo ist das Mädchen?

Während Reich über den umstandskrämerischen Einsatz der Spür-Robots zum Aufspüren Marcus Grahams lachte, empfing seine Geschäftsführung den Landessteuerrevisor, einen ESPer Zweiten Grades, der nun endlich die bei der Monarch Gemeinwirtschaftlichen Allzweck AG längst überfällige Prüfung der Bücher durchführen wollte. Er brachte eine neue Mitarbeiterin mit, eine ESPer-Texterin, deren Aufgabe es war, die Berichte ihres Chefs in eine einwandfreie Endfassung zu verarbeiten. Sie war

Expertin in allen Büroangelegenheiten... hauptsächlich für die Polizei.

> *Tate zu Reich:* Das Personal des Revisors ist verdächtig. Gehen Sie auf gar keinen Fall irgendein Risiko ein.

Reich lächelte grimmig und überließ seine offiziellen Bücher dem Revisor und seiner Truppe. Dann schickte er Hassop, den Leiter der Code-Abteilung, in den versprochenen Urlaub nach Spaceland. In seiner normalen Fotoausrüstung nahm Hassop zuvorkommenderweise auch einen winzigen, bereits entwickelten Film mit; diese Filmspule enthielt die geheime Buchführung der Monarch. Das Behältnis des Mikrofilms war durch einen Thermitverschluß geschützt, der alle Aufzeichnungen sofort vernichtete, falls jemand es unsachgemäß öffnete. Die einzige andere Ausfertigung befand sich daheim bei Reich in seinem unzugänglichen Safe.

> *Powell an Mitarbeiter:* Wir sind so gut wie am Ende mit unserem Latein. Lassen Sie Hassop beschatten, ebenfalls nach der DummSchlau-Methode. Wahrscheinlich hat er äußerst wichtiges Beweismaterial bei sich, deshalb ist es ebenso wahrscheinlich, daß Reich sehr gut auf ihn aufpaßt. Verflucht, wir sitzen fest, das sage ich Ihnen. Vater Moses würde es auch sagen. Das ist Ihnen wohl klar. Herrgott noch einmal! Wo steckt bloß dies verdammte Mädchen?!

Die Unterwelt und die Normalwelt besitzen Kanäle, so verzweigt wie eine anatomische Abbildung des Blutkreislaufs, die Arterien rot gefärbt, die Venen blau. Vom Hauptsitz ds ESPer-Verbandes ging die Suchmeldung an Instruktoren und Schüler, ihre Familien, ihre Freunde und deren Freunde, an beiläufige Bekannte, an Fremde, mit denen man geschäftlich zusammenkam. Aus Keno Quizzards Spielkasino verbreitete sie sich vom Croupier an Spieler, an zuverlässige Männer, an Gangster und Banditen, Taschendiebe, kleine Gauner, Schlepper und Nepper sowie Bordsteinschwalben, in die nebelhafte Grenzzone des Halbkrummen und Fastehrlichen.

Am Freitagmorgen erwachte Fred Deal, ESPer Dritten Grades, stand auf, nahm ein Bad, frühstückte und begab sich auf den Weg zu seiner Arbeitsstelle. Er war Gruppenführer der Wache im Erdgeschoß der Mars Exchange Bank in der Maiden Lane. Als er sich eine neue Zeitkarte für die U-Bahn kaufte, plauderte er mit der

Angestellten am Informationsschalter, ebenfalls einer ESPer Dritten Grades, und von ihr erfuhr Fred von der Suche nach Barbara D'Courtney. Fred prägte sich das TW-Bild, das sie ihm übermittelte, genau ein. Das Bild war umrahmt von Kredit-Symbolen.

Am Freitagmorgen weckte Snim Asj das laute Geschrei seiner Wirtin Chooka Frood nach rückständiger Miete. »Herrjemine, Chooka«, maulte Snim, »du machst ein recht's Vermögen mit der bestußten blonden Schnalle, die du aufgelesen hast, dein Gruselkeller unten im Keller ist 'ne Goldmine, was willst du da eigentlich noch von mir?«

Chooka Frood erläuterte Snim, daß: a) das blonde Mädchen nicht »bestußt« sei, sondern ein echtes Medium; b) sie (Chooka Frood) keinen »Gruselkeller« unterhalte, sondern ein ordnungsgemäß betriebenes Wahrsage-Institut; c) wenn er (Snim) nicht schnellstens die rückständige Miete für sechs Wochen und die Beköstigung zahle, könne sie ihm mühelos die Zukunft wahrsagen, denn dann werde demnächst sein Bett der Asphalt sein. Snim stand auf, und da er auch schon angekleidet war, begab er sich auf den Weg in die Stadt, um irgendwie ein paar Kredit abzustauben. Es war noch zu früh am Tage, um bei Keno Quizzard herumzulungern und bei den geldschweren Gästen den armen Schlucker zu mimen. Snim versuchte, sich eine Fahrt mit der U-Bahn in die Stadtmitte zu erschleichen. Der ESPer-Schaffner warf ihn hinaus, und wohl oder übel lief er. Bis zu Jerry Churchs Pfandleihe war es eine beträchtliche Strecke, aber Snim hatte dort ein Melodeon versetzt, das immerhin von Gold und Perlen strotzte, und er hoffte, Church dafür noch ein paar Sovereigns mehr abschwätzen zu können. Aber Church war geschäftlich unterwegs, und sein Angestellter sah sich außerstande, für Snim etwas zu tun. Sie verquasselten die Zeit, und Snim mimte den armen Schlucker, erzählte dem Angestellten eine rührselige Geschichte, wie sein hartherziger Drache von Wirtin ihn Tag um Tag ärger wegen einiger Piepen drangsaliere, obwohl sie mit der neuen blonden Schnalle in ihrem Gruselkeller ein Vermögen scheffle, daß sie ihm alles aus der Tasche ziehen wolle, obwohl sie Geld wie Heu einstreiche. Der Angestellte vergoß darüber nicht einmal Krokodilstränen. Snim verließ die Pfandleihe.

Als Jerry Church in seinen Laden zurückkehrte, um auf seiner fieberhaften Suche nach Barbara D'Courtney eine kurze Rast einzulegen, berichtete ihm sein Angestellter von Snims Besuch und ihrer Unterhaltung. Was der Angestellte nicht erwähnte, entnahm

Church seinem Kopf. Vor Aufregung einem Schlaganfall nahe, wankte er zum V-fon und versuchte Reich zu sprechen. Reich war nicht zu erreichen. Church atmete tief durch und rief Keno Quizzard an.

Unterdessen geriet Snim allmählich in Verzweiflung. In dieser Verzweiflung kam ihm der verrückte Einfall, sich als »Bankkassierer« zu betätigen. Snim trottete zur Maiden Lane und begutachtete die Banken an der Bombenkrater-Esplanade. Da er nicht allzu gescheit war, wählte er zu seinem Betätigungsfeld die Mars Exchange Bank. Ihr Haus wirkte altmodisch schäbig. Snim war nie darauf gekommen, daß nur die mächtigsten und leistungsfähigsten Institutionen es sich erlauben können, sich Häuser in altmodischem Stil hinzustellen. Snim betrat die Bank, durchquerte die Schalterhalle, ging zu den Tischen gegenüber der Reihe von Schaltern und stahl dort eine Handvoll Formulare sowie einen Kugelschreiber.

Als Snim die Bank wieder verließ, musterte und durchschaute Fred Deal ihn mit einem Blick und winkte nachlässig seine Untergebenen herbei. »Seht ihr diesen kleinen Ganoven?« Er wies auf Snim, der gerade den Ausgang benutzte. »Er hat die Berichtigungsmasche vor.«

»Sollen wir ihn uns vorknöpfen, Fred?«

»Wozu wäre das jetzt gut, Mann? Er würde es bald woanders versuchen. Wir lassen ihn machen. Wir schnappen ihn, wenn er das Geld in den Pfoten hat, denn damit ist er klar überführt. Dann wird ihm das Handwerk gelegt. Im Kingston ist noch viel Platz.«

Snim ahnte nichts und lauerte vor der Bank; aufmerksam beobachtete er den regen Betrieb an den Schaltern. An Schalterkabine Z machte ein ehrbarer Bürger soeben eine Abhebung. Der Kassierer händigte ihm dicke Bündel von Geldscheinen aus. Dies war, entschied Snim, der Fisch, für den sein Fischzug sich lohnte. Hastig zog er sich die Jacke aus, krempelte die Hemdsärmel hoch und schob sich den Kugelschreiber hinters Ohr. Als sein Fisch aus der Bank kam – im Gehen zählte er das Geld –, stahl sich Snim hinter ihn, trat hinzu und tippte dem Mann auf die Schulter. »Entschuldigen Sie, Sir«, sagte er in forsch-fröhlichem Tonfall, »ich bin von Schalter Z. Leider hat sich unser Kassierer geirrt und Ihnen zu wenig ausgezahlt. Würden Sie wohl so freundlich sein und zur Richtigstellung noch einmal hereinkommen?« Snim wedelte angelegentlich mit seinem Block Formulare, nahm seinem Fisch das Geld mit flinkem Griff aus den Flossen und machte kehrt, um die Bank zu betreten. »Hier entlang, Sir«, rief er gutgelaunt. »Ihnen steht noch ein ganzer Hunderter zu.« Während der überrumpelte ehrbare Bürger sich ihm anschloß, flitzte Snim durch das Gedränge in der Schalterhalle, verschwand zwischen den Kunden und strebte eilig zum Nebenausgang. Er wäre im nächsten Moment auf und davon gewesen, ehe sein Fisch es bemerkt hätte, daß er ausgenommen worden war; doch da packte eine rohe Faust Snim im Genick. Die Faust riß ihn herum, und daraufhin stand er Auge in Auge mit einem Bankwächter. In einer einzigen chaotischen Sekunde schossen Snim Gedanken an Widerstand, Flucht, Bestechung, Bitten, die Kingston-Klinik, den verfluchten Drachen Chooka Frood und ihr blondes Gruselkellermädchen, sein Melodeon und an den Mann, der es gegenwärtig in Gewahrsam hatte, durch den Kopf. Dann brach er zusammen und in Tränen aus.

Der ESPer-Bankwächter stieß ihn einem anderen Uniformierten in die Arme. »Nehmt ihn fest, Jungs! Ich bin gerade ein gemachter Mann geworden.«

»Wieso das, Fred? Ist auf dies kleine Kerlchen etwa eine Belohnung ausgesetzt?«

»Nicht auf ihn. Aber das, was er im Kopf hat. Ich muß sofort den Verband verständigen.«

Nahezu im selben Augenblick erhielten am späten Freitagnachmittag Ben Reich und Lincoln Powell die gleiche Mitteilung. Sie lautete: »Der Beschreibung Barbara D'Courtneys entsprechendes Mädchen befindet sich im Wahrsage-Institut Chooka Frood, Bastion West 99.«

9

Die Bastion West, das berühmte letzte Bollwerk während der Belagerung New Yorks, galt als Kriegsmahnmal. Ihre zehn verwüsteten Morgen Land sollten ursprünglich für alle Zeiten in ihrem öden Zustand verbleiben, um als ständige, erschütternde Anklage gegen jenen Wahnsinn, der den letzten Krieg verursachte, die Menschen späterer Generationen aufzurütteln. Aber wie schon so oft erwies der letzte Krieg sich wieder einmal als der vorletzte, und ein Heer von Obdachlosen sowie geschäftstüchtige Immobilien-Haie hatten die zerstörten Bauten und von Schutt übersäten Straßen von Bastion West in ein grelles, aberwitziges Elendsviertel verwandelt.

Das Haus Nummer 99 war ein sozusagen ausgeschlachtetes Keramikwerk. Während des Krieges war unter die riesigen Lagerbestände etlicher tausend verschiedener Glasurmassen eine Reihe sonnenheißer Explosionen niedergegangen, hatte sie verschmolzen und in einer springflutartig zerflossenen Nachahmung eines Mondkraters in allen Regenbogenfarben verspritzt. In die steinernen Mauern waren gewaltige Kleckse von Magentarot, Violett, Lasurgrün, Mandelbraun und Chromgelb gebrannt. Ergiebige Ströme in Orange, Karmesinrot und dunklem Purpur waren durch Fenster und Türen auswärts geschossen und hatten die Straßen und die Ruinen ringsum mit verlaufenen Streifen gefärbt. Dadurch entstand das sogenannte Regenbogenhaus Chooka Froods.

Die oberen Etagen hatte man restauriert und in eine solche Vielfalt von Einzelräumen unterteilt, daß deren wirre, regellose Anordnung nur Chooka durchschaute, und selbst sie verirrte sich manchmal. Eine Person konnte, während man die unteren Stockwerke durchsuchte, sehr leicht vom einen zum anderen Raum schleichen und durch die Maschen auch des feinsten Netzes schlüpfen. Diese ungewöhnliche Raumeinteilung verhalf Chooka alljährlich zu erheblichen Einnahmen. Die unteren Stockwerke umfaßten Chookas bekanntes Vergnügungs-Etablissement, worin ein Kunde, war er zahlungskräftig genug, ungehemmt in den geläufigeren Lastern der Unersättlichen schwelgen konnte, wo man jedoch bisweilen auch neue Laster für die Übersättigten ersann. Der Keller von Chookas Haus aber war das Phänomen, das ihr ihren einträglichsten Erwerb ermöglichte. Die Explosionen, die im Krieg das Fabrikgebäude in einen Regenbogenkrater verwandelten, hatten auch die Keramikmassen, das Metall, das Glas und das Plastikmaterial zusammengeschmolzen und daraus einen Riesenklumpen gebildet; dies weiche Konglomerat war langsam durch sämtliche Stockwerke bis in den Keller gesackt, um sich im tiefsten Kellergewölbe zu verteilen und zu einem schimmernden Bodenbelag zu erhärten, der kristallin war in seiner Beschaffenheit, farblich phosphoreszierend, und der in seltsamen Schwingungen tönte und hallte. Das Erlebnis eines Aufenthalts in diesem Keller war den riskanten Ausflug zur Bastion West wert. Man mußte sich den Weg durch verschlungene Straßen suchen, bis man zu dem ausgefransten orangefarbenen Zickzackstreifen gelangte, der unfehlbar zum Eingang von Chooka Froods Regenbogenhaus führte. Am Eingang erwartete ein Pförtner mit todernster Miene die Besucher, in eine Art von Diensttracht des 20. Jahrhunderts gekleidet, und fragte jeden: »Zünftiges oder Zukunft?« Antwortete man ›Zukunft‹, durfte man zu einer Tür weitergehen, die der Pforte einer Gruft glich, und davor einen unerhört hohen Eintrittspreis entrichten, für den man eine Phosphorkerze in die Hand gedrückt bekam. Mit der Kerze stieg man eine steile Treppe steinerner Stufen hinunter. Am Fuß der Treppe machte der Gang einen rechtwinkligen Knick, und unvermittelt stand man auf der Schwelle zu einem weiten, langgestreckten, gewölbten Keller, der einen See aus singendem Feuer enthielt. Man betrat die Oberfläche des Sees. Sie war glatt und glasig. Unter der Oberfläche glomm und flackerte ein unablässiges Spiel pastellfarbener Nordlichter. Bei jedem Schritt summte die Kristallfläche Klänge von süßer Schönheit, hallte wie die gedehnten Zwischentöne bronzener Glocken. Auch wenn man bewegungslos blieb, tönte der Boden, durch die Erschütterungen benachbarter Verkehrsstraßen in Schwingungen versetzt. Auf Steinbänken saßen rundum an den Wänden des Kellers die anderen Zukunftsdurstigen, in den Händen ihre Phosphorkerzen. Man musterte sie, wie sie da stumm und ehrfürchtig saßen, und plötzlich erkannte man, daß jeder von ihnen aussah wie eine Engelsgestalt, inmitten einer Aura leuchtete, die vom Fußboden ausging, und jeder erzeugte engelhafte Töne, indem ihre Körper unter den Klängen des Kristallbodens widerhallten. Die Kerzen ähnelten Sternen in einer frostigen Winternacht. Man gesellte sich zu den glanzvollen Schweigern in ihren reinen Schwingungen und saß ruhig an der Wand, bis das helle Läuten eines silbernen Glöckchens erscholl, das sich mehrfach wiederholte. Der gesamte Boden erbebte in Resonanz, und das sonderbare Verhältnis zwischen Licht und Ton brachte die Farben zu prachtvollem Funkeln. Dann betrat Chooka Frood den Keller, begleitet von einer Kaskade feuriger Musik, und schritt zur Mitte des Kristallsees.

»Und damit geht die Illusion natürlich flöten«, murmelte Lincoln Powell bei sich; er betrachtete Chookas grobes Gesicht, die Knollennase, die geistlosen Augen, den eingefallenen Mund. Die Nordlichter des kristallenen Bodens umwaberten ihre Gesichtszüge und ihren eng bekleideten Körper, aber dieser Umstand konnte nicht die Tatsache verbergen, daß es ihr, obwohl sie Ehrgeiz, Habsucht und Erfindungsreichtum auszeichneten, an Feingefühl und erst recht an Hellsichtigkeit vollständig mangelte. »Vielleicht kann sie wenigstens auftreten«, redete sich Powell hoffnungsvoll ein. Chooka blieb am Mittelpunkt der Kristallfläche stehen – sie ähnelte ziemlich stark einer vulgären Medusa –, dann hob sie ihre Arme in einer weiträumigen Gebärde, die wohl so etwas wie eine mystische Geste der Begrüßung sein sollte. »Sie kann's nicht«, befand Powell.

»Ich bin gekommen«, begann Chooka mit heiserer Stimme, »um euch zu helfen, in eure eigenen Herzen zu blicken. So blicke in dein Herz, der du danach trachtest...« Chooka schwieg für einen Moment, ehe sie weitersprach. »... Rache an einem Mann namens Zerlen vom Mars zu nehmen ... die Liebe einer rotäugigen Frau vom Callisto zu gewinnen ... den reichen alten Onkel in Paris bis zum letzten Kredit zu beerben ... nach ...«

›*Na, verdammt! Die Frau ist eine ESPer!*‹ Chooka erstarrte. Ihr Kinn sank herab. ›*Du empfängst meine Gedanken, nicht wahr, Chooka?*‹

Die telepathische Entgegnung erreichte ihn in furchtsamen Bruchstücken. Es war offenkundig, daß Chookas natürliche Begabung niemals eine ordentliche Ausbildung erfahren hatte. ›*Was ...? Wer ...? Wer ist ... bist du?*‹

Powell antwortete so übertrieben deutlich und sorgfältig, als stehe er mit einem Dreier im Kindesalter in Verbindung. ›*Name: Lincoln Powell. Beruf: Polizeihauptkommissar. Absicht: Vernehmung eines Mädchens namens Barbara D'Courtney. Ich habe gehört, daß es hier in diesem Wahrsage-Zirkus mitwirkt.*‹

Es war bemitleidenswert, wie sich Chooka querzulegen versuchte. ›*Raus ... mit dir. Raus. Hinaus. Los, raus. Raus. Verschwinde ...*‹

›*Warum hast du dich nie beim Verband gemeldet? Wieso stehst du nicht in Kontakt mit deinesgleichen?*‹

›*Verschwinde. Verschwinde, ESPer! Scher dich hinaus.*‹

›*Du bist selbst eine ESPer. Warum hast du dich nicht ausbilden lassen? Was ist das hier für ein Leben für dich? Du gibst dich mit Hokuspokus ab ... zapfst die Gedanken von gutgläubigen Narren an und machst daraus Wahrsagerei. Dabei könntest du anständige Arbeit haben, Chooka.*‹

›*Auch anständiges Geld?*‹

Powell unterdrückte die Aufwallung von Erbitterung, die in ihm anschwoll. Die Erbitterung galt nicht Chooka. Es handelte sich um Erbitterung über die schonungslose Kraft der Evolution, die sich nicht davon abbringen ließ, den Menschen mit immer größeren Fähigkeiten auszustatten, aber es versäumte, die Rudimente seiner Schwächen auszumerzen, die ihn an der Anwendung seiner Fähigkeiten hinderten. ›*Darüber unterhalten wir uns später, Chooka. Wo ist das Mädchen?*‹

›*Hier ist kein Mädchen. Ich habe hier kein Mädchen.*‹

›*Benimm dich nicht kindisch, Chooka. Schau selber mit mir bei deinen Kunden nach. Im Hirn des alten Bocks, der so scharf auf die Rotäugige ...*‹ Behutsam erforschte Powell den Geist des Lüstlings. ›*Er war schon oft hier. Er wartet auf Barbara D'Courtneys Auftritt. Du steckst sie in ein mit Goldmünzen besetztes Kleid. Ihr Erscheinen ist in einer halben Stunde fällig. Er hat an ihrem Aus-*

sehen Geschmack gefunden. Sie macht irgendwelchen Trance-Humbug mit Musik. Ihr Kleid ist geschlitzt, und das gefällt ihm. Ganz geil macht ihn das. Sie...‹

›Er spinnt. Ich habe nie...‹

›Und die Frau, die von einem Mann namens Zerlen hintergangen worden ist? Spinnt sie auch? Sie hat das Mädchen bereits mehrmals gesehen. Sie glaubt an das ›Medium‹. Sie wartet auch auf den Auftritt. Wo ist das Mädchen, Chooka?‹

›Ich verrate nichts!‹

›Ich sehe schon... oben. Und wo oben, Chooka? Spar dir die Mühe, dein Bewußtsein versiegeln zu wollen, ich introvisiere mit Tiefenwirkung. Einen Einser kann man nicht täuschen. Aha... viertes Zimmer links von der Ecke... das ist ja ein wirklich verzwickter Irrgarten da oben, Chooka. Laß uns sicherheitshalber einmal wiederholen...‹

»Verschwinde, du gottverdammter Bulle!« kreischte plötzlich Chooka, gegenüber Powell hilflos und erbost infolge der erlittenen Demütigung. »Hinaus mit dir!«

»Entschuldigen Sie die Störung«, sagte Powell. »Ich bin bereits unterwegs.« Er erhob sich und verließ das Kellergewölbe.

Die gesamte telepathische Vernehmung hatte lediglich die eine Sekunde gedauert, die Reich brauchte, um auf der Treppe zum Keller in Chooka Froods Regenbogenhaus von der zwanzigsten auf die achtzehnte Stufe hinabzusteigen. Reich hörte Chookas schrilles Schelten und Powells Antwort. Er drehte sich um, rannte die Treppe wieder hinauf und ins Erdgeschoß. Als er sich am Pförtner vorbeischob, um in die andere Seite des Gebäudes zu gelangen, ins Vergnügungs-Etablissement, steckte er dem Mann einen Sovereign zu. »Ich war nicht hier«, zischte er. »Klar?«

»Hier war niemals jemand, Mr. Reich.«

Eilig durchquerte Reich die Räume des Etablissements. *›Spannung! rief der Tensor. Spannung! rief der Tensor. Spannung, Spiel und Spökenkieken sind im Gang.‹* Er eilte achtlos an den Mädchen vorüber, die ihn verschiedentlich ansprachen, und schloß sich in die Fernsprechzelle ein, wo er BD 12232 wählte. Auf dem Bildschirm zeigte sich Churchs grämliches Gesicht.

»Ja, Ben?«

»Wir sind in einer scheußlichen Klemme. Powell ist hier.«

»O mein Gott!«

»Verdammter Scheißdreck, wo treibt sich Quizzard herum?«

»Er ist nicht dort?«

»Ich kann ihn nicht finden.«

»Aber ich dachte, er sei unten im Keller. Er...«

»Im Keller war Powell. Er hat Chooka das Hirn ausgeräumt. Sie können Gift darauf nehmen, Quizzard war nicht unten. Zum Satan, wo steckt der Kerl?«

»Ich habe keine Ahnung, Ben. Er hat sich mit seiner Frau auf den Weg gemacht, und...«

»Hören Sie zu, Jerry. Powell muß herausgefunden haben, wo sich das Mädchen aufhält. Mir stehen vielleicht noch fünf Minuten zur Verfügung, um zu verhindern, daß er es findet. Es war Quizzards Aufgabe, dafür zu sorgen. Er ist nicht im Keller. Er ist nirgendwo im Bumslokal. Er...«

»Dann ist er bestimmt oben in der Absteige.«

»So schlau bin ich selber, um mir das zu denken. Ich will wissen, ob es nach oben irgendeinen schnellen Nebenzugang gibt. Irgendeine Abkürzung, die ich nehmen kann, um Powell zuvorzukommen?«

»Wenn Powell Chooka introvisiert hat, dann weiß er jetzt auch von der Abkürzung.«

»Verflucht, das ist mir klar. Aber vielleicht auch nicht. Vielleicht hat er sich zu stark auf das Mädchen konzentriert. Das ist eine Chance, die ich wahrnehmen muß.«

»Hinter der Haupttreppe ist ein Flachrelief aus Marmor. Drehen Sie den Frauenkopf nach rechts. Die Figuren teilen sich. Dahinter ist eine Tür zu einem Pneu-Lift.«

»Ausgezeichnet.« Reich unterbrach die Verbindung, verließ die Fernsprechzelle und hastete zur Haupttreppe. Er suchte den hinteren Bereich der marmornen Treppenflucht auf, fand das Flachrelief, drehte mit wildem Ruck den Frauenkopf und sah die Figuren sich teilen; sie gaben eine Stahltür frei. Im Türsturz befand sich ein Schaltbrett mit Knöpfen. Reich drückte den Knopf mit dem Hinweis HOCHTRAKT, riß die Tür auf und trat in den offenen Schacht. Augenblicklich schoß ihm von unten eine Metallplatte unter die Schuhsohlen, und unter dem Zischen von Preßluft beförderte ihn die Platte um acht Stockwerke höher ins Dachgeschoß. Eine Magnetverriegelung hielt die Metallplatte fest, während er die Tür öffnete und aus dem Schacht stieg. Er trat in einen Korridor, der eine Steigung von dreißig Grad aufwies und sich leicht nach links bog. Der Korridor war mit Segeltuch ausgelegt. In der Decke glühten unruhig in regelmäßigen Abständen kleine Radon-Kugellampen. Die Wände besaßen reihenweise Türen, aber sie waren nicht numeriert. »Quizzard!« brüllte Reich. Nichts rührte sich. »Keno Quizzard!« Nichts geschah. Reich folgte dem Verlauf des Korridors in halber Länge, dann entschied er kurzentschlossen, es mit irgendeiner Tür zu versuchen. Er öffnete eine

Tür; sie führte in einen winzigen Raum, den fast völlig ein ovales Bett ausfüllte. Reich, der mit so etwas nicht gerechnet hatte, stolperte an der Bettkante und fiel vornüber. Er kroch über die Schaumstoffmatratze zu einer Tür auf der anderen Seite des Betts, stieß sie auf und polterte über die Schwelle auf einen Treppenabsatz. Unterhalb der Treppe lag ein runder Vorraum mit vielen weiteren Türen. Reich wankte die Treppe hinab und verharrte unten, atmete schwer, während er den Kreis von Türen betrachtete. »Quizzard!« rief er nochmals. »Keno Quizzard!«

Er vernahm eine dumpfe Antwort. Reich fuhr auf dem Absatz herum, stürzte zu einer der Türen und riß sie sperrangelweit auf. Unmittelbar dahinter stand eine Frau mit durch plastische Chirurgie rot gefärbten Augen, und Reich prallte gegen sie. Die Frau brach in unerklärliches Gelächter aus, hob beide Fäuste und hieb auf sein Gesicht ein. Reich wich vor der kräftigen Person zurück und tastete nach der Tür, doch bekam er in seiner Verblüffung und infolge der Behinderung offenbar eine andere zu fassen, denn als er hinaustaumelte, gelangte er nicht wieder in den Vorraum, sondern in eine ganz andere Räumlichkeit. Seine Absätze blieben in sechs Zentimeter hohem Plastik-Pikee stecken. Er torkelte rückwärts, knallte im Fallen die Tür zu und schlug mit dem Schädel wuchtig gegen die Kante eines Porzellanbrennofens. Als sich sein Blickfeld klärte, sah er über sich das von Wut verzerrte Gesicht Chooka Froods. »Zum Teufel, was haben Sie in meinem Zimmer zu suchen?« schrie Chooka.

Reich raffte sich mit einem Ruck auf. »Wo ist sie?« fragte er.

»Verschwinden Sie wie der Blitz, Ben Reich.«

»Wo sie ist, habe ich gefragt. Barbara D'Courtney. Wo ist sie?«

Chooka wandte den Kopf. »Magda!« rief sie. Die Frau mit den roten Augen trat ein. Sie lachte noch immer und hielt jetzt einen Neuronen-Scrambler in der Hand. Die Waffe war auf Reichs Kopf gerichtet und zitterte kein bißchen. »Und jetzt raus«, forderte Chooka ihn nochmals auf.

»Ich muß das Mädchen haben, Chooka. Ich muß es mir schnappen, bevor Powell es findet. Wo ist es?«

»Wirf ihn hinaus, Magda!« schrie Chooka.

Reich klatschte der Frau mit dem Handrücken über die Augen. Sie schwankte rückwärts, ließ die Waffe fallen und sank in einer Ecke zusammen, unverändert von Lachen geschüttelt. Reich achtete nicht länger auf sie. Er hob den Scrambler auf und drückte ihn an Chookas Schläfe. »Wo ist das Mädchen?«

»Gehen Sie zum ...«

Reich zog den Abzug bis zum ersten Anschlag durch. Die

Strahlung lud Chookas Nervensystem mit schwachem Induktionsstrom. Ihre Haltung versteifte sich; sie begann zu beben. Plötzlich glitzerte ihre Haut von Schweiß; aber sie schüttelte den Kopf. Reich ließ den Abzugshebel am zweiten Anschlag einrasten. Chookas Körper bebte so heftig und haltlos wie in einem Schüttelfrost. Die Augen traten aus ihren Höhlen hervor. Ihrer Kehle entrangen sich rohe Laute wie von einem gequälten Tier. Reich beließ sie fünf Sekunden lang in diesem krampfartigen Zustand, dann schaltete er die Waffe aus. »Die dritte Stufe wirkt tödlich«, knurrte er. »Denken Sie dran, Chooka, daß der Tod das Ende ist. Mir kann's egal sein. Wenn ich das Mädchen nicht kriege, bedeutet das für mich so oder so die Demolition. Wo ist es?«

Chooka war noch nahezu völlig gelähmt. »Durch... Tür«, röchelte sie. »Viertes Zimmer... links... nach Abzweigung.«

Reich ließ sie niederstürzen. Er lief durchs Schlafzimmer, stürmte zur Tür hinaus und gelangte in einen wie ein Korkenzieher gewundenen, stark geneigten Gang. Er folgte seinem Verlauf, bog um die unübersehbare Abzweigung, zählte die Türen und blieb vor der vierten Tür zur Linken stehen. Einen Augenblick lang lauschte er. Nichts war zu hören. Er stieß die Tür einwärts und betrat das Zimmer. Darin standen ein verlassenes Bett, ein Ankleidetisch, ein leerer Schrank und ein einzelner Sessel. »Genasführt, meine Fresse«, schimpfte Reich. Er trat zum Bett. Es zeigte keinerlei Anzeichen von Benutzung. Das gleiche galt für den Schrank. Als er sich umwandte, um das Zimmer zu verlassen, zerrte er im Vorbeigehen an der mittleren Schublade des Ankleidetischs, riß sie heraus. Die Schublade enthielt einen frostweißlichen Morgenmantel und einen leicht schäbigen Gegenstand aus Stahl, der aussah wie eine voll entfaltete Blume des Bösen. Es war das Mordwerkzeug; die Nahkampfwaffe; die Tatwaffe. »O mein Gott«, ächzte Reich geflüstert. »Mein Gott!« Er nahm den Revolver und untersuchte ihn. Die Geschoßkammern enthielten noch die sozusagen kastrierten Patronen. Jene davon, die Craye D'Courtney das Hirn ausgepustet hatte, stak noch unterm Hammer. »Das ist noch nicht die Demolition«, murmelte Reich. »Ganz und gar nicht, alter Junge. Nein, Freunde, keineswegs.« Er klappte die Waffe zusammen und schob sie in seine Tasche. In diesem Moment drang an seine Ohren ein entferntes Lachen... ein sauertöpfisches Lachen. Das Lachen Keno Quizzards. Rasch kehrte Reich zurück in den gewundenen Gang und folgte dem Klang des Gelächters bis zu einer mit Plüsch bezogenen Tür, die in der Wand zurückversetzt war und an ihren Angeln aus Messing offenstand. Reich schaltete den Scrambler ein und auf die dritte, die tödliche Stufe; dann überquerte er die Schwelle. Mit dem Fauchen von Preßluft schloß sich die Tür hinter ihm. Er stand in einem kleinen runden Raum, dessen Wände und Decke mitternachtsblauer Samt verhüllte. Der Boden war aus durchsichtigem Kristall und gewährte klaren, ungetrübten Einblick in ein Boudoir im Stockwerk darunter. Dies war Chookas Voyeur-Zimmer. Im Boudoir saß in einem tiefen Sessel Quizzard; seine blinden Augen starrten glasig. D'Courtneys Tochter hockte auf seinem Schoß; sie trug ein bemerkenswertes geschlitztes Kleid, besetzt mit zahlreichen Ziermünzen. Sie blieb reglos, ihre tiefen dunklen Augen unterm glatten blonden Haar blickten gleichgültig ins Leere, während Quizzard an ihrem Körper herumfummelte.

»Wie schaut sie drein?« vernahm Reich deutlich Quizzards Nörglerstimme. »Wie fühlt sie sich?« Er sprach zu einer kleinen, verwelkten Frau, die ihm gegenüber rücklings an der Wand des Boudoirs lehnte; ihr Gesicht zeigte einen unbeschreiblichen Ausdruck von Gram. Sie war Quizzards Frau. »Wie schaut sie drein?« wiederholte der Blinde.

»Sie weiß nicht, was geschieht«, antwortete die Frau.

»Doch, sie weiß es«, schnauzte Quizzard. »So weit ist sie nicht abgetreten. Erzähl mir nicht, sie wüßte nicht, was vorgeht. Herrgott! Hätte ich bloß mein Augenlicht!«

»Ich bin dein Augenlicht, Keno«, sagte die Frau.

»Dann sieh für mich. Beschreibe sie mir!«

Reich fluchte und richtete den Scrambler auf Quizzards Kopf. Die Waffe konnte durch den Kristallfußboden töten. Sie vermochte durch jedes Material zu töten. Nun sollte sie töten. Da betrat Powell das Boudoir. Die Frau sah ihn sofort. Sie stieß einen Schrei aus, der das Blut eines Nervenschwachen zum Gerinnen bringen konnte. »Lauf, Keno! Lauf!« Sie stieß sich von der Wand ab und stürzte sich Powell entgegen; ihre Fingernägel bedrohten seine Augen. Dann stolperte sie plötzlich und fiel der Länge nach hin. Anscheinend raubte ihr der Aufprall das Bewußtsein, denn sie rührte sich nicht wieder. Als Quizzard aus seinem Sessel sprang, das Mädchen in den Armen, gelangte Reich zu der Schlußfolgerung, daß der Sturz der Frau beileibe kein Zufall gewesen war; denn urplötzlich sackte Quizzard, kaum erhoben, ebenfalls zusammen. Das Mädchen wankte aus seinen Armen und sank in den Sessel. Es gab keinen Zweifel, daß Powell das Paar durch irgendeine Methode im TW-Bereich überwältigt hatte, und zum ersten Mal im Lauf ihres Ringens verspürte Reich Furcht vor Powell... leibhaftige Furcht. Wieder hob er den Neuronen-

Scrambler, und diesmal zielte er auf Powells Kopf, während der ESPer sich dem Sessel näherte.

»Guten Abend, Miss D'Courtney«, sagte Powell.

»Adieu, Mr. Powell«, murmelte Reich und versuchte, die Waffe in seiner auf einmal zittrigen Hand zielsicher auf Powells Schädel zu richten.

»Sind Sie wohlbehalten, Miß D'Courtney?« fragte Powell. Als das Mädchen keine Antwort gab, beugte er sich vor und blickte ihm eindringlich ins gleichmütige, ausdruckslose Gesicht. Er berührte das Mädchen am Arm. »Sind Sie wohlauf, Miß D'Courtney?« erkundigte er sich nochmals. »Miß D'Courtney! Benötigen Sie Hilfe?«

Beim Wort ›Hilfe‹ setzte sich das Mädchen ruckartig im Sessel zu einer Haltung auf, als lausche es; dann streckte es die Beine und sprang aus dem Sessel. Es lief geradewegs an Powell vorbei, blieb unvermittelt stehen und griff ins Leere, wie nach einem Türknopf. Es drehte den imaginären Türknopf, riß eine imaginäre Tür auf und stürzte vorwärts; ihr blondes Haar wehte, die Augen waren vor Schrecken geweitet... ein Wetterleuchten wilder Schönheit. »Vater!« schrie das Mädchen. »Um Gottes willen! Vater!« Plötzlich verharrte es, wich zurück, als weiche es vor irgend etwas oder irgend jemand aus, lief dann nach links durch einen Halbkreis, schrie dabei, die Augen starr. »Nein!« schrie es. »Nicht! Um Himmels willen! Vater!« Es sprang erneut vor, rang mit unsichtbaren Armen, die es gepackt zu haben schienen, und schrie, noch immer mit starrem Blick. Dann verkrampfte es seine Haltung und preßte die Hände auf die Ohren, als habe es ein unerträgliches Geräusch vernommen. Es sank vornüber auf die Knie und kroch über den Boden, stöhnte wie unter furchtbarem körperlichen Schmerz. Es verharrte, griff nach irgend etwas am Boden und blieb dann stumm kauern, das Gesicht nun wieder gleichmütig, puppenhaft ausdruckslos.

Mit einer Gewißheit, die ihm den Magen umdrehen wollte, erkannte Reich, was das Mädchen soeben getan hatte. Es hatte den Tod seines Vaters von neuem erlebt. Ihn vor Powell wiedererlebt. Und wenn er eine Introvision vorgenommen hatte... Powell ging zu dem Mädchen und hob es vom Fußboden. Es richtete sich so anmutig auf wie eine Tänzerin, so gelassen wie eine Schlafwandlerin. Der ESPer legte einen Arm um Barbara D'Courtney und geleitete sie zur Tür. Reich ließ die Mündung des Scramblers unablässig mitwandern, wartete auf den günstigsten Schußwinkel. Er war unsichtbar. Seine ahnungslosen Todfeinde waren unter ihm, leichte Ziele für die tödliche Strahlung. Ein Schuß, und er war gerettet. Powell öffnete die Tür; dann riß er das Mädchen plötzlich herum, drückte es an sich und blickte aufwärts. Reichs Atem stockte. »Nur zu«, rief Powell. »Hier sind wir. Ein leichtes Ziel. Ein Schuß dürfte für uns beide genügen. Vorwärts!« Zorn verdüsterte sein hageres Gesicht. Die dichten, schwarzen Brauen über seinen dunklen Augen waren gerunzelt. Eine halbe Minute lang starrte er nach oben zum unsichtbaren Reich, wartete voller Unerschrockenheit und Haß. Schließlich senkte Reich seinen Blick und wandte sein Gesicht von dem Mann ab, der ihn nicht sehen konnte.

Dann führte Powell das gefügige Mädchen zur Tür hinaus und schloß sie leise; und Reich wußte, er hatte sich die Rettung durch die Finger rinnen lassen. Er befand sich auf halbem Wege zur Demolition.

10

Man stelle sich eine Kamera mit einer so stark astigmatisch verzerrten Linse vor, daß sie nur immer wieder die gleiche Szene fotografieren kann – nämlich jene, deren Erschütterungskraft ihre Verzerrung verursachte. Man stelle sich ein Stück Speicherkristall vor, traumatisch so geschädigt, daß es bloß immer wieder das gleiche Fragment Musik wiedergeben kann, den einen schrecklichen Satz, den es nicht zu vergessen vermag.

»Sie befindet sich in einem Zustand hysterischer Wachruffixierung«, erklärte Dr. Jeems von der Kingston-Klinik Powell und Mary Noyes im Wohnzimmer von Powells Haus. »Sie reagiert ausschließlich auf das Schlüsselwort ›Hilfe‹ und wiedererlebt dann jedesmal irgend ein schreckliches Erlebnis...«

»Den Tod ihres Vaters«, sagte Powell.

»So, aha? Verständlich. Davon abgesehen... Katatonie.«

»Aussichtslos?« fragte Mary Noyes.

Der junge Dr. Jeems wirkte überrascht und ein wenig entrüstet. Trotz der Tatsache, daß er kein ESPer war, galt er zu Recht als einer der fähigsten Männer der Kingston-Klinik, und er widmete sich seiner Tätigkeit mit fanatischer Leidenschaft. »Heutzutage? Nichts ist aussichtslos außer dem physischen Tod, Miß Noyes, und im Kingston rücken wir nun auch diesem Quatsch ernsthaft zu Leibe. Untersuchen wir den Tod unterm symptomatischen Gesichtspunkt, so können wir bereits von uns behaupten...«

»Darüber diskutieren wir lieber später einmal«, unterbrach ihn Powell. »Heute fehlt mir die Zeit für eine Bereicherung meines Wissens. Kann ich mit dem Mädchen arbeiten?«

»In welcher Hinsicht?«

»Hirn-Introvision.«

Jeems überlegte. »Ich wüßte keinen Grund, warum nicht. Ich habe gegen die Katatonie die Déjà-Éprouvé-Reihe verordnet. Das widerspricht einer Introvision nicht.«

»Die Déjà-Éprouvé-Reihe?« meinte Mary verwundert.

»Eine großartige neue Behandlungsmethode«, sagte Jeems aufgeregt. »Entwickelt von Gart... einem unserer ESPer-Mediziner. Wenn ein Patient sich in die Katatonie zurückzieht, ist das immer eine Flucht. Ein Ausreißen vor der Realität. Der bewußte Verstand kann den Konflikt zwischen der Umwelt und dem eigenen Unbewußten nicht ertragen. Er wünscht, er wäre nie auf die Welt gekommen. Er versucht ins Fötaldasein zurückzukehren. Verstehen Sie, was ich meine?«

»Bis jetzt, ja.« Mary nickte.

»Gut. Déjà Éprouvé ist ein alter Terminus, der der Psychiatrie des neunzehnten Jahrhunderts entstammt. Wörtlich bedeutet er: ›Schon erlebt‹ oder ›Schon durchgemacht‹. Viele Patienten wünschen sich etwas so stark, daß ihr Wunsch ihnen schließlich die Vorstellung einflößt, die Handlung oder Erfahrung, die sie in Wirklichkeit nie erlebt haben, sei bereits geschehen. Begreifen Sie?«

»Einen Moment«, sagte Mary nachdenklich. »Sie meinen...«

»Nehmen wir ein Beispiel«, unterbrach Jeems in lebhafter Begeisterung. »Gehen wir einmal davon aus, Sie verspürten den heißen Wunsch... na, sagen wir, Mr. Powells Ehefrau zu sein und mit ihm eine Familie zu gründen. Klar?«

Mary errötete. »Klar«, bestätigte sie mit gepreßter Stimme. Im ersten Moment verlangte es Powell danach, diesen gutwilligen jungen Normalen in Grund und Boden zu stampfen.

»Nun«, erläuterte Jeems in unschuldiger Ahnungslosigkeit weiter, »nehmen wir ferner an, Sie gerieten aus dem psychischen Gleichgewicht. Dann könnten Sie zu der unerschütterlichen Überzeugung kommen, Sie seien mit Mr. Powell verheiratet und hätten drei Kinder. Das wäre ein Fall von Déjà Éprouvé. Und nun gehen wir hin und synthetisieren für einen Patienten ein artifizielles Déjà Éprouvé. Wir verwirklichen seinen katatonischen Fluchtwunsch. Wir machen das Ereignis wahr, das er sich wünscht. Wir lösen seinen Verstand von den unteren Schichten und senden ihn zurück in den Mutterleib, ermöglichen ihm das Erlebnis, wieder zu einem ganz neuen Leben geboren zu werden. Verstehen Sie?«

»Ja, verstehe.« Mary versuchte zu lächeln, während ihre Selbstbeherrschung wiederkehrte.

»An seiner geistigen Oberfläche – auf der bewußten Ebene – durchläuft der Patient seine gesamte persönliche Entwicklung von vorn, aber in wesentlich kürzerem Zeitraum. Säuglingsalter, Kindheit, Jugend, schließlich wieder Reife.«

»Sie meinen, Barbara D'Courtney wird wieder wie ein Kleinkind sein... wieder sprechen und laufen lernen müssen?«

»Richtig. Ganz richtig. Völlig richtig. Nimmt ungefähr drei Wochen in Anspruch. Sobald ihr Bewußtsein die Gegenwart wieder eingeholt hat, wird sie dazu imstande sein, die Realität zu ertragen, vor der sie die Flucht ergriffen hat. Sie wird sozusagen hineinwachsen. Wie gesagt, dieser Vorgang betrifft nur die Bewußtseinsebene. Darunter bleibt ihr Geist unangetastet. Sie können ohne weiteres eine Introvision vornehmen. Das einzige Problem ist... unterhalb der Bewußtseinsschicht dürfte sie stark verängstigt sein. Verstört. Wahrscheinlich werden Sie dabei Schwierigkeiten haben, das zu erfahren, was Sie wissen wollen. Aber das ist ja eine Eigentümlichkeit Ihres Berufs. Sie werden schon wissen, was Sie zu tun haben.« Unvermittelt erhob sich Jeems. »Ich muß zurück in die Klinik.« Er schlenderte zur Haustür. »Hat mich gefreut, daß ich Ihnen behilflich sein konnte. Es ist mir immer ein Vergnügen, mit ESPern zusammenzuarbeiten. Ich kann diese Feindseligkeit nicht begreifen, die man den ESPern neuerdings entgegenbringt...« Er ging.

›Mmm. Das war ein äußerst bedeutsames Abschiedswort.‹

›Was hat er damit gemeint, Lincoln?‹

›Unseren teuren Freund Ben Reich. Reich hat eine Anti-ESPer-Kampagne angeleiert. Du kennst doch dergleichen... ESPer betreiben Geheimbündelei, verdienen kein Vertrauen, können niemals Patrioten sein, sie sind interplanetarische Verschwörer, sie fressen kleine Kinder &&&.‹

›(Ekel) Und er unterstützt die Liga Patriotischer ESPer. Ein widerwärtiger und sehr gefährlicher Mann. (Abscheu)‹

›Gefährlich, ja, aber durchaus nicht widerwärtig, Mary. Er besitzt Charme. Deshalb ist er doppelt gefährlich. Die Leute meinen immer, den Schurken müsse die Schlechtigkeit im Gesicht ablesbar sein. Aber vielleicht können wir uns um Reich kümmern, ehe es zu spät ist. Sei so nett und hole Barbara herunter, Mary.‹

Mary brachte das Mädchen aus dem Obergeschoß herab und ließ es sich auf die niedrige Estrade setzen. Barbara saß still wie eine Statue. Mary hatte ihr ein blaues Leotard angezogen, ihr blondes Haar zurückgekämmt und es mit einem blauen Band zu einem Pferdeschwanz gebunden. Barbara wirkte wie eine hübsche Wachsfigur: frisch abgestaubt und poliert. *›Äußerlich schön. Im Innern verwüstet. Verfluchter Reich!‹*

›Was ist denn nun mit ihm?‹

›Ich hab's dir doch erzählt, Mary. Ich war so wütend über Chooka Froods Blödsinn, daß ich's dieser rotborstigen Made Quizzard und seiner Frau gegeben habe... Und als ich im Stockwerk drüber Reich bemerkte, da dachte ich: Wenn er mir die Zähne zeigt, muß ich sie ihm eben einschlagen. Ich...‹

›Was hast du mit Quizzard angestellt?‹

›Ihm einen Basis-Neuro-Schock verpaßt. Wenn du demnächst einmal ins Labor kommst, erklären wir's dir. Sobald du zur Einser aufsteigst, bringen wir's dir bei. Die Wirkung ähnelt der des Neuronen-Scramblers, ist jedoch psychogenetischer Natur.‹

›Tödlich?‹

›Hast du den ESPer-Eid vergessen? Selbstverständlich nicht!‹

›Und du hast Reich durch die Decke über dir wahrgenommen, die euch trennte? Wie das?‹

›TW-Reflektion. Das Voyeur-Zimmer hat keinen Lautsprecher, sondern offene Akustikkanäle. In dieser Beziehung irrte sich Reich. Seine Gedanken sickerten durch die Verbindung abwärts, und ich schwöre dir, ich hoffte, er besäße genug Mumm zum Schießen. Ich wollte ihm einen BNS hinaufdonnern, der hätte Fallgeschichte gemacht.‹

›Und warum schoß er nicht?‹

›Ich weiß es nicht, Mary. Ich weiß es wirklich nicht. Er sah selber genug gute Gründe, um uns beide zu töten. Er hielt sich für unangreifbar... dort über uns. Er ahnte nichts vom BNS, owohl Quizzards plötzlicher Sturz auf die Fresse ihm natürlich verdächtig vorkam. Aber er konnte einfach nicht schießen.‹

›Aus Furcht?‹

›Reich ist kein Feigling. Er hatte keine Furcht. Es war ihm schlichtweg unmöglich. Ich weiß nicht, wieso. Vielleicht ist's bei der nächsten Gelegenheit anders. Deshalb habe ich Barbara D'Courtney hier in meinem Haus untergebracht. Hier ist sie sicher.‹

›In der Kingston-Klinik wäre sie auch in Sicherheit gewesen.‹

›Nicht sicher genug in Anbetracht der Arbeit, die ich tun will.‹

›?‹

›In ihrem hysterischen Zustand ist der Ablauf des Mordes in allen Einzelheiten eingeschweißt. Zu dieser Erinnerung muß ich vordringen... Stück um Stück. Wenn ich sie habe, kriege ich auch Reich.‹

Mary stand auf. ›*Dann gehe ich jetzt.*‹

›*Setz dich hin, ESPer! Was glaubst du, warum ich dich hergebeten habe? Du bleibst hier bei dem Mädchen. Man darf es nicht allein lassen. Ihr beide bezieht mein Schlafzimmer. Ich richte mich im Arbeitszimmer ein.*‹

›*Nicht so hastig, Lincoln. Auch beim Denken soll man sich nicht überschlagen. Du empfindest Verlegenheit. Laß sehen, ob ich mich durch deine Barriere schlängeln kann.*‹

›*Mary...*‹

›*Nichts da, Mr. Powell.*‹ Mary brach in ein Gelächter aus. ›Das ist es also! Du willst mich als Anstandsdame. Ein viktorianischer Brauch, oder? So bist du eben, Lincoln. Ausgesprochen atavistisch.‹

›Das nenne ich eine Lüge. In gebildeten Kreisen gelte ich als der progressivste...‹

›Und was ist das für ein Gedankenbild? Ach nein! Die Ritter der Tafelrunde. Darunter Sir Galahad Powell. Und dahinter ist noch etwas. Ich...‹ Plötzlich versiegte ihr WM, und sie erbleichte.

›*Worauf bist du gestoßen?*‹

›*Lassen wir das beiseite.*‹

›*Oh, nun komm aber, Mary.*‹

›*Lassen wir's, Lincoln. Versuch's nicht von mir zu erfahren. Wenn du's noch nicht selbst festgestellt hast, ist es besser, du erhältst die Einsicht nicht aus zweiter Hand. Vor allem nicht von mir.*‹

Er musterte sie einen Moment lang neugierig, dann zuckte er die Achseln. ›*Na schön, Mary. Dann gehen wir an die Arbeit.*‹ Er wandte sich an Barbara D'Courtney. »Hilfe, Barbara.«

Augenblicklich ruckte sie auf der Estrade empor in eine Lauschhaltung. Behutsam tastete er sich in ihren Geist vor: Gefühl von Bettüchern... eine leise, entfernte Stimme... ›*Wessen Stimme, Barbara?*‹ Sie antwortete aus den Tiefen des Unbewußten. »Wer ist da?« ›*Ein Freund, Barbara.*‹ »Hier ist niemand. Niemand. Ich bin allein.« Und sie war allein, lief durch einen Korridor, riß eine Tür auf, stürmte in einen orchideenhaften Raum und sah... ›*Was, Barbara?*‹ »Einen Mann. Zwei Männer.« ›*Wen?*‹ »Geh weg. Bitte geh fort. Ich mag keine Stimmen. Eine Stimme schreit. Schreit in meine Ohren.« Und sie schrie selbst, während vom Schrecken aufgeweckte Instinkte sie vor einer undeutlichen Gestalt zurückweichen ließen, die sich nach ihr streckte, um sie von ihrem Vater fernzuhalten. Sie sprang zur Seite und umkreiste die Männer... ›*Was macht dein Vater, Barbara?*‹ »Er... Halt. Du gehörst nicht hierher. Hier sind nur wir drei. Vater und ich und...« Die verschwommene Gestalt packte sie. Flüchtige Erhellung eines Gesichts; mehr nicht. ›*Schau noch einmal hin, Barbara. Schmaler Kopf. Großer Abstand zwischen den Augen. Gerade, wie gemeißelte Nase. Kleiner, schmaler, aber doch empfindsamer Mund. Schmal wie eine Narbe. Ist das der Mann? Sieh dir das Bild an. Ist das der Mann?*‹ »Ja. Ja. Ja.« Und alles verschwand. Sie befand sich wieder auf den Knien, teilnahmslos, puppenhaft, schlaff.

Powell wischte sich Schweiß aus dem Gesicht und führte das Mädchen zurück zur Estrade. Er war stark erschüttert... stärker als Barbara D'Courtney. Ihre Hysterie fing einen Großteil des emotionalen Sturms auf. Er besaß nichts zu seinem Schutz. Er erlebte ihren Schrecken, ihr Entsetzen, ihre ganze Qual unbeschirmt und nackt. ›*Es war Ben Reich, Mary. Hast du die Eindrücke auch alle mitbekommen?*‹

›*Ich konnte nicht so lange dabei bleiben, Lincoln. Ich mußte mich zurückziehen.*‹

›*Reich war es, ganz klar. Die Frage ist bloß, wie hat er ihren Vater umgebracht? Was hat er dazu benutzt? Warum hat der alte D'Courtney sich – nach allem Anschein – überhaupt kein bißchen gewehrt? Ich muß es noch einmal versuchen. Ich tu's ihr ungern an...*‹

›*Ich sehe es ungern, daß du dir selbst so etwas zumutest.*‹

›*Ich muß es.*‹ Er atmete tief ein. »Hilfe, Barbara.«

Wieder ruckte sie auf der Estrade in eine Lauschhaltung hoch. Rasch schlüpfte er unaufdringlich in ihren Geist. ›*Langsam, meine Liebe. Nicht so schnell. Wir haben viel Zeit.*‹ »Du, wieder hier?« ›*Erinnerst du dich an mich, Barbara?*‹ »Nein. Nein, ich kenne dich nicht. Geh weg.« ›*Aber ich bin ein Teil von dir, Barbara. Wir laufen gemeinsam den Korridor entlang. Siehst du? Wir öffnen gemeinsam die Tür. Gemeinsam geht alles viel leichter. Wir helfen einander.*‹ »Wir?« ›*Ja. Barbara, du und ich.*‹ »Aber warum hilfst du mir jetzt nicht?« ›*Wie kann ich dir helfen, Barbara?*‹ »Sieh doch Vater an! Halt ihn auf, hilf mir doch! Halt ihn auf! Halt ihn auf! Hilf mir schreien! Hilf mir! Um Gottes willen, hilf mir!« Wieder kauerte sie auf den Knien; teilnahmslos, puppenhaft, erschlafft.

Powell spürte eine Hand unter seinem Arm und begriff, daß er eigentlich nicht auch knien sollte. Der Leichnam verflüchtigte sich vor seinem geistigen Auge, die Orchideen-Suite verschwand. Mary Noyes bemühte sich, ihn aufzurichten. »Diesmal setzt du dich erst einmal selber hin«, sagte sie mit Entschiedenheit. Er schüttelte den Kopf und wollte Barbara D'Courtney helfen. Er kippte um. ›*Jetzt genügt's aber, Sir Galahad. Du mußt dich für ein Weilchen ausruhen.*‹ Mary richtete das Mädchen auf und geleitete es zur Estrade. Dann kam sie zurück zu Powell. *›Bist du jetzt bereit, dir helfen zu lassen, oder hältst du's für ganz und gar unmännlich?‹*

›Männlichkeit bezieht sich nur aufs Geschlecht. Vergeude keine Zeit damit, mir beim Aufstehen helfen zu wollen. Was wir nun brauchen, ist Grips. Wir sitzen in der Tinte.‹

›Was hast du herausgefunden?‹

›D'Courtney wünschte ermordet zu werden.‹

›Nein!‹

›Doch er wollte sterben. Er kann ohne weiteres unter Reichs Augen Selbstmord verübt haben. Barbaras Erinnerung ist in dieser Hinsicht wirr. Dieser Punkt muß schnellstens geklärt werden. Ich muß mit D'Courtneys Arzt sprechen.‹

›Das war Sam @kins. Er und Sally sind in der vergangenen Woche zurück zur Venus geflogen.‹

›Dann muß ich eben hin. Vielleicht kann ich den Zehn-Uhr-Raumer noch erwischen. Ruf bitte Idlewild an.‹

ESPer Dr. psi med. 1 Sam @kins nahm je Stunde einer Analyse 1000,- Kr. ein. Die Allgemeinheit wußte, daß Sam im Jahr 2 Mio. Kr. verdiente, ahnte jedoch nicht, daß er tüchtig drauf und dran war, sich mit Wohltätigkeitsanstrengungen umzubringen. @kins war ein Pionier des langfristigen Bildungsprogramms des ESPer-Verbandes und Wortführer der sogenannten Umwelt-Gruppe, die die Ansicht vertrat, daß die Fähigkeit der Telepathie keine kongenitale Eigenschaft sei, sondern vielmehr eine latente Begabung jedes lebenden Organismus, die man durch eine sachgerechte Ausbildung entwickeln und entfalten könne. Infolgedessen war Sams Wüstenwohnsitz im grellen, dürren Tafelland außerhalb Venusbergs ständig mit Wohltätigkeitsfällen überlaufen. Jeden Fall aus den unteren Einkommensschichten, dem er begegnete, lud er zu sich ein und ließ sich vom Betroffenen seine Probleme ausbreiten, und während er sie löste, versuchte er unter seinen Patienten behutsam die Telepathie zu fördern. Sams Überlegung, worauf sich seine Arbeit stützte, war ganz einfach. Wenn die ESP, um dies Beispiel zu nehmen, sozusagen eine Frage der Ausbildung unbeanspruchter Muskeln war, bestand die Möglichkeit, daß die Mehrheit der Menschen sie nur aus Trägheit oder Mangel an Gelegenheit nicht zur Entfaltung brachte. Aber unterm Druck einer persönlichen Krise kann ein Mensch sich keine Bequemlichkeit erlauben; und Sam stellte sich zur Verfügung, um Gelegenheit und Beanspruchung zu gewährleisten. Bisher konnte er als Resultat einen Anteil von 2% entdeckter Latenter vorweisen; damit lag er unterm Durchschnitt, den das Verbands-Institut mit seinen Maßnahmen erzielte, aber Sam verlor nicht den Mut, sondern blieb unentwegt tätig.

Powell traf ihn an, während er durch den Steingarten seiner Wüstenbehausung streifte und unbarmherzig, in der Einbildung, er pflege den Garten, jede noch so kümmerliche Wüstenpflanze ausmerzte; dabei führte er gleichzeitig seine Gespräche mit dem Dutzend depressiv gestimmter Leute, das ihm wie eine Schar Welpen durch den Garten folgte. Die endlose Wolkendecke der Venus verbreitete verwaschene Helligkeit. Sams Glatze leuchtete rosafarben. Er schnaufte unablässig und schalt mit Pflanzen gleichermaßen wie mit Patienten. »Verdammt noch mal! Versuchen Sie mir nicht weiszumachen, das sei eine Glühwarze. Das ist Unkraut. Glauben Sie, ich erkenne kein Unkraut? Geben Sie mir die Harke, Bernard.«

Ein kleinwüchsiger Mann in schwarzer Kleidung reichte ihm die Harke. »Mein Name ist Walter, Dr. @kins«, sagte er.

»Und daraus besteht Ihr ganzes Problem«, brummte @kins, während er ein sukkulentes rotes Gewächs ausriß. Es wechselte in prismatischer Hysterie seine Farben und äußerte ein klägliches Jaulen, das bewies, daß es sich weder um Unkraut noch die beliebte Glühwarze handelte, sondern um den Unruhestifter Venusisches Weidenkätzchen. @kins betrachtete es mit sichtbarer Abneigung, während die in den Blasen der Pflanze gespeicherte Luft herauswinselte. Dann richtete er seinen Blick auf den Kleinwüchsigen. »Semantische Flucht, Bernard. Sie leben in den Begriffen des Nominellen, nicht in der Wirklichkeit. Sie fliehen vor der Realität. Wovor laufen Sie davon, Bernard?«

»Ich hatte gehofft, Dr. @kins«, antwortete Walter, »das könnten Sie mir sagen.«

Stumm gesellte sich Powell zu der Gruppe und hatte an ihrem Anblick sein stilles Vergnügen. Er ähnelte einer Illustration in einer primitiven Bibel. Sam, ein schlechtgelaunter Messias, maulte mit seinen ehrfürchtigen Jüngern herum. Ringsum glitzerten die Silikatgesteine des Steingartens, kunterbunt durchsetzt mit dürren venusischen Pflanzen. In der Höhe die blendende, perlmuttartige Helle; im Hintergrund, so weit das Auge reichte, in Rot, Purpur und Violett das Brachland des Planeten. »Sie erinnern mich an unseren Rotschopf«, quengelte @kins, an Walter/Bernard gewandt. »Wo steckt diese Pseudo-Kurtisane überhaupt?«

Ein hübsches rothaariges Mädchen schob sich durch die Umstehenden und setzte ein gekünsteltes Lächeln auf. »Hier bin ich, Dr. @kins.«

»Na-na, bilden Sie sich bloß nichts ein, weil ich Ihnen ein Schildchen angehängt habe.« @kins musterte die Rothaarige mit finsterer Miene. *›Sie sind saumäßig selbstzufrieden, weil Sie eine Frau sind, was?‹* fügte er im TW-Bereich hinzu. *›Ihre Selbstzufriedenheit ist Ihr Surrogat fürs reale Erleben. Ausdruck Ihres Hirngespinstes. ›Ich bin eine Frau‹, reden Sie sich ein, ›deshalb begehren mich die Männer. Es genügt mir, zu wissen, daß viele tausend Männer mich nehmen würden, wenn ich sie ließe. Das ist genausogut, als hätten sie mich gehabt.‹ Pustekuchen! So können Sie sich nicht vor der Realität drücken. Sexualität ist kein So-tun-als-ob. Das Leben ist kein So-tun-als-ob. Jungfräulichkeit ist kein Ideal.‹* Ungnädig wartete @kins auf irgendeine Reaktion, aber das Mädchen lächelte nur unverdrossen sein affektiertes Lächeln und warf sich vor ihm in Positur. *›Hat jemand mitbekommen, was ich ihr erklärt habe?‹* forschte er ungeduldig nach.

›Ich, Meister.‹

›Lincoln Powell! Nicht möglich! Was machen Sie denn hier? Woher haben denn Sie sich angeschlichen?‹

›Von Terra, Sam. Bin nur für eine kurze Unterhaltung hier und kann nicht lange bleiben. Mit dem nächsten Raumschiff fliege ich zurück.‹

›Konnten Sie nicht über die Interplanetar-Kommunikation anrufen?‹

›Es geht um eine ganz verwickelte, heikle Sache, Sam, über die man sich am besten nur in ESP verständigt. Nämlich um den Fall D'Courtney.‹

›Oh. Aha. Hm-hm. Na schön, ich stehe Ihnen in einer Minute zur Verfügung. Lassen Sie sich inzwischen etwas zu trinken geben.‹ @kins sandte eine Art von telepathischem Trompetenstoß aus *›SALLY! BESUCH!‹* Ein Patient @kins' zuckte scheinbar grundlos zusammen, und sofort wandte der ESPer sich ihm erregt zu. »Sie haben das gehört, stimmt's?«

»Nein, Dr. @kins. Ich habe nichts gehört.«

»Doch, haben Sie. TW haben Sie aufgefangen.«

»Nein, Dr. @kins.«

»Warum sind Sie dann zusammengezuckt?«

»Irgendein Ungeziefer hat mich gestochen.«

»O nein«, schnauzte @kins. »In meinem Garten gibt's kein Ungeziefer! Sie haben wahrgenommen, wie ich meiner Frau telepathisch etwas mitteilte.« Plötzlich entfesselte er eine TW-Turbulenz. *›IHR KÖNNT MICH ALLE HÖREN! LEUGNET ES NICHT! WOLLT IHR DENN NICHT, DASS EUCH GEHOLFEN WIRD?! ANTWORTET. VORWÄRTS! ANTWORTET.‹*

Powell fand Sally @kins im kühlen, geräumigen Wohnzimmer des Hauses vor. Aus dem Innern des Gebäudes konnte man jederzeit den Himmel sehen. Auf der Venus regnete es niemals. Eine Plastikkuppel genügte als Schutz vorm Gleißen des siebenhundert Stunden langen Venus-Tags. Und sobald die ebenfalls siebenhundert Stunden lange Venus-Nacht anbrach und sich ihre tödliche Kälte ausbreitete, packte die Familie @kins ihre Siebensachen und zog sich zurück in ihre geheizte Wohneinheit in Venusberg. Auf der Venus spielte sich das gesamte Leben in Dreißig-Tage-Zyklen ab.

Sam kam ins Wohnzimmer geeilt und trank durstig einen vollen Liter Eiswasser. ›*Zehn Kredit nach Schwarzmarktpreis den Kanal hinab*‹, bemerkte er zu Powell. ›*Wußten Sie das, daß wir auf der Venus einen Wasserschwarzmarkt haben? Und was unternimmt die Polizei dagegen? Na, lassen wir's, Lincoln. Ich weiß, so etwas fällt nicht in Ihr Ressort. Was ist mit D'Courtney?*‹ Powell erläuterte die Problematik. Barbara D'Courtneys Erinnerung an den Tod ihres Vaters ließ zwei Interpretationen zu. Entweder hatte Reich D'Courtney ermordet, oder er war lediglich Augenzeuge von D'Courtneys Selbstmord geworden. Vater Moses würde auf zweifelsfreier Aufklärung bestehen. ›*Ich verstehe. Die Antwort lautet: Ja, D'Courtney neigte zum Suizid.*‹

›*Er war lebensmüde? Wieso?*‹

›*Er stand vorm Zusammenbruch. Seine Adaptionsfähigkeit zerfiel. Infolge emotionaler Erschöpfung hatte er Regressionstendenzen und befand sich am Rande zur Selbstzerstörung. Deshalb bin ich ja so überstürzt nach Terra geflogen, um ihm diesen Unsinn auszureden.*‹

›*Hmmm. Das ist ein schwerer Schlag für mich, Sam. Dann könnte er sich also eigenhändig durch den Kopf geschossen haben, wie?*‹

›*Was? Sein Kopf war durchschossen?*‹

›*Ja. Hier die Einzelheiten im Gedankenbild. Wir wissen nicht, was für eine Waffe benutzt worden ist, aber ...*‹

›*Einen Moment. Jetzt kann ich Ihnen eine klare Auskunft geben. Wenn D'Courtney auf solche Weise umgekommen ist, dann hat er mit Gewißheit keinen Selbstmord begangen.*‹

›*Wieso?*‹

›*Er hatte sich auf Gift fixiert. Er trug sich mit dem Gedanken an Freitod durch Narkotika. Sie kennen sich mit Selbstmördern selbst genug aus, Lincoln. Sobald sie sich einmal für eine bestimmte Todesart entschieden haben, weichen sie niemals davon ab. D'Courtney muß ermordet worden sein.*‹

›Nun kommen wir ja urplötzlich ganz schön flott weiter, Sam. Sagen Sie, warum war D'Courtney so darauf versessen, sich zu vergiften?‹

›Belieben Sie zu scherzen? Wenn ich das wüßte, wäre er's nicht lange gewesen. Ich bin verdammt unglücklich über diese Geschichte, Powell. Reich hat mir diesen Fall in einen Mißerfolg verwandelt. Ich hätte D'Courtney retten können. Ich ...‹

›Haben Sie darüber Vermutungen angestellt, aus welcher Ursache sich D'Courtneys psychische Struktur zersetzte?‹

›Ja. Er suchte nach rigorosen Schritten, um tiefen Schuldgefühlen zu entgehen.‹

›Schuldgefühlen wodurch?‹

›Wegen seines Kindes.‹

›Barbara? Weshalb? Inwiefern?‹

›Keine Ahnung. Er rang mit irrationalen Symbolen des Aufgebens ... des Verlassens ... der Scham und des Abscheus ... der Feigheit. Wir hatten eine gründliche Analyse vor. Mehr weiß ich nicht.‹

›Könnte Reich davon erfahren und darauf gebaut haben? Unser Vater Moses wird über diesen Umstand Klarheit wünschen, wenn wir ihm den Fall vorlegen.‹

›Reich könnte es erraten ... Nein. Ausgeschlossen. Er hätte der Hilfe eines Experten ...‹

›Warten Sie, Sam. Da verbirgt sich etwas unter dieser Überlegung. Das möchte ich gern auch mitbekommen, wenn's geht ...‹

›Bitteschön. Mein Bewußtsein ist offen.‹

›Versuchen Sie mir nicht zu helfen. Sie bringen bloß alles durcheinander. Langsam ... Assoziation mit einer Feier ... Party ... ein Gespräch auf .. meiner Party! Im vergangenen Monat. Gustus Tate, selber Spezialist, jedoch auf Ratschlag in einem ähnlichen Fall bedacht, wie er sagte. Da jemand wie Tate Rat suchte, nahmen Sie an, daß sein Patient tatsächlich Hilfe bitter nötig hätte ...‹ Powell war so fassungslos, daß er laut sprach. »Na, was soll man nun von diesem ESPer halten?!«

»Was von welchem?«

»Gustus Tate war in der Nacht, als man D'Courtney ermordete, auf der Party der Beaumont. Er kam mit Reich. Aber ich hatte noch Hoffnung ...«

›Lincoln, ich kann's nicht glauben!‹

»Ich habe mich auch bis jetzt dagegen gewehrt, es zu glauben, aber nun haben wir die Bescherung. Der kleine Gustus Tate war Reichs Spezialist. Der kleine Gustus hat für ihn Vorarbeit geleistet. Er hat Sie angezapft und seine Erkenntnisse an einen Mörder weitergegeben. Der gute alte Gustus. Welchen Preis mag der ESPer-Eid wohl heutzutage haben?«

»Was für ein Preis ist die Demolition!« antwortete @kins heftig.

Von irgendwo im Innern des Hauses kam eine Mitteilung von Sally @kins. *›Lincoln, ein Anruf.‹*

»O verdammt! Nur Mary weiß, daß ich hier bin. Hoffentlich ist der D'Courtney-Tochter nichts zugestoßen.« Powell eilte durch den Flur zur Nische mit dem V-fon. Schon aus der Entfernung sah er auf dem Bildschirm Becks Gesicht. Beck sah ihn im gleichen Moment und winkte aufgeregt. Er begann zu sprechen, bevor sich Powell in Hörweite befand.

»... mir gesagt, wo Sie zu erreichen sind. Ein Glück, daß Sie da sind, Chef. Wir haben genau sechsundzwanzig Stunden Zeit.«

»Moment mal, Jax. Fangen Sie ganz von vorn an.«

»Der Rhodopsin-Knabe, Dr. Wilson Jordan, ist vom Callisto zurück. Durch Ben Reichs Gunst ist er nun ein begüterter Mann. Ich bin mit ihm zurückgeflogen. Er hält sich für sechsundzwanzig Stunden hier auf, um seine Angelegenheiten zu regeln, dann setzt er sich auf dem Callisto auf seinem nagelneuen Besitz zur Ruhe. Wenn Sie irgend etwas von ihm wollen, kommen Sie am besten schnellstens zur Erde.«

»Will Jordan aussagen?«

»Würde ich Sie dann über die Interplanetar-Kommunikation anrufen? Nein, Chef. Er hat am Reichtum Geschmack gefunden. Außerdem ist er Reich dankbar, weil er – wie Jordan sich ausdrückte – großzügig auf die Wahrnehmung seiner Rechte verzichtete und damit ihn – Dr. Jordan – und die Gerechtigkeit begünstigt habe. Wenn Sie darauf Wert legen, versuchen Sie besser selbst, aus ihm etwas herauszuholen, solange er sich noch auf der Erde befindet.«

»Und dies hier«, sagte Powell, »ist das Laboratorium unseres Verbandes, Dr. Jordan.« Jordan war beeindruckt. Das gesamte Dachgeschoß des Verbandsgebäudes war für Forschungszwecke eingerichtet. Es bestand aus einer runden Räumlichkeit mit einem Durchmesser von nahezu zweihundertfünfzig Metern, überwölbt von einem doppelschichtigen Kuppeldach aus regulativem Quarz, womit sich die Lichtverhältnisse von größter Helligkeit bis zu völliger Finsternis einschließlich monochromem Licht innerhalb $^1/_{10}$ Ångström abstufen ließen. Gegenwärtig, zur Mittagszeit, war der Sonnenschein leicht moduliert, so daß er die Tische und Bänke, die Kristalle und silbernen Apparaturen sowie die Laboranten in ihren Coveralls mit sanftem pfirsichfarbenem Licht überflutete. »Sollen wir uns ein wenig umschauen?« schlug Powell freundlich vor.

»Ich habe wenig Zeit, Mr. Powell, aber...« Jordan zögerte.

»Natürlich. Es ist sehr liebenswürdig von Ihnen, uns eine Stunde Ihrer kostbaren Zeit zu opfern. Wir brauchen Ihre Hilfe wirklich sehr dringend, Dr. Jordan.«

»Wenn es irgend etwas mit dem Fall D'Courtney zu tun hat...«, begann Jordan.

»Welchem Fall? Ach so! Dem Mord. Wie kommen Sie denn nun darauf?«

»Man hat mich beschattet«, entgegnete Jordan unwirsch.

»Ich versichere Ihnen, Dr. Jordan, wir interessieren uns für Ihren Rat in unseren wissenschaftlichen Forschungen, nicht für Hinweise in einem Mordfall. Was bedeutet einem Wissenschaftler schon ein Mord? An so etwas haben wir kein Interesse.«

Jordan entkrampfte sich ein bißchen. »Da haben Sie recht. Man braucht sich nur dies Laboratorium anzusehen, um das zu begreifen.«

»Sollen wir einen Rundgang machen?« Powell nahm Jordans Arm. Zugleich wandte er sich telepathisch an die gesamte Belegschaft des Laboratoriums. *›Aufgepaßt, ESPer! Wir führen heute ein neues Stück auf.‹*

Ohne ihre Tätigkeit zu unterbrechen, antworteten die Labor-Techniker mit einem telepathischen Vulkanausbruch von Spötteleien. *›Wer hat den Wind aus den Segeln gestohlen, Powell?‹* überlagerte eine rauhbeinig höhnische Bemerkung die allgemeine Flut ironischer Anzüglichkeiten. Diese Äußerung bezog sich anscheinend auf ein obskures Ereignis in der unrühmlichen Laufbahn von Powells Falschem Freund, von dem niemals jemand genaue Kenntnis erhalten hatte, dessen Erwähnung Powell jedoch unweigerlich zum Erröten brachte. So geschah es auch diesmal. Ein lautloses gedankliches Gekicher erfüllte den Raum.

›O nein, ESPer, dies ist eine todernste Sache. Mein ganzer Fall hängt in seinem weiteren Verlauf von etwas ab, das ich diesem Mann entlocken muß.‹ Augenblicklich verflog die Belustigung. *›Es handelt sich um Dr. Wilson Jordan‹*, gab Powell bekannt. *›Er ist Spezialist in Visualphysiologie und verfügt über Kenntnisse, die ich ihm aus der Nase zu ziehen beabsichtige. Er soll sich unter uns wie ein Vater fühlen können. Seid so gut und breitet vor ihm irgendwelche absonderlichen Probleme aus dem Bereich des Visuellen aus. Bringt ihn zum Reden.‹*

Sie wandten sich einzeln, paarweise und in Grüppchen an Jordan. Ein rotschopfiger Forscher, der in Wirklichkeit an einem Transistor zur Speicherung von TW-Impulsen arbeitete, erdichtete im Handumdrehen den Sachverhalt, daß die optische TW-Übermittlung astigmatischen Verzerrungen unterläge, und ersuchte Jordan kriecherisch um seine Meinung. Zwei hübsche Mädchen, die ihre Arbeit völlig der ärgerlichen Sackgasse TW-Teletransmission widmeten, fragten Jordan, warum sich bei der Übermittlung von Gedankenbildern immer Farbverschiebungen ergäben; das war allerdings gar nicht der Fall. Das japanische Team, lauter Experten für den ExtraSensorik-Nodus, dem Zentrum der TW-Perzeption, vertrat vor Jordan hartnäckig die Auffassung, der Nodus grenze unmittelbar an den Sehnerv (obwohl mehr als zwei Millimeter beide voneinander trennten), und bedrängten ihn mit höflich gelispelten Floskeln und trügerischen Argumenten. »Bitte entschuldigen Sie die Störung«, sagte Powell um 13 Uhr, »aber die Stunde, die Sie uns freundlicherweise zur Verfügung stellen wollten, ist nun herum, Dr. Jordan, und Sie haben sich ja um wichtige Angelegenheiten zu...«

»Ja, sicher, sicher, schon recht«, unterbrach ihn Jordan. »So, lieber Kollege, wenn Sie nun eine Übertragung des optischen...« Usw.

Um 13 Uhr 30 erinnerte Powell ihn erneut daran, wie die Zeit verstrich. »Es ist jetzt halb zwei, Dr. Jordan, und um fünf startet Ihr Raumer. Ich glaube, Sie müssen nun wirklich...«

»Haben noch Zeit genug. Genug Zeit. Mit Mädchen und Raumschiffen ist's das gleiche, man kriegt immer noch ein anderes... Tatsache ist, werter Kollege, daß in Ihrer bewundernswerten Leistung ein wesentlicher Fehler steckt. Sie hätten den lebenden Nodus einmal mit einem Vitalfarbstoff testen sollen, vielleicht Ehrlich-rot oder Gentian-Violett. Ich würde vorschlagen...« Usw. usf.

Um 14 Uhr trug man kalte Platten auf, ohne daß die Großveranstaltung des menschlichen Verstandes eine Unterbrechung erfuhr. Um 14 Uhr 30 bekannte Dr. Jordan, aus Begeisterung errötet und zapplig, daß die Vorstellung, als Geldmann auf Callisto herumzusitzen, ihm mißfiel. Dort gebe es keine Wissenschaftler. Kein Geistesaustausch sei möglich. Nichts von der Qualität dieser außergewöhnlichen Forschungsstätte. Um 15 Uhr vertraute er Powell an, auf welche undurchschaubare Weise er zu seinem Grundbesitz gelangt sei. Anscheinend habe es ursprünglich Craye D'Courtney gehört. Der alte Reich (Ben Reichs Vater) müsse es ihm einmal auf die eine oder andere Weise abgegaunert und seiner Frau überschrieben haben. Nach deren Tod fiel es ihrem Sohn zu. Ben Reich, dieser schräge Vogel, müsse wohl nun Gewissensbisse verspürt haben, denn er habe auf den Rechtstitel verzichtet und ihn durch irgendwelches juristisches Wischiwaschi ihm, Jordan, zugespielt. »Und er dürfte noch jede Menge mehr auf dem Kerbholz haben«, sagte Jordan. »Was mir nicht alles unter die Augen geraten ist, während ich für ihn arbeitete! Aber alle Finanziers sind krumme Hunde. Sind Sie nicht auch dieser Meinung?«

»Von Ben Reich kann ich mir das gar nicht vorstellen«, entgegnete Powell, als sei ihm die vornehmste Denkungsart zu eigen. »Ich finde ihn ziemlich bewunderungswürdig.«

»Natürlich, natürlich«, pflichtete Jordan ihm hastig bei. »Immerhin hat er wenigstens ein Gewissen. Das ist schon bewunderungswert. Ich möchte nicht, daß er mich für...«

»Freilich.« Powell verwandelte sich in einen Mitverschwörer und nahm Jordan mit einem freundschaftlichen Grinsen vollständig für sich ein. »Als Wissenschaftler können wir die Zustände beklagen. Aber als Männer von Welt können wir sie nur gutheißen.«

»Sie verstehen das völlig richtig.« Jordan schüttelte Powell überschwenglich die Hand.

Und um 16 Uhr setzte Dr. Jordan den mittlerweile kniefälligen Japaner davon in Kenntnis, daß er diesen prachtvollen jungen Wissenschaftlern mit Freuden seine geheimste Errungenschaft in der Erforschung des Sehpurpurs anvertrauen wolle, um ihre Arbeiten zu unterstützen. Er gedenke die Fackel der Wissenschaft der nächsten Generation zu übergeben. Mit feuchten Augen und erstickter Stimme, die verkörperte Rührseligkeit, erläuterte er zwanzig Minuten lang in allen Einzelheiten den Rhodopsin-Ionicator, den er für die Monarch entwickelt hatte.

Um 17 Uhr begleiteten die Wissenschaftler des ESPer-Verbandes Dr. Jordan in feierlicher Verabschiedung zu dem Raumschiff zum Callisto. Sie stapelten in seiner Luxuskabine Geschenke auf und behäuften alles mit Blumen; sie schwatzten ihm die Ohren mit aus Dankbarkeit geschwollenen Verheißungen voll, und er startete mit dem angenehmen Bewußtsein zum vierten Jupiter-Mond, der Wissenschaft handfest gedient zu haben, ohne daß seinem duften, großzügigen Förderer, Mr. Benjamin Reich, ein Schaden entstand.

Barbara kroch lebhaft auf allen vieren durchs Wohnzimmer. Sie war eben gefüttert worden, und ihr Gesicht war verklebt. »Hajajajajaja«, sagte sie. »Haja.«

›Mary! Komm schnell! Sie spricht!‹

›Nicht möglich!‹ Mary kam aus der Küche gelaufen. *›Was hat sie gesagt?‹*

›Sie hat mich Papa genannt.‹

»Haja«, sagte Barbara. »Hajajajajajaja.«

Mary schalt ihn. *›Nichts dergleichen sagt sie. Sie sagt Haja.‹* Verärgert kehrte sie zurück in die Küche.

›Sie meint Papa. Ist es vielleicht ihre Schuld, daß sie noch zu jung ist, um richtig zu artikulieren?‹ Powell kniete sich neben Barbara nieder. »Sag Papa, Kindchen. Papa? Papa? Sag Papa.«

»Haja«, antwortete Barbara mit zauberhaftem Seibern.

Powell gab es vorerst auf, sie berichtigen zu wollen. Durch ihr Bewußtsein drang er in die Tiefen des Unbewußten vor. *›Hallo, Barbara.‹*

»Du bist wieder da?«

›Erinnerst du dich an mich?‹

»Ich weiß nicht.«

›Klar, du erinnerst dich. Ich bin der Bursche, der sich immer in diesen Wirbel in deinem Innersten einmischt. Wir wollen das gemeinsam durchstehen.‹

»Wir zwei allein?«

›Wir beide allein. Weißt du, wer du bist? Möchtest du gerne wissen, warum du hier weitab von allem und einsam bist?‹

»Ich weiß es nicht. Sag's mir...«

›Na, mein liebes Kind, du warst schon einmal so wie jetzt... ein Wesen, das ganz einfach nur da ist. Dann wurdest du geboren. Du hattest eine Mutter und einen Vater. Du bist zu einem hübschen Mädchen mit blondem Haar, dunklen Augen und einer prächtigen, anmutigen Figur herangewachsen. Du bist mit deinem Vater vom Mars zur Erde gereist, und...‹

»Nein. Außer dir gibt es niemanden. Es gibt nur uns beide, uns beide zusammen in dieser Dunkelheit.«

›Du hattest einen Vater, Barbara.‹

»Es gab niemanden. Es gibt niemanden außer uns.«

›So sehr ich's bedaure, meine Liebe, dann müssen wir das Ganze noch einmal durchmachen. Ich bedaure es wirklich, aber da ist etwas, das muß ich unbedingt genau sehen.‹

»Nein. Bitte... nicht. Nur wir beide sind ganz allein beisammen. Bitte, guter Geist...«

›Nur wir beide ganz allein werden das gemeinsam erledigen, Barbara. Bleib dicht bei mir, meine Liebe. Dein Vater war in dem anderen Raum... dem Orchideen-Raum... und plötzlich hatten wir etwas gehört...‹ Powell holte tief Luft. »Hilfe, Barbara«, rief

er. »Hilfe!« Und beide fuhren sie auf zu einer Lauschhaltung. Gefühl von Bettzeug. Kühler Boden unter nackten Füßen, die über ihn dahineilen, durch den scheinbar endlosen Korridor, bis sie über den Boden der Orchideen-Suite klatschen. Schreien, Ausweichen vor Ben Reich, der trotz seiner Verwirrung attackiert, schließlich einen Gegenstand an den Mund des Vaters hebt. Was erhebt? Den Anblick merken. Gut merken, genau wie eine Fotografie. Herrgott! Dieser gräßlich dumpfe Knall. Der Hinterkopf zerplatzt, und der geliebte, bewunderte, verehrte Vater sinkt zusammen, ein schier unglaubliches, aber wahres Geschehen, das das Herz zu zerreißen droht. Stöhnen und über den Fußboden kriechen, aus dem wie wächsernen Gesicht ein stählernes Ding ziehen, das aussieht wie eine entfaltete Blume des Bösen...

›Steh auf, Lincoln! Um Himmels willen, steh auf!‹ Powell spürte, wie Mary Noyes ihn auf die Beine zerrte. Die Luft knisterte von ihrer Entrüstung. *›Kann ich dich denn nicht einen Moment lang allein lassen?! Idiot!‹*

›Habe ich lange hier gekniet, Mary?‹

›Mindestens eine halbe Stunde. Ich kam ins Zimmer und fand euch beide am Boden...‹

›Ich habe, was ich wollte. Es war ein Revolver, Mary. Eine alte Schußwaffe. Deutliches Bild. Sieh's dir an...‹

›Mmmm. Das ist ein Revolver?‹

»Ja.«

›Und woher kann Reich ihn erhalten haben? Aus einem Museum?‹

›Das bezweifle ich. Nun werde ich ganz forsch ins Blaue schießen, in der Hoffnung, daß es mir gelingt, zwei Fliegen mit einer Klappe zu schlagen. Laß mich an den Apparat...‹ Powell latschte zum V-fon und wählte BD 12232. Nach einer Weile erschien Churchs krudes Gesicht auf dem Bildschirm. »Hallo, Jerry.«

»Hallo... Powell.« Vorsichtig. Wachsam

»Hat Gustus Tate bei dir einen Revolver gekauft, Jerry?«

»Einen Revolver?«

»Alte Schußwaffe. Nach Machart des zwanzigsten Jahrhunderts. So etwas war die Tatwaffe im Mordfall D'Courtney.«

»Neee...!«

»Tscha, doch, Jerry. Und ich glaube, der Mörder ist Gustus Tate. Ich habe mich gefragt, ob er die Waffe vielleicht bei dir gekauft hat. Ich würde dir gern ein Bild davon zeigen und mit dir darüber in Ruhe sprechen.« Powell schwieg und sprach dann die nächsten Worte mit besonderer Betonung. »Das wäre mir eine große Hilfe, Jerry, und ich wäre dir dafür sehr verbunden. Ganz außerordentlich zum Dank verpflichtet, Jerry. Erwarte mich. Ich bin in einer halben Stunde dort.« Powell unterbrach die Verbindung. Er blickte Mary an. Er erzeugte das geistige Äquivalent eines Augenzwinkerns. ›*Das müßte unseren kleinen Gustus rüber zu Church scheuchen.*‹

›*Wieso Gustus? Ich dachte, Reich sei...*‹ Sie erfaßte die Zusammenhänge, die Powell bei @kins erkannt hatte. ›*Ach. Jetzt verstehe ich. Es ist eine Falle sowohl für Tate wie auch für Church. Church hat die Waffe an Reich verkauft.*‹

›*Vielleicht. Wie gesagt, ich ziele ins Blaue. Aber schließlich führt Church eine Pfandleihe, und das ist beinahe das gleiche wie ein Museum.*‹

›*Und Tate soll Reich geholfen haben, D'Courtney mit dieser Waffe umzubringen? Ich kann's nicht glauben.*‹

›*Das ist fast eine Gewißheit, Mary.*‹

›*Also willst du die beiden nun gegeneinander ausspielen.*‹

›*Und die beiden gegen Reich. Unsere üblichen polizeilichen Ermittlungsmethoden haben völlig versagt, in jeder Beziehung. Nun muß ich ein paar Tricks aus der ESP-Schatulle zaubern, oder ich bin erledigt.*‹

›*Aber wenn die beiden darauf nicht hereinfallen? Angenommen, sie setzen sich mit Reich in Verbindung?*‹

›*Das können sie nicht. Wir haben Reich aus der Stadt fortgelockt. Keno Quizzard haben wir so zugesetzt, daß er Hals über Kopf abgehauen ist, und Reich ist losgejagt, um ihn zu erwischen und ihm das Maul zu stopfen.*‹

›*Du bist wahrhaftig ein Gauner, Lincoln. Du könntest jemandem den Wind aus den Segeln stehlen.*‹

»Nein«, sagte Powell. »Aber mein Falscher Freund kann das.« Er errötete, küßte Mary, gab auch Barbara D'Courtney einen Kuß, und verließ völlig verwirrt das Haus.

11

In der Pfandleihe war es dunkel. Überm Ladentisch brannte eine einzige Lampe, erzeugte eine Sphäre sanften Lichts. Während die drei Männer sich unterhielten, lehnten sie sich in und aus dem Lichtkreis, so daß ihre Gesichter und gebärdenreichen Hände immer wieder in ruckartiger Plötzlichkeit im Lampenschein erschienen und daraus zurückwichen. »Nein«, sagte mit scharfer Stimme Powell, »ich bin nicht hier, um jemanden zu introvisieren. Ich bin der festen Absicht, mich ans klare mündliche Wort zu halten. Sollen andere ESPer es ruhig als Beleidigung ansehen, in eine mündliche Unterhaltung verwickelt zu werden. Ich betrachte es als einen Beweis des guten Willens und gegenseitigen Vertrauens. Während ich rede, introvisiere ich nicht.«

»Nicht unbedingt«, bemerkte Tate. Sein Zwergengesicht schob sich ins Helle. »Du bist bekannt für deine Durchtriebenheit, Powell.«

»Heute habe ich keine Durchtriebenheiten vor. Überzeugt euch von mir aus davon. Was ich heute herausfinden will, muß als objektiver Sachverhalt gelten können. Ich bearbeite einen Mordfall. Introvisionen würden mir nicht weiterhelfen.«

»Wohinter sind Sie her, Powell?« fragte Church.

»Du hast Gustus Tate einen Revolver verkauft.«

»Den Teufel hat er«, sagte Tate.

»Warum bist du dann eigentlich hier?«

»Mutest du mir wirklich zu, daß ich auf solche Albernheiten in vollem Ernst eingehen soll?«

»Church hat dich gerufen, weil er dir die Waffe verkaufte und auch weiß, wie sie verwendet worden ist.«

Churchs Gesicht erschien im Lampenschein. »Ich habe keine Waffe verkauft, ESPer, und ich weiß nicht, wie, wann oder wo irgendwelche Waffen benutzt worden sind. Das ist meine objektive Aussage zur Sache. Geben Sie sich damit zufrieden.«

»Oh, ich gebe mich damit zufrieden.« Powell lachte gedämpft. »Ich weiß, daß du den Revolver nicht an Gustus verkauft hast. Du hast ihn nämlich Ben Reich verkauft.«

Wieder ruckte Tates Gesicht in den Lichtkreis. »Warum hast du dann...«

»Warum?« Powell blickte Tate in die Augen. »Um dich zu einem kleinen Schwätzchen herzulocken, Gustus. Aber gedulde dich noch einen Moment lang. Zuerst will ich mich mit Jerry verständigen.« Er wandte sich wieder an Church. »Du hattest den Revolver bestimmt hier im Pfandladen. Das ist haargenau die Art von Schrott, die man dir bringt. Reich war hier, um so etwas zu kaufen. Nur zu dir konnte er mit so einem Wunsch kommen. Ihr hattet ja schon früher miteinander Geschäfte gemacht. Ich habe den Chaos-Schwindel noch nicht vergessen...«

»Verfluchter Scheißbulle«, brauste Jerry Church auf.

»Damit hast du dich zum Verband hinausgeschwindelt«, sprach Powell weiter. »Du hast für Reich alles riskiert und alles verloren... und bloß, weil er dich darum gebeten hat, in die Gehirne von vier Börsenbonzen zu schauen und ihm alles brühwarm zu erzählen. Er verdiente dabei eine Million...

ganz einfach, indem er einen dummen ESPer um einen Gefallen bat.«

»Er hat für den Gefallen bezahlt«, rief Church.

»Und nun interessiert mich nur eines«, sagte Powell ungerührt. »Der Revolver.«

»Unterbreiten Sie ein Angebot?«

»Du müßtest mich besser kennen, Jerry. Ich habe dafür gesorgt, daß du aus dem Verband fliegst, weil ich nun einmal der Moralprediger Powell bin, oder nicht? Würde ich dir ein zwielichtiges Angebot machen?«

»Und wie wollen Sie dann bezahlen?«

»Nichts, Jerry. Du mußt mir vertrauen, mir glauben, daß ich dir Gerechtigkeit widerfahren lasse. Ich mache keine Versprechungen.«

»Ich habe ein Versprechen bekommen«, sagte Church leise.

»So? Wahrscheinlich von Ben Reich. Er ist schnell mit Versprechungen zur Hand. Aber manchmal ist er langsam mit der Einlösung. Du mußt dich entscheiden. Vertraue mir oder Ben Reich. Was ist mit dem Revolver?«

Churchs Gesicht verschwand aus dem Lichtschein. Nach einer kurzen Weile antwortete er aus dem Dunkeln. »Ich habe keinen Revolver verkauft, ESPer, und weiß nichts von der Verwendung irgendeines Revolvers. Das ist meine Aussage hier, und das wird meine Aussage vor Gericht sein.«

»Danke, Jerry.« Powell lächelte, hob die Schultern und wandte sich an Tate. »Ich möchte dir lediglich eine Frage stellen, Gustus. Lassen wir ruhig einmal die Tatsache beiseite, daß du mit Reich eine Kumpanei eingegangen bist, daß du Sam @kins nach Informationen über D'Courtney angezapft und damit Reich den Weg geebnet hast... Übersehen wir ruhig einmal, daß du mit Reich die Party der Beaumont besucht und ihn abgeschirmt hast, dort und auch danach...«

›Einen Moment, Powell...‹

»Nur keine Panik, Gustus. Ich möchte nur herausfinden, ob ich richtig gemutmaßt habe, was Reichs Bestechungsmittel betrifft. Er kann dich nicht mit Geld herumgekriegt haben. Dafür verdienst du zuviel. Er kann dich nicht mit Pöstchen verlockt haben. Du bist einer der angesehensten ESPer des Verbandes. Er muß dich mit Macht bestochen haben. Stimmt's? Habe ich recht?« In hysterischer Erregung sah Tate Powells Bewußtsein ein, und die ruhige Sicherheit, die er darin fand, die gleichmütige Gewißheit von Dr. psi Augustus Tates unausweichlichem Untergang, die er darin in Aussicht gestellt sah, jagten dem kleinwüchsigen ESPer gleich mehrfachen Schrecken in die Glieder, so plötzlich, daß er sich nicht sofort fassen konnte. Und er übertrug seine Panik auf Church. Alles verlief, wie Powell es vorgesehen hatte, steuerte dem entscheidenden Moment entgegen, der noch bevorstand. »Reich könnte dir Macht innerhalb seines Einflußbereichs versprochen haben«, redete Powell im Plauderton weiter, »aber das erachte ich als unwahrscheinlich. Er würde nie von seiner Macht etwas abtreten, und du hättest kein Interesse an Macht von seiner Art. Also dürfte er dir Macht unter den ESPern zugesagt haben. Auf welche Weise könnte er sie dir verschaffen? Nun, er pumpt ja Geld in die Liga Patriotischer ESPer... Vielleicht durch einen *coup d'état*? Eine Diktatorschaft im Verband? Wahrscheinlich bist zu ja Mitglied der Liga.«

›*Hör zu, Powell...*‹

»Das ist meine Vermutung, Gustus.« Powells Stimme klang nun härter. »Und ich habe das Gefühl, ich werde meine Vermutung über kurz oder lang bestätigt sehen. Glaubst du denn tatsächlich, wir ließen den Verband von dir und Reich so leicht zerschlagen?«

›*Man wird mir nichts beweisen können. Man kann mir...*‹

»Beweisen? Was?«

›*Dein Wort steht gegen meines. Ich...*‹

»Du kleiner Narr! Warst du noch nie während eines ESPer-Tribunals anwesend? Das läuft nicht ab wie vor einem Gerichtshof, wo man schwört und schwört, und das Gericht darf dann zusehen, wie es herausfindet, wer lügt. Nein, mein kleiner Gustus, so geht das nicht. Dort steht man Rede und Antwort vorm Vorstand, und alle Einser nehmen gemeinsam eine Hirn-Introvision vor. Du bist selbst ein Erstgradiger, Gustus. Vielleicht kannst du dich vor zwei Einsern verschließen... womöglich sogar dreien... aber nicht vor allen. Ich sag's dir, du bist schon jetzt so gut wie erledigt.«

›*Einen Moment, Powell! Einen Moment.*‹ Das Puppengesicht zuckte vor Schrecken. ›*Der Verband weiß Geständigkeit anzurechnen. Ein Geständnis vor der Überführung. Ich sage dir jetzt sofort alles. Alles. Es war eine Verirrung von mir. Aber jetzt sehe ich wieder klar. Wenn man mit so einem verfluchten Psychotiker wie Reich zusammengerät, verfällt man ganz unversehens seiner Verrücktenlogik. Man identifiziert sich mit ihm. Aber jetzt bin ich zur Vernunft gekommen. Erkläre das im Verband. Die ganze Geschichte fing so an... Er kam zu mir wegen eines Alptraums über einen Mann ohne Gesicht. Er...*‹

›*Er kam als Patient?*‹

›Ja. Damit hat er mich hereingelegt. Er hat mich geködert. Aber ich habe ihn mittlerweile durchschaut. Sag im Verband, daß ich bereit bin zur Zusammenarbeit. Ich bin reuig und geständig. Ich will lückenlos aussagen. Church ist dein Zeuge...‹

»Ich bin kein Zeuge«, schnauzte Church ihn an. »Du dreckiges Schwatzweib. Dabei hat Ben Reich versprochen...«

»Halt 's Maul! Glaubst du, ich lege Wert auf vollständige Isolation? Wie's dir ergangen ist? Du warst so verrückt, Ben Reich zu vertrauen. Aber ich bin's nicht, nein, schönen Dank. Ich bin doch nicht irrsinnig.«

»Du Schlappschwanz und Memme von einem ESPer! Denkst du, du kommst so einfach davon?! Glaubst du etwa, daß...«

»Das ist mir alles scheißegal!« keifte Tate. »Ich schlucke Reich zuliebe nicht solche Brocken! Lieber lasse ich ihn vorher hochgehen! Ich gehe vor Gericht, trete in den Zeugenstand und unternehme alles, um Powell zu helfen. Sag das im Verband, Lincoln. Sag Bescheid, daß ich...«

»Du wirst nichts dergleichen tun«, unterbrach Powell ihn barsch.

»Was?«

»Der Verband hat dich ausgebildet. Du bist noch immer Verbandsmitglied. Seit wann darf ein ESPer über seine Patienten quatschen?«

»Aber du benötigst doch Beweise, um Reich zu überführen, oder verstehe ich das alles nicht richtig?«

»Doch, aber ich will sie nicht von dir. Ich beabsichtige nicht, zuzulassen, daß ein ESPer vor einem Gerichtshof mit seinem Wahnsinn auspackt und unseren gesamten Verband in Verruf bringt.«

»Es könnte dich die Stellung kosten, wenn du ihn nicht überführst.«

»Zum Teufel mit meiner Stellung. Ich möchte sie behalten, und ich will auch Reich fassen... aber nicht um diesen Preis. Jeder ESPer kann ein guter Pilot sein, wenn die Kreisbahn ungestört ist, aber man braucht Mumm, um sich an den ESPer-Eid zu halten, sobald es Katzen hagelt. Das müßtest du eigentlich am besten wissen. Dir hat's ja an Mumm gefehlt. Sieh dir einmal selber an, was aus dir...«

»Aber ich will dir ja helfen, Powell.«

»Du kannst mir nicht helfen. Nicht, wenn unsere Ethik auf dem Spiel steht.«

»Aber ich habe ihm Beihilfe geleistet!« schrie Tate. »Und nun läßt du mich unbeachtet. Ist das vielleicht Ethik? Ist das...?«

»Höre sich einer einmal unseren kleinen Gustus an!« Powell lachte. »Er kann die Demolition gar nicht erwarten! Nein, Gustus. Wir erwischen dich, wenn wir Reich haben. Aber ich kann nicht ihn durch dich schnappen. Ich werde diesen Fall in dem Rahmen durchziehen, den der ESPer-Eid mir absteckt.« Er wandte sich ab und verließ den Lichtkreis. Während er durchs Finstere zur Tür ging, wartete er darauf, daß Church anbeiße. Nur dafür, allein für diesen Moment, hatte er den ganzen Auftritt in Szene gesetzt; doch bis jetzt rührte sich nichts am Haken.

Als Powell die Tür öffnete und kühles, silbriges Straßenlicht in die Pfandleihe flutete, ertönte plötzlich Churchs Stimme. »Einen Moment noch, Powell.«

Powell blieb stehen; seine Gestalt zeichnete sich im Türrahmen ab. »Ja?«

»Womit haben Sie Tate weichgemacht?«

»Mit dem ESPer-Eid, Jerry. Du solltest dich noch an ihn entsinnen können.«

»Lassen Sie mich das überprüfen.«

»Bitte schön. Ich bin offen.« Powell hob die Mehrzahl seiner geistigen Schranken auf. Was nicht für Church bestimmt war, blieb sorgsam unter nebensächlichen Assoziationen und einem kaleidoskopischem Raster getarnt; eine verdächtige Barriere vermochte Church jedoch nicht zu entdecken.

»Ich weiß nicht ein noch aus«, sagte Church schließlich. »Ich kann mich nicht entscheiden.«

»Worüber, Jerry? Ich lese deine Gedanken nicht.«

»Über Sie und Reich und die Waffe. Meine Güte, Sie sind weiß Gott ein elender Moralprediger, aber manchmal glaube ich, es wäre gescheiter, ich schenke Ihnen mein Vertrauen.«

»Nett von dir, Jerry. Aber berücksichtige bitte, daß ich dir keinerlei Versprechungen machen kann.«

»Kann ja sein, daß Sie jemand sind, der keine Versprechen zu machen braucht. Möglicherweise besteht meine ganze Schwierigkeit darin, daß ich immer Wert auf Versprechungen gelegt habe, statt...«

In diesem Augenblick sah Powells unermüdliches geistiges Radar auf der Straße den Tod kommen. Er wirbelte herum und schlug die Tür zu. ›*Fort vom Boden. Schnell!*‹ Er tat drei Schritte zurück zum Lichtkreis und sprang mit einem Satz auf die Ladentheke. ›*Jerry, Gustus, hier herauf. Beeilt euch, ihr Trottel!*‹ Ein unangenehmes Beben erfaßte den Pfandladen und versetzte ihn in scheußliche Schwingungen. Powell zertrümmerte mit einem Tritt die Lampe, so daß das Licht erlosch. ›*Springt nach dem Lampen-*

gestänge. Jemand hat es mit einem Sinusvibrator auf uns abgesehen. Springt!‹ Church schnappte nach Luft und sprang empor ins Dunkel. Powell packte Tates zittrigen Arm. *›Zu klein, Gustus? Streck deine Hände hoch, ich gebe dir Schwung.‹* Er stieß Tate empor und sprang dann selber, griff nach den stählernen Spinnenarmen der Beleuchtung. Dann hingen die drei Männer in der Luft, gegen die mörderischen Vibrationen, die den Pfandladen erschütterten, ausreichend geschützt... Vibrationen, die erdbebenhafte Sinuswellen in jeder Substanz erzeugten, die Kontakt mit dem Fußboden hatte. Glas, Metall, Stein, Plastik... alles klirrte, barst und zerbröckelte. Sie hörten den Fußboden knirschen und bersten, und über ihnen grollten Schwingungen durch die Decke. Tate stöhnte. *›Reiß dich zusammen, Gustus. Es ist einer von Quizzards Killern. Das ist eine schlampige Bande. Denen habe ich schon oft ein Schnippchen geschlagen.‹* Tates Bewußtsein schwand. Powell spürte alle Synapsen seines Bewußtseins ihre Verbindungen verlieren. Er tastete hastig nach den tieferen Schichten von Tates Geist. *›Festhalten. Festhalten. Festhalten. FESTHALTEN. FESTHALTEN. FESTHALTEN!‹* Im Unterbewußtsein des kleinwüchsigen ESPers verbreitete sich schlagartig wie die Dämmerung im Winter die Sehnsucht nach Erlösung, und Powell begriff in diesem Augenblick, daß auch die beste Ausbildung durch den Verband Tate nicht an der letztendlichen Selbstzerstörung zu hindern vermocht hätte. Der Todestrieb gewann die Oberhand. Tates Hände erschlafften, und er fiel auf den Fußboden. Einen Moment später verliefen sich die Schwingungen, aber in eben dieser Sekunde vernahm Powell das satte, sukkulente Schmatzen von Fleisch, das zerriß. Church hörte es ebenfalls und begann zu schreien. *›Still, Jerry! Noch nicht nachlassen. Halt dich fest!‹*

›Ha-haben Sie das gehört? HABEN SIE DAS GEHÖRT?!‹

›Natürlich. Die Gefahr ist noch nicht vorbei. Halt dich fest.‹ Die Tür zur Pfandleihe öffnete sich einen Spalt weit. Ein Lichtkegel von der Schärfe einer Rasierklinge fiel herein und glitt über den Fußboden. Er traf auf Tate, der am Boden verteilt lag wie Gulasch, ein fladenartiger Haufen organischer Materie, eine rote und graue Masse aus Fleisch, Blut und Knochen, verharrte einen Moment lang darauf, und erlosch. Die Tür schloß sich leise wieder. *›Jetzt ist die Luft rein, Jerry. Sie halten mich wieder einmal für tot. Nun kannst du deine Hysterie austoben.‹*

»Ich kann nicht runter, Powell. Ich kann unmöglich auf... auf das da treten.«

»Daraus kann ich dir keinen Vorwurf machen.« Powell ergriff

einen Arm Churchs, klammerte sich mit seiner anderen Faust fester ans Lampengestänge, und schwang Church hinüber zur Ladentheke. Church ließ sich dahinterfallen; er zitterte am ganzen Leibe. Powell folgte ihm hinter die Theke; er mußte große Mühe aufwenden, um seine Übelkeit zu überwinden.

›*Dachten Sie vorhin nicht, es sei einer von Quizzards Killern gewesen?*‹

›*Klar. Er unterhält ständig eine Horde von Psychopathen. Jedesmal, wenn wir sie ermitteln, ausheben und ins Kingston schikken, wirbt Quizzard neue Leute an. Er gelangt über die Drogenszene an sie.*‹

›*Aber was haben denn diese Kerle gegen Sie? Ich…*‹

›*Überleg einmal vernünftig, Jerry. Sie sind Bens Handlanger. Ben verliert allmählich die Nerven.*‹

›*Ben? Ben Reich? Aber das hier ist doch mein Laden. Man muß doch gewußt haben, daß ich womöglich hier bin.*‹

›*Und du warst hier. Was soll denn das für einen Unterschied ausmachen?*‹

›*Reich würde mich doch nicht umbringen lassen. Er…*‹

›*Nicht?*‹ Das Gedankenbild einer Raubkatze mit selbstzufriedener Miene.

Church atmete tief ein. »Dieser Schweinehund!« brüllte er. »Dieser gottverdammte Lumpenhund!«

»Nimm's ihm nicht so übel, Jerry. Reich kämpft um sein Leben. Du kannst nicht erwarten, daß er dabei allzu rücksichtsvoll vorgeht.«

»Na, ich habe auch zu kämpfen, und nun hat dieser Lump mir die Entscheidung abgenommen. Machen Sie sich bereit, Powell. Ich öffne Ihnen mein Bewußtsein. Sie sollen alles erfahren.«

Als er mit Church fertig war, das HQ wieder hinter ihm lag und auch die letzten Formalitäten von Tates alptraumhaftem Ende abgewickelt waren, erfüllte das Wiedersehen mit dem jungen blonden Balg in seinem Haus Powell mit aufrichtiger Freude. Barbara D'Courtney hielt einen schwarzen Stift in der rechten und einen roten Stift in der linken Hand. Sie kritzelte tatkräftig die Wände voll; in ihrer Konzentration zeigte sie zwischen den Zähnen die Zungenspitze, die Augen waren verkniffen. »Baba«, rief er im Tonfall der Bestürzung. »Was machst denn du da?«

»Pilder malen«, lispelte sie. »Schön Pilder pür Papa.«

»Vielen Dank, mein kleiner Schatz«, sagte er. »Ein ganz lieber Einfall von dir. Aber jetzt komm einmal her und setz dich zu Papa.«

»Nee«, sagte sie und schmierte weiter.

»Bist du denn nicht mein liebes Mädchen?«

»Toch.«

»Und macht mein liebes Mädchen nicht immer, was Papa sagt?«

Sie dachte darüber nach. »Toch«, sagte sie dann. Sie schob die Stifte in ihre Tasche, ihr Gesäß neben Powell auf die Couch und ihre unbeholfenen Finger in seine Hände.

»Ehrlich, Barbara«, murmelte Powell. »Das Lispeln bereitet mir langsam Sorgen. Ob deine Zähne einer Korrektur bedürfen?« Die Überlegung war nur halb scherzhaft gemeint. Es fiel schwer, sich der Tatsache bewußtzubleiben, daß eine erwachsene Frau neben ihm saß. Er blickte in die Tiefe der dunklen Augen, die in der leeren Pracht eines kristallenen Glases funkelten, das der Erfüllung durchs volle Maß Wein harrt. Behutsam tastete er sich durch die verlassenen Bewußtseinsschichten ihres Geistes zum aufgewühlten Unbewußten vor, verdunkelt von Wolkenbänken grauer Schwaden, die es trübten wie eine weiträumige Dunkelwolke das Firmament. Hinter dem Dunstvorhang befand sich jenes schwache Flackern von Helligkeit, vereinzelt und kindlich, für das er mit der Zeit Sympathie entwickelt hatte. Doch als er sich diesmal in die Weite vortastete, glich der vorherige Funke dem kleinen Sternchen, als das man eine Sonne aus der Ferne sieht, die in Wirklichkeit im glutheißen Tosen einer Nova lodert. *›Hallo, Barbara. Anscheinend machst du . . .‹* Die Antwort bestand aus einem Ausbruch von Leidenschaft, der ihn zum sofortigen Rückzug zwang. »He, Mary«, rief er. »Komm schnell!«

Mary Noyes eilte aus der Küche herein. »Steckst du wieder in Schwierigkeiten?«

»Noch nicht. Aber vielleicht bald. Unsere Patientin ist auf dem Wege der Besserung.«

»Ich habe keine Veränderung bemerkt.«

»Begleite mich hinein. Sie hat die Verbindung mit ihrem Ego wiederhergestellt. Drunten in der untersten Schicht. Fast hätte ich mir das Hirn versengt.«

»Was darf's sein? Eine Anstandsdame? Jemand, der ihre süßen mädchenhaften Gefühle vor dir beschützt?«

»Machst du Witze? Ich bin's, der Schutz benötigt. Komm her und halte mir die Hände.«

»Du hältst doch mit beiden Pfoten ihre Hände.«

»Ich habe es ja im übertragenen Sinn gemeint.« Voller Unbehagen musterte Powell das puppenhaft ausdruckslose, stille Gesicht, betrachtete die ruhigen, entkrampften Hände, die in seinen Fäusten lagen. »Vorwärts.« Wieder strebte er durch die schwarzen Korridore hinunter zu jener tief eingeschreinten Glut, die in dem Mädchen schwelte... in jedem Menschen schwelt... das zeitlose Reservoir psychischer Energie, ohne Verstand und ohne Reue, und ohne Ende zum Lohen gebracht durch das Trachten nach Befriedigung. Er fühlte, wie Mary Noyes ihm auf mentalen Zehenspitzen folgte. Diesmal bewahrte er sicheren Abstand. *›Hallo, Barbara.‹*

»Hau ab!«

›Hier ist dein guter Geist.‹ Eine Welle von Haß und Wut schlug ihm entgegen. *›Du erinnerst dich an mich?‹* Die feindselige Aufwallung löste sich in den Turbulenzen des Unbewußten auf und wich einer Woge heißen Verlangens.

›Lincoln, zieh dich lieber zurück. Wenn du dich in diesem Lust/Schmerz-Chaos verirrst, verlierst du dich für immer.‹

›Ich suche etwas und muß es finden.‹

›Du kannst hier drin nichts finden außer ungezähmter Liebe und ungelindertem Tod.‹

›Ich will wissen, welches Verhältnis sie zu ihrem Vater hatte. Ich muß wissen, warum er wegen ihr unter Schuldgefühlen litt.‹

›Nun gut. Aber ich halte mich fern.‹ Der Glutofen quoll erneut über. Mary ergriff die Flucht. Powell umkreiste den Rand des feurigen Abgrunds, spürte, forschte, tastete. Er glich einem Elektriker, der die Enden eines zerrissenen Kabels mit aller gebotenen Vorsicht testet, um festzustellen, welches Ende unter Spannung steht. In seiner Nähe brauste ein grelles Wabern. Er fühlte danach, erhielt eine Art von heftigem Schlag und wich aus; ein Gewebe des instinktiven Selbsterhaltungswillens drohte ihn zu ersticken. Er entspannte sich, ließ sich in den Strudel von Assoziationen hinabtreiben und begann sie zu erforschen. Es kostete ihn Mühe, das eigene Bezugssystem zu bewahren, das in diesem Chaos geistiger Gewalt zur Zersetzung neigte. Hier waren die somatischen Beschickungen, die den Feuerofen speisten; Zellreaktionen in schier unfaßlichen Milliardenmengen, organische Laute, dumpfes Summen von Muskelgeräuschen, sensorische Unterströmungen, das Gluckern des Blutkreislaufs, das Wallen unregelmäßiger Überlagerungen durch Blut-pH... all das wirbelte und brodelte in der Gleichgewichtsstruktur, die die Psyche des Mädchens bildete. Das endlose Knüpfen und Entknüpfen der Synapsen trug einen knisternden Gesang von verwickeltem Rhythmus bei. In die wechselhaften Zwischenräume waren bruchstückhafte Bilder, Halbsymbole und Teilbezüge gedrängt... die ionisierten Nuklei von Gedanken. Powell erfaßte einen Teil eines Verschluß-Images, folgte ihm zum Buchstaben P...

zur sensorischen Assoziation eines Kusses, dann über eine Querverbindung zum kindlichen Saugreflex für die Brust... zu einer infantilen Erinnerung an... ihre Mutter? Nein. An eine Amme. Die Erinnerung war verkrustet von Eltern-Assoziationen... Negation. Minus Mutter... Powell umging eine assoziierte Flamme infantilen Zorns und Abscheus, das Waisen-Syndrom. Er geriet wieder ans P, suchte nach einem verwandten Pa... Papa... Vater... Urplötzlich befand er sich von Angesicht zu Angesicht mit sich selbst. Er starrte das Gedankenbild an, taumelte am Rande der Auflösung, zog sich zurück in Sicherheit.

›*Wer zum Teufel bist du?*‹ Das Image lächelte überfreundlich und verschwand. P... Pa... Papa... Vater. Heiße-Liebe-und-Ergebenheit-in-Verbindung-mit... Wieder kam er Auge in Auge mit seinem Ebenbild. Diesmal war es nackt und eindrucksvoll; seine Umrisse besaßen eine leuchtstarke Aura der Liebe und des Verlangens, die Arme waren ausgestreckt. ›*Verschwinde. Du bringst mich in Verlegenheit.*‹ Das Bild floh und löste sich auf. ›*Verdammt! Hat sie sich etwa in mich verliebt?*‹

»Hallo, guter Geist.« Damit erschien ein Image ihrer selbst, bemitleidenswert karikiert, das blonde Haar hing in Strähnen, die dunklen Augen glichen Klecksen, die prächtige Figur war zu plumpen, flachen Gebilden verzerrt... Es wich, und unvermittelt fühlte er sich durch das Image Powell-Paternal-Protzig-Protektion bedroht, in seinem Auftreten destruktiv wie ein reißender Strom. Er blieb, ließ sich nicht abdrängen. Der Hinterkopf des Images bestand aus D'Courtneys Gesicht. Er folgte dem Januskopf durch einen grellen Kanal aus Zweiheiten, Paaren, Verbindungen und Duplizitäten zu... Reich? Unmög...! Doch, Ben Reich und die Karikatur Barbaras, Seite an Seite miteinander verwachsen wie Siamesische Zwillinge, Bruder und Schwester von den Hüften aufwärts, während ihre Beine getrennt in einem Meer von Verwicklungen zappelten und sich wanden. B vereint mit B. B & B. Barbara und Ben. Halb verbunden im Blut. Halb...

›*Lincoln!*‹ Ein Ruf aus weiter Ferne. Aus unbestimmbarer Richtung. ›*Lincoln!*‹ Wer da rief, konnte warten. Dies verblüffende Auftauchen Reichs mußte... ›*Lincoln Powell! Hier entlang, du Dummkopf!*‹

›*Mary?*‹

›*Ich kann dich nicht finden.*‹

›*In ein paar Minuten bin ich draußen.*‹

›*Linc, dies ist das dritte Mal, daß ich dich wiederzufinden versucht habe. Wenn du jetzt hinauskommst, gehst du verloren.*‹

›*Das dritte Mal?*‹

›Innerhalb von drei Stunden. Bitte, Lincoln... komm zur Vernunft, solange mir noch genug Kraft zur Verfügung steht.‹

Er gab nach und strebte aufwärts. Aber er vermochte nicht so recht wahrzunehmen, wo es aufwärts ging. Ringsum tobte ein Chaos, das keinen Raum kannte und keine Zeit. Wieder erschien das Image Barbara D'Courtneys, diesmal die Karikatur einer sexbombigen Sirene. »Hallo, guter Geist.«

›Lincoln, um Gottes willen!‹ In einer Anwandlung von Panik warf er sich blindlings in verschiedene Richtungen, bis sich seine ESPer-Ausbildung schließlich wieder durchsetzte. Die Rückzugstechnik trat wie eingeübt in Aktion. In unaufhörlicher Reihenfolge schlugen die Schotten zu, und mit jedem Schott tat er einen weiteren Schritt empor ans Licht. Auf halber Strecke spürte er neben sich Mary. Sie blieb an seiner Seite, bis er sich in seinem Wohnzimmer wiederfand, bei dem jungen blonden Balg saß, beide Hand in Hand. Er ließ die Hände los, als seien sie in Rotglut.

›Mary, ich habe die denkbar sonderbarste Assoziation zu Ben Reich entdeckt. Eine Art von Verbindung, die...‹ Mary brachte ein eiskaltes, nasses Handtuch. Geschickt betupfte sie damit sein Gesicht. Er bemerkte, daß er zitterte. *›Das Problem ist nur... aus solchen Bruchstücken in ihrer Identität den Sinn erschließen zu wollen, das ähnelt dem Versuch, im Herzen der Sonne eine Qualitativanalyse durchzuführen...‹* Von neuem klatschte ihm das Handtuch ins Gesicht. *›Man arbeitet ja nicht mit normalen Elementen. Man hat's mit ionisierten Partikeln zu tun...‹* Er schob das Handtuch beiseite und starrte Barbara an. *›Mein Gott, Mary, ich glaube, das arme Kind ist in mich verliebt.‹* Er empfing das Gedankenbild einer aufgeplusterten Turteltaube. *›Ohne Scherz. Ich bin dort unten ständig mir selbst begegnet. Ich...‹*

›Und wie steht's mit dir?‹

›Mit mir?‹

»Was glaubst du, weshalb du's abgelohnt hast, sie in der Kingston-Klinik unterzubringen?« meinte sie. »Was glaubst du, warum du sie, seit sie hier ist, zweimal am Tag einer Hirn-Introvision unterziehst? Wieso war dir an einer Anstandsdame gelegen? Ich sage dir, Mr. Powell...«

»Was denn?«

»Du liebst sie. Du liebst sie, seit du sie in Chooka Froods Bau aufgetrieben hast.«

»Mary!« Sie schleuderte ihm ein lebensechtes Gedankenbild von ihm und Barbara D'Courtney entgegen, bereichert um jenes Fragment, das sie vor einigen Tagen in seinem Innern erspäht hatte... jenes Bruchstück, das sie aus Eifersucht und Erbitterung hatte erbleichen lassen. Powell erkannte, daß sie die Wahrheit sprach. *›Liebe Mary...‹*

»Was spiele ich schon für eine Rolle? Was bedeute ich dir? Du liebst sie, und dabei ist das Mädchen nicht einmal eine ESPer. Es ist ja nicht einmal geistig gesund. Wieviel von ihm liebst du eigentlich? Ein Zehntel? Welchen Teil liebst du? Das Gesicht? Das Unterbewußtsein? Was ist mit den übrigen neunzig Prozent? Wirst du sie auch lieben, wenn du sie aufgefunden hast? Verfluchter Kerl! Ich wollte, ich hätte dich drinnen gelassen, in ihrem Geist, bis du schwarz geworden wärst!« Sie wandte sich ab und begann zu weinen.

›Mary, um Gottes willen...‹

»Halt den Mund.« Sie schluchzte. »O verdammt, halt den Mund! Ich... Eine Mitteilung für dich ist durchgekommen. Vom HQ. Du sollst so schnell wie möglich Spaceland aufsuchen. Ben Reich ist dort, und man hat ihn aus den Augen verloren. Du wirst gebraucht. Alle brauchen dich. Wie käme ich also dazu, mich zu beklagen?«

12

Jahre waren bereits vergangen, seit Powell Spaceland zuletzt besucht hatte. Er saß im Polizeiboot, das ihn vom Luxus-Raumschiff ›Holiday Queen‹ abgeholt hatte, und während das Raumboot ins Ziel sank, starrte Powel hinab auf Spaceland, das unter ihm funkelte wie eine aus goldenen und silbernen Fetzen zusammengestoppelte Steppdecke. Er lächelte, wie jedesmal, wenn ihm beim Anblick dieser Weltraumspielwiese der stets gleiche Gedanke kam. Er hatte dann eine Vision von einem Raumschiff voller Forscher aus einer entfernten Galaxis, fremdartigen Geschöpfen, ernst und wißbegierig, die Spaceland entdeckten und erkundeten. Er versuchte sich immer auszumalen, wie sie es erörterten; und jedesmal falsch. »Das ist eine Aufgabe für meinen Falschen Freund«, murmelte er bei sich. Die Gründung Spacelands lag bereits um einige Generationen zurück; angefangen hatte alles mit einem Asteroiden in Form einer flachen Felstafel mit fast einem Kilometer Durchmesser. Ein verrückter Gesundheitskultist hatte auf der Gesteinsplatte eine durchsichtige, halbkugelige Kuppel aus Air-Gelatine errichtet, einen Atmosphärengenerator eingebaut und eine Siedlungsgemeinschaft ins Leben gerufen. Von diesem Zeitpunkt an war Spaceland zu einem riesigen, unregelmäßigen Tableau mit einigen hundert Kilometern Durchmesser ausgewachsen. Jeder neue Unternehmer hatte einfach einen Quadratkilometer Fläche hinzugefügt, eine eigene Transparentkuppel hingestellt und seinen Betrieb eröffnet. Als schließlich Ingenieure die Bescherung sahen und den Verantwortlichen auf Spaceland erläuterten, daß die Kugelform erheblich wirtschaftlicher und effizienter sei, war es schon zu spät, um noch irgendwelche Änderungen durchzusetzen. Das Tableau dehnte sich weiter in der nun einmal vorgegebenen Weise aus.

Als das Raumboot beidrehte, fiel das Sonnenlicht in bestimmtem Winkel auf Spaceland, und Powell sah die vielen hundert Kuppelbauten gegen das Blauschwarz des Weltraums schimmern wie einen Haufen Seifenblasen auf einer gepunkteten Tischdecke. Die ursprüngliche Gesundheits-Kolonie lag nun in der Mitte und existierte noch immer als Kurbetrieb. Bei den übrigen Kuppeln handelte es sich um Hotels, Vergnügungsparks, Erholungsstätten und Privatkliniken; es gab sogar einen Friedhof. An der dem Jupiter zugewandten Seite des Tableaus erhob sich die gigantische Kuppel von fünfundsiebzig Kilometer Durchmesser, worunter sich das Spaceland-Naturschutzgebiet erstreckte; dort konnte man unter Garantie pro Quadratkilometer mehr Naturgeschichte und Wetterwendigkeit kennenlernen als auf irgendeinem natürlichen Himmelskörper. »Erzählen Sie mir«, sagte Powell, »was sich getan hat.«

Der Polizei-Sergeant schluckte. »Wir haben die Anweisungen genau befolgt«, versicherte er. »Beschattung nach Methode DummSchlau. Aber da geriet unser Observator Dumm in die Fänge von Reichs Mädchen...«

»Ein Mädchen, so?«

»Ja. Raffiniertes kleines Aas namens Duffy Wyg&.«

»Verfluchte Scheiße!« Powell setzte sich kerzengerade auf. Der Sergeant starrte ihn an. »Herrje, ich habe das Mädchen doch persönlich vernommen! Ich hätte nie...« Er verstummte. »Sieht so aus, als hätte ich mich einwickeln lassen. Da hat man's. Kaum begegnet man einem hübschen Mädchen...« Er schüttelte den Kopf.

»Nun, wie ich also sagte«, berichtete der Sergeant weiter, »das Mädchen neutralisiert unseren Observator Dumm, und als unser Observator Schlau aufkreuzt, erscheint plötzlich mit einem Riesenwirbel Reich auf Spaceland.«

»Wie denn?«

»Privatjacht. Hatte im Raum eine Kollision. Kommt angetrudelt und funkt Notruf wie ein Irrer. Ein Toter. Drei Verletzte, Reich eingeschlossen. Bug der Jacht ist durchschlagen worden. Entweder von einem Meteor oder irgendeinem Stück Raumschrott. Reich wird in die Klinik gebracht, und wir denken uns, er wird wohl für ein Weilchen dort bleiben. Aber als wir dann nachfragen, ist Reich auf einmal weg. Und Hassop ebenso. Ich hole einen ESPer-Dolmetscher und forsche in vier Sprachen nach. Ohne Ergebnis.«

»Und Hassops Gepäck?«

»Auch fort.«

»Verdammt! Wir müssen Hassop und sein Gepäck auftreiben. Nur auf diesem Weg können wir das Motiv ermitteln. Hassop ist in der Monarch Leiter der Code-Abteilung. Wir benötigen von ihm den Text von Reichs letzter Mitteilung an D'Courtney und die darauf eingegangene Antwort...«

»Vom Monat vor dem Mord?«

»Ja. Die Antwort gab wahrscheinlich den Ausschlag für den Mord. Und möglicherweise führt Hassop die Buchführung Reichs mit sich. Wahrscheinlich kann ein Gericht daraus ersehen, warum Reich einen guten Grund und folglich ein Motiv dafür hatte, D'Courtney zu ermorden.«

»Beispielsweise?«

»Es gibt da Gerüchte, daß D'Courtney die Monarch an die Wand gedrückt hatte.«

»Sind Methode und Gelegenheit schon geklärt?«

»Ja und nein. Ich habe Jerry Church weichgekriegt und von ihm alles erfahren, was er wußte, aber die ganze Sache ist in ihrer Standfestigkeit äußerst heikel. Wir können Reich nachweisen, daß er die Gelegenheit hatte. Unsere Beweisführung steht, wenn die beiden anderen Gesichtspunkte in der Beweisführung haltbar sind. Wir können die Methode des Mordes nachweisen. Der Beweis steht, solange die beiden anderen Aspekte stehen. Ebenso verhält es sich mit Reichs Motiv. Diese drei Aspekte sind wie die drei Stangen eines Wigwams. Jede davon kann nur mit Hilfe der beiden anderen stehen. Keine kann für sich allein stehen. Diese Meinung vertritt unser alter Vater Moses. Und aus diesem Grund benötigen wir Hassop.«

»Ich bin's zu schwören bereit, die beiden sind noch auf Spaceland. Ganz verblödet bin ich ja noch nicht.«

»Lassen Sie sich nicht dadurch verdrießen, daß Reich Sie hinters Licht geführt hat. Das ist ihm schon mit vielen gelungen. Einschließlich mir.« Mißmutig schüttelte der Sergeant den Kopf. »Ich werde sofort mit der ESP-Suche nach Reich und Hassop beginnen«, sagte Powell, während das Raumboot in den Anlegeschacht zur Luftschleuse schwebte, »aber als erstes möchte ich einen Verdacht überprüfen. Zeigen Sie mir die Leiche.«

»Welche Leiche?«

»Den Toten von Reichs Kollison.«

In der Polizei-Leichenhalle lag auf einem Luftkissen ein hartgefrorener, verunstalteter Leichnam mit kalkig weißer Haut und feuerrotem Bart. »Aha, so, so«, meinte Powell. »Keno Quizzard.«

»Sie kennen ihn?«

»Ein Ganove. Arbeitete für Reich und war ihm wohl nun als Mitarbeiter zu heiß geworden. Was wollen Sie wetten, daß die Kollision nichts anderes war als eine Tarnung für einen Mord?«

»Verflucht noch mal«, wetterte der Polizist, »die beiden anderen Männer sind schwer verletzt! Gewiß, es könnte Theater gewesen sein, was Reich da geboten hat, na schön, aber andererseits ist die Jacht schrottreif, und es hat zwei Schwerverletzte gegeben...«

»Dann gab's eben zwei Schwerverletzte. Dann ist die Jacht eben hinüber. Na und? Quizzards Lippen sind nun für immer versiegelt, und Reich ist in entsprechendem Maße sicherer als vorher. Reich hat selbst dafür gesorgt. Wir werden's ihm nie beweisen können, aber das erübrigt sich auch, wenn wir uns Hassop greifen. Dann sind wir so weit, daß wir unserem Freund Reich eine Einweisung zur Demolition ausstellen dürfen.«

In modischer, hautenger Kleidung aus Spritzmasse (in diesem Jahr schrieb die Spaceland-Mode es vor, daß man seine Sachen mit der Spritzpistole anzog) machte sich Powell auf eine Blitztour durch die Kuppelbauten... Hotel Viktoria, Hotel Zum Sportsmann, das Magic, Home From Home, Neu-New-Babelsberg, Zum Marsianer (sehr chic), Hotel Venusberg (äußerst schäbig) und noch ein paar Dutzend Hotels... Powell führte Gespräche mit Fremden, beschrieb seine beiden guten Bekannten in einem halben Dutzend Sprachen und überprüfte per ESP, ob die Befragten auch eine richtige Vorstellung vom Aussehen Reichs und Hassops besaßen, ehe sie antworteten. Und die Antworten: abschlägig. Allesamt abschlägig. Bei den ESPern fielen die Nachforschungen leichter – Spaceland war voller ESPer, sowohl solchen, die hier arbeiteten, wie auch anderen, deren Aufenthalt privater Natur war –, aber von ihnen bekam er ebenfalls nur negative Auskünfte. Ein Revival Meeting in Solar-Reims... Hunderte von Eiferern sangen auf den Knien, während sie an einer Art von hochgeputschtem Sommersonnwend-Festival teilnahmen. Befragung ergebnislos. Eine Segelregatta in der marsianischen Kuppel Aloa Ahoi!... Katboote und Schaluppen tanzten in weiten Sätzen übers Wasser, wie Steine, die über einen Wasserspiegel hüpfen. Auskünfte negativ. Das Institut für Plastische Chirurgie... viele hundert bandagierte Gesichter und Gliedmaßen. Befragung ohne Ergebnis. Null-Schwerkraft-Polo. Befragung ohne Resultat. Heiße Schwefelquellen, Weiße Schwefelquellen, Schwarze Schwefelquellen, Schwefelfreie Quellen... alle Auskünfte negativ. Entmutigt und in bedrückter Stimmung schlenderte Powell auf den Friedhof Sonnenuntergang. Der Friedhof ähnelte einem Englischen Garten... eine Anlage mit gepflasterten Wegen und einem Bestand von hauptsächlich Eichen, Eschen und Ulmen, dazwischen kleine Grünflächen. In strategisch angeordneten Pavillons spielten Streichquartette kostümierter Roboter gedämpfte Musik. Powell begann allmählich wieder zu lächeln. Am Mittelpunkt des Friedhofs stand eine vorbildgetreue Nachbildung der Kathedrale Notre-Dame. Ein Hinweisschild bezeichnete sie gewissenhaft als: Unser Waldkapellchen nach Väterart. Aus dem Maul eines der Wasserspeier an den Türmen ertönte überlaut eine süßliche Stimme. »ERLEBEN SIE IN UNSEREM WALDKAPELLCHEN NACH VÄTERART IN SPRITZIGER ROBOT-ACTION DAS DRAMA DER GOTTHEITEN! MOSES AUF DEM BERGE SINAI, DIE KREUZIGUNG CHRISTI, MOHAMMED UND DER BERG, LAO TSE UND DER MOND, DIE OFFENBARUNG DER MARY BAKER EDDY, DIE HIMMELFAHRT MEISTER BUDDHAS, DIE ENTHÜLLUNG DES WAHREN UND EINZIGEN GOTTES GALAXY...« Pause, dann ein etwas sachlicherer Tonfall. »AUFGRUND DER WEIHEVOLLEN NATUR DIESER DARBIETUNG IST DER ZUTRITT NUR MIT EINTRITTSKARTE MÖGLICH. DIESE SIND ERHÄLTLICH BEIM KÜSTER.« Erneute Pause. Dann erklang eine andere Stimme, die wie nach einer Kränkung quengelte. »HABEN SIE RESPEKT VOR ALLEN GLÄUBIGEN. BITTE HABEN SIE RESPEKT VOR ALLEN GLÄUBIGEN. UNTERLASSEN SIE BITTE LAUTE GESPRÄCHE UND GELÄCHTER.« Ein Knakken, und ein zweiter Wasserspeier begann in einer anderen Sprache zu blöken. Powell platzte mit einem herzhaften Lachen heraus.

»Sie sollten sich schämen«, sagte hinter ihm eine Mädchenstimme.

»Entschuldigen Sie«, sagte Powell, ohne den Kopf zu wenden. »Stimmt, ›laute Gespräche und Gelächter‹ soll man unterlassen. Aber finden Sie nicht auch, daß das der lachhafteste...« Da erfaßte er ihr Wellenmuster und drehte sich auf dem Absatz um. Er stand Auge in Auge mit Duffy Wyg&. »Na, hallo, Duffy!« rief er.

Ihr Stirnrunzeln wich einer Miene perplexer Verblüffung, dann einem hastigen Lächeln. »Mr. Powell«, entfuhr es ihr, »der junge Meisterdetektiv! Mein Lieber, Sie schulden mir noch einen Tanz.«

»Und obendrein noch eine Entschuldigung.«

»Freut mich zu hören. Davon kann ich nie genug haben. Wofür denn?«

»Dafür, daß ich Sie unterschätzt habe.«

»Aus so etwas besteht meine gesamte Lebensgeschichte.« Sie hakte sich bei ihm ein und zog ihn mit sich zum Weg. »Erzählen Sie mir, wie's gekommen ist, daß Ihr Verstand nun endlich doch gesiegt hat. Sie denken noch einmal genauer über mich nach, und da...?«

»Ich habe erkannt, daß Sie die raffinierteste aller Personen sind, die für Ben Reich arbeiten.«

»Sicher, ich bin gar nicht so dumm. Dann und wann habe ich auch Arbeit für Ben geleistet – aber Ihr Kompliment hat offenbar irgendeinen dunklen Hintersinn. Habe ich recht?«

»Ich beziehe mich auf den Mann, den wir auf Hassop angesetzt hatten.«

»Ein bißchen stärkere Akzentuierung der Eröffnungstakte, wenn ich bitten darf.«

»Sie haben unseren Mann aus der Bahn geworfen, Duffy. Meinen Glückwunsch.«

»Ach-aha! Hassop ist Ihr Lieblingspferd. Sie sprechen vom Jockei, von dem Sie's reiten lassen. Und wieso habe ich den Unglücklichen von der Bahn gelenkt...?«

»Seien Sie nicht albern, Duffy. So kommen wir zu nichts.«

»Dann sollten Sie vielleicht mal Ihre Orgelpfeifen auspusten lassen, Sie Wunderdetektiv.« Mit kecker Miene blickte sie zu ihm auf, halb ernst, halb belustigt. »Wovon zum Teufel reden Sie eigentlich?«

»Dann will ich deutlich werden. Wir hatten auf Hassop einen Schatten angesetzt. Ein Schatten ist ein Polizist, ein Geheimagent oder dergleichen, der den Auftrag hat, einen Verdächtigen zu beschatten, also ihm zu folgen und ihn zu beobachten...«

»Naja, das verstehe ich, schön. Aber was ist ein Hassop?«

»Hassop ist ein Mann, der für Reich arbeitet. Er ist der Leiter der Code-Abteilung der Monarch.«

»Und was soll ich mit Ihrem Schatten angestellt haben?«

»Auf Anweisung von Ben Reich haben Sie sich an den Mann rangemacht, ihn umgarnt, von seinen Aufgaben ferngehalten, ihn seiner Pflicht abspenstig gemacht und ihn in einen Dienstuntauglichen verwandelt. Sie haben ihn tagelang den ganzen Tag lang an einem Klavier neutralisiert und...«

»Einen Moment mal!« unterbrach ihn Duffy in scharfem Tonfall. »An den entsinne ich mich. Das war so ein kleiner Lahmarsch. Wir wollen diese Sache sofort bereinigen. Dieser Knabe war ein Polizist?«

»Also, Duffy, wenn Sie...«

»Ich habe Sie etwas gefragt.«

»Ja, er war ein Polizist.«

»Und beschattete diesen Hassop?«

»Ja.«

»Hassop... Ein blasser Kerl? Angegrautes Haar? Scheele blaue Augen?« Powell nickte. »Dieser Scheißkerl«, murmelte Duffy. »So ein elender Scheißkerl.« Wutentbrannt wandte sie sich wieder an Powell. »Und Sie glauben, ich wäre eine von der Sorte, die ihm die Drecksarbeit erledigt, was?! Ach, Sie... Sie... Hören Sie zu, Powell. Reich bat mich um einen Gefallen. Er sagte, hier sei ein Mann, der sich mit einem interessanten musikalischen Code befasse. Er wollte, daß ich mich einmal mit dem Knaben zusammensetze und mit ihm darüber verständige, um zu sehen, was sich damit anfangen läßt. Woher sollte ich wissen, daß dieser Lahmarsch Ihr Mann war? Woher zum Teufel sollte ich ahnen, daß Ihr lahmarschiger Hilfsbulle sich als Musiker ausgibt?«

Powell musterte sie. »Wollen Sie behaupten, Reich habe Sie reingelegt?«

»Was sonst?« Sie erwiderte seinen Blick. »Fackeln Sie nicht lange und schauen Sie mir ins Bewußtsein. Befände sich Reich nicht gegenwärtig im Naturschutzgebiet, könnten Sie ja ohne weiteres...«

»Halt, still!« unterbrach sie nun Powell in barschem Ton. Er durchdrang ihre Bewußtseinsschranken und erforschte ihren Geist zehn Sekunden lang gründlich und genau. Dann drehte er sich um und begann zu laufen.

»He!« schrie ihm Duffy nach. »Wie lautet Ihr Urteilsspruch?«

»Ehrenmedaille in Gold«, rief Powell über die Schulter. »Ich stecke sie Ihnen persönlich an, sobald ich einen bestimmten Mann lebendig in Gewahrsam genommen habe!«

»Ich will nicht irgendeinen Mann. Ich will Sie.«

»Das ist Ihr Hauptproblem, Duffy. Sie wollen jeden.«

»Weeeeen?«

»Jeee-den!«

»UNTERLASSEN SIE BITTE LAUTE GESPRÄCHE ODER GELÄCHTER.«

Powell fand den Polizei-Sergeant in Spacelands Globe Theater, wo eine hervorragende ESPer-Schauspielerin mit ihren einfühlsamen Auftritten Tausende von Zuschauern in ihren Bann zog – mit schauspielerischen Leistungen, deren Qualität sie sowohl ihrer ausgezeichneten Beherrschung der Bühnentechnik wie auch ihrer telepathischen Sensitivität gegenüber den Publikumsreaktionen verdankte. Der Sergeant, immun gegen die Anziehungskraft der großen Künstlerin, glotzte in finsterer Stimmung ins Publikum, musterte die Gesichter einzeln. Powell nahm seinen Arm und führte ihn hinaus. »Er ist im Naturschutzgebiet«, sagte Powell zu ihm. »Hat Hassop mitgenommen. Und Hassops Gepäck. Perfektes Alibi. Die Kollision hat dem armen Mann einen ordentlichen Schrecken eingejagt, deshalb braucht er jetzt Erholung. Und Gesellschaft. Reich ist uns um acht Stunden voraus.«

»Im Naturschutzgebiet, so?« sann der Sergeant laut. »Zweitausendfünfhundert Quadratkilometer voller verfluchter Viecher, verschiedener Landschaften und allem möglichen Scheißwetter, viel mehr, als Sie normalerweise während dreier Lebensalter kennenlernen könnten.«

»Was geschähe, sollte Hassop irgendein Unfall zustoßen – falls das nicht schon passiert ist?«

»Da ließe sich gar nichts machen.«

»Wenn wir Hassop rausholen wollen, müssen wir einen Helikopter nehmen und ihn pausenlos suchen.«

»Hn-hn. Motorisierte Transportmittel sind im Naturschutzgebiet verboten.«

»Dies ist ein Notfall. Der alte Vater Moses benötigt Hassop!«

»Dann lassen Sie die verdammte Maschine sich mit dem Spaceland-Verwaltungsrat herumschlagen. In vielleicht drei oder vier Wochen erhalten Sie unter Umständen eine Sondergenehmigung.«

»Bis dahin ist Hassop tot und begraben. Was ist mit Radar oder Sonar? Wir könnten Hassops WM ermitteln und ...«

»Hn-hn. Außer Fotoapparaten sind im Naturschutzgebiet alle Geräte verboten.«

»Was zum Satan ist denn so besonderes an diesem Naturschutzgebiet?«

»Hundertprozentige Garantie völlig unberührter Natur für die Frischluftfanatiker. Man besucht das Naturschutzgebiet auf eigene Gefahr. Die Gefahrenelemente geben dem Ausflug erst so richtig die Würze. Kapieren Sie? Man kämpft gegen die Naturgewalten an. Man muß sich mit wilden Tieren auseinandersetzen.

Man fühlt sich wie ein Primitiver und wieder ganz schön wild. Damit arbeitet ja die Werbung.«

»Und was macht man, wenn man sich eine Zigarette anzünden will? Hölzchen aneinanderreiben?«

»Klar. Man muß dort auf eigenen Füßen stehen. Seine Nahrung nimmt man mit. Man hat seinen Personenschutzschirm, damit man nicht sofort von den Bären gefressen wird. Wenn Sie Feuer wollen, müssen Sie sehen, daß Sie eines zustande bekommen. Wollen Sie Viehzeug jagen, haben Sie sich selbst die Waffen zu basteln. Wenn Sie Fische zu fangen wünschen, gilt das gleiche. Sie gegen die Natur. Und Sie müssen vorher eine Verzichtserklärung unterschreiben, für den Fall, daß die Natur gewinnt.«

»Und wie sollen wir Hassop finden?«

»Indem wir so eine Erklärung unterzeichnen und losziehen, um ihn zu suchen.«

»Wir beide? In zweitausendfünfhundert Quadratkilometer unterschiedlicher Landschaft? Wieviel Beamte können Sie einsetzen?«

»Vielleicht zehn.«

»Ergibt pro Mann immer noch zweihundertfünfzig Quadratkilometer. Ganz unmöglich.«

»Vielleicht gelingt es Ihnen, den Verwaltungsrat von Spaceland davon zu überzeugen, daß... Nein. selbst wenn's Ihnen gelingen könnte, früher als in einer Woche bekämen Sie den Verwaltungsrat überhaupt nicht zusammen. Hören Sie mal! Können Sie die Leute nicht telepathisch zusammenrufen? Mit einem dringenden telepathischen Rundruf oder so? Wie machen Sie ESPer so etwas eigentlich?«

»Wir können Normalmenschen nur anpeilen. Übermitteln können wir ihnen nichts, das geht ausschließlich unter ESPern, daher... Halt! Oho! Das ist gar kein schlechter Einfall!«

»Was ist kein schlechter Einfall?«

»Ist ein menschliches Wesen eine Gerätschaft?«

»Nein.«

»Ist es eine Erfindung der Zivilisation?«

»Durchaus nicht.«

»Dann werde ich jetzt auf die Schnelle einen ESPer-Einsatz organisieren und meine eigene Art von Radar ins Naturschutzgebiet mitnehmen.«

So kam es, daß einen prominenten Rechtsanwalt inmitten heikler Vertragsverhandlungen in einem der luxuriösen Konferenzräume Spacelands plötzlich eine unbezähmbare Lust an der Natur befiel. Die gleiche Lust verspürten auf einmal die Sekretärin eines berühmten Schriftstellers, ein Gutachter für Familienrecht, ein Testanalytiker, der für die United Hotel Association Bewerber unter die Lupe nahm, ein Industrie-Designer, ein Rationalisierungs-Spezialist, der Vorsitzende des Schlichtungs-Komitees beim Verband Vereinigter Gewerkschaften, der Kybernetik-Inspektor vom Titan, ein Staatssekretär für Polit-Psychologie, zwei Kabinettsmitglieder, fünf Parlamentarische Fraktionsvorsitzende und einige weitere Dutzend ESPer, die auf Spaceland ihren Beruf ausübten oder ihren Urlaub verbrachten. Sie alle durchquerten das Tor zum Naturschutzgebiet in einheitlicher Freizeithochstimmung, aber sehr unterschiedlicher Aufmachung. Jene, die früh genug benachrichtigt worden waren, staken in zünftiger Wanderkleidung. Andere dagegen hatten sich gewaltig beeilen müssen; und die erstaunten Torwärter, zu deren Aufgaben es gehörte, das Gepäck der Besucher nach unerlaubten technischen Hilfsmitteln zu durchsuchen und die Eintrittsformalitäten zu regeln, sahen einen Wahnsinnigen in voller diplomatischer Festkleidung und einem Rucksack auf dem Rücken ohne Zögern davon in die Wildnis stapfen. Alle diese Naturfreunde trugen jedoch detaillierte Karten des Naturschutzgebiets bei sich, sorgfältig in Sektoren aufgeteilt. Eilig schwärmten sie aus und kämpften sich quer durch den Miniaturkontinent aus Wetter und Landschaftsformationen vorwärts. Das TW-Spektrum knisterte, während Kommentare und Meldungen die lebende Radarkette hinauf- und hinabwanderten, deren mittlere Position Powell einnahm.

›Heda! Ich bin schwer benachteiligt. Vor mir liegt eine Steilwand.‹

›Dafür schneit's bei mir. Regelrechter Schneestu-stu-sturm.‹

›In meinem Sektor hat's Sümpfe und (Verflucht) Moskitos.‹

›Achtung! Besuchergruppe voraus, Lincoln. Sektor 21.‹

›Gedankenbild schicken.‹

›Bitteschön...‹

›Bedaure, Fehlanzeige.‹

›Besucher gesichtet, Lincoln. Sektor 9.‹

›Bild her!‹

›Hier...‹

›Nein. Fehlanzeige.‹

›Besucher voraus, Lincoln. Sektor 7.‹

›Bild senden.‹

›Holla! Das ist ja so ein brummiger Bär!‹

›Nicht laufen! Einfach nicht beachten.‹

›Trupp von Besuchern in Sicht, Lincoln. Sektor 12.‹

›Bitte ein Bild.‹
›Kaum gedacht, schon gemacht ...‹
›Fehlanzeige.‹
›HA-HA-HAAA-TSCHUIII ...!‹
›War das der Schneesturm?‹
›Nein. Ich bin in einen Wolkenbruch geraten.‹
›Besucher in Sicht, Lincoln. Sektor 41.‹
›Erbitte Bild.‹
›Da ist es ...‹
›Das sind sie nicht.‹
›Wie klettert man an einer Palme?‹
›Man zieht sich ruckweise hinauf.‹
›Ich will nicht hinauf, sondern hinunter.‹
›Wie sind Sie denn hinaufgekommen, Euer Ehren?‹
›Das weiß ich selber nicht. Jedenfalls hat mir ein Elch nachgeholfen.‹
›Besucher in Sichtweite, Lincoln. Sektor 37.‹
›Lassen Sie mal ein Bild sehen.‹
›Bitte ...‹
›Fehlanzeige.‹
›Besucher voraus, Lincoln. Sektor 60.‹
›Und ...?‹
›Hier ist ein Bild ...‹
›Fehlanzeige. Überholen Sie sie ruhig.‹
›Wie lange wird die Suche wohl beanspruchen?‹
›Sie haben mindestens acht Stunden Vorsprung.‹
›Nein, keineswegs, da muß ich Sie berichtigen, werter Kollege. Die Gesuchten sind acht Stunden früher als wir aufgebrochen, aber deshalb müssen sie nicht zwangsläufig einen achtstündigen Vorsprung haben.‹
›Wie meinen Sie das, Lincoln?‹
›Reich wird hoffentlich nicht acht Stunden lang geradeaus gelaufen sein. Er kann eine günstige Gegend in der Nähe des Tors durchstreifen.‹
›Günstig wofür?‹
›Einen Mord.‹
›Entschuldigen Sie, wie überzeugt man eine Großkatze davon, daß sie ganz vorteilhaft darauf verzichten kann, einen zu verzehren?‹
›Bedienen Sie sich der Polit-Psychologie.‹
›Schalten Sie Ihren Personenschutzschirm ein, teurer Kollege Staatssekretär.‹
›Besuchergrüppchen dicht vor mir, Lincoln. Sektor 1.‹

›Bitte Bild senden, Kollege Inspektor.‹

›Hier...‹

›Überholen Sie sie. Das sind Reich und Hassop.‹

›WAS?!‹

›Veranstalten Sie bloß keinen Wirbel, der Argwohn erregen könnte. Überholen Sie die beiden und schlagen Sie dann, sobald Sie außerhalb ihrer Sicht sind, einen Bogen nach Sektor 2. Alles kehrt um zum Tor und nach Hause! An alle meinen Dank. Den Rest erledige ich jetzt allein.‹

›Lassen Sie uns dabeisein, wenn Sie Ihren Fang tun, Lincoln.‹

›Nein. Diese Sache bedarf der Finesse. Ich möchte nicht, daß Reich merkt, wie ich Hassop entführe. Es muß alles folgerichtig, ganz natürlich und unverdächtig wirken. Ich habe ein richtiggehendes Täuschungsmanöver vor.‹

›Für so etwas sind Sie haargenau der geeignete Mann.‹

›Wer hat den Wind aus den Segeln gestohlen, Powell?‹

Eine telepathische Woge heißer Verlegenheit beschleunigte den Rückzug der anderen ESPer.

Der betreffende Quadratkilometer des Naturschutzgebietes gehörte zu einer Dschungelzone, war feuchtschwül, sumpfig, dicht überwuchert. Während die Dunkelheit herabsank, bahnte sich Powell langsam einen Weg zum Glimmen des Lagerfeuers, das Reich auf einer Lichtung am Ufer eines kleinen Sees entfacht hatte. Im Wasser wimmelte es von Krokodilen, Flußpferden und Wasserbüffeln. Zwischen den Bäumen und am Untergrund herrschte reges Leben und Treiben. Der gesamte Miniaturdschungel war in seiner prachtvollen Wildheit eine ruhmvolle Meisterleistung brillanter Reservats-Ökologen, die Naturgegebenheiten mit akribischer Feinheit zu einem ausgewogenen Ensemble zusammenzustellen vermochten. Und dieser Natur zum Tribut war Reichs Personenschutzschirm in vollem Betrieb. Powell konnte Moskitos gegen die äußerste Begrenzung des Schutzschirms sirren hören, und ständig ertönte das Klatschen und Prasseln größerer Insekten, die von dem unsichtbaren Hindernis abprallten. Powell durfte es nicht wagen, den eigenen Schutzschirm einzuschalten. Die Apparate summten leise, und Reich besaß scharfe Ohren. Powell schlich sich näher und erkundete mit ESP die Situation.

Hassop befand sich in sorgloser Stimmung; ein kleines bißchen war er vom Erlebnis dieses vertraulichen Umgangs mit seinem allgewaltigen Chef benommen, ein klein wenig berauscht vom

Bewußtsein, daß sein Filmbehälter Ben Reichs Schicksal enthielt. Reich arbeitete fieberhaft an einem ungefügen, aber spannkräftigen Bogen, während er sich den Zwischenfall zurechtlegte, der ihm Hassop vom Halse schaffen sollte. Dieser Bogen und ein Bündel von Pfeilen mit im Feuer gehärteten Spitzen, das neben Reich lag, hatten ihn die acht Stunden gekostet, um die er früher aufgebrochen war als Powell. Man kann niemanden bei einem Jagdunfall umbringen, wenn man gar nicht auf die Jagd geht.

Powell kroch auf den Knien vorwärts, seine ESP auf Reichs Wahrnehmungsfeld gerichtet. Er verharrte reglos, als in Reichs Schädel ein ALARM-Äquivalent losdröhnte. Reich sprang auf die Füße, hielt den Bogen bereit, halb gespannt, an der Sehne einen federlosen Pfeil, und starrte angestrengt in die Dunkelheit. »Was ist, Ben?« fragte Hassop mit gedämpfter Stimme.

»Ich weiß es nicht. Da ist irgend etwas.«

»Lieber Himmel, Sie haben doch den Schutzschirm, oder nicht?«

»Ich vergesse ihn immer wieder.« Reich nahm wieder Platz und schürte das Feuer, so daß es hell emporloderte; aber er war sich des Schutzschirms sehr wohl bewußt. Der aus Mißtrauen stets wache Instinkt des Mörders warnte ihn, zwar auf unbestimmte Weise, aber hartnäckig... und Powell konnte den komplizierten Überlebensmechanismus des menschlichen Geistes nur bestaunen. Unwillkürlich erstellte Reich seine Melodie-Barriere, die bei ihm mit jeder Krise einherging: *›Spannung! rief der Tensor. Spannung! rief der Tensor. Spannung, Spiel und Spökenkieken sind im Gang!‹* Dahinter herrschte Aufruhr; der Entschluß, so schnell wie möglich zu töten, setzte sich durch... rücksichtslos zu töten... jetzt auszutilgen und später die Umstände zu arrangieren... Als Reich den Bogen ergriff, den Blick sorgsam von Hassop abgewandt, seine Gedanken jedoch vollständig bei dem noch lebenden Herzen, das sein Ziel war, das er durchbohren wollte, kroch Powell besorgt und überstürzt näher. Aber noch ehe er weitere fünf Meter überwunden hatte, schlug es in Reichs Gehirn erneut ALARM, und der hochgewachsene Mann sprang von neuem auf. Diesmal riß er einen in Glut befindlichen Ast aus dem Feuer und schleuderte ihn in die Richtung, wo sich Powell in der Dunkelheit verbarg. Die Idee und ihre Ausführung kamen so schnell, daß Powell die Handlung nicht absehen konnte. Hätte Reich diesmal nicht den Schutzschirm tatsächlich vergessen gehabt, wäre Powell vom Lodern des entflammten Astes beleuchtet worden. Doch das Hindernis stoppte den brennenden Ast mitten im Flug, so daß er auf die Lichtung fiel. »Verfluchter Dreck!« schimpfte Reich und drehte sich plötzlich mit einem Ruck Hassop zu.

»Was ist los, Ben?« Die Antwort bestand darin, daß Reich den Pfeil an der Sehne bis zu seinem Ohrläppchen zurückzog und die Spitze auf Hassops Körper richtete. Hassop rappelte sich auf. »Ben, geben Sie acht! Sie zielen ja auf mich!« Als Reich den Pfeil abschwirren ließ, sprang Hassop unerwartet zur Seite. »Ben! Um Himmels willen, was ...?« Plötzlich erkannte Hassop die Absicht. Er fuhr mit einem erstickten Aufschrei herum und floh vom Lagerfeuer, als Reich einen zweiten Pfeil auf die Sehne setzte. In seiner verzweifelten Flucht rannte Hassop unversehens gegen den Schutzschirm, und er taumelte gerade von der unsichtbaren Wand zurück, als der Pfeil an seiner Schulter vorbeisauste und daran zersplitterte. »Ben!« schrie er.

»Elender Zappler«, knurrte Reich und legte den dritten Pfeil auf den Bogen. Powell stürmte vor und erreichte die Umgrenzung des Schutzschirms. Er konnte das Hindernis nicht durchbrechen. Drinnen lief Hassop an der anderen Seite entlang und schrie, während Reich ihn mit halb gespanntem Bogen belauerte und sich für den Fangschuß näherte. Erneute prallte Hassop gegen das Hindernis, kam zu Fall, kroch ein Stück weit und raffte sich wieder hoch, um von neuem loszuwetzen wie eine in die Enge getriebene Ratte. Verbissen folgte ihm Reich.

»Herrgott...!« brummte Powell und wich zurück in die Finsternis, überlegte in verzweifelter Hast. Hassops Geschrei verbreitete im Dschungel Unruhe, man hörte Tiere brüllen, andere Tiere unwillig antworten, daß es in Powells Ohren wie ein vielfaches Echo hallte. Er konzentrierte sich aufs TW-Spektrum, spürte, tastete, erfühlte. Ringsum gab es nichts als blinde Furcht, blinde Wut und blinde Instinkte. Die Flußpferde, in ihrem ganzen Wesen zäh wie nasses Leder und feist... die Krokodile, stumpfsinnig, reizbar, gefräßig Wasserbüffel, so mißgelaunt wie Nashörner und kaum kleiner... einen halben Kilometer entfernt bemerkte er die schwachen Hirnwellen von Elefanten, Wapitis und Großkatzen... »Es ist den Versuch wert«, murmelte Powell zu sich selbst. »Der Schutzschirm muß weg. Das ist der einzige Weg.« Er schottete seine oberste Bewußtseinsschicht ab, tarnte alles bis auf seine emotionale Ausstrahlung, und sendete: *Furcht, Furcht, Schrecken, Furcht...* Er drückte die Emotion abwärts auf die Primitivebene. *Furcht, Furcht, Schrecken, Furcht... FURCHT... FLUCHT... SCHRECKEN... FURCHT... FLUCHT... SCHRECKEN... Flucht...* Auf sämtlichen Ästen erwachten alle Vögel mit Schreckensschreien. Die Affen brüllten ausnahmslos auf und schüttelten mit ihrer urplötzlichen Flucht das gesamte Geäst bis hin zum schmächtigsten Zweiglein. Eine ununterbrochene Folge von dumpfen Schmatzgeräuschen erscholl vom See, als die Herde von Flußpferden in blindem Entsetzen ihre Leiber aus dem Schlamm riß. Das ohrenbetäubende Trompeten und fürchterliche Stampfen, mit dem die Elefanten die Stampede auslösten, ließ den Dschungel erbeben. Reich stutzte und blieb stehen, um zu lauschen, ohne länger auf Hassop zu achten, der noch immer innerhalb des Schutzschirms von Wand zu Wand lief, dabei wimmerte und schluchzte. Als erste berannten die Flußpferde den Schutzschirm wie eine blindwütige, betrunkene Dampfwalze. Ihnen folgten die Wasserbüffel und Krokodile. Danach kamen die Elefanten. Dann die Wapitis, die Zebras und Gnus... Herden kräftiger, schwerer Tiere. Seit dem Bestehen des Naturschutzgebiets war keine derartige Massenflucht aufgetreten. Die Hersteller des Personenschutzschirms hatten einen Ansturm von solcher Gewalt und Dauer niemals in Betracht gezogen. Reichs Schutzschirm brach mit einem Klirren wie beim Einsturz eines gläsernen Turms zusammen.

Die Flußpferde trampelten übers Lagerfeuer hinweg, zerstreuten das Holz in alle Winde, löschten die Glut. Powell eilte durch die Dunkelheit und packte Hassop am Arm, zerrte den restlos verstörten Mann über die Lichtung zu dem Stapel Marschgepäck. Ein wuchtiger Huftritt brachte ihn ins Wanken, aber er hielt Hassop fest und suchte den kostbaren Filmbehälter. Durch das Toben, das die Finsternis ausfüllte, nahm Powell die von den aufgescheuchten Tieren verbreiteten TW der Raserei wahr. Er wich der Hauptmasse des Getiers aus, schleifte Hassop noch immer mit sich; hinter dem dicken Stamm eines *lignum vitae* verschnaufte Powell und verbarg den Filmbehälter sicher in seiner Tasche. Hassop schluchzte noch. Powell peilte Reich an; er stand etwa fünfzig Meter entfernt im Schutz eines Chinarindenbaums, Pfeile und Bogen in klammen Händen. Er war verwirrt, wütend, erschrocken... aber in Sicherheit. Powell lag mehr als an allem anderen daran, ihm die Demolition vorzubehalten.

Powell hakte den Schutzschirm-Apparat von seinem Gürtel und warf ihn hinüber zur Asche der Feuerstelle, wo Reich ihn mit Bestimmtheit finden mußte. Dann wandte er sich ab und führte den völlig geknickten, willenlosen Leiter der Code-Abteilung in die Richtung zum Tor des Naturschutzgebietes.

13

Die Sache Reich war nun reif für die Eingabe beim Staatsanwalt. Powell hoffte, daß sie auch reif war für das kaltblütige, zynische Ungeheuer, das nichts fressen wollte als Tatsachen und Indizien: den alten Vater Moses. Samt seinen Mitarbeitern machte sich Powell in Vater Moses' Dienststelle breit. In die Mitte des Saals hatte man einen runden Tisch gestellt, dessen Platte ein durchsichtiges Modell des Hauses Beaumont einnahm, das bevölkert war von Miniatur-Androiden der *dramatis personae*. Die Modellbau-Abteilung des P-Labors konnte eine Leistung der Superlative vorweisen; die Figuren der wichtigsten Gestalten waren mit deren tatsächlichen Charakteristika ausgestattet. Die winzigen Abbilder Reichs, der Beaumont, Tates und anderer bewegten sich in der ihren lebenden Vorbildern typischen Art. Neben dem Tisch war das zur von Powells Mitarbeitern erarbeiteten Dokumentation gehörige, umfangreiche Material aufgestapelt, fix und fertig, um der Maschine vorgelegt zu werden. Der alte Vater Moses nahm die gesamte Rundwand des riesigen Saales ein. Seine zahlreichen farbigen Augen glommen und glotzten gefühllos. Seine gigantischen Datenbänke surrten und summten. Sein Mund, die Membrane eines Lautsprechers, stand sozusagen aus Staunen über die menschliche Dummheit offen. Seine Hände, die Tastaturen eines Multi-Schreibers, schwebten über Papierrollen, allzeit bereit, jedermann Logik einzuhämmern. In seiner Eigenschaft als Mosaic Multiplex Prosecution Computer des Staatsanwalts fällte Vater Moses Entscheidungen, die Ehrfurcht erheischten und die Vorbereitung, Ausarbeitung und Abwicklung eines jeden Gerichtsfalles maßgeblich beeinflußten.

»Wir brauchen Vater Moses nicht sofort zu bemühen«, erklärte Powell dem Staatsanwalt. »Wir wollen uns erst einmal die Modellanlage anschauen und den Tathergang mit dem Zeitplan des Verbrechens vergleichen. Die Kalkulationen liegen Ihrem Sekretariat vor. Beachten Sie gegenwärtig lediglich die Bewegungen der Figuren. Falls Ihnen etwas auffällt, das wir versäumt haben, notieren Sie's sich bitte, dann können wir die Klärung veranlassen.«

Er nickte De Santis zu, dem geplagten Labor-Chef. »Eins zu eins?« erkundigte sich De Santis in nörgelndem Tonfall.

»Das ist ein bißchen zu flott. Lieber eins zu zwei. Halbe Zeitlupe.«

»Die Androiden sehen aber in dieser Geschwindigkeit so unreal aus«, beschwerte sich quengelig De Santis. »Damit wird man ihnen nicht gerecht. Zwei Wochen lang haben wir wie besessen geschuftet, und nun wollen Sie…«

»Macht nichts. Wir bewundern sie später in angemessenem Umfang.« Powell machte einen Moment lang den Eindruck, als neige er zur Auflehnung, dann drückte er einen Knopf. Im selben Augenblick erhellte sich die Modellanlage, und die Miniatur-Androiden fingen sich zu regen an. Es gab sogar einen akustischen Hintergrund. Ganz leise vernahm man Musik, Lachen und Geschwätz. In der großen Halle des Hauses Beaumont bestieg Maria Beaumont langsam ein Podium, in den Händen ein winzigkleines Buch. »An diesem Punkt ist es 23 Uhr 09«, erläuterte Powell dem Staatsanwalt und dessen Sekretariat. »Beobachten Sie bitte die Uhr über der Anlage. Sie ist so eingestellt, daß sie mit der Halbzeitlupe synchronisiert.« In gespanntem Schweigen verfolgten die Beamten der Staatsanwaltschaft den Handlungsablauf und fertigten sich Notizen an, während die Androiden das Geschehen jener verhängnisvollen Beaumont-Party wiederholten. Noch einmal verlas Maria Beaumont vom Podium im Saal des Hauses Beaumont die Spielregeln des Spiels ›Sardinenbüchse‹. Nach und nach erloschen im Spielzeughaus alle Lichter. Ben Reich strebte langsam durch den Saal zum Musikzimmer, wandte sich nach rechts, erklomm die Treppe zur Gemäldegalerie, trat durch die bronzene Tür, die zur Orchideen-Suite führte, blendete und paralysierte die Leibwächter der Beaumont und betrat die Suite. Und wieder näherte sich Reich dem alten D'Courtney, drang er auf ihn ein, zog aus der Tasche eine mörderische Schußwaffe mit Dolch und Schlagring daran, zwängte dem Greis mit der Klinge die Kiefer auseinander, während D'Courtney schlaff in seinem Griff hing und keinen ernsthaften Widerstand leistete. Und von neuem flog eine Tür der Orchideen-Suite auf, und in frostweißlichem, durchsichtigen Morgenmantel erschien Barbara D'Courtney. Und sie und Reich umkreisten einander, bis Reich plötzlich D'Courtney durch den Mund in den Hinterkopf schoß. »Den Hergang weiß ich von D'Courtneys Tochter«, erkärte Powell leise. »Durch Hirn-Introvision. Der Ablauf ist also authentisch.« Barbara D'Courtney kroch zum Leichnam ihres ermordeten Vaters, packte die Waffe und stürzte unvermittelt aus der Orchideen-Suite, von Reich verfolgt. Er setzte ihr durchs verdunkelte Haus nach, doch mußte ihm der Anschluß verlorengehen, als sie durch den Vordereingang auf die Straße rannte. Dann traf sich Reich mit Tate, und die beiden suchten das Hauskino auf, täuschten Teilnahme am ›Sardinen‹-Spiel vor. Das miniaturisierte Drama endete mit dem Sturm der Gäste auf die Orchideen-Suite: die Androidchen versammelten sich in putziger Verblüffung um den winzigen Leichnam. Alles erstarrte zu einem grotesken kleinen Schaubild. Ein ausgedehntes Schweigen schloß sich der Darbietung an, währenddessen die Anwesenden darüber nachsannen. »So weit so gut«, sagte schließlich Powell. »So müssen wir uns den Tathergang vorstellen. Nun wollen wir die Daten unserem Vater Moses eingeben, um seine Meinung zu erfahren. Erster Gesichtspunkt: Gelegenheit. Würde jemand in Abrede stellen, daß das Spiel ›Sardinenbüchse‹ Reich eine einwandfreie Gelegenheit lieferte?«

»Woher soll Reich gewußt haben, daß ausgerechnet dieses Spiel gespielt wird?« fragte der Staatsanwalt nachdenklich.

»Reich selber kaufte das Buch mit den Gesellschaftsspielen und ließ es Maria Beaumont als Geschenk zukommen. Er hat persönlich dafür gesorgt, daß man es spielte.«

»Woher sollte er wissen, daß es tatsächlich gespielt wird?«

»Er wußte, daß die Beaumont gerne solche neckischen Spiele veranstaltete. Und ›Sardinenbüchse‹ war das einzige Spiel im Buch, dessen Regeln man noch entziffern konnte.«

»Ich weiß nicht recht...« Der Staatsanwalt kratzte sich am Kopf. »Vater Moses verlangt eine Menge, bevor er von etwas überzeugt ist. Naja, geben Sie's ein. Schaden kann's ja nicht.«

Lautstark öffnete sich die Tür des Rundsaals, und Polizeipräsident Crabbe kam so pompös herein, als marschiere er einer Paradetruppe voraus. »Hauptkommissar Powell«, rief Crabbe in dienstlicher Förmlichkeit.

»Herr Polizeipräsident?«

»Es ist zu meiner Kenntnis gelangt, Hauptkommissar, daß Sie dieses Maschinengehirn dazu mißbrauchen, meinen guten Freund Ben Reich in einen unangebrachten Zusammenhang mit dem abscheulichen, feigen Mord an Craye D'Courtney zu bringen. Mr. Powell, ein derartiges Vorgehen ist grotesk. Ben Reich ist ein ehrbarer, hochangesehener Bürger unseres Landes. Überdies habe ich den Gebrauch dieses Maschinengehirns ohnehin niemals gutheißen können. Sie sind vom Ausschuß in Ihre Stellung gewählt worden, damit Sie Ihre intellektuellen Fähigkeiten einsetzen, aber nicht sich zum Sklaven dieser...«

»Da haben Sie vollkommen recht, Herr Polizeipräsident.« Powell nickte Beck zu, der daraufhin die Daten einzuspeisen begann. »Nun zur Methode. Erste Frage: Wie schaltete Reich die Leibwächter aus? De Santis?«

»Des weiteren, meine Herren...«, setzte Crabbe seine Darlegungen fort.

»Mit einem Rhodopsin-Ionisator«, fauchte De Santis. Er nahm

eine Plastikkapsel und warf sie Powell zu, der sie auffing und in die Höhe hielt. »Ein Wissenschaftler namens Jordan entwickelte ihn für Reichs Privatpolizei. Ich habe die empirische Formel zur Herstellung zwecks Begutachtung durch den Computer sowie eine Probe des Stoffs vorliegen. Möchte ihn jemand an sich versuchen?«

Der Staatsanwalt wirkte eher abgeneigt. »Darin sehe ich keinen Sinn. Darüber kann Vater Moses entscheiden.«

»Und zu guter Letzt, meine Herren...«, begann Crabbe eine Zusammenfassung.

»Oh, kommen Sie«, sagte De Santis in gehässiger Heiterkeit. »Sie werden nie glauben, was das Zeug fertigbringt, solange Sie's nicht mit eigenen Augen gesehen haben. Es schmerzt nicht und schädigt nicht. Man wird lediglich *non compos*, etwa sechs oder sieben...«

Die Plastikkapsel zerbrach zwischen Powells Fingern. Unter Crabbes Nase flammte eine grelle, bläuliche Glut auf. Inmitten seines Vortrags sank Crabbe zusammen wie ein schlaffer Sack. Powell warf Blicke des Entsetzens in die Runde. »Du lieber Himmel!« rief er. »Was ist denn *jetzt* passiert? Die Kapsel ist mir glattweg in der Hand zerfallen!« Er sah De Santis an. Seine Stimme klang ernst. »Sie haben sie zu dünnwandig gemacht, De Santis. Sehen Sie nur, was Sie Polizeipräsident Crabbe angetan haben!«

»Was *ich* ihm angetan habe!!«

»Füttern Sie Vater Moses mit allen Daten«, ordnete der Staatsanwalt an. Aus Selbstbeherrschung klang seine Stimme gepreßt. »Dies Testresultat wird er bestimmt anerkennen.«

Man bettete den Polizeipräsidenten in einen weichen Sessel. »Und nun zur Mordmethode«, fuhr Powell in seinen Erläuterungen fort. »Seien Sie so freundlich und schauen Sie genau zu, meine Herrschaften. Die Hand ist schneller als das Auge.« Er zeigte einen Revolver aus dem Kriminalmuseum vor. Aus den Geschoßkammern entfernte er die Patronen, und aus einer Patrone löste er das Projektil. »Das gleiche tat Reich bei dem Revolver, den ihm Jerry Church vor dem Mord verkaufte. Er täuschte vor, ihn unschädlich zu machen. Ein Schein-Alibi.«

»Täuschte vor, so? Mann, die Waffe *ist* unschädlich. Ist das Churchs Beweis?«

»Ja. Es steht im Bericht.«

»Dann brauchen Sie Vater Moses erst gar nicht mit diesem Problem zu belästigen.« Verärgert warf der Staatsanwalt seine Papiere zur Seite. »Wir haben keinen Fall vorzulegen.«

»Doch, haben wir.«

»Wie kann eine Patrone ohne Kugel töten? Im Bericht wird nicht erwähnt, daß Reich die Patrone wieder scharfgemacht hätte.«

»Er hat es.«

»Hat er nicht«, schnauzte De Santis. »Weder im Schädel des Toten noch irgendwo im Raum war ein Projektil zu finden. Nichts dergleichen war vorhanden.«

»Alles war vorhanden, was wir brauchten. Es war leicht festzustellen, sobald ich über den Anhaltspunkt Klarheit gewonnen hatte.«

»Es gab keinen Anhaltspunkt!« brüllte De Santis.

»Doch, und Sie selbst haben ihn entdeckt, De Santis. Das Stückchen Süßwaren-Gelatine in D'Courtneys Mund. Entsinnen Sie sich? Aber keine Süßigkeiten im Magen.« De Santis starrte ihn an; Powell grinste. Er nahm eine Pipette und füllte eine Gelatinekapsel mit Wasser. Er drückte die Kapsel ins offene Ende der entschärften Patrone, auf die Ladung, und schob sie in die Trommel. Dann hob er die Waffe, zielte auf einen kleinen Holzblock, der an der Tischkante festgeschraubt war, und feuerte. Ein dumpfer, flauer Knall ertönte, und das Holz zersprang in Stücke.

»Ja, um Himmels ...!« rief der Staatsanwalt. »Das ist vielleicht ein Trick! Aber es muß doch außer dem Wasser etwas in der Kapsel gewesen sein.« Er untersuchte die Bruchstücke des Holzblocks.

»Nein, es war nichts anderes drin. Man kann mit einer Pulverladung ohne weiteres ein Gramm Wasser verschießen. Und es läßt sich mit hinreichender Mündungsgeschwindigkeit verschießen, um jemandes Hinterkopf zu durchschlagen, wenn man durch die weiche Mundhöhle schießt. Deshalb mußte Reich durch D'Courtneys Mund feuern. Deshalb hat De Santis das Fetzchen Gel gefunden. Deshalb konnte er sonst nichts finden. Das Geschoß hatte sich aufgelöst.«

»Gebens Sie's Vater Moses ein«, befahl der Staatsanwalt mit schwacher Stimme. »Meine Güte, Powell, allmählich glaube ich auch, wir haben hier einen tollen Fall.«

»Sage ich doch. Nun das Motiv. Wir haben uns Reichs Geschäftsunterlagen angeeignet, und unsere Wirtschaftsfachleute sind mit der Prüfung fertig. D'Courtney hatte Reich mit dem Rücken an die Wand gedrängt. Reich versuchte es zunächst mit dem Standpunkt: Wenn du nicht Rudelführer sein kannst, heule mit den anderen Wölfen. Er versuchte D'Courtney eine Fusion schmackhaft zu machen. Ohne Erfolg. Daraufhin ermordete er D'Courtney. Na, halten Sie das für glaubhaft?«

»Sicherlich. Aber ich kann nicht für Vater Moses sprechen. Geben Sie's ein.«

Auch den Rest der auf Lochstreifen verschlüsselten Daten erhielt der Computer verfüttert, dann schaltete man ihn von Passiv auf Aktiv und ließ ihn an die Arbeit gehen. Vater Moses' Augen flackerten in tiefster Gedankenschwere; in seinen Eingeweiden summte es leise; seine Datenbänke fingen mit lebhaftem Surren und Knistern an. Powell und die anderen Anwesenden warteten in immer stärkerer Spannung. Plötzlich bekam Vater Moses einen Schluckauf. Ein Läutwerk machte gedämpft *ping-ping-ping-ping-ping-ping.* Dann begannen Vater Moses' Tasten das jungfräuliche weiße Papier zu besudeln. EMPFEHLE ANKLAGEERHEBUNG, erteilte Vater Moses Bescheid, UNTER DER VORAUSSETZUNG, DASS DAS GERICHT ZEIT HAT FÜR ÜBERFLÜSSIGE PLÄDOYERS UND UNVERMEIDLICHE RECHTSEINWÄNDE. VGL. MUSTERPROZESS HAY/COHOES UND DAS URTEIL IM FALL SHELLEY. URP.

»Ja, was...?« Powell blickte Beck an.

»Er benimmt sich albern«, erklärte Beck.

»Ausgerechnet jetzt!«

»Dann und wann kommt's eben vor. Wir versuchen es noch einmal.« Er wiederholte die Eingabe, ließ den Computer gute fünf Minuten lang warmlaufen und dann die Arbeit nochmals tun. Wieder leuchteten die Augen des alten Vater Moses, der Magen knurrte ihm, sein Gedächtnis brodelte, und Powell, der Staatsanwalt sowie die Mitarbeiter der beiden warteten erneut gespannt auf das Ergebnis. Von der bevorstehenden Entscheidung hing es ab, ob sich die mühevolle Tätigkeit eines ganzen Monats gelohnt hatte. Schließlich begannen die Tasten von neuem zu klappern.

INSTRUKTION NR. 921088, begann Vater Moses. TEILGEBIET C 1. MOTIV. IM VORLIEGENDEN KRIMINALFALL TATMOTIV LEIDENSCHAFT UNGENÜGEND NACHGEWIESEN. VGL. MUSTERPROZESS STAATSANWALTSCHAFT/HANRAHAN (BGH 1202/19) UND FOLGEPROZESSE.

»Tatmotiv Leidenschaft?« brummelte Powell. »Ist Vater Moses denn verrückt geworden? Das Motiv ist doch Gewinnsucht. Überprüfen Sie die Daten zu C 1, Beck.«

Beck gehorchte. »Material fehlerfrei.«

»Also versuchens wir's noch einmal.«

Der Computer mußte die Instruktion ein drittes Mal bearbeiten. Diesmal befaßte er sich wie gewünscht mit dem Motiv Gewinnsucht. INSTRUKTION NR. 921088. TEILGEBIET C 1. MOTIV. IM VORLIEGENDEN KRIMINALFALL TATMOTIV GEWINNSUCHT UNGENÜGEND NACHGEWIESEN. VGL. PROZESS STAATSANWALTSCHAFT/ROYAL (BGH 1197/388).

»Haben Sie das Datenmaterial zu C 1 falsch aufbereitet?« fragte Powell gereizt.

»Wir haben alles verwendet, was wir zu verwenden hatten«, antwortete Beck.

»Entschuldigen Sie«, sagte Powell zu den anderen. »Ich muß das mit Beck mittels ESP klären. Ich hoffe, Sie stören sich nicht daran.« Er wandte sich telepathisch wieder an Beck *›Eröffnen Sie mir Ihren Denkkasten, Jackson. Ich habe den Eindruck, daß in Ihren letzten Worten eine Auslassung steckt. Ich muß dahinterkommen…‹*

›Ganz ehrlich, Lincoln, ich bin mir keiner Auslassung bewußt, ich…‹

›Wären Sie sich ihrer bewußt, handelte es sich um keine Auslassung, sondern um eine regelrechte Lüge. Nun lassen Sie mal sehen… Oh. Natürlich. Idiot! Es ist doch keine Schande, wenn unsere Code-Abteilung etwas langsamer arbeitet.‹ Powell verständigte den Rest der Versammelten. »Beck hat beim Faktenmaterial eine Kleinigkeit vergessen. Unsere Code-Abteilung ist noch mit Hassops Unterstützung dabei, Reichs Privat-Code zu knacken. Bisher haben wir nur die Kenntnis davon, daß Reich eine Fusion anbot, jedoch auf Ablehnung stieß. Uns fehlt aber noch der genaue Wortlaut von Angebot und Ablehnung. Und den will Vater Moses wissen. Er ist eben ein sehr vorsichtiges Ungeheuer.«

»Wenn der Code noch nicht geknackt ist«, fragte der Staatsanwalt, »woher wollen Sie dann wissen, daß Reich den Vorschlag unterbreitete und darauf eine Ablehnung erhielt?«

»Über Gustus Tate von Reich selbst. Diese Tatsache war eines der letzten Dinge, die ich von Tate erfuhr, ehe man ihn ermordete. Beck, hören Sie mal. Fügen Sie der Eingabe eine Vermutung hinzu. Was hält Vater Moses unter der Vorraussetzung, daß der Fusions-Sachverhalt unumstößlich ist – und das ist er –, von dem Fall?«

Beck tippte einen Zusatzstreifen, verschweißte ihn mit dem Lochstreifen der Eingabe und schob das Ganze zurück in den Computer. Der Mosaic Multiplex Prosecution Computer, nun in vollem Betrieb, antwortete schon nach dreißig Sekunden. INSTRUKTION NR. 921088. BEI ZUTREFFEN DER GEÄUS-

SERTEN VERMUTUNG BESTEHT FÜR EINEN SCHULDSPRUCH EINE WAHRSCHEINLICHKEIT VON 97,0099%.

Powells Mitarbeiter grinsten erleichtert. Powell riß das Papier aus dem Schreiber und überreichte den Abschnitt schwungvoll und in sichtlichem Stolz dem Staatsanwalt. »Da haben Sie Ihren Fall, Herr Staatsanwalt... rundum hieb- und stichfest.«

»Meine Güte!« rief der Staatsanwalt. »Siebenundneunzig Prozent! Herrje, während meiner ganzen Amtszeit habe ich noch keinen Fall mit Neunzigerwahrscheinlichkeit gesehen! Ich dachte, es wäre gut, wenn über siebzig liegt... Siebenundneunzig Prozent... gegen Ben Reich persönlich. Mein Gott!« Er blickte in einer Art ehrfürchtiger Verstörtheit in die Runde. »Wir werden ganz dick in die Kriminalgeschichte eingehen.«

Jemand riß die Tür auf, und zwei schweißüberströmte Männer eilten herein, fuchtelten mit Schriftstücken. »Da kommt die Code-Abteilung«, sagte Powell, »Sind Sie fertig?«

»Wir sind fertig«, lautete die Antwort. »Und Sie sind auch fertig, Powell. Der ganze Fall ist geplatzt.«

»Wie? Wovon zum Teufel reden Sie?«

»Reich soll D'Courtney abgemurkst haben, weil D'Courtney eine Fusion verweigerte, stimmt's? Reichs Motiv für den Mord an D'Courtney soll ganz klar und deutlich Gewinnsucht gewesen sein, stimmt's? Na, nichts dergleichen!«

»O mein Gott...!« stöhnte Beck.

»Reich übermittelte D'Courtney: YYJI TTED RRCB UUFE AALK QQBA. Das heißt: VORSCHLAGE FUSION UNSERER ZWEI UNTERNEHMEN. GLEICHANTEILIGE PARTNERSCHAFT.«

»Ja, verdammt, das sage ich ja die ganze Zeit! Und D'Courtney antwortete WWHG. Das war eine Ablehnung. Reich teilte es Tate mit. Tate hat's mir verraten.«

»D'Courtney antwortete WWHG. Das heißt: ANGEBOT ANGENOMMEN.«

»Sie sind ja verrückt!«

»Sie haben wie ein Verrückter voll in die Scheiße getreten, Powell. WWHG heißt ANGEBOT ANGENOMMEN. Das war eindeutig die Antwort, die sich Reich erhoffte. Er besaß allen Grund, D'Courtney gute Gesundheit und langes Leben zu wünschen. Sie werden kein Gericht im Sonnensystem jemals davon überzeugen können, Reich hätte irgendein Motiv dafür gehabt, D'Courtney zu ermorden. Ihr Fall ist zu einem Nichts zerronnen.«

Powell stand eine halbe Minute lang reglos, die Fäuste geballt; sein Gesicht zuckte. Plötzlich trat er zur Modellanlage und ergriff die Androiden-Figur Reichs. Er riß ihr den Kopf ab. Er ging hinüber zu Vater Moses' Schreibern, zerrte die Lochstreifen heraus, knüllte sie zusammen und schleuderte das Knäuel quer durch den Saal. Er stapfte zu Crabbes stiller Gestalt und gab dem Sessel, worin sie ruhte, einen fürchterlich wuchtigen Tritt. Während die übrigen Anwesenden stumm und entsetzt zusahen, kippten der Sessel und der Polizeipräsident schwerfällig um. »Verfluchter Kerl!« schrie Powell mit zittriger Stimme. »Immer sitzen Sie nur im Sessel herum!« Erbittert verließ er in schroffer Weise den Saal.

14

Explosion! Erschütterung! Die Zellentür springt auf. Und draußen wartet im Mantel der Dunkelheit, erreichbar durch die Flucht ins Unbekannte, die Weite der Freiheit... Wer ist das? Wer steht vor dem Zellentrakt? O Gott! O Himmel! Der Mann ohne Gesicht! mit festem Blick. Bedrohlich. Stumm. Fort! Fliehen! Flucht! Flu...!

Flug durchs All. Die Abgeschiedenheit in diesem silbernen, schlanken Rumpf, der in die Tiefen des fernen Unbekannten vorstößt, bedeutet Sicherheit... Der Lukendeckel! Er öffnet sich. Aber das ist unmöglich. Es ist niemand an Bord des Raumschiffs, der diese Luke so unheilvoll langsam öffnen könnte... O Gott! Der Mann ohne Gesicht! Mit festem Blick. Bedrohlich. Stumm...

Aber ich bin unschuldig. Euer Ehren. Unschuldig. Sie werden mir nie eine Schuld nachweisen können, und ich werde in meiner Verteidigung niemals nachlassen, und wenn Sie mir mit Ihrem Hämmerchen die Ohren noch so sehr volldröhnen, und... Herr im Himmel! Auf dem Richtersitz. Mit Talar und Perücke. Der Mann ohne Gesicht. Mit festem Blick. Bedrohlich. Verkörperung des Strafgerichts...

Das Pochen des Hammers verwandelte sich in das Klopfen einer Hand an die Kabinentür. »Wir befinden uns über New York, Mr. Reich«, rief die Stimme des Stewards. »Ausschiffung in einer Stunde. Wir sind über New York, Mr. Reich.« Das Klopfen nahm kein Ende.

Reich fand seine Stimme wieder. »Ja, in Ordnung«, krächzte er, »ich höre Sie.« Der Steward ging. Reich stieg aus dem Liquid-Bett und bemerkte, daß seine Knie bebten. Er stützte sich an die Wand und zwang sich mit geknirschten Flüchen zum Durchhalten. Noch aufgewühlt durch die Schrecken des Alptraums suchte er das Bad auf, enthaarte sein Kinn mit Creme, duschte und ließ sich zehn Minuten lang von Heißluft und Dampf umwallen. Danach wankte er noch immer. Er begab sich in die Massagenische und drückte den Knopf mit dem Hinweis GRANULAT. Die Automatik verspritzte zwei Pfund feuchtes, duftiges Salz auf seine Haut. Als die Massagepuffer eben mit seiner Bearbeitung beginnen wollten, verfiel Reich plötzlich darauf, daß er einen Kaffee vertragen könnte. Er verließ die Nische, um den Service zu verständigen.

Es gab eine dumpfe Erschütterung, und die Explosion in der Nische schleuderte Reich vornüber aufs Gesicht. Trümmerstücke rissen ihm den Rücken auf. Er sprang in den Schlafraum, ergriff seine Reisetasche und wirbelte sie wie ein gereiztes Tier herum, während seine Hände mit geübten Griffen die Tasche öffneten und nach dem Behälter mit Sprengkapseln tastete, den er stets mitführte. Aber in der Reisetasche war kein Behälter. Reich riß sich zusammen. Er spürte das Salz in den Verletzungen seines Rückens brennen und Blut hinabrinnen. Er bemerkte, daß er nicht länger zitterte. Vorsichtig kehrte er in die Massagenische zurück, schaltete die Apparatur ab und begutachtete den Schaden. Jemand hatte während der Nacht den Behälter aus seiner Reisetasche gestohlen und eine Sprengkapsel in jedem Massagepuffer versteckt. Der leere Behälter lag hinter der Nische. Um einen nahezu wunderbaren Sekundenbruchteil war er davongekommen... vor wem? Er untersuchte die Tür zu seinem Privatabteil. Das Schloß war offenbar von einem echten Meister seines Handwerks geöffnet worden. Es wies keinerlei Spuren von unsachgemäßer Handhabung auf. Aber wer hatte das veranlaßt? Und warum? »Schweinehunde...!« knurrte Reich. Mit von neuem gestählten Nerven begab er sich wieder ins Bad, spülte sich das Salz und sein Blut vom Körper und sprühte seinen Rücken mit einem Koagulans ein. Er kleidete sich an, trank Kaffee und ging schließlich hinunter zur Abfertigung. Nach einem heftigen mentalen Geplänkel mit dem ESPer-Zollbeamten (*›Spannung, Spiel und Spökenkieken sind im Gang!‹*) bestieg er eine Maschine der Monarch, die schon bereitstand, und ließ sich in die Stadt fliegen. Noch unterwegs rief er das Monarch-Hochhaus an. Auf dem Bildschirm erschien das Gesicht seiner Sekretärin. »Irgendwelche Neuigkeiten von Hassop?« fragte Reich.

»Nein, Mr. Reich. Nichts seit Ihrem Anruf von Spaceland aus.«

»Verbinden Sie mich mit dem Freizeit-Zentrum.« Ein Fischgrätenmuster entstand auf dem Bildschirm, dann zeigte er den von Chrom blitzenden Klubraum der Monarch. Ellery West, so bärtig und von gelehrtem Erscheinungsbild wie immer, heftete gerade bedächtig Blätter voller Maschinenschrift in Plastikordner. Er hob den Blick und lächelte.

»Hallo, Ben.«

»Es besteht kein Anlaß zu guter Laune, Ellery«, sagte Reich unfreundlich. »Zum Teufel, wo steckt Hassop? Ich dachte, Sie hätten...«

»Das alles geht mich nicht länger irgend etwas an, Ben.«

»Wie meinen Sie das?«

West deutete auf die Ordner. »Gerade habe ich meine Arbeit beendet. Vollständige Aufzeichnung meiner Laufbahn und Tätigkeit bei der Monarch Gemeinwirtschaftliche Allzweck AG für Ihr Archiv. Diese Laufbahn hat heute früh um neun Uhr ein Ende genommen.«

»Was?!«

»So ist's. Ich hatte Sie gewarnt, Ben. Der Verband hat die Monarch für ESPer gesperrt. Wirtschaftsspionage widerspricht unserer Ethik.«

»Hören Sie, Ellery, Sie können unmöglich ausgerechnet jetzt den Kram hinschmeißen. Ich habe Schwierigkeiten und benötige dringend Ihre Mitarbeit. Heute morgen wollte mich jemand im Raumschiff in Fetzen sprengen. Ich bin um Haaresbreite verschont geblieben. Ich muß herausfinden, wer dahinter steckt. Ich brauche einen ESPer.«

»Bedaure, Ben, geht nicht.«

»Sie müssen ja nicht für die Monarch arbeiten. Ich nehme Sie persönlich für private Dienste unter Vertrag. Mit einem Vertrag wie Breen einen hat.«

»Breen? Ein Zweier? Der Analytiker?«

»Ja. Mein Analytiker.«

»Ist er nicht länger.«

»Was?«

West nickte. »Die Änderung des Statuts ist heute in Kraft getreten. Künftig sind Privatdienste ausgeschlossen. Sie schränken die Leistungsfähigkeit der ESPer zu stark ein. Wir müssen zum größten Wohle der Mehrheit aller Menschen wirken. Breen ist für Sie nicht länger zu haben.«

»Powell steckt dahinter«, brüllte Reich. »Ihm ist kein Trick zu schmutzig, um mir das Leben zu versauern! Er versucht mich an das D'Courtney-Kreuz zu nageln, dieser erbärmliche Gedankenschnüffler! Er...«

»Hören Sie auf damit, Ben. Powell hat mit alldem nichts zu schaffen. Wir wollen als Freunde auseinandergehen, oder? Wir haben immer ein angenehmes Verhältnis zueinander gepflegt.

Nun sollten wir uns auch auf angenehme Weise trennen. Oder was meinen Sie?«

»Meinetwegen fahren Sie zur Hölle!« schnauzte Reich und unterbrach die Verbindung. »Nach Hause«, sagte er im gleichen Tonfall zum Piloten.

Rücksichtslos stürmte Reich in seine Dachwohnung, erzeugte in den Herzen seines Personals erneut Furcht und Abneigung. Er warf seine Reisetasche dem Hausdiener in die Arme und stampfte unverzüglich in Breens Räume. Sie waren verlassen. Auf dem Tisch fand er ein freundliches Schreiben, das im wesentlichen jene Dinge enthielt, die ihm bereits West mitgeteilt hatte. Reich ging in die eigenen Räume und ans V-fon; er wählte den Anschluß von Gustus Tate. Der Bildschirm erhellte sich und zeigte ein Schild mit dem Text:

BETRIEB EINGESTELLT

Reich betrachtete die Schrift, trennte die Verbindung und wählte die Nummer Jerry Churchs. Der Bildschirm flackerte auf und zeigte ein Schild, worauf stand:

BETRIEB EINGESTELLT

Unwirsch schaltete Reich das Gerät aus, schritt unentschlossen durch sein Arbeitszimmer und trat schließlich zum Lichtschimmer in der Ecke, der seinen Safe anzeigte. Er holte ihn aus seiner Zeitverschobenheit, so daß plötzlich das Aktenschränkchen vor ihm stand, und griff nach dem roten Umschlag im linken oberen Fach. Als er den Umschlag berührte, hörte er ein leises Knacken. Er duckte sich und taumelte rückwärts, schützte sein Gesicht mit den Armen. Ein greller Blitz zuckte auf, gefolgt von einer schweren Explosion. Etwas traf Reich an der linken Körperseite, schleuderte ihn durchs Arbeitszimmer und gegen die Wand. Ein Hagel von Trümmern regnete herab. Reich raffte sich auf, schrie aus Bestürzung und Wut, riß die Streifen seiner zerfetzten Kleidung von der linken Körperseite, um sich die Verletzung anzuschauen. Er hatte eine üble Platzwunde erlitten, und ein besonders heftiger Schmerz ließ auf mindestens eine gebrochene Rippe schließen.

Er hörte sein Personal durch den Korridor herbeilaufen. »Draußenbleiben!« brüllte er. »Hören Sie? Bleiben Sie draußen! Allesamt!« Er wankte durch die Zerstörungen und begann die Reste seines Safes zusammenzuklauben. Er fand den Neuronen-Scrambler, den er Chooka Froods Rotäugiger abgenommen hatte.

Ebenso fand er die Waffe, die wie eine Blume des Bösen aussah, das Mordwerkzeug, mit dem er D'Courtney vom Leben zum Tode befördert hatte. Sie enthielt noch vier Patronen, geladen mit Wasser, versiegelt mit Gelatine. Er schob beide Waffen in die Taschen einer sauberen Jacke, entnahm dem Schreibtisch einen neuen Behälter mit Sprengkapseln und verließ überstürzt das Zimmer, ohne auf sein Hauspersonal zu achten, das ihn erstaunt anstarrte. Auf dem Weg von der Dachwohnung in die Tiefgarage knirschte und zischte Reich unablässig Verwünschungen; drunten schob er den Schlüssel ins Abrufgerät und wartete auf seinen kleinen Privat-Jumper. Als er aus seiner Box kam – die Fahrzeugschlüssel steckten in der Tür –, durchquerte ein anderer Hausbewohner die Garage und gaffte aus einiger Entfernung. Reich drehte den Schlüssel um und riß die Tür auf, um einzusteigen. Er hörte ein leises, gequetschtes *Rrrrrip.* Reich warf sich zu Boden. Der Tank des Jumpers explodierte. Wie durch ein Wunder ging er nicht in Flammen auf. Die Maschine verschleuderte unverdünnten Treibstoff wie ein Geysir und Stücke verbogenen Metalls. Reich kroch wie ein Besessener vorwärts, erreichte die Rampe der Ausfahrt und lief um sein Leben.

Auf der Straße suchte er wie ein Rasender, blutüberströmt und in zerfetzter Kleidung, besudelt und stinkend vom Kreosot-Treibstoff, nach einem Jumper des Öffentlichen Nahverkehrs. Er konnte keinen Münz-Jumper finden. Es gelang ihm, ein Jumper-Taxi herbeizuwinken. »Wohin?« erkundigte sich der Pilot.

Benommen patschte Reich auf Blut und Treibstoff, die ihn verklebten. »Chooka Frood!« röchelte er mit hysterisch schriller Stimme. Der Jumper brachte ihn in hohem Bogen zur Bastion West 99. Reich drängte sich am Pförtner vorbei, der Einwände erheben wollte, ebenso an der entrüsteten Garderobendame und Chooka Froods hochbezahltem *chargé d'affaires,* und platzte wie ein Gewitter ins Privatbüro, einen im viktorianischen Stil ausgestatteten Raum mit trüben gläsernen Lampen, übermäßig ausgepolsterten Sofas und einem Rollpult-Schreibtisch. Chooka saß an diesem Tisch, gekleidet in eine schmuddlige Bluse, im Gesicht den Ausdruck ihrer schmuddligen Gesinnung; letzterer wich einer Miene kräftigen Erschreckens, als Reich den Neuronen-Scrambler aus der Tasche zerrte.

»Um Himmels willen, Reich!« kreischte sie.

»Hier bin ich, Chooka«, entgegnete er heiser. »Nun wollen wir Fraktur reden, ehe der Fisch in die Pfanne kommt. Ich habe Ihnen schon einmal mit diesem Scrambler eingeheizt. Nun ist er wieder für sie vorgewärmt. Sie haben selber dafür gesorgt, Chooka.«

Sie sprang vom Schreibtisch auf. »Magda!« schrie sie. Reich packte ihren Arm und schleuderte sie quer durchs Büro. Sie taumelte gegen die Couch, kippte sie um und fiel dahinter. Ihre rotäugige Leibwächterin kam ins Büro gestürzt. Reich war bereit. Er versetzte ihr einen Hieb in den Nacken, und als sie nach vorn torkelte, trat er ihr brutal den Absatz in den Rücken und streckte sie der Länge nach am Boden aus. Die Frau wand sich unter seinem Fuß und verkrallte sich an seinem Bein. Er achtete nicht darauf. »Verlieren wir keine Zeit«, fuhr er Chooka an. »Warum haben Sie mir Fallen gestellt?«

»Wovon reden Sie?« heulte Chooka.

»Wie ich aussehe, wovon werde ich da wohl reden? Schauen Sie sich das Blut an, Allerwerteste. Drei hinterhältige Anschläge habe ich überlebt. Aber wie lange kann mein Glück noch anhalten?«

»Äußern Sie sich doch vernünftig, Reich! Ich verstehe nicht, was...«

»Ich spreche vom *Tod*, Chooka, der das Ende ist. Ich war hier und habe Wirbel um die D'Courtney-Tochter veranstaltet. Ich habe Ihrer Freundin hier eins vor den Latz geknallt, ich habe Ihnen die Hölle heiß gemacht. Und Sie waren stocksauer und haben mir diese hinterlistigen Fallen stellen lassen. Stimmt's?« Verwirrt schüttelte Chooka den Kopf. »Drei bis jetzt. Im Raumschiff, mit dem ich von Spaceland heimgeflogen bin. In meinem Arbeitszimmer. In meinem Jumper. Wieviel Knallfrösche haben Sie mir noch in den Weg gelegt, Chooka?«

»Ich war's nicht, Reich. Ganz bestimmt nicht. Ich...«

»Sie müssen es gewesen sein, Chooka. Sie allein kommen in Frage, und Sie sind der Typ, der bedenkenlos alle Arten von Schweinehunden anheuert. Deshalb müssen Sie dahinterstecken. Aber diesem Unfug werde ich sofort ein Ende bereiten.« Er entsicherte den Scrambler. »Ich habe keine Zeit für schäbige, rachsüchtige Weibsbilder und ihren verqueren Anhang.«

»Hergott!« schrie Chooka. »Meine Güte, was soll ich denn auf einmal gegen Sie haben? Klar, Sie haben hier Wirbel gemacht. Ja, Magda hat Schläge bekommen. So etwas geschieht eben ab und zu. Dergleichen wird immer wieder passieren. Seien Sie doch vernünftig!«

»Ich bin's. Wenn nicht Sie der Urheber dieser Schweinerei sind, wer dann?«

»Keno Quizzard. Er hat alle nur erdenklichen Beziehungen zur Unterwelt. Ich habe doch gehört, wie Sie und er...«

»Quizzard entfällt. Quizzard ist tot. Wer sonst?«

»Church.«

»Für so etwas besitzt Church nicht den Mumm. Andernfalls hätte er's vor zehn Jahren auf diese Tour versucht. Wer sonst?«

»Woher soll denn ich es wissen? Hunderte gibt's, die Sie genug hassen, um auf so was zu verfallen.«

»Tausende, schätze ich. Aber wer könnte an meinen Safe gelangen? Wer könnte eine Zeitphasenkombination herausfinden und...«

»Vielleicht war's nicht nötig, sich lange mit dem Safe zu befassen. Vielleicht hat sich jemand statt dessen mit Ihrem Kopf befaßt und so die Kombination ermittelt. Möglicherweise...«

»Mit meinem Kopf!«

»Ja. Gedankenlesen. Möglicherweise haben Sie Church unterschätzt... Oder irgendeinen anderen ESPer, der allen Grund zu haben glaubt, Sie unter die Erde zu bringen.«

»Mein Gott...«, flüsterte Reich. »O mein Gott... Ja.«

»Church?«

»Nein. Powell.«

»Der Hauptbulle?«

»Der Hauptbulle. Powell. Ja. Lincoln Powell mit dem Heiligenschein. Jawohl!« Die Worte begannen über Reichs Lippen wie ein Wasserfall zu fließen. »Ja, Powell, jawohl! Der Scheißkerl versucht es jetzt auf die miese Tour, weil er mir anders nicht beikommen kann. Er schafft's nicht, sich seinen Fall zusammenzuschustern. Ihm sind nur noch die schmutzigen Mittelchen geblieben...«

»Sie sind verrückt, Reich.«

»So? Warum hat er dann dafür gesorgt, daß ich Ellery West und Breen verliere? Weil er weiß, daß ESPer der einzige zuverlässige Schutz gegen Hinterlisten sind. Jawohl, es ist Powell!«

»Ein Bulle, Reich? Ein Polizist?«

»Natürlich ist er Polizist!« brauste Reich auf. »Warum soll denn ein Polizist so etwas nicht tun?! Er kann sich in Sicherheit wiegen. Ihn verdächtigt ja niemand. Wirklich schlau. Genau das, was ich auch täte... Na schön... Nun werde ich mir auch einmal einen kleinen Scherz erlauben!« Er stieß die Rotäugige mit dem Fuß beiseite, ging zu Chooka und riß sie hoch. »Rufen Sie Powell an.«

»Was?«

»Rufen Sie Powell an!« schrie er. »Lincoln Powell. Rufen Sie ihn daheim an. Er soll sofort herkommen.«

»Unmöglich, Reich...«

Er schüttelte sie. »Sperren Sie die Ohren auf, Sie alte Bürste. Bastion West gehört dem D'Courtney-Kartell. Da der alte

D'Courtney nun tot ist, fällt das D'Courtney-Kartell mir zu, und damit auch die Bastion West. In Kürze gehört mir dieser ganze Schweinestall. Sie kriegen's mit mir zu tun, Chooka. Möchten Sie im Geschäft bleiben? Dann rufen Sie Powell an.«

Sie starrte in sein verzerrtes Gesicht, las umständlich seine Gedanken, erkannte allmählich, daß er die Wahrheit sprach. »Aber ich habe keinen Vorwand zum Anrufen, Reich.«

»Einen Moment... einen Moment mal.« Reich überlegte, dann zog er die Tatwaffe aus der Tasche und drückte sie Chooka in die Hand. »Zeigen Sie ihm das Ding. Sagen Sie, D'Courtneys Tochter hätte es hier zurückgelassen.«

»Was ist denn das?«

»Die Waffe, die D'Courtney getötet hat.«

»Ja, um... Reich!«

Reich lachte. »Er wird davon keinen Nutzen haben. Während er sie sich holt, stell ich ihm meine Falle. Rufen Sie ihn an. Zeigen Sie ihm die Waffe. Lassen Sie ihn kommen.« Er schob Chooka zum Apparat und stellte sich außerhalb des Aufnahmebereichs daneben. In seiner Hand hielt er bedeutungsvoll den Neuronen-Scrambler. Chooka verstand vollauf.

Sie wählte Powells Nummer. Mary Noyes erschien vor Powells Gerät, lauschte Chooka, rief dann Powell. Der Hauptkommissar kam; sein ohnehin hageres Gesicht wirkte verhärmt, und seine Augen hatten dunkle Ränder. »Ich... ich habe hier etwas, das Sie vielleicht interessiert, Mr. Powell«, stammelte Chooka. »Ich habe es eben erst gefunden. Das Mädchen, das Sie aus meinem Haus geholt haben, muß es vergessen haben.«

»Was denn, Chooka?«

»Die Waffe, mit der D'Courtney umgebracht worden ist.«

»Nicht möglich!« Powells Miene war plötzlich lebhaft. »Lassen Sie mal sehen.« Chooka zeigte ihm die Waffe. »Herrje, das ist sie«, rief Powell. »Vielleicht kriege ich jetzt doch noch den entscheidenden Dreh! Bleiben Sie, wo Sie sind, Chooka. Ich komme so flugs wie ein Jumper fliegen kann.«

Der Bildschirm verdunkelte sich. Reich mahlte mit den Zähnen und schmeckte Blut. Er drehte sich auf dem Absatz um, verließ in aller Eile das Regenbogenhaus und machte einen leeren Münz-Jumper ausfindig. Er warf einen halben Kredit in den Schlitz, öffnete den Schlag und stieg ein. Als er mit ungestümem Fauchen himmelwärts schoß, streifte er das Dachgesims des dreißigsten Stockwerkes und überschlug sich fast. Unklar sah er ein, daß er weder dazu in der Verfassung war, einen Jumper zu steuern, noch eine Falle zu ersinnen. ›*Verzichte aufs Nachdenken*‹, ermahnte er sich. ›*Versuch erst gar nicht zu planen. Überlaß alles deinem Instinkt. Du bist ein Mörder. Du bist der geborene Mörder. Warte ab und töte, wenn's soweit ist.*‹ Während der ganzen Flugstrecke zu den Hudson-Schleusen hatte Reich mit sich und den Kontrollen zu kämpfen; er lenkte den Jumper mühevoll durch die wechselhaften Luftströmungen überm North River abwärts. Sein ›Mörderinstinkt‹ veranlaßte ihn zu einer Bruchlandung im Garten hinter Powells Haus. Den Grund begriff er selbst nicht. Als er die verbogene Tür des Jumpers aus dem Rahmen trat, meldete sich eine Automatenstimme. »Die öffentlichen Verkehrsbetriebe bitten um Ihre Aufmerksamkeit. Sie sind für jeden Schaden an Öffentlichen Verkehrsmitteln haftbar. Bitte hinterlassen Sie Ihren Namen und Ihre Anschrift. Sollten wir zu Ermittlungen gezwungen sein, entstehen Ihnen zusätzliche Kosten. Vielen Dank.«

»Bald werde ich noch für viel mehr haftbar sein«, höhnte Reich. »Melden Sie sich rechtzeitig an.« Er verbarg sich unter dichtem Forsythiengesträuch und wartete mit schußbereitem Scrambler. Dann verstand er, warum sein Instinkt ihn zu dieser Bruchlandung getrieben hatte. Das Mädchen, das an Powells Apparat gegangen war, kam aus dem Haus und lief durch den Garten zum Jumper. Reich wartete. Sonst kam niemand zum Vorschein. Das Mädchen war allein. Er sprang aus dem Gesträuch, und das Mädchen fuhr herum, ehe es ihn hörte. Also eine ESPer. Er drückte den Abzug bis zum ersten Anschlag durch. Die Haltung des Mädchens erstarrte, es zitterte nur noch... war hilflos. Im ersten Augenblick neigte Reich dazu, die Waffe auf tödliche Wirkung einzustellen, aber wieder griff sein Instinkt ein und hielt ihn zurück. Auf einmal wußte er, welche Falle sich Powell stellen ließ. Es war besser, das Mädchen erst im Hause zu töten. Dann konnte er die Leiche mit Sprengkapseln garnieren und als Köder für Powell verwenden. Schweiß rann dem Mädchen übers dunkle Gesicht. Die Kiefermuskulatur zuckte. Reich nahm den Arm des Mädchens und führte es durch den Garten zum Haus; es ging mit der Steifbeinigkeit einer Vogelscheuche. Im Innern des Hauses brachte Reich das Mädchen durch die Küche ins Wohnzimmer. Dort bettete er es auf eine lange Liege mit Kordbezug; es widersetzte sich ihm mit allem, was es außer dem Körper besaß. Er grinste roh, beugte sich hinab und küßte es auf den Mund. »Schönen Gruß an Powell«, sagte er, trat zurück und hob den Scrambler. Dann senkte er die Waffe wieder. Jemand beobachtete ihn.

Nahezu gleichgültig drehte er sich um und ließ seinen Blick durchs Wohnzimmer huschen. Er sah niemanden. Er wandte sich wieder dem Mädchen zu. »Stellst du das mit TW an, Gedankenschnüfflerin?« fragte er und hob erneut den Scrambler. Und wieder ließ er ihn sinken. Jemand beobachtete ihn!

Diesmal streifte Reich durch das Wohnzimmer, schaute hinter die Sessel und in die Wandschränke. Außer ihnen beiden befand sich niemand im Raum. Er sah in der Küche und im Bad nach. Auch dort war kein Mensch. Er kehrte zurück ins Wohnzimmer und zu Mary Noyes. Da fiel ihm das Obergeschoß ein. Er eilte zur Treppe und begann hinaufzusteigen; plötzlich blieb er mitten im Schritt stehen, als habe ihn der Blitz getroffen. Jemand *beobachtete* ihn. Sie befand sich oben hinterm Treppenabsatz, kniete am Geländer und lugte hindurch wie ein Kind. Sie war wie ein Kind gekleidet, nämlich in ein enges Leotard, und ihr Haar war im Nacken mit einem Band zusammengebunden. Sie sah ihn mit der drolligen, rätselhaften Miene eines Kindes an. Barbara D'Courtney. »Hallo«, sagte sie. Reich begann zu schlottern. »Ich bin Baba«, fügte sie hinzu. Reich machte eine Bewegung, als wolle er weiter hinauf. Sofort stand sie auf und kam die Treppe herunter, hielt sich dabei sorgsam am Geländer fest. »Eigentlich darf ich nich runter«, sagte sie. »Bist du Papas Freund?«

Reich rang um Atem. »Ich...«, röchelte er. »Ich...«

»Papa mußte weg«, plapperte sie. »Aber er kommt bald zurück. Hat er mir nämlich gesagt. Wenn ich brav bin, krieg ich was geschenkt. Ich gebe mir auch Mühe, aber es ist echt schwer. Bist *du* immer brav?«

»Dein Vater? Kommt zu-zurück? Dein *Vater*?«

Sie nickte. »Hast du mit Tante Mary gespielt? Du hast sie geküßt. Ich hab's gesehen. Papa küßt mich auch. Das gefällt mir. Gefällt's Tante Mary auch?« Vertrauensvoll ergriff sie seine Hand. »Wenn ich erwachsen bin, heirate ich Papa, dann bin ich für immer sein liebes Mädchen. Hast du auch ein Mädchen?«

Reich zerrte Barbara herum und starrte ihr ins Gesicht. »Wollen Sie mich auf den Arm nehmen?« fragte er heiser. »Glauben Sie, ich lasse mich auf so eine Kreisbahn ein? Was haben Sie Powell verraten?«

»Das ist mein Papa«, sagte sie. »Wenn ich ihn frage, warum er einen anderen Namen hat als ich, guckt er immer komisch. Wie ist dein Name?«

»Ich habe Sie etwas gefragt!« schnauzte Reich. »Was haben Sie ihm erzählt? Wen meinen Sie denn mit solchem Quatsch irreführen zu können?! Antworten Sie!«

Unsicher betrachtete sie ihn, dann fing sie zu weinen an und versuchte sich loszureißen. Er hielt sie fest. »Geh weg!« Sie schluchzte. »Laß mich los!«

»Werden Sie mir wohl antworten?!«

»Laß mich los!« Er schleifte sie vom Fuß der Treppe zur Liege, auf der noch wie versteinert Mary Noyes lag, und warf sie daneben in einen Klubsessel, begab sich auf Abstand und hob den Neuronen-Scrambler. Urplötzlich setzte sich das Mädchen im Sessel zu einer Lauschhaltung auf. Der kindliche Ausdruck wich aus dem Gesicht, das plötzlich Anspannung und höchste Aufmerksamkeit widerspiegelte. Barbara streckte die Beine, sprang aus dem Sessel und lief ein Stück weit durchs Zimmer, verharrte unvermittelt und bewegte sich, als öffne sie eine Tür. Dann stürzte sie wieder vorwärts, ihr blondes Haar wehte, ihre dunklen Augen waren vor Schrecken weit aufgerissen... ein Wetterleuchten wilder Schönheit. »Vater!« schrie sie. »Um Gottes willen! Vater!« Reichs Herz krampfte sich zusammen. Das Mädchen lief auf ihn zu. Er trat ihm entgegen, um es abzufangen. Es blieb mit einem Ruck stehen, wich zurück, hastete dann nach links und durcheilte einen halben Kreis, schrie wie verrückt, den Blick starr. »Nein!« schrie das Mädchen. »Nicht! Um Himmels willen! Vater!« Reich wirbelte um die eigene Achse und griff nach dem Mädchen. Diesmal bekam er es zu fassen; es wehrte sich und schrie. Reich brüllte ebenfalls. Unvermittelt stand Barbara still und preßte sich die Hände auf die Ohren. Reich war wieder in der Orchideen-Suite. Er hörte den Schuß knallen und sah aus D'Courtneys Hinterkopf Blut und Hirnmasse spritzen. Krampfartige Zuckungen befielen Reich, und er mußte das Mädchen loslassen. Es sank vornüber auf die Knie und kroch zum Toten. Stumm und reglos kauerte es überm Leichnam und starrte in das wachsbleiche Angesicht. Reich rang nach Atem und rammte schmerzhaft die Knöchel seiner Fäuste aneinander. Als das Brausen in seinen Ohren abschwoll, näherte er sich dem Mädchen, während er zugleich seine Gedanken zu ordnen und ein zweites Mal *ad hoc* seinen Plan der veränderten Situation anzupassen versuchte. Mit einem Zeugen hatte er niemals gerechnet. Dieser gottverfluchte Powell! Nun mußte er auch das Mädchen töten! Ließ sich womöglich ein Doppelmord in der... Nein. Hier ging es nicht um Mord. Sondern um eine Falle. Verdammter Tate. Halt. Er war nicht im Haus der Beaumont. Er befand sich... im Haus...«

»Hudson-Schleuse 39«, sagte Powell von der Haustür her. Reich fuhr herum, duckte sich und ließ den Scrambler an seinen linken Unterarm emporschnellen, wie Quizzards Killer es ihm beigebracht hatte. Powell trat aus der Schußrichtung. »Versuchen Sie's lieber nicht«, sagte Powell in scharfem Tonfall. »Ich warne Sie.«

»Sie Schweinehund!« brüllte Reich. Er stürzte sich auf Powell, der bereits herangekommen war, ihm nun jedoch erneut auswich. »Verdammter Gedankenschnüffler! Hinterhältiger, mieser Scheißbulle, elender...!« Powell täuschte links, dann rechts, ging auf Reichweite und traf mit einem kurzen Hieb die Nervenknoten des Ellbogens. Der Neuronen-Scrambler fiel auf den Boden. Reich griff an; er schlug, rammte, stieß und fluchte dabei wie irrsinnig. Powell versetzte ihm drei wuchtige Schläge in Nacken, Nabel und Unterleib. Die Wirkung bestand aus einer zeitweiligen Wirbelsäulenlähmung. Reich krachte wie ein Klotz zu Boden; er würgte, aus seiner Nase strömte Blut.

»Brüderchen, Ihresgleichen meint immer, ganz allein dazu in der Lage zu sein, Prügel auszuteilen«, sagte Powell im Tonfall einer strengen Schelte. Er ging zu Barbara D'Courtney, die am Boden kniete, richtete sie auf. »Alles klar, Barbara?« fragte er.

»Hallo, Papa. Ich hatte einen schlimmen Traum.«

»Ich weiß, Kindchen. Ich mußte dir das antun. Ich hatte ein Experiment mit diesem großen Lümmel da durchzuführen.«

»Gib mir einen Kuß.«

Er küßte sie auf die Stirn. »Du wirst schnell erwachsen.« Er lächelte. »Gestern hast du noch wie ein Kleinkind geredet.«

»Ich werde schnell erwachsen, weil du mir versprochen hast, daß du nicht so schnell bist und auf mich wartest.«

»Mein Versprechen gilt, Barbara. Kannst du allein hinaufgehen, oder muß ich dich tragen... so wie gestern?«

»Ich kann ganz allein gehen.«

»Prächtig, Kindchen. Dann geh jetzt in dein Zimmer.« Sie ging zur Treppe, vergewisserte sich festen Halts am Treppengeländer und stieg vorsichtig hinauf. Im Moment, bevor sie den Treppenabsatz erreichte, warf sie einen kurzen Blick hinab auf Reich und streckte ihm die Zunge heraus. Dann verschwand sie ins Obergeschoß. Powell trat zu Mary Noyes, befühlte ihren Puls und machte es ihr zunächst auf der Liege ein wenig bequemer. »Erste Stufe, hm?« wandte er sich gedämpft an Reich. »Schmerzhaft, aber in einer Stunde geht's ihr wieder besser.« Er begab sich zu Reich und starrte ihn an; sein hageres Gesicht spiegelte Zorn wider. »Ich sollte Ihnen heimzahlen, was sie Mary zugefügt haben. Aber wozu wäre es denn gut? Sie zögen daraus doch keine Lehren. Sie armer Lump... Sie taugen nun einmal nichts.«

»Töten Sie mich«, stöhnte Reich. »Bringen Sie mich um. Oder lassen Sie mich aufstehen, und dann mache ich Sie kalt, bei Gott!«

Powell hob den Neuronen-Scrambler auf und betrachtete Reich aus dem Augenwinkel. »Versuchen Sie, Ihre Muskeln ein bißchen zu bewegen. Diese paralytischen Symptome dürften nicht allzulange anhalten...« Er setzte sich, legte sich den Scrambler auf den Schoß. »Das war wieder einmal ein Reinfall für Sie, Reich. Ich war noch keine fünf Minuten lang aus dem Haus, als ich erkannte, daß Chookas Anruf gestellt gewesen sein mußte. Natürlich haben Sie ihr diese Falschheit aufgedrängt.«

»Sie sind falsch!« schrie Reich. »Sie und Ihre Ethik und Ihr hochtrabendes Gewäsch. Sie und Ihr ganzes falsches...«

»Sie sagte, daß D'Courtney mit jener Waffe ermordet worden sei«, erläuterte Powell ungerührt weiter. »Sie hatte recht, aber niemand weiß, was D'Courtney getötet hat... niemand außer Ihnen und mir. Da machte ich kehrt und kam zurück. Ich war ein wenig begriffsstutzig. Fast war ich zu lange fort. Und nun versuchen Sie mal aufzustehen. So übel kann's Ihnen gar nicht zumute sein.« Mühsam raffte Reich sich hoch; seine Atemzüge röchelten entsetzlich. Urplötzlich langte er in seine Jackentasche nach dem Behälter mit Sprengkapseln. Powell lehnte sich im Sessel zurück und trat Reich mit voller Wucht den Absatz gegen die Brust. Der Behälter flog zur Seite. Reich torkelte rücklings auf ein Sofa und japste verzweifelt nach Luft. »Wann werden Leute wie Sie endlich einsehen, daß man einen ESPer nicht überrumpeln kann?« meinte Powell. Er stand auf und nahm den Behälter in Gewahrsam. »Sie haben wohl heute Ihr Arsenal geräumt, was? Sie benehmen sich, als würden Sie tot oder lebendig gesucht, nicht wie ein freier Mann. Frei, sage ich, wie ich zu beachten bitte. Nicht unschuldig.«

»Für wie lange frei?« röchelte Reich mit zusammengebissenen Zähnen. »Auch ich habe nie von Unschuld gesprochen. Aber für wie lange kann ich denn noch frei sein?«

»Für immer. Ich hatte die allerschönste Sache gegen Sie vorliegen. Alle Einzelheiten waren aufgeklärt. Eben habe ich sie an Ihnen und Barbara nochmals überprüft. Alles war klar, bis auf eines, und dieser eine Mangel hat meinen Fall leider zu Fall gebracht. Sie sind ein freier Mann, Reich. Die Ermittlungen gegen Sie sind eingestellt worden.«

Reich starrte ihn an. »Eingestellt?«

»Ja. Die Sache ist aussichtslos. Ich bin an Ihnen gescheitert. Sie können sich abregen, Reich. Widmen Sie sich in aller Ruhe wieder Ihren Geschäften. Niemand wird Sie hindern.«

»Sie Lügner! Das ist wieder einer Ihrer dreckigen ESPer-Tricks! Sie...«

»Nein. Ich will's Ihnen gern erklären. Ich weiß alles über Sie... Wieviel Sie Gustus Tate geboten haben... Was Sie Jerry Church versprachen... Woher das Buch mit dem Spiel ›Sardinenbüchse‹ stammt... Wie Sie Wilson Jordans Rhodopsin-Ionisator anwendeten... Wie Sie Church die Patronen zum Alibi entschärfen ließen, dann mit Wassertropfen und Gelatine wieder scharfgemacht haben... Ich hatte eine lückenlose Beweiskette. Methode und Gelegenheit standen fest. Es fehlte am Motiv. Das Gericht verlangt ein objektiv ersichtliches Motiv, und das kann ich nicht vorweisen. Deshalb bleiben Sie ein freier Mann.«

»Sie Lügner!«

»Natürlich könnte ich Ihr Eindringen in mein Haus gegen Sie verwenden, aber was wäre das für eine läppische Anklage. Das wäre ja, als wollte man, nachdem man mit einem Geschütz danebengeballert hat, den Versuch mit einem Spielzeuggewehr wiederholen. Wahrscheinlich würde das ebensowenig etwas gegen Sie ausrichten. Meine einzigen Zeugen wären eine ESPer und ein krankes Mädchen. Ich...«

»Sie Lügner«, knirschte Reich. »Sie Heuchler. Sie verlogener ESPer. Das soll ich Ihnen glauben? Soll ich mir das bis zum Ende anhören? Gar nichts hatten Sie gegen mich vorliegen, Powell! Überhaupt nichts! Ich hatte Sie in jeder Beziehung abgeschmettert. Deshalb haben Sie angefangen, mir Fallen zu stellen. Deshalb sind Sie...« Reich verstummte und schlug sich die flache Hand an die Stirn. »Und dies ist wahrscheinlich Ihre hinterhältigste Falle! Und ich bin hineingetappt. Was bin ich für ein Dummkopf! Was für eine erbärmliche...«

»Halten Sie den Mund«, schnauzte Powell ihn an. »Wenn Sie so wirr herumfaseln, kann ich Sie nicht richtig introvisieren. Was ist das für ein Quatsch über Fallen, die ich Ihnen gestellt haben soll? Denken Sie geordnet.«

Reich stieß ein abgehacktes Lachen aus. »Als ob Sie nicht genau Bescheid wüßten! In meinem Privatabteil im Linien-Raumschiff... Mein Safe... In meinem Jumper...«

Nahezu für eine volle Minute konzentrierte sich Powell auf Reich, unterzog ihn einer gründlichen Hirn-Introvision, saugte Bewußtseinsinhalte auf wie ein Schwamm Wasser, verarbeitete sie. Dann begann sein Gesicht zu erbleichen, es beschleunigte sich sein Atem. »Mein Gott!« rief er. »Mein Gott!« Er sprang auf die Füße und schritt zerstreut hin und her. »Das ist es... das erklärt alles. Und Vater Moses hatte recht. Tatmotiv Leidenschaft, und wir dachten, er albert herum... Barbaras Gedankenbild von den Siamesischen Zwillingen... D'Courtneys Schuldgefühle... Kein Wunder, daß Reich es in Chooka Froods Haus nicht fertiggebracht hat, zu schießen... Aber jetzt... der Mord ist nun gar nicht länger wichtig. Das reicht weiter. Viel weiter. Und es ist gefährlich... viel gefährlicher, als es mir in den höllischsten Alpträumen eingefallen wäre.« Er verharrte, drehte sich um und musterte Reich aus funkelnden Augen. »Dürfte ich Sie einfach umbringen«, rief er, »ich würde Ihnen mit den bloßen Händen den Hals umdrehen. Ich bräche Ihnen die Knochen und hinge Sie der ganzen Galaxis zur Ansicht an einen Galgen, und das gesamte Universum gäbe mir seinen Segen. Wissen Sie eigentlich, was für eine Gefahr Sie sind? Kennt eine Seuche ihre Gefährlichkeit? Hat der Tod ein Bewußtsein?« Verwirrt stierte Reich zu Powell auf. Ungeduldig schüttelte der Hauptkommissar den Kopf. »Was frage ich Sie?« murmelte er. »Sie haben keine Ahnung, wovon ich rede. Sie werden's auch niemals begreifen.« Er trat an ein Sideboard, suchte zwei Branntwein-Konzentrate heraus und schob Reich die Kapseln in den Mund. Reich versuchte sie auszuspucken. Powell drückte ihm die Kiefer aufeinander. »Schlucken Sie nur«, empfahl er unwirsch. »Ich wünsche, daß Sie sich zusammenreißen und mir zuhören. Möchten Sie Butylen? Thyroxin? Oder können Sie sich ohne Drogen zusammennehmen?« Reich würgte infolge des Branntweins und gurgelte in erbitterter Wut. Powell schüttelte ihn, bis er den Widerstand aufgab. »Hören Sie, Mann, ich will wenigstens halbwegs zu erklären versuchen, was los ist, also geben Sie sich ein bißchen Mühe, zu verstehen, was ich sage. Die Ermittlungen gegen Sie sind eingestellt worden. Die Einstellung der Ermittlungen und die Fallen, von denen Sie vorhin sprachen, haben eine gemeinsame Ursache. Hätte ich sie gekannt, wäre der Fall erst gar nicht ins Rollen gekommen. Ich hätte alle meine Prinzipien und meine gesamte Ausbildung beiseite geschoben und Sie umgebracht. Versuchen Sie das zu begreifen, Reich...« Reich hörte zu schlucken auf. »Ich konnte Ihnen für den Mord kein Motiv nachweisen. Daran hat's gefehlt. Sie boten D'Courtney eine Fusion an. Er war einverstanden. Seine Antwort lautete WWHG. Das bedeutete Zustimmung. Sie besaßen keinen Grund, um ihn zu ermorden. Vielmehr hatten sie jeden sachlichen Grund, um ihn am Leben zu lassen.«

Reich verfärbte sich kalkweiß. Sein Kopf begann auf den Schultern zu wackeln, als habe er sich gelockert. »Nein. Nein. WWHG. Ablehnung des Angebots. Weigerung. Ablehnung!«

»*Annahme.*«

»Nein. Der Schuft hat abgelehnt. Er...«

»*Er nahm an!* Als ich erfuhr, daß D'Courtney auf Ihren Vorschlag eingegangen war, sah ich natürlich ein, daß ich mit diesem Fall bei Gericht nichts erreichen konnte. Aber ich habe Ihnen deswegen keine Fallen gestellt. Ich bin nicht in Ihre Raumschiffs-Kabine eingedrungen. Ich habe Ihnen keine Bomben gelegt. Nicht ich bin der Mann, der Sie zu ermorden versucht. Dieser Mann hat es eben deshalb auf Sie abgesehen, weil er weiß, daß Sie vor mir sicher sind. Er weiß, daß Sie keine Demolition zu befürchten haben. Er hat immer gewußt, was ich jetzt erst entdeckt habe... daß Sie der Todfeind unserer gesamten Zukunft sind.«

Reich versuchte zu widersprechen. Er erhob sich mühselig vom Sofa, fuchtelte schwach und fahrig. »Wer ist es?« brachte er schließlich heraus. »Wer? *Wer denn?*«

»Es handelt sich um Ihren alten Widersacher, Reich... einen Mann, dem Sie niemals entkommen können. Sie werden ihm nie davonzulaufen vermögen... sich nie vor ihm verstecken können. Und ich hoffe aus ganzem Herzen, daß es Ihnen nicht gelingt, sich vor ihm zu retten.«

»Wer ist es, Powell? WER IST ES?«

»Der Mann ohne Gesicht.«

Ein erstickter Schrei des Grauens kam von Reichs Lippen. Dann wandte er sich ab und wankte aus dem Haus.

15

›*Spannung, Spiel und Spökenkieken*
sind im Gang.
Spannung, Spiel und Spökenkieken
sind im Gang.
Spannung, Spiel und Spökenkieken
sind im Gang.
Spannung, Spiel und Spökenkieken sind im Gang.‹

»Ruhe da!« brüllte Reich.

›*Acht, Mensch,*
sieben, Mann,
sechs, Mensch,
fünf, Mann...‹

»Um Himmels willen! Ruhe!«

›*Vier, Mensch,*
drei, Mann,
zwei, Mensch,
eins, Mann!‹

»Ich muß nachdenken. Warum kann ich nicht richtig nachdenken? Was ist mit mir geschehen? Warum kann ich nicht nachdenken?«

›*Spannung, Spiel und…*‹

»Er hat gelogen. Völlig klar, daß er gelogen hat. Ich hatte von Anfang an recht. Alles nur eine großangelegte Falle. WWHG. Ablehnung. Ablehnung! Aber warum hat er sich diese Lüge ausgedacht? Was verspricht er sich davon?«

›*…Spökenkieken sind im Gang.*‹

»Der Mann ohne Gesicht. Breen kann's ihm verraten haben. Oder Gustus Tate. Nachdenken!«

›*Spannung…*‹

»Es gibt keinen Mann ohne Gesicht. Das ist nur ein Traum. Ein Alptraum.«

›*…Spiel…*‹

»Aber die Fallen? Was soll ich bloß davon halten? Er hatte mich in seinem eigenen Haus kaltgestellt. Warum hat er die Gelegenheit nicht genutzt? Statt dessen sagt er, ich bin frei. Was hat er vor? Nachdenken!«

›*…und Spökenkieken…*‹

Eine Hand berührte seine Schulter. »Mr. Reich!«

»Was?«

»Mr. Reich?«

»Was? Wer ist da?« Reichs Blickfeld klärte sich; er bemerkte, daß starker Regen fiel. Er lag auf der Seite, die Knie an den Leib gezogen, die Arme verschränkt, seine Wangen in den Dreck gedrückt. Er war klatschnaß und zitterte vor Kälte. Er lag an der Bombenkrater-Esplanade. Ringsum standen Bäume, troffen und knarrten. Eine Gestalt beugte sich über ihn. »Wer sind Sie?«

»Galen Chervil, Mr. Reich.«

»Was?«

»Galen Chervil, Sir. Wir kennen uns von Maria Beaumonts Party. Kann ich Ihnen jetzt meinerseits einen Gefallen erweisen, Mr. Reich?«

»Lesen Sie nicht meine Gedanken«, röchelte Reich

»Ich lese sie nicht, Mr. Reich. Es ist nicht üblich, daß…« Der junge Chervil verstummte verdutzt. »Nanu, daß Ihnen bekannt ist, daß ich ein ESPer bin, wußte ich gar nicht. Stehen Sie lieber auf.« Er packte Reichs Arm und zog daran. Reich stöhnte und riß sich los. Der Chervil-Junior griff ihm unter die Schultern und richtete ihn auf. Fassungslos betrachtete er Reichs furchtbare Erscheinung. »Sind Sie überfallen worden, Mr. Reich?«

»Was? Nein. Nein…«

»Hatten Sie einen Unfall, Sir?«

»Nein. Nein, ich… Oh, Herr im Himmel…!« Reich verlor die Beherrschung. »Mann, scheren Sie sich weg!«

»Selbstverständlich, Sir, wie Sie wünschen. Ich nahm lediglich an, Sie bräuchten Hilfe, und da ich Ihnen noch eine Gefälligkeit schulde...«

»Halt«, unterbrach ihn Reich. »Kommen Sie her.« Er stützte sich an einen Baumstamm, lehnte sich dagegen; er keuchte heiser. Schließlich straffte er sich und starrte Chervil aus blutunterlaufenen Augen an. »Ist das mit der Gefälligkeit Ihr Ernst?«

»Natürlich, Mr. Reich.«

»Keine Fragen? Keine Redseligkeit?«

»Selbstverständlich, Mr. Reich.«

»Mein Problem heißt Mord, Chervil. Ich möchte, daß Sie herausfinden, wer mich umzubringen versucht. Wollen Sie mir diesen Gefallen tun? Sind Sie bereit, für mich jemandes Gedanken zu lesen?«

»Eigentlich sollte ja die Polizei...«

»Die Polizei?« Reich lachte hysterisch, dann krampfte er sich vor Schmerz zusammen, als sein Rippenbruch sich bemerkbar machte. »Ich möchte, daß Sie für mich die Gedanken eines Polizisten lesen, Chervil. Eines hohen Polizisten. Des Polizeipräsidenten. Verstehen Sie mich?« Er stieß sich von dem Baum ab und schlurfte verkrümmt zu Chervil. »Ich möchte meinem Freund, dem Polizeipräsidenten, einen Besuch abstatten und ihm ein paar Fragen stellen. Und Sie will ich dabei haben, damit Sie mir zur Wahrheit verhelfen. Kommen Sie mit mir zu Crabbe, um seine Gedanken für mich zu lesen? Wollen Sie das und nichts anderes für mich tun und es anschließend vergessen? Wollen Sie's?«

»Ja, Mr. Reich... Einverstanden.«

»Was? Ein ehrbarer ESPer?! Kaum zu glauben! Dann kommen Sie. Vorwärts!« Reich verließ mit fürchterlich forschem Schritt die Esplanade. Chervil schloß sich ihm an, überwältigt vom Grimm dieses Mannes, der ihn trotz Verletzung, Fieber und Schmerzen mit sich zum Polizeipräsidium drängte. Dort angekommen, überwand Reich den Widerstand von Sachbearbeitern und Wächtern mit Gebrüll und den Ellbogen, bis seine von Matsch bespritzte, mit Blut verschmierte Gestalt endlich in Polizeipräsident Crabbes gediegenes Büro aus Ebenholz und Elfenbein stampfte.

»Mein Gott, Reich!« Crabbe geriet außer Fassung. »Sie sind's doch, oder? Ben Reich, nicht wahr?«

»Setzen Sie sich, Crabbe«, sagte Reich. Er baute sich vor Crabbe auf. »Jawohl, ich bin es. Schauen Sie sich genau an, wie ich aussehe. Ich bin halbtot, Crabbe. Das rote Zeug hier ist mein Blut. Der Rest ist Dreck aus der Gosse. Ein herrlicher Tag liegt hinter mir... ein prachtvoller Tag... und ich wüßte zu gerne, wo eigentlich diesen ganzen Tag lang die Polizei gesteckt hat? Wo ist Ihr neunmalgescheiter, allmächtiger Hauptkommissar Powell? Wo sind Ihre...«

»Halbtot? Was ist denn bloß passiert, Ben?«

»Mir ist passiert, daß ich heute dreimal fast ermordet worden wäre. Dieser junge Mann...« Reich deutete auf Chervil. »Dieser junge Mann hat mich an der Bombenkrater-Esplanade gefunden, mehr tot als lebendig. Schauen Sie mich an, Herrgott nochmal! Schauen Sie mich nur an!«

»Ermordet!« Crabbe schlug entgeistert eine Faust auf den Tisch. »Natürlich. Dieser Powell ist doch ein Esel. Ich hätte nie auf ihn hören dürfen. Der Mörder D'Courtneys versucht jetzt auch Sie umzubringen.« Reich gab Chervil hinterrücks eindringliche Zeichen. »Ich habe Powell sofort gesagt, daß Sie unschuldig sind«, sagte Crabbe. »Er wollte sich nicht damit abfinden. Nicht einmal, als diese höllische Rechenmaschine der Staatsanwaltschaft ihm Ihre Unschuld versicherte, gab er sich damit zufrieden.«

»Der Computer entschied, daß ich unschuldig bin?«

»Ja, natürlich. Gegen Sie liegt nichts vor. Es ist nie ein Fall gegen Sie zustandegekommen. Und nun verspreche ich Ihnen bei unserer geheiligten Verfassung, daß Sie den Schutz vor Nachstellungen erhalten sollen, der jedem ehrlichen gesetzestreuen Bürger zusteht.« Crabbe strebte zur Tür. »Und ich glaube, diese Abirrungen werden diesem Eiferer Powell ein- für allemal das mißverstandene Handwerk legen. Gehen Sie noch nicht, Ben, warten Sie auf mich. Ich möchte mit Ihnen über die Unterstützung meiner Kandidatur für den Solaren Senat reden...«

Die Tür schwang auf, schlug laut wieder zu. Reich schwankte und rang um seine Besinnung. Vor sich sah er drei Chervils stehen. »Nun?« fragte er gepreßt. »Na, was ist?«

»Er sagt die Wahrheit, Mr. Reich.«

»Über mich? Über Powell?«

»Tja...« Chervil schwieg nachdenklich, befaßte sich mit der Wahrheitsfindung.

»Beeilung, Mann«, stöhnte Reich. »Meinen Sie, ich halte das noch tagelang durch?«

»Er spricht die Wahrheit über Sie«, entgegnete Chervill hastig. »Der Prosecution Computer hat im Mordfall D'Courtney eine Anklageerhebung gegen Sie abgelehnt. Mr. Powell mußte die Ermittlungen einstellen, und... na, seine Karriere ist stark gefährdet.«

»Ist das wahr, Chervil?!« Reich torkelte zu dem jungen Mann und packte ihn an der Schulter. »Ist das wahr? Ich bin reingewaschen? Ich kann ungehindert meinen Angelegenheiten nachgehen? Niemand wird mich künftig noch belästigen?«

»Sie sind aus dieser Sache heraus, Mr. Reich. Sie können Ihren üblichen Angelegenheiten nachgehen. Niemand wird Sie künftig noch behelligen.«

Reich brach in ein brüllendes Gelächter des Triumphs aus. Die Schmerzen seines Knochenbruchs und der Blutergüsse durchsetzten sein Lachen mit gepreßtem Stöhnen, und Tränen traten ihm in die Augen. Er sammelte seine letzten Kräfte, stürzte an Chervil vorbei und verließ das Büro des Polizeipräsidenten. Er glich eher der Karikatur eines Neandertalers als einem Menschen, während er durch die Korridore des Polizeipräsidiums stapfte, besudelt mit Blut, beschmiert mit Schmutz, lachte und ächzte, sichtlich arrogant trotz seines Humpelns. Um den Vergleich abzurunden, hätte er bloß noch ein erlegtes Wild auf den Schultern zu tragen oder voller Siegesbegeisterung einen getöteten Höhlenbär hinter sich herzuschleifen brauchen. »Ich werde das Bild mit Powells Kopf abrunden«, nuschelte er vor sich hin. »Ausgestopft und an meine Wand genagelt. Ich werde meinen Sieg vollständig machen, indem ich das D'Courtney-Kartell einsacke. Herrgott, wenn ich genug Zeit habe, werde ich das Maß vollmachen, indem ich die ganze Galaxis in die Tasche stecke!« Er trat durchs stählerne Portal des Präsidiums ins Freie und verharrte für einen Moment auf den Stufen, um in die vom Regen verschleierte Straße auszublicken... Er sah das Vergnügungs-Zentrum auf der anderen Seite des Platzes, einen Gebäudekomplex neben dem anderen, alle unter einer riesigen, beidseitig durchsichtigen Kuppel gelegen, worunter sie glitzerten und schillerten... die geöffneten Läden, die die Hochbürgersteige säumten, hell erleuchtet und lebhaft von reger Geschäftigkeit, da nun die Käuferwellen des abendlichen Einkaufsbummels durch die Stadtmitte rollten... die himmelhohen Verwaltungsbauten im Hintergrund, kantige Riesenklötze von zweihundert Stockwerken Höhe... das feine Netzwerk von Hochbrücken, die sie miteinander verbanden... das Lichterblinken von Jumpern, die wie ein Schwarm rotäugiger Grashüpfer auf einem Feld zwischen den Bauwerken der Stadt und hoch darüber auf- und niedertanzten... »Und das alles gehört mir!« schrie er und breitete seine Arme aus, um das Universum zu vereinnahmen. »Alles und ihr alle gehört mir! Mit Leib und Seele und allen euren Leidenschaften!«

Da fiel sein Blick auf die hochgewachsene, unheilvolle, wohlvertraute Gestalt, die den Platz überquerte und ihn über die Schulter verstohlen ansah. Eine schwarze Schattengestalt, die von Regentropfen wie von zahllosen Diamanten glitzerte... bedrohlich, stumm, furchtbar... ein Mann ohne Gesicht. Ein erstickter Schrei erscholl. Reich konnte nicht länger durchhalten. Wie ein vom Blitz gefällter Baum stürzte er der Länge nach nieder.

Eine Minute vor 9 Uhr versammelten sich zehn der fünfzehn Vorstandsmitglieder des ESPer-Verbandes im Büro des Vorsitzenden T'sung. Sie waren zu einer dringlichen Sondersitzung einberufen worden. Eine Minute nach 9 Uhr war die Sitzung geschlossen, eine Entscheidung gefällt. Innerhalb dieser einhundertzwanzig Sekunden fand die folgende ESP-Verständigung statt.

Pochen eines Hammers
Gedankenbild eines Zifferblatts:
Stundenzeiger auf 9
Minutenzeiger auf 59
Sekundenzeiger auf 60

SONDERSITZUNG

zwecks Entscheidung über einen Antrag auf Massen-Kathexis mit Lincoln Powell als Akkumulator der Kollektivenergie.

(Bestürzung)

T'SUNG: *Das kann doch nicht Ihr Ernst sein, Powell. Wie können Sie einen solchen Antrag stellen? Was sollte denn eine so außergewöhnliche und gefährliche Maßnahme rechtfertigen?*

POWELL: *Eine erstaunliche Entwicklung im Fall D'Courtney, die selber zu begutachten ich alle bitte.*

(Allgemeine Begutachtung)

POWELL: *Wir alle wissen, daß Reich unser gefährlichster Feind ist. Er steht hinter der Verleumdungs-Kampagne gegen ESPer. Falls wir ihr kein Ende bereiten, müssen wir darauf gefaßt sein, daß wir das übliche historische Schicksal von Minderheiten erleiden.*

@KINS: *Diese Befürchtung ist tatsächlich angebracht.*

POWELL: *Außerdem unterstützt er die Liga Patriotischer ESPer. Falls wir diese Organisation nicht aus der Welt schaffen, müssen wir damit rechnen, daß ein Bürgerkrieg ausbricht und wir im inneren Chaos für immer untergehen.*

FRANION: *Auch diese Befürchtung ist begründet.*

POWELL: *Nun ist jedoch, wie jetzt alle selbst festgestellt haben, eine zusätzliche Entwicklung eingetreten. Reich steht kurz davor, zu einem galaktischen Brennpunkt zu werden... einem entscheidungsschweren Bindeglied zwischen der unumstößlichen Vergangenheit und der wahrscheinlichen Zukunft. Er befindet sich am Rande einer vollkommenen Reorganisation seiner Macht. Zeit ist gegenwärtig der wesentlichste Gesichtspunkt. Wenn sich Reich erholt und neu orientiert, bevor ich eingreifen kann, wird er gegen unsere Wirklichkeit immun, für unsere Mittel unüberwindbar, und steigt zum Todfeind von Vernunft und Wahrheit in der gesamten Galaxis auf.*

(Erregung)

@KINS: *Sicherlich übertreiben Sie, Powell.*

POWELL: *Meinen Sie? Schätzen Sie mit mir die Lage ein. Beachten Sie Reichs Position in Zeit und Raum. Wird nicht sein Glaube zum Glauben der ganzen Welt werden? Wird seine Wirklichkeit nicht die Wirklichkeit der ganzen Welt werden? Bedeutet er nicht in seiner entscheidenden Position und mit seiner Ballung von Macht, Kraft und Intellekt den sicheren Weg in den völligen Untergang?*

(Allgemeine Überzeugung)

T'SUNG: *Sie haben recht. Dennoch bin ich nicht ohne weiteres bereit, die Massen-Kathexis-Aktion zu befürworten. Sie erinnern sich zweifellos daran, daß die MKA bei allen bisherigen Versuchen unausweichlich mit der Auslöschung des menschlichen Energie-Leiters endeten. Sie sind zu wertvoll, um Sie dafür zu opfern, Powell.*

POWELL: *Man muß mir erlauben, dieses Risiko einzugehen. Reich ist einer der Welteroberer, wie die Menschheit sie gelegentlich hervorbringt... sozusagen noch ein Kind, aber seine Reife steht bevor. Die gesamte Wirklichkeit... ESPer, Normale, alles Leben, die Erde, das Sonnensystem, das ganze Universum... die gesamte Realität ist auf gefährliche Weise von seinem Erwachen abhängig. Wir dürfen nicht zulassen, daß er in der ungeeigneten Wirklichkeit erwacht. Ich stelle meinen Antrag zur Abstimmung.*

FRANION: *Sie verlangen von uns, daß wir Ihren Tod beschließen.*

POWELL: *Wir haben die Wahl zwischen der Möglichkeit meines Todes und dem möglichen Ende von allem uns Bekannten. Ich ersuche um Abstimmung.*

@KINS: *Lassen wir doch Reich erwachen, wo und wie er will. Wir sind gewarnt und haben Zeit. Wir können ihm an einem anderen Kreuzweg in den Arm fallen.*

POWELL: *Abstimmung! Ich fordere Abstimmung!*

(Abstimmung zugunsten des Antrags)

Gedankenbild eines Zifferblattes:

Stundenzeiger auf 9

Minutenzeiger auf 01

Sekundenzeiger auf DEMOLITION

Eine Stunde später traf Powell daheim ein. Er hatte sein Testament gemacht, die Rechnungen bezahlt, alle erforderlichen Erklärungen unterschrieben; alles war geregelt. Beim Verband hatte Bestürzung geherrscht. Bestürzung erwartete ihn, als er nach Hause kam. Im selben Augenblick, als er ins Haus trat, erfuhr Mary Noyes, was er getan hatte. *›Lincoln!‹*

›Reg dich nicht auf, Mary. Es muß sein.‹

›Aber …‹

›Es gibt eine Chance, daß ich nicht ums Leben komme. Ach … um eines wollte ich dich noch bitten. Im Falle meines Todes möchte das Labor mein Gehirn zur Autopsie haben. Die entsprechenden Papiere sind unterzeichnet, aber sei doch so gut und sorge dafür, daß das klappt, falls sich Schwierigkeiten ergeben. Das Labor möchte die Leiche am liebsten vorm Einfrieren bekommen. Sollte das nicht gehen, dann wenigstens unbedingt den Kopf. Kümmere dich doch gegebenenfalls darum, ja?‹

›Lincoln …!‹

›Traurig, aber man muß an alles denken. Und nun packst du wohl besser die Sachen und bringst das Kindchen in die Kingston-Klinik. Hier ist es zu unsicher geworden.‹

›Sie ist nicht länger ein Kindchen. Sie …‹ Mary drehte sich um und lief nach oben, ließ den gewohnten sensorischen Eindruck zurück: Schnee/Minze/Tulpen/Taft … und diesmal untermischt mit Entsetzen und Gram. Powell seufzte, dann lächelte er, als er droben auf dem Treppenabsatz den hochgradig unsicheren Teenager erblickte, der nun mit weit überzogener Unbekümmertheit herabstieg. Barbara trug heute ein Kleid und zeigte eine Miene neu er-

wachten Staunens. Auf halber Höhe der Treppe blieb sie stehen, um das Kleid und ihr Gebaren auf ihn einwirken zu lassen.

»Na, wenn das nicht Mr. Powell ist, wer dann?!«

»Er ist es. Guten Morgen, Barbara.«

»Und was führt Sie heute früh in unser kleines Reich?« Sie kam den Rest der Treppe herunter, streifte das Geländer nur mit den Fingerspitzen, und stolperte auf der untersten Stufe. »Ach!« kreischte sie. »Pip!«

»Pop«, sagte Powell und fing sie auf.

»Bim.«

»Bam.«

Sie schaute zu ihm auf. »Bleib hier auf dem Fleck stehen. Ich komme noch einmal runter, und ich wette, daß ich's diesmal schaffe.«

»Und ich wette, daß du's wieder nicht schaffst.«

Sie machte kehrt, erklomm die Treppe und warf sich oben auf dem Treppenabsatz erneut in Pose. »Lieber Mr. Powell, für was für ein Schwachköpfchen müssen Sie mich halten...« Sie begann ihren großartigen Abstieg. »Aber Sie müssen nun Ihre Meinung über mich revidieren. Ich bin nicht länger so ein Kind wie noch gestern. Ich bin jetzt viel, viel älter. Von nun an müssen Sie mich als Erwachsene betrachten.« Sie verharrte vor der untersten Stufe und musterte ihn mit eindringlichem Blick. »Revidieren? Ist das richtig?«

»Revidieren sagt man durchaus manchmal, mein Liebes.«

»Ich dachte mir, daß es einen besonderen Klang hat.« Plötzlich lachte sie auf, schubste Powell in einen Sessel und schwang sich auf seinen Schoß. Powell stöhnte.

»Vorsichtig, Barbara. Anscheinend bist zu nicht nur viel älter als gestern, sondern auch erheblich schwerer.«

»Hör mal«, sagte sie. »Wie bin ich bloß darauf gekommen, daß du... du seist mein Vater?«

»Was ist mit mir als Vater?«

»Wir wollen ehrlich sein. Ganz ehrlich.«

»Klar.«

»Fühlst du für mich wie ein Vater? Ich fühle nämlich für dich gar nicht wie eine Tochter.«

»So? Wie denn?«

»Ich habe zuerst gefragt, also antworte du zuerst.«

»Meine Gefühle für dich sind die eines liebevollen und pflichtbewußten Sohnes.«

»Nein. Du mußt mir im Ernst antworten.«

»Ich habe geschworen, allen Frauen ein pflichtbewußter Sohn

zu sein, bis Vulkan seinen rechtmäßigen Platz in der Gemeinschaft der Planeten einnimmt.«

Aus Ärger errötete sie und erhob sich von seinem Schoß. »Ich wollte, daß du ernst bist, weil ich deinen Rat benötige. Aber wenn du...«

»Entschuldige, Barbara. Worum geht es?«

Sie kniete sich neben ihn und nahm seine Hand. »Ich bin wegen dir ganz durcheinander.« Mit der beunruhigenden Unumwundenheit der Jugend blickte sie ihm in die Augen. »Du weißt es.«

Er nickte nach kürzerem Zögern. »Ja. Ich weiß es.«

»Und du bist wegen mir auch ganz durcheinander. Das weiß ich auch.«

»Ja, Barbara. Stimmt. Das bin ich.«

»Ist das falsch?«

Powell verließ den Sessel und begann verdrossen durchs Zimmer zu wandern. »Nein, Barbara, es ist nicht falsch. Es ist nur... zum falschen Zeitpunkt.«

»Ich möchte, daß du mir alles genau erklärst.«

»Dir alles erklären...? Tscha, ich glaube, das ist wirklich besser. Ich... ich will's einmal so ausdrücken, Barbara. Wir beide sind eigentlich vier Personen. Zwei bist du, und ich bin auch zwei.«

»Wieso das?«

»Du warst krank, Liebes. Deshalb mußten wir dich in ein Kind verwandeln und dich noch einmal ganz von vorn aufwachsen lassen. Daher bist du zwei Personen. Drinnen steckt die erwachsene Barbara, und an der Oberfläche ist das Kind.«

»Und du?«

»Ich bin zwei erwachsene Personen. Eine davon bin ich selbst... Powell... Die andere Person ist Vorstandsmitglied es ESPer-Verbandes.«

»Was ist denn das?«

»Das kann man in einem Satz nicht erläutern. Jedenfalls ist dies mein Teil, der mich durcheinandergebracht hat... Weiß Gott, vielleicht ist er sogar das Kind in mir. Ich weiß es nicht.«

Sie überlegte angestrengt. »Wenn ich für dich nicht wie eine Tochter empfinde«, fragte sie schließlich bedächtig, »welcher Teil von mir ist das dann?«

»Keine Ahnung, Barbara.«

»Doch, du weißt es. Warum willst du's mir nicht sagen?« Sie trat zu ihm und legte ihm die Arme um den Hals... eine erwachsene Frau mit dem Verhalten eines Kindes. »Wenn es nicht falsch ist, warum willst du's mir dann nicht sagen? Wenn ich dich liebe…«

»Wer spricht denn hier von Liebe?!«

»Wir sprechen schon die ganze Zeit darüber, oder nicht? Etwa nicht? Ich liebe dich, und du liebst mich? Ist es etwa nicht so?«

›*Na, da haben wir's*‹, dachte Powell verzweifelt. ›*Was soll ich tun? Die Wahrheit eingestehen?*‹

›*Ja!*‹ Die telepathische Antwort kam von der Treppe. Mary stieg mit einem Koffer herab. ›*Gestehe die Wahrheit ein.*‹

›*Sie ist keine ESPer.*‹

›*Laß das getrost beiseite. Sie ist eine Frau, und sie liebt dich. Und du liebst sie. Bitte, Lincoln, gib euch eine Chance.*‹

›*Eine Chance wofür? Ein Abenteuer für den Fall, daß ich den Reich-Schlamassel überlebe? Mehr könnte daraus nicht werden. Du weißt, daß der Verband uns keine Ehen mit Normalen gestattet.*‹

›*Sie wird sich damit abfinden. Sie wird sogar froh sein, soviel zu erreichen. Du brauchst nur mich zu fragen. Ich kenne mich aus.*‹

›*Und wenn ich nicht überlebe? Dann hätte sie nichts… Nichts außer einer halben Erinnerung und einer halben Liebe.*‹ »Nein, Barbara«, sagte er. »Das ist keineswegs so.«

»Doch«, beharrte sie. »Doch.«

»Nein. Es ist das Kind Barbara, das so spricht. Das Kind glaubt mich zu lieben. Die Frau liebt mich nicht.«

»Das Kind wird ja zur Frau werden.«

»Und mich vergessen.«

»Du wirst dann die Frau daran erinnern.«

»Warum sollte ich das tun, Barbara?«

»Weil du auch auf diese Weise für mich empfindest. Ich weiß, daß es so ist.«

Powell lachte. »Kindchen, Kindchen, Kindchen! Wie kommst du bloß darauf, ich könnte dich auf solche Weise lieben? Das ist nicht der Fall. Es war nie so.«

»Doch!«

»Mach die Augen auf, Barbara. Sieh mich an. Sieh Mary an. Du bist doch jetzt viel älter, oder? Begreifst du nicht? Muß ich das Offensichtliche erklären?«

›*Herrgott, Lincoln!*‹

›*Verzeih mir, Mary. Ich muß dich so mißbrauchen.*‹

›*Ich bereite mich auf den Abschied vor… der vielleicht für immer ist. Muß ich nun auch noch dies ertragen? Steht nicht alles schon schlimm genug für mich?*‹

›Nicht doch, Mary, sei so gut ...‹

Barbara betrachtete Mary, dann wieder Powell. Langsam schüttelte sie den Kopf. »Du lügst.«

»Meinst du? Schau mich an.« Er legte seine Hände auf ihre Schultern und sah ihr ins Gesicht. Sein Falscher Freund eilte ihm zu Hilfe. Seine Miene war freundlich, großmütig, belustigt, väterlich. »Schau mich an, Barbara.«

»Nein!« schrie sie. »Dein Gesicht ist verlogen. Du bist... das ist gemein! Ich...« Sie brach in Tränen aus und schluchzte. »Ach, geh weg. Warum verschwindest du nicht?«

»Wir gehen ohnehin jetzt, Barbara«, sagte Mary. Sie kam herüber, nahm das Mädchen am Arm und führte es zur Tür.

›Mary, draußen wartet schon der Jumper.‹

›Ich warte auch, Lincoln. Auf dich. Immer. Und ebenso warten die Chervils & @kins & Jordans &&&&&&& ...‹

›Ich weiß. Ich weiß. Meine Liebe gehört euch allen. Grüße & Küsse. XXXXXX. Alles Gute ...‹

Gedankenbilder eines vierblättrigen Kleeblatts, einer Hasenpfote, eines Hufeisens ... Rauhherzige Entgegnung Powells: Gedankenbild Powells, wie er aus Dreck und Ruß wiedererscheint, bedeckt mit Diamanten. Verhaltenes Lachen. Abschied.

Er stand auf der Schwelle und pfiff falsch eine kümmerliche Melodie vor sich hin, während er dem Jumper nachblickte, der am stahlblauen Himmel nordwärts zur Kingston-Klinik entschwand. Er war erschöpft. Und ein wenig stolz auf seine Opferbereitschaft. Gleichzeitig schämte er sich recht beträchtlich für seinen Stolz. Ganz eindeutig war er auch melancholisch. Sollte er ein Körnchen Potassium-Niakat schlucken und sich bis zum Scheitelpunkt manischer Hochleistungsfähigkeit emporschwingen? Aber wozu sollte es gut sein? Sehe sich einer diese riesige, verkommene Stadt von siebzehneinhalb Millionen Seelen an; und nicht eine davon für ihn... Man sehe sich...

Der erste Impuls kam. Er spürte ein schwaches Sickern latenter Energie. Es war unmißverständlich, und er schaute auf die Uhr. 22 Uhr 10. So bald? So rasch? Nun gut. Er mußte sich fertigmachen. Er kehrte zurück ins Haus und eilte die Treppe hinauf, begab sich in sein Ankleidekämmerchen. Die Impulse vermehrten sich... sie glichen den ersten Regentropfen vor einem Wolkenbruch. Seine Psyche begann zu pulsieren und in Schwingungen überzugehen, als er sich darauf einstellte und die schwachen Zuflüsse latenter Energie aufnahm. Er zog sich um, kleidete sich für jedes Wetter; und... Und jetzt? Das Kribbeln wich einem mentalen Nieseln, das ihn einhüllte, seinem Bewußtsein Fiebrigkeit einflößte... heimgesucht von heftigem emotionalen Blitzezucken. Und jetzt? Ja, Nahrungskonzentrate. Nicht vergessen. Nahrungskonzentrate. Nahrung. Nahrung. Er wankte die Treppe hinunter und in die Küche. Er suchte die Plastikschachtel heraus, brach sie auf und schluckte ein Dutzend Konzentratkapseln. Die Energie floß ihm nun in Strömen zu. Von jedem ESPer in der Stadt kam ein Rinnsal latenter Energie, verschmolz mit anderen energetischen Beschickungen zu einem Fluß, einem Strom, zu einem ruhelosen Meer der Massen-Kathexis, dessen Wogen ausschießlich auf Powell zuschäumten, ausgerichtet waren allein auf Powell. Er öffnete sämtliche geistigen Schotten und absorbierte alles. Sein Nervensystem erfuhr eine Überlagerung und schrillte, und in seinem Geist drehte sich eine Turbine unter immer unerträglicherem Heulen mit ständig schnellerer Geschwindigkeit.

Er verließ das Haus, wanderte durch die Straßen, blind, taub, unzugänglich, versunken im Brodeln der ungeheuren Menge latenter Energie... wie ein Schiff, dessen Segel von einem Taifun gepackt worden sind, das den Luftwirbel zur Antriebskraft, die in Sicherheit bringt, zu verwandeln versucht... Das Schiff namens Powell bot alle Kraft auf, um den furchtbaren Sog zu absorbieren, die latente Energie zu akkumulieren, sie gleichzurichten und für den Zweck zu nutzen, Reich der Demolition zuzuführen, bevor es zu spät war, zu spät, zu spät, zu spät, zu spät...

16

ZERSTÖRE DAS LABYRINTH.
VERNICHTE DEN IRRGARTEN.
TILGE AUS DEN WIRRWARR.
(X^2 Ø Y^3 d! Raum/d! Zeit)
ZERSETZE.
(OPERATIONEN UND VORGÄNGE, FORMELN UND AUSDRUCKSFORMEN, FAKTOREN UND UMSTÄNDE, BRÜCHE UND BESTANDTEILE, POTENZEN UND KRÄFTE, EXPONENTEN UND MUSTER, WURZELN UND GRUNDLAGEN, IDENTISCHE GLEICHUNGEN UND ÜBEREINSTIMMUNGEN, GLEICHUNGEN UND ANGLEICHUNGEN, REIHEN UND ENTWICKLUNGEN, VARIANTEN UND ABWEICHUNGEN, PERMUTATIONEN UND VERSCHIEBUNGEN, DETERMINANTEN UND HAUPTTENDENZEN, RESULTATE UND LÖSUNGEN.)
LÖSE AUF.

(ELEKTRON, PROTON, NEUTRON, MESON UND PHOTON.)

LIQUIDIERE.

(CAYLEY, HENSON, LILIENTHAL, CHANUTE, LANGLEY, WRIGHT, TURNBULL UND S&ERSON.)

LÖSCHE AUS.

(NEBELFLECKEN, STERNHAUFEN, SPIRALNEBEL, MILCHSTRASSEN, ZWILLINGSGESTIRNE, RIESENSONNEN UND WEISSE ZWERGE.)

ELIMINIERE.

(FISCHE, AMPHIBIEN, VÖGEL, SÄUGETIERE UND MENSCHEN.)

ZERSTÖRE.

VERNICHTE.

TILGE AUS.

ZERSETZE.

ELIMINIERE ALLE GLEICHUNGEN.

UNENDLICHKEIT GLEICH NULL.

ES GIBT KEINE…

»Es gibt keine was?« schrie Reich. »Was gibt es nicht?« Er rang sich empor, kämpfte gegen das Bettzeug und die Hände an, die ihn behinderten. »Es gibt keine was?«

»Keine weiteren Alpträume«, sagte Duffy Wyg&.

»Wer ist da?«

»Ich. Duffy.«

Reich schlug die Augen auf. In einem krausen Schlafzimmer lag er in einem krausen Bett mit altmodischen Laken und Bettdekken. Duffy Wyg&, munter und frisch, stemmte ihre Hände gegen seine Schultern. Wieder versuchte sie ihn zurück in die Kissen zu drücken. »Ich schlafe«, sagte Reich. »Ich möchte aufwachen.«

»Wie schmeichelhaft. Leg dich wieder hin, dann geht der Traum weiter.«

Reich sank zurück. »Ich war wach«, sagte er düster. »Zum ersten Mal in meinem Leben war ich hellwach. Ich hörte… Ich erinnere mich nicht. Unendlichkeit und Null. Wichtige Dinge. Wirkliches. Dann schlief ich ein, und nun bin ich hier.«

»Irrtum«, sagte Duffy. »Nur ordnungshalber. Du bist aufgewacht.«

»Ich schlafe!« schnauzte Reich. Er setzte sich auf. »Hast du irgendeinen anständigen Trip zur Hand? Irgend etwas… Opium, Haschisch, Somnar, Lethettes… Ich muß aufwachen, Duffy. Ich muß zurück in die Wirklichkeit.«

Duffy beugte sich über ihn und küßte ihn fest auf den Mund. »Wie steht's damit? Ist das wirklich genug?«

»Du begreifst das nicht. Alles war nur Schein... Halluzination... alles. Ich muß mich zurechtfinden, neu orientieren, alles reorganisieren, bevor es zu spät ist, Duffy. Bevor es zu spät ist, zu spät, zu spät, zu spät...«

Duffy warf die Arme empor. »Was ist denn bloß heutzutage mit der Medizin los!« rief sie. »Erst jagt dieser blödsinnige Arzt dir einen solchen Schrecken ein, daß du in Ohnmacht fällst. Dann schwört er, du seist wieder in bester Verfassung... und nun höre sich einer mal dein Gerede an! Psychotisch!« Sie kniete sich aufs Bett, schüttelte vor Reichs Nase einen Finger. »Noch ein Wort dieser Art von dir, und ich rufe Kingston an.«

»Was? Wen?«

»Kingston. K wie Klinik. Wohin man Leute wie dich bringt.«

»Bloß das nicht. Wer hat mir, sagtest du, einen Schrecken eingejagt?«

»Ein befreundeter Arzt.«

»Auf dem Platz vorm Polizeipräsidium?«

»Genau.«

»Bestimmt?«

»Ich war dabei. Wir waren unterwegs, um dich zu suchen. Dein Hausdiener erzählte mir von der Explosion, und daraufhin machte ich mir Sorgen. Wir kamen im richtigen Moment für die Erste Hilfe.«

»Hast du sein Gesicht gesehen?«

»Gesehen? Ich habe es geküßt.«

»Wie sah es aus?«

»Wie ein Gesicht. Zwei Augen, Zwei Lippen. Zwei Ohren. Eine Nase. Dreifaches Kinn. Hör zu, Ben, wenn das noch immer zu der Aufwachen-Schlafen-Wirklichkeit-Unendlichkeit-Leier gehört... für Werbezwecke ist sie jedenfalls unverkäuflich.«

»Und du hast mich hergebracht?«

»Klar. Wie hätte ich denn so eine Gelegenheit versäumen können? Das war die einzige Möglichkeit, um dich jemals in mein Bett zu bekommen.«

Reich grinste. Er entkrampfte sich. »Duffy«, sagte er, »du darfst mich jetzt küssen.«

»Mr. Reich, Sie sind bereits geküßt worden. Oder war das, als Sie noch wach waren?«

»Vergiß diesen Quatsch. Alpträume. Gewöhnliche Alpträume.« Er brach in Gelächter aus. »Zum Teufel, warum sollte ich mich wegen einiger Alpträume beunruhigen? Die ganze übrige Welt ist in meiner Hand. Ich werde mir die Träume auch aneignen. Wolltest du nicht einmal durch die Gosse geschleift werden, Duffy?«

»Das war nur so ein kindischer Einfall. Da dachte ich noch, ich hätte es mit einer besseren Klasse von Leuten zu tun, wenn ich deinesgleichen sah.«

»Nenne mir die Gosse, und ich schleife dich hindurch, Duffy. Goldene Gossen... Gossen aus Edelstein. Möchtest du eine Gosse von hier bis zum Mars? Du kannst sie haben. Wünschst du, daß ich das gesamte Sonnensystem in eine Gosse verwandle? Dann werde ich's tun. Herrgott! Wenn du's möchtest, kann ich auch die ganze Galaxis in eine Gosse verwandeln.« Er wies mit dem Daumen auf seine Brust. »Möchtest du Gott kennenlernen? Hier bin ich. Sieh mich an, solange du willst.«

»Mein lieber Mann, Suff macht dich ganz schön wahnwitzig.«

»Suff? Von mir aus, dann bin ich eben betrunken.« Reich schwang die Beine aus dem Bett und stand auf, schwankte leicht. Duffy beeilte sich, ihn zu stützen, und er schlang die Arme um ihre Hüften, um sich Halt zu verschaffen. »Warum sollte ich auch nicht betrunken sein? Ich habe D'Courtney erledigt. Ich habe Powell abgewimmelt. Ich bin vierzig Jahre alt. Vor mir liegen noch sechzig Jahre, um meine Weltherrschaft zu genießen. Ja, Duffy... mir gehört diese ganze verfluchte Welt!« Er begann mit Duffy durch das Zimmer zu streifen. Es war wie auf einem Spaziergang durch ihre überschäumend erotische Psyche. Ein ESPer-Dekorateur hatte Duffys Seelenleben in der Einrichtung getreulich reproduziert. »Wie gefiele es dir, mit mir eine Dynastie zu gründen, Duffy?«

»Ich habe keine Ahnung über die Gründung von Dynastien.«

»Du fängst an mit Ben Reich. Zuerst heiratest du ihn. Dann..«

»Das reicht mir schon. Wann fangen wir an?«

»Dann bekommst du Kinder. Söhne. Dutzende von Söhnen...«

»Mädchen. Und nur drei.«

»Und dann siehst du zu, wie Ben Reich das D'Courtney-Kartell übernimmt und es mit der Monarch fusioniert. Du siehst zu, wie alle Gegner zusammenbrechen... so!« Mit voller Wucht trat Reich gegen das Bein eines zierlichen Toilettentischchens. Es kippte um und verstreute mit Geklirr zwei Dutzend kristallene Fläschchen am Fußboden. »Nachdem die Monarch und das D'Courtney-Kartell zur Reich AG geworden sind, kannst du zusehen, wie ich den Rest schlucke... die Kleinen... die Flöhe. Case und Umbrel auf der Venus. Zack!« Reich schmetterte seine Faust auf einen torsoförmigen Beistelltisch und zerbrach ihn. »United Transaction auf dem Mars. Eingesackt! Zack!« Er zerschlug einen zerbrechlichen Stuhl. »Das GCI-Kombinat auf Ganymed, Callisto und Io... Titan Chemical & Atomics... Und dann das kleinere Gewürm: die Verleumder, Neider, der ESPer-Verband, die Moralisten, die Patrioten... Zack! Zack! Zack!« Er rammte seine Handfläche gegen eine marmorne Akt-Plastik, bis sie von ihrem Sockel fiel und zersprang.

»Komm zur Vernunft, Mann.« Duffy hing an seinem Hals. »Was verschwendest du all deine wunderschöne Gewalttätigkeit an Krempel? Stoß lieber mich ein bißchen durch die Gegend.«

Er hob sie zwischen seinen Fäusten in die Höhe und schüttelte sie, bis sie kreischte. »Manche Teile der Welt werden süß sein... so wie du, Duffy. Andere Teile dürften zum Himmel stinken... ich verschlinge alles, wie's kommt.« Er lachte und drückte sie an seine Brust. »Ich weiß wenig über die Aufgaben eines Gottes, aber ich weiß, was mir gefällt. Und was nicht, das reißen wir nieder, Duffy, und wir bauen alles wieder so auf, wie's uns paßt... Du und ich. Die Dynastie.« Er trug sie zum Fenster, riß die Vorhänge beiseite und trat die Fensterflügel auswärts, so daß ein gewaltiges Klirren erscholl, als die Scheiben zersplitterten. Draußen lag die Stadt in samtener Dunkelheit. Nur auf den Straßen und Hochstraßen funkelte Lichtschein, und oberhalb der Skyline sah man gelegentlich die scharlachroten Augen eines Jumpers dahinflitzen. Der Regen hatte aufgehört, und am Himmel schwebte ein bleicher Sichelmond. Der nächtliche Wind wisperte herein, zerfranste die Wolke von Parfümgestank aus den vielen zerbrochenen Fläschchen. »Ihr da draußen!« brüllte Reich. »Ihr alle... die ihr schlaft und träumt. Von nun an träumt ihr meine Träume! Ihr...« Unvermittelt verstummte er; seine Umarmung Duffys lockerte sich, und er ließ sie mit den Füßen auf den Boden rutschen. Er lehnte sich beiderseits in den Fensterrahmen und steckte den Kopf weit in die Nacht hinaus, verrenkte sich den Hals, um himmelwärts zu starren. Als er seinen Kopf ins Zimmer zurückzog, zeigte sein Gesicht einen Ausdruck von Verblüffung. »Die Sterne«, sagte er leicht lallend. »Wo sind die Sterne?«

»Wo die *was* sind?« wollte Duffy wissen.

»Die Sterne«, wiederholte Reich. Er wies fahrig an den Nachthimmel. »Die Sterne. Sie sind fort.«

Verwundert musterte ihn Duffy. »Die was sind fort?«

»Die Sterne,« rief Reich. »Sieh dir den Himmel an. Die Sterne sind verschwunden. Alle Sternbilder sind weg! Der Große Bär... der Kleine Bär... Kassiopeia... der Drache... Pegasus... Alle sind verschwunden! Am Himmel ist nur der Mond zu sehen! Sieh's dir doch selbst an!«

»Alles ist genauso«, sagte Duffy, »wie es immer ist.«

»Ist es nicht! Wo sind die Sterne?«

»Welche Sterne?«

»Ich kenne doch nicht alle ihre Namen... der Polarstern und... Wega... und... Wie zum Satan soll ich denn alle ihre Namen kennen? Ich bin kein Astronom. Was ist mit uns passiert? Was ist mit den Sternen geschehen?«

»Was sind Sterne?« fragte Duffy.

Reich packte sie wild mit rohem Griff. »Sonnen... die in heller Glut lodern und leuchten. Es gibt Tausende. Milliarden gibt's. Sie erhellen die Nacht. Was zum Teufel ist mit dir los? Verstehst du denn nicht? Im Weltraum hat eine Katastrophe stattgefunden. Die Sterne sind fort!«

Duffy schüttelte den Kopf. Ihr Gesicht spiegelte Entsetzen wider. »Ich weiß nicht, wovon du sprichst, Ben. Ich weiß wirklich nicht, wovon du redest.«

Er schob sie zur Seite, drehte sich um und lief ins Bad, schloß sich ein. Während er sich in aller Hast duschte und anzog, hämmerte sie an die Badezimmertür und jammerte unablässig, er solle zur Besinnung kommen. Schließlich gab sie es auf; ein paar Sekunden später hörte er, wie sie mit beherrschter Stimme die Kingston-Klinik anrief. »Von mir aus soll sie selber zusehen, wie sie das mit den Sternen aufklärt«, murmelte Reich, hin- und hergerissen zwischen Wut und Schrecken. Als er angekleidet und fertig war, suchte er wieder das Schlafzimmer auf. Duffy unterbrach urplötzlich ihr Gespräch und kam zu ihm.

»Ben...«, begann sie.

»Warte hier auf mich«, knurrte er. »Ich stelle fest, was los ist.«

»Was willst du denn feststellen?«

»Was mit den Sternen los ist!« fuhr er sie an. »Allmächtiger, mit den Sternen, die verschwunden sind!« Er stapfte zur Wohnung hinaus und eilte auf die Straße. Auf dem menschenleeren Bürgersteig blieb er stehen und starrte erneut zum Nachthimmel. Er sah den Mond. Dort war ein hellroter Lichtpunkt... der Mars. Da noch einer... Jupiter. Sonst war nichts zu sehen. Schwärze. Schwärze. *Schwärze.* Sie hing über seinem Kopf ausgebreitet, rätselhaft, durch nichts gemildert, grauenhaft; durch irgendeine optische Täuschung schien der Himmel abwärts zu sinken, er lastete auf der Welt, bedrückte und lähmte, wirkte bedrohlich. Reich begann zu laufen, den Blick nach oben gerichtet. Er bog auf dem Fußweg um eine Ecke und prallte mit einer Frau zusammen, warf sie der Länge nach aufs Pflaster. Er half ihr beim Aufstehen.

»Vertrottelter Scheißkerl«, keifte sie und brachte ihre Erscheinung wieder in Ordnung. »Auf der Suche nach einem kleinen Vergnügen, Pilot?« fragte sie dann mit öliger Stimme.

Reich hielt sie am Arm. Er deutete aufwärts. »Sehen Sie mal. Die Sterne sind weg. Haben Sie's schon gesehen? Die Sterne sind verschwunden.«

»Was ist verschwunden?«

»Die Sterne. Merken Sie denn nichts? *Die Sterne sind fort!*«

»Ich weiß nicht, von was du da redest, Pilot. Komm, laß uns eine schöne Nummer schieben.«

Er befreite sich aus ihren Klauen und lief weiter. Auf halber Strecke des Bürgersteigs stand eine öffentliche V-fon-Zelle. Er betrat sie und wählte den Anschluß der Information. Der Bildschirm flackerte auf, und eine Robot-Stimme ertönte. »Frage?«

»Was ist mit den Sternen geschehen?« fragte Reich. »Wann ist es geschehen? Inzwischen muß es doch überall aufgefallen sein. Was gibt es für eine Erklärung?«

Ein Knacken; Stille, dann noch ein Knacken. »Bitte buchstabieren Sie den gesuchten Begriff.«

»Stern!« brüllte Reich. »S-T-E-R-N. *Stern!*«

Klicken; Schweigen; Klicken. »Hauptwort oder Zeitwort?«

»Hauptwort, verdammt noch mal!«

Klicken. Stille. Klicken. »Unter diesem Stichwort sind keine Informationen gespeichert«, gab die Automatenstimme Auskunft.

Reich fluchte, rang um Selbstbeherrschung. »Wo ist das nächste Observatorium?«

»Bitte nennen Sie die Ortschaft.«

»Stadt New York.«

Knacken. Stille. Klicken. »Das Luna-Observatorium befindet sich fünfzig Kilometer nördlich von New York. Es ist erreichbar über Jumper-Route N-Koordinate 227. Das Luna-Observatorium wurde gründet im Jahre zweitausend...«

Reich schaltete den Apparat mit einem groben Hieb ab. »Keine Informationen unter diesem Stichwort! Meine Fresse, sind denn alle verrückt geworden?« Er irrte durch die Straßen, suchte einen Nahverkehrs-Jumper. Ein Jumper-Taxi schwirrte heran, und Reich winkte. Es kam herunter. »Nordkoordinate 227«, sagte er unfreundlich, als er in die Kabine kletterte. »Fünfzig Kilometer. Luna-Observatorium.«

»Kostet Entfernungszuschlag«, bemerkte der Pilot.

»Ich zahle. Los!« Das Jumper-Taxi zischte aufwärts. Fünf Minuten lang nahm sich Reich zusammen. »Haben Sie schon den Himmel gesehen?« fragte er dann behutsam.

»Warum, Mister?«

»Die Sterne sind verschwunden.« Pflichtschuldiges Auflachen. »Das soll kein Witz sein«, sagte Reich. »Die Sterne sind fort.«

»Wenn's kein Witz sein soll«, entgegnete der Pilot, »fehlt's an einer Erklärung. Was sind Sterne?«

Auf Reichs Lippen zuckte eine von höchstem Grimm eingegebene Erwiderung, aber ehe er sie äußern konnte, landete der Jumper auf dem Observatoriums-Gelände nahe beim Kuppeldach. »Warten Sie auf mich«, ordnete Reich barsch an. Über den Rasen lief er zum kleinen, gemauerten Eingang des Gebäudes. Die Tür stand offen. Er betrat das Observatorium und vernahm das gedämpfte Surren der Kuppelmaschinerie, das leise Ticken der Observatoriums-Uhr. Abgesehen vom schwachen Leuchten der Uhr herrschte im Kuppelraum Dunkelheit. Das Dreißig-Zentimeter-Teleskop war in Betrieb. Er konnte den Astronomen als verwaschen umrissene Gestalt über das Okular des Leit-Teleskops gebeugt sehen. Reich schritt zu ihm hinüber, nervös, gespannt, selber beunruhigt über das laute Knallen seiner Schritte, die die Stille durchdrangen. Die Luft war kühl. »Hören Sie mal«, sprach Reich den Mann mit gepreßter Stimme an, »bedaure, daß ich Sie störe, aber *Sie* müssen es doch bemerkt haben. Sie beschäftigen sich doch beruflich mit Sternen. Sie haben's doch bemerkt, oder? Die Sterne – sie sind verschwunden. Allesamt. Was ist passiert? Warum ist kein Alarm ausgelöst worden? Warum stellt sich jeder dumm? Mein Gott, stellen Sie sich vor – die Sterne! Und wir haben sie immer für ganz selbstverständlich genommen. Und jetzt sind sie plötzlich verschwunden. Was ist geschehen? Wo sind die Sterne geblieben?«

Die Gestalt richtete sich langsam auf und wandte sich Reich zu. »Es gibt keine Sterne«, sagte sie. Es war der Mann ohne Gesicht.

Reich schrie auf. Er drehte sich um und lief davon. Er floh zur Tür hinaus, die Stufen hinunter und über den Rasen zurück zum Jumper Taxi, das noch bereitstand. Er torkelte mit beträchtlicher Wucht gegen die Kabinenwand aus Kristall und sackte auf die Knie. Der Pilot half ihm aufzustehen. »Alles klar, alter Junge?« fragte er.

»Weiß nicht«, stöhnte Reich. »Ich wollte, ich wüßte es.«

»Es geht mich freilich nichts an«, meinte der Pilot, »aber ich glaube, Sie sollten sich einmal von einem ESPer behandeln lassen. Sie reden ziemlich verrückt daher.«

»Über die Sterne?«

»Ja.«

Reich packte den Mann am Arm. »Ich bin Ben Reich«, sagte er. »Ben Reich von der Monarch.«

»Sicher, Mann. Habe Sie sofort erkannt.«

»Gut. Dann sind Sie sich gewiß darüber im klaren, was ich für Sie tun kann, wenn Sie mir einen kleinen Gefallen erweisen? Geld... Eine bessere Stellung... Was Sie wollen...«

»Sie können nichts für mich tun, alter Junge. Ich bin schon im Kingston zurechtgerückt worden.«

»Um so besser. Also sind Sie ein ehrlicher Mensch. Wollen Sie mir dann einen Gefallen zu Gottes Ehren oder im Namen von irgend so etwas erweisen?«

»Klar, alter Junge.«

»Gehen Sie in das Gebäude. Schauen Sie sich den Mann am Teleskop an. Schauen Sie ihn sich ganz genau an. Dann kommen Sie zurück und beschreiben Sie ihn mir.« Der Pilot ging, blieb fünf Minuten lang aus und kam wieder. »Na?«

»Ein völlig normaler älterer Knabe. Über sechzig, schätze ich. Glatze. Recht tiefe Falten im Gesicht. Seine Ohren stehen ab, und außerdem hat er so ein kleines Kinn. Eines, das so nach hinten abrutscht, Sie wissen schon.«

»Es ist kein...«, nuschelte Reich. »Kein...«

»Was?«

»Nun zu den Sternen«, sagte Reich. »Sie haben noch nie davon gehört? Sie noch nie gesehen? Sie wissen nicht, wovon ich spreche?«

»Nicht im geringsten.«

»O Gott...!« stöhnte Reich. »Mein Gott...«

»Nun verludern Sie sich mal nicht die Kreisbahn, alter Junge«, sagte der Pilot. Er gab Reich einen kräftigen Klaps auf die Schulter. »Ich will Ihnen mal was erzählen. Im Kingston hat man mir viel erklärt. Etwas davon war... Na, es ist so, plötzlich wird man von einer völlig verrückten Anwandlung befallen. Einer absolut brandneuen Sache, verstehen Sie? Aber Sie meinen, damit wäre es immer schon so gewesen. Wie... äh... zum Beispiel, daß die Menschen immer ein Auge hatten, und sie haben urplötzlich zwei Augen.« Reich starrte ihn an. »Also rennen Sie durch die Gegend und schreien: ›Um Himmels willen, woher haben den urplötzlich alle zwei Augen?‹ Und man sagt Ihnen darauf: ›Die Leute hatten schon immer zwei Augen.‹ Und sie krakeelen: ›Einen Scheiß hatten sie. Ich entsinne mich ganz genau, daß jeder Mensch vorher bloß ein Auge hatte.‹ Sie sind wirklich felsenfest davon überzeugt. Und die Ärzte haben ihre liebe Not, um Ihnen den Quatsch wieder auszureden.« Der Pilot klopfte ihm noch einmal auf die Schulter. »Ich habe den Eindruck, bei Ihnen ist das ganz ähnlich, alter Freund.«

»Ein Auge«, murmelte Reich. »Zwei Augen. Spannung, Spiel und Spökenkieken sind im Gang.«

»Was?«

»Ich weiß nicht. Weiß nicht. Der vergangene Monat war reichlich hart. Vielleicht... vielleicht haben Sie recht. Aber...«

»Sie möchten in die Kingston-Klinik?«

»Nein!«

»Also möchten Sie hierbleiben und noch länger mit Ihren Sternen Unruhe stiften?«

»Was zum Teufel interessieren mich eigentlich die Sterne?!« brauste Reich plötzlich auf. Seine Furcht verwandelte sich in helle Wut. Adrenalin schoß in seinen Kreislauf, erzeugte einen Schub von Mut und Kaltblütigkeit. Er sprang in den Jumper. »Ich habe die ganze Welt für mich. Was soll's, wenn dafür ein paar Hirngespinste flöten gehen?«

»So ist es recht, alter Junge. Wohin?«

»Zum Königspalast.«

»Zum *was?*«

Reich lachte. »Zur Monarch.« Während des ganzen Fluges durch die Dämmerung zum himmelhohen Monarch-Hochhaus brüllte er vor Lachen. Aber sein Lachen klang halb hysterisch. Die Belegschaft arbeitete in Tag- und Nachtschichten, und die Nachtschicht befand sich gerade in der letzten Phase ihrer Schicht von 24 bis 8 Uhr, als Reich das Gebäude betrat. Obwohl man ihn im vergangenen Monat selten gesehen hatte, war das Personal an seine unangekündigten Besuche nach wie vor gewöhnt, und man wechselte unauffällig vom schläfrigen Arbeitstempo über zu demonstrativem Fleiß. Als Reich sich zu seinem Schreibtisch begab, folgte ihm ein Schwarm von Sekretärinnen und Sub-Sekretärinnen mit den eiligen Angelegenheiten des Tages. »Das kann alles warten«, befahl er barsch. »Rufen Sie die Betriebsleitung zusammen... alle Abteilungsleiter und Orga-Chefs. Ich habe etwas bekanntzugeben.« Die Geschäftigkeit ringsum beruhigte ihn, stellte sein gewohntes Bezugssystem wieder her. Er fühlte sich neu belebt, wieder daheim in der Realität. Das alles hier war die einzige Wirklichkeit... das Hasten und Treiben, das Summen der Apparaturen, die gedämpften Anordnungen, die rasche Ansammlung respektvoller Gesichter in seinem Büro. Das alles war eine Vorschau auf die Zukunft, in der seine Apparaturen auf Planeten und Monden summen würden, Planetar-Orga-Leiter sich mit respektvollen Mienen seinem Schreibtisch nähern. »Wie Sie alle wissen«, begann Reich, während er langsam hin- und herschritt und zwischen die Gesichter, die ihn betrachteten, eindringliche Blicke warf, »haben wir von der Monarch mit dem D'Courtney-Kartell in einem Ringen auf Sein oder Nichtsein gestanden. Vor kurzer Zeit hat jemand Craye D'Courtney ermordet. Daraus ergaben sich gewisse Verwicklungen, die nun jedoch endgültig behoben sind. Zweifellos werden Sie mit großer Freude hören, daß der Weg nun für uns frei ist. Wir können den Plan AA zur Übernahme des D'Courtney-Kartells in die Tat umsetzen.« Er verstummte, wartete auf das erregte Gemurmel, das die Reaktion auf seine Bekanntmachung sein mußte. Es erfolgte gar keine Reaktion. »Vielleicht begreifen einige von Ihnen nicht die Bedeutung und das Ausmaß des Erfolgs. Lassen Sie's mich anders ausdrükken... in Begriffen, die Sie verstehen. Jene unter Ihnen, die Kreis-Orga-Leiter sind, werden Kontinental-Orga-Leiter. Die Kontinental-Orga-Leiter werden Orga-Chefs auf den Monden. Die gegenwärtigen Orga-Leiter der Monde werden zu Orga-Chefs ganzer Planeten aufsteigen. Von jetzt an beherrscht die Monarch das Sonnensystem. Von nun an müssen wir alle in den Maßstäben des Sonnensystems denken. Von nun an...« Reichs Stimme sank herab, er stockte angesichts der vielen von Ratlosigkeit gezeichneten Mienen ringsum. Er ließ seinen Blick schweifen und erspähte schließlich die Chef-Sekretärin. »Was zum Teufel ist hier los?« brummte er. »Gibt's irgendwelche Neuigkeiten, die ich noch nicht zur Kenntnis erhalten habe? Schlechte Nachrichten?«

»Nei-nein, Mr. Reich.«

»Ja, was ist denn in Sie gefahren? Diese Entwicklung ist doch etwas, worauf wir alle gewartet haben. Was soll denn jetzt damit nicht stimmen?«

Die Chef-Sekretärin begann zu stammeln. »Wir... Ich... Ent-entschuldigen Sie, Mr. Reich. Ich wei-weiß nicht, wovon Sie sprechen.«

»Ich rede vom D'Courtney-Kartell.«

»Ich... ich habe noch nie von diesem Unternehmen gehört, Mr. Reich. Ich... Wir...« Die Chef-Sekretärin drehte sich nach Beistand um. Vor den Augen des ungläubigen Reich schüttelte die gesamte Firmenleitung verwundert den Kopf.

»D'Courtney auf dem Mars«, schnauzte Reich.

»Wo, Sir?«

»Mars! Mars! M-A-R-S. Einem der zehn Planeten. Dem vierten von der Sonne.« Erneut von Entsetzen gepackt, begann Reich unbedacht zu schreien. »Merkur, Venus, Erde, Mars, Jupiter, Saturn! Mars! Mars! Mars! Zweihundertdreißig Millionen Kilometer von der Sonne entfernt, Mars!« Wieder schüttelte die Versammlung nur die Köpfe. Unruhe entstand, und man wich ein wenig von Reich zurück. Er stürzte sich auf die Sekretärinnen und riß ihnen die Stapel von Geschäftspapieren aus den Händen. »Sie haben hundert und mehr Aktennotizen über D'Courtney auf dem Mars hier. Sie müssen sie haben. Herrgott, wir haben während der letzten zehn Jahre ununterbrochen mit D'Courtney um die Existenz gerungen. Wir...« Er wühlte die Papiere durch, warf Blätter nach allen Seiten, erfüllte das Büro mit Weiß wie von Schnee. Er fand kein einziges Schriftstück über D'Courtney auf dem Mars. Er entdeckte keinen Hinweis auf Venus, Jupiter, den Mond oder andere Himmelskörper. »Ich muß Aktennotizen in meinem Schreibtisch haben«, schrie Reich. »Hunderte! Eine ganze Sammlung. Verfluchte Lügnerbande! Schauen Sie in meinen Schreibtisch... Er eilte an seinen Schreibtisch und begann Schubladen herauszuziehen. Eine ohrenbetäubende Explosion entstand. Der Schreibtisch flog auseinander. Ein Hagel von Bruchstücken tropischen Holzes ging auf die Anwesenden nieder. Die Tischplatte schleuderte Reich wie die Hand eines Riesen gegen das Fenster. »Der Mann ohne Gesicht!« kreischte Reich. »Allmächtiger Gott!« Wie im Fieber schüttelte er den Kopf und klammerte sich an sein übergeordnetes Problem. »Wo geht's zur Registratur? Ich kann Ihnen im Archiv alles zeigen... D'Courtney und Mars und all das. Und ihm werde ich's auch noch zeigen... dem Mann ohne Gesicht. Kommen Sie mit!« Er stürzte aus seinem verwüsteten Büro und stürmte in die weitläufigen Säle der Registratur. Er riß Akten über Akten aus den Regalen, verstreute Papiere, Sammlungen von Piezokristallen, alte Drahttonaufnahmen, Mikrofilme, Molekulartranskriptionen. Nirgends fand sich ein Hinweis auf D'Courtney oder den Mars. Es gab keinerlei Unterlagen über Venus, Jupiter, Merkur, die Asteroiden oder die Monde. Und inzwischen war das gesamte Haus außer Rand und Band, Hasten und Unruhe herrschte, Telefone surrten, barsche Anweisungen ertönten. Das Haus geriet in Aufruhr. Drei stämmige Männer des sogenannten Freizeit-Zentrums kamen in die Registratur getrottet, angeführt von der blutüberströmten Chef-Sekretärin, die auf sie einschwatzte.

»Sie müssen eingreifen. Sie müssen. Ich übernehme die Verantwortung.«

»Nur die Ruhe, Mr. Reich«, sagten sie mit jenen Grunzlauten zu ihm, mit denen Stallknechte wilde Hengste zu besänftigen pflegen. »Nur ruhig. Nur ruhig. Nur immer ruhig. Nur die Ruhe.«

»Verschwindet, ihr Hornochsen.«

»Immer nur ruhig, Mr. Reich. Alles ist in Ordnung, Mr. Reich.« Sie verteilten sich an strategisch günstigen Punkten, um ihn in die Mitte zu bekommen, während das Lärmen und Treiben anschwoll, immer mehr Telefone surrten, Stimmen durcheinanderriefen.

»Wo ist sein Arzt? Verständigen Sie seinen Arzt. Jemand soll Kingston anrufen.« – »Haben Sie die Polizei angerufen?« – »Nein, bloß nicht. Keinen Skandal. Setzen Sie die Rechtsabteilung in Kenntnis, ja? Ist die Ambulanz noch nicht geöffnet?« Reichs Atemzüge gingen in Schnaublauten. Er kippte Regale um und versperrte den drei stämmigen Männern den Weg, dann senkte er den Kopf und brach durch, lief durch die Büroräume zum Rundumkorridor und zum Horizontal-Pneu-System. Die Tür öffnete sich; er drückte den Knopf für WISSENSCHAFT 57. Er betrat die Kabine, die daraufhin hinüber zur Wissenschaftlichen Abteilung zischte, wo er sie verließ. Er befand sich in der Labor-Etage. Sie lag im Dunkeln. Wahrscheinlich nahm das Personal an, er sei hinunter auf die Straße geflüchtet. Er hatte einige Zeit gewonnen. Noch außer Atem suchte er die Laboratoriums-Bibliothek auf, knipste die Beleuchtung an und begab sich in den Alkoven ans Abrufgerät. Vor einem Sitzpult ragte eine milchig weiße Kristallscheibe auf, schräg wie ein Zeichenbrett. Daneben war eine komplizierte Kontrollapparatur mit vielen Knöpfen und Tasten.

Reich setzte sich und drückte auf EIN. Die Scheibe erhellte sich, und aus einem oberhalb der Kopfhöhe angebrachten Lautsprecher meldete sich eine Automatenstimme. »Wissensbereich?« Reich drückte auf die Taste WISSENSCHAFT. »Teilgebiet?« Reich wählte ASTRONOMIE. »Frage?«

»Das Universum.«

Klicken; Stille; Klicken. »Der Begriff Universum bezieht sich in seinem vollständigen physikalischen Sinn auf die Gesamtheit der existenten Materie.«

»Welche Materie existiert?«

Klicken; Stille; Klicken. »Materie existiert in Ansammlungen, deren Ausmaß vom kleinsten Atom bis zu den größten bekannten astronomischen Erscheinungen materieller Natur reicht.«

»Was ist die größte bekannte astronomische Erscheinung materieller Natur?« Reich drückte auf die Taste ABBILDUNG.

Klicken; Stille; Klicken. »Die Sonne.« Die Kristallplatte zeigte eine grelle Aufnahme der Sonne im Zeitraffer-Tempo.

»Aber was ist mit den anderen Sonnen? Den Sternen?«

»Klicken; Stille; Klicken. »Es gibt keine Sterne.«

»Und die Planeten?«

Klicken; Stille; Klicken. »Es gibt die Erde.« Ein Bild der in Rotation befindlichen Erde erschien.

»Und die anderen Planeten? Mars? Jupiter? Saturn...?«

Klicken; Stille; Klicken. »Es gibt keine anderen Planeten.«

»Der Mond?«

Klicken; Stille; Klicken. »Es gibt keinen Mond.«

Reich nahm einen tiefen, zittrigen Atemzug. »Wir versuchen es noch einmal von vorn. Angefangen mit der Sonne.«

Die Kristallscheibe zeigte erneut die Sonne. »Die Sonne ist die größte bekannte astronomische Erscheinung materieller Natur«, begann die Automatenstimme. Plötzlich verstummte sie. Klicken; Stille; Klicken. Das Bild der Sonne verblaßte langsam. Die Stimme sprach weiter. »Es gibt keine Sonne.« Die Abbildung verschwand vollends, hinterließ ein Nachbild, das Reichs Blick erwiderte... bedrohlich, stumm, furchtbar... der Mann ohne Gesicht. Reich heulte auf. Er sprang empor, kippte das Sitzpult rückwärts, Er packte es und schmetterte es auf das fürchterliche Ungesicht. Dann wirbelte er herum und taumelte von der Bibliothek ins Labor, aus dessen Räumlichkeiten in den Korridor. Am Pneu-Lift drückte er ERDGESCHOSS. Die Tür sprang auf; er wankte hinein, und die Plattform beförderte ihn siebenundfünfzig Stockwerke hinab ins riesige Foyer des Monarch-Hochhauses. Drunten wimmelte es nun von Mitarbeitern der Tagschicht, die zu ihren Arbeitsplätzen eilten. Während sich Reich durchs Gedränge schob, widmete man ihm wegen der Rißwunden und des Blutes in seinem Gesicht Blicke des Staunens. Dann bemerkte er ein Dutzend uniformierter Angehöriger der Schutzabteilung, die sich ihm näherten. Urplötzlich lief er wie ein Besessener los und durch die Halle zum Ausgang, entzog sich der Einkreisung durch die Uniformierten. Er erreichte die Drehtüren und wirbelte hindurch auf den Fußweg. Dort blieb er mit einem Ruck stehen, als sei er vor weißglühendes Eisen gelaufen. Er sah keine Sonne.

Die Straßenbeleuchtung brannte; die Hochstraßen funkelten; Jumper-Lichter schwebten auf und ab; die Geschäfte waren hell erleuchtet... und über alldem war nichts... nichts außer weiter, schwarzer, abgründiger Unendlichkeit. »Die Sonne!« brüllte Reich. »Die Sonne!« Er deutete nach oben. Die Angestellten, die zum Eingang strömten, betrachteten ihn aus argwöhnischen Augen und hasteten an ihm vorüber. Keiner hob den Blick. »Die Sonne! Wo ist die Sonne? Versteht ihr mich denn nicht, ihr Narren? Die Sonne!« Reich zerrte die Leute an den Armen, schüttelte seine Fäuste gegen den Himmel. Da kam der erste Uniformierte der Schutzabteilung des Monarch-Hochhauses aus der Drehtür; sofort ergriff Reich von neuem die Flucht.

Er lief den Bürgersteig hinunter, wandte sich dann scharf nach rechts und rannte durch eine Passage mit Ladengeschäften, die voller gleißender Beleuchtung waren und Betriebsamkeit. Am Ende der Passage lag der Eingang zu einem Pneu-Lift, der hinauf in die Ebene der Hochstraßen führte. Reich sprang hinein. Als sich hinter ihm die Tür schloß, sah er die Uniformierten, die ihn verfolgten, kaum zehn Meter weit entfernt. Dann schoß die Liftplattform siebzig Stockwerke empor, und er geriet ins Netzwerk der Hochstraßen. Er gelangt auf einen kleinen Auto-Parkplatz, der ans Monarch-Hochhaus angebaut war und eine Ausfahrt zur nächsten Hochstraße besaß. Reich warf dem Parkwächter im Vorbeilaufen Kredits zu und bestieg ein Auto. Er drückte den Knopf mit der Bezeichnung ABFAHRT. Der Wagen fuhr an. Vor der Ausfahrt drückte er den Knopf mit dem Wort LINKS. Das Fahrzeug bog nach links ab und fuhr weiter. Andere Möglichkeiten zur Fahrzeuglenkung standen ihm nicht zur Verfügung. Links, rechts; Halt, Abfahrt. Der Rest war automatisiert. Außerdem waren die Autos in ihrer Verwendung völlig auf die Hochstraßen beschränkt. Er konnte Stunden damit zubringen, hoch über der Stadt im Kreis zu fahren, gefangen wie ein Hund in einem Rad. Der Wagen benötigte keinerlei Aufmerksamkeit. Reich blickte abwechselnd über die Schulter rückwärts und an den Himmel. Droben war keine Sonne... und doch gingen alle ihren Angelegenheiten nach, als habe es nie die Sonne gegeben. Es schauderte ihn. War dies wieder so etwas wie der Ein-Auge-Trick? Plötzlich verlangsamte das Auto und stoppte; und er saß mitten auf der Hochstraße fest, auf halber Strecke zwischen dem Monarch-Hochhaus und dem riesigen Gebäude der Visifon & Visigraf. Er hämmerte auf das Armaturenbrett. Nichts geschah. Er sprang aus dem Fahrzeug und hob die Heckklappe, um das Relais zu untersuchen. Da sah er weit hinten auf der Hochstraße die Uniformierten gelaufen kommen und begriff, was dem Auto fehlte. Der Betrieb der Fahrzeuge geschah durch Energieträgerwellen. Man hatte den Parkplatz mit seinen Fahrzeugen von der Zufuhr abgeschnitten und versuchte ihn nun einzuholen. Reich verließ sich wiederum auf seine Beine und lief hinüber zum V & V-Gebäude. Die Hochstraße durchquerte das Bauwerk und war in dessen Innerem gesäumt von Läden, Restaurants, einem Theater... und dort war ein Reisebüro! Ein sicherer Ausweg. Er konnte hier ein Ticket kaufen, eine Ein-Mann-Gondel besteigen und zu irgendeinem Flughafen abschwirren... Er brauchte ein wenig Zeit, um sich neu zu orientieren... alles zu reorganisieren... und er hatte ein Haus in Paris. Er überquerte den Mittelstreifen, wich mehreren Autos aus und stürmte ins Reisebüro. Es wirkte ein bißchen wie eine kleine Bank. Ein schmaler Schalter. Ein Gitterfensterchen, ringsum geschützt mit einbruchsicherem Plastikmaterial. Reich trat an den Schalter, klaubte Geld aus seinen Taschen. Er klatschte Kreditnoten auf den Schalter und schob sie unterm Gitter durch. »Ein Ticket nach Paris«, sagte er. »Behalten Sie den Rest. Wo geht's zu den Gondeln? Beeilung, Mann! Beeilung!«

»Paris?« erhielt er zur Antwort. »Es gibt kein Paris.« Reich starrte durch die trübe Plastikfläche und sah – bedrohlich, stumm, mit festem Blick – den Mann ohne Gesicht. Er torkelte zweimal um die eigene Achse, während sein Herz wummerte, es in seinem Schädel pochte, dann erspähte er die Tür und rannte hinaus. Blindlings taumelte er auf die Hochstraße, schrak fahrig vor einem Auto zurück, das heranraste, prallte der Länge nach hin und entglitt unter einen Mantel aus Finsternis...

ZERSTÖRE.
VERNICHTE.
TILGE AUS.
ELIMINIERE.
(MINERALOGIE, PETROLOGIE, GEOLOGIE, TOPOGRAFIE.)
LÖSCHE AUS.
(METEOROLOGIE, HYDROLOGIE, SEISMOLOGIE.)
LÖSE AUF.
(X^2 Ø Y^3 d: Raum/d: Zeit)
LIQUIDIERE.
DAS SUBJEKT WIRD –

»...wird was?«
DAS SUBJEKT WIRD –
»...wird was? Was? WAS?«

Eine Hand legte sich auf seinen Mund. Reich öffnete die Augen. Er befand sich in einem kleinen gekachelten Raum; der Ambulanz einer Polizeiwache. Er lag auf einem weißen Tisch. Ringsherum standen drei uniformierte Polizisten und andere Fremde. Sie alle schrieben bedächtig in Notizbücher, murmelten zueinander, traten nervös vom einen auf den anderen Fuß. Der Fremde nahm seine Hand von Reichs Mund und beugte sich über ihn. »Alles in Ordnung«, sagte er in beruhigendem Tonfall. »Keine Aufregung. Ich bin Arzt...«

»Ein ESPer?«

»Was?«

»Sind Sie ein ESPer? Ich brauche einen ESPer. Ich benötige jemanden, der mir in den Kopf schaut und nachsieht, ob ich darin noch richtig bin. Mein Gott! Ich muß wissen, ob ich noch ganz richtig bin im Kopf. Das Honorar spielt keine Rolle. Ich...«

»Was will er?« fragte ein Polizist.

»Keine Ahnung. Einen Esper, sagte er.« Der Arzt wandte sich wieder an Reich. »Was meinen Sie damit? Sagen Sie's uns. Was ist ein Esper?«

»Ein ESPer! Ein Hirn-Introvisor! Ein Gedankenleser! Ein...«

Der Arzt lächelte. »Er macht sich einen kleinen Scherz mit uns. Das zeigt, daß er Mumm hat. Viele Patienten verhalten sich so. Nach Unfällen simulieren sie besonders gerne Kaltschnäuzigkeit. Man nennt das Galgenhumor...«

»Hören Sie zu«, sagte Reich verzweifelt. »Lassen Sie mich aufstehen. Ich habe etwas zu sagen...« Man half ihm beim Aufstehen. »Mein Name ist Ben Reich«, erklärte er den Polizisten. »Ben Reich von der Monarch. Sie kennen mich. Ich möchte ein Geständnis ablegen. Ich möchte vor Hauptkommissar Lincoln Powell ein Geständnis machen. Bringen Sie mich zu Powell.«

»Wer ist Powell?«

»Und was wollen Sie gestehen?«

»Den Mord an D'Courtney. Ich habe im vergangenen Monat Craye D'Courtney ermordet. In Maria Beaumonts Haus... Richten Sie das Powell aus. Ich habe D'Courtney ermordet.«

Verblüfft sahen sich die Polizisten an. Einer von ihnen schlenderte in eine Ecke und nahm den Hörer eines altmodischen Telefons ab. »Hallo, Hauptmann? Ich habe hier einen ziemlich komischen Typ. Nennt sich Ben Reich von der Monarch. Wünscht vor einem Hauptkommissar Powell ein Geständnis abzulegen. Behauptet, er habe im vergangenen Monat einen gewissen Craye D'Courtney ermordet.« Nach kurzem Schweigen rief der Polizist Reich zu: »Wie schreibt man das?«

»D'Courtney. Großes D, Apostroph, Großes C, dann O-U-R-T-N-E-Y.«

Der Polizist buchstabierte und wartete. Nach einer weiteren Pause stieß er ein Brummen aus und hängte den Hörer auf. »Ein Beknackter«, sagte er und schob sein Notizbuch in die Tasche.

»Hören Sie...«, begann Reich.

»Ist er unverletzt?« erkundigte sich der Polizist beim Arzt, ohne Reich anzusehen.

»Nur ein bißchen durchgeschüttelt. Aber keine Verletzungen.«

»Hören Sie mir zu!« brüllte Reich.

Der Polizist riß ihn auf die Füße und drängte ihn zur Tür der Polizeiwache. »Wir sind fertig mit Ihnen, Freundchen. Raus!«

»Sie müssen mich anhören! Ich...«

»Jetzt hören Sie mir mal zu, Freundchen. Bei der Polizei gibt's keinen Lincoln Powell. Es gibt keine Unterlagen über einen Mordfall D'Courtney. Und wir lassen uns von Ihresgleichen keinen Scheiß erzählen. Und jetzt... *raus*!« Und er warf Reich hinaus auf die Straße.

Das Straßenpflaster war seltsam rissig. Reich wankte, vermochte das Gleichgewicht zu bewahren und stand reglos, benommen, verstoßen. Es war dunkler als zuvor... unendlich dunkler. Nur wenige Lampen der Straßenbeleuchtung brannten noch. Die Hochstraßen waren unsichtbar geworden. Die Jumper waren verschwunden. In der Skyline waren gewaltige Breschen entstanden. »Ich bin krank«, stöhnte Reich. »Ich bin krank. Ich brauche Hilfe...« Er begann die merkwürdig zerklüftete Straße hinabzuschlurfen, die Hände auf den Magen gepreßt. »Jumper«, rief er. »Jumper-Taxi, hierher! Gibt's denn nichts und niemanden in dieser gottverlassenen Stadt? Wo ist alles geblieben? Jumper!« Es gab nichts. »Ich bin krank... krank. Ich muß nach Hause. Ich bin krank.« Wieder fing er an zu schreien. »Ist da niemand? Hört mich keiner? Ich bin krank. Ich brauche Hilfe. Hilfe! ...Hilfe!« Da war niemand. Erneut stöhnte er auf. Dann kicherte er... schwächlich, irrwitzig. »Acht, Mensch...«, begann er mit brüchiger Stimme zu singen. »Fünf Mann... Eins, Mann... Spannung! rief der Tensor... Spannung... Spiel... und Spökenkieken sind im Gang...« Seine Stimme nahm einen kläglichen Tonfall an. »Wo seid ihr alle? Maria! Licht! Ma-ri-aaa! Hör mit diesem verrückten ›Sardinen‹-Spiel auf!« Er stolperte. »Kommt zurück«, rief Reich. »Um Gottes willen, kommt zurück! Ich bin ganz allein.« Er erhielt keine Antwort. Er suchte nach der Anschrift Südpark 9, suchte das Haus der Beaumont, den Schauplatz von D'Courtneys Tod... den Wohnsitz Maria Beaumonts, dekadent und schrillstimmig, ein unüberhör- und unübersehbares Stück Realität. Aber er fand die Gegend nicht. Er sah nichts als eine Tundra. Einen schwarzen Himmel. Ringsum ungewohnte Leere. Nichts. Reich stieß einen Schrei aus... ein heiseres, unverständliches Brüllen des Zorns und der Furcht. Keine Antwort. Nicht einmal ein Echo. »In Gottes Namen!« heulte Reich. »Wo ist alles geblieben? Gebt es alles zurück! Hier ist nichts als leerer Raum...«

Aus den Grenzen der Leere schälte sich eine Gestalt heraus, rückte näher, vergrößerte sich; unheimlich, riesenhaft und ihm vertraut... Eine Gestalt aus schwarzen Schatten, mit festem Blick, bedrohlich, stumm... der Mann ohne Gesicht. Reich starrte ihm wie gebannt entgegen, zu jeder Regung unfähig. »Es gibt keinen Raum«, sagte die Gestalt. »Es gibt nichts.«

In Reichs Ohren gellte ein Kreischen, das von seiner eigenen Stimme stammte, wummerte ein Pochen, das vom eigenen Herzen kam. Er rannte einen gähnend ausweglosen, unbekannten, fremdartigen Weg entlang, bar jeglichen Lebens, ohne Raum, er lief, solange es noch nicht zu spät war, zu spät, zu spät... lief, solange er noch Zeit hatte, Zeit, Zeit... Und er lief geradewegs einer Gestalt aus schwarzen Schemen in die Arme. Einer Gestalt ohne Gesicht. »Es gibt keine Zeit«, sagte die Gestalt. »Es gibt nichts.«

Reich prallte zurück. Er machte kehrt. Er stürzte. Schwach kroch er durch eine ewigkeitsstarre Leere. »Powell!« schrie er. »Duffy! Quizzard! Tate! O Gott! Wo sind alle? Wo ist alles geblieben? Um Gottes willen...«

Und wieder befand er sich Auge in Auge mit dem Mann ohne Gesicht. »Es gibt keinen Gott«, sagte die Gestalt. »Es gibt nichts.« Und es gab auch nicht länger eine Möglichkeit zur Flucht. Es gab nur noch eine negative Unendlichkeit sowie Reich und den Mann ohne Gesicht. Und endlich, erstarrt, festgebannt, eingeschweißt in die Leere, darin gefangen, hob Reich den Blick und sah seinem Todfeind entschlossen ins Nichtgesicht... dem Mann, dem er nicht zu entkommen vermochte... dem Schrecken seiner Alpträume... dem Zerstörer seiner Existenz...

Es war...

...er selbst.

D'Courtney.

Beide. Zwei Gesichter, die zu einem Angesicht verschmolzen. Ben D'Courtney. Craye Reich. D'Courtney-Reich. D'R.

Er konnte keinen Laut hervorbringen. Er war zu jeder Bewegung außerstande. Es gab weder Zeit noch Raum oder Materie. Nichts war geblieben außer im Absterben begriffene Gedanken.

›Vater?‹

›Sohn.‹

›Du bist ich?‹

›Wir sind wir.‹

›Vater und Sohn?‹

›Ja.‹

›Ich kann es nicht begreifen... Was ist geschehen?‹

›Du hast das Spiel verloren, Ben.‹

›Das ‚Sardinen'-Spiel?‹

›Das Kosmische Spiel.‹

›Ich habe gewonnen. Ich habe gesiegt. Mir hat die Welt ganz und gar und restlos gehört. Ich...‹

›Und deshalb hast du verloren. Wir haben beide verloren.‹

›Was verloren?‹

›Unseren Fortbestand.‹

›Ich verstehe es nicht. Ich begreife das nicht.‹

›Mein Teil von uns versteht es, Ben. Auch du könntest es begreifen, hättest du mich nicht von dir entfremdet.‹

›Wie habe ich dich von mir entfremdet?‹

›Mit all deiner Verdorbenheit, Schlechtigkeit und Gemeinheit, die in deinem Innern wohnen.‹

›Das sagst du? Du... ein Verräter, der mich umzubringen versuchte?‹

›Das geschah ohne den gelindesten Haß, Ben. Das geschah, um dich zu vernichten, bevor du uns vernichten konntest. Es geschah für unseren Fortbestand. Es geschah, um dir dabei zu helfen, die Welt zu verlieren und das Spiel zu gewinnen, Ben.‹

›Was für ein Spiel? Welches Kosmische Spiel?‹

›Den Irrgarten... das Labyrinth... das gesamte Universum, als Rätsel für uns geschaffen, damit wir es lösen. Die Galaxien, die Sterne, die Sonne, ihre Planeten... die Welt, wie wir sie kannten. Wir waren die einzige Wirklichkeit. Alles andere war Schein... Spielzeug, Puppen, Theater... vorgetäuschte Leidenschaften. Es war eine Scheinwelt für uns, die wir zu enträtseln hatten.‹

›Ich hatte sie erobert. Sie gehörte mir.‹

›Aber du hast sie nicht durchschaut. Wir werden niemals erfahren, was des Rätsels Lösung ist, aber auf keinen Fall können es Raub, Terror, Haß, Gier, Mord und Ausplünderung sein. Du hast versagt, und alles ist aufgelöst, ausgelöscht...‹

›Aber was wird aus uns?‹

›Auch wir werden ausgetilgt. Ich habe dich zu warnen versucht. Ich habe versucht, dich aufzuhalten. Aber wir haben die Prüfung nicht bestanden.‹

›Aber warum? Warum? Wer sind wir? Was sind wir?‹

›Wer weiß? Kann die Saat wissen, wer oder was sie ist, wenn sie nicht auf fruchtbaren Boden fällt? Ist es von Bedeutung, wer oder was wir sind? Wir haben versagt. Unsere Prüfung ist vorüber. Wir sind am Ende.‹

›Nein!‹

›Hätten wir die Lösung gefunden, Ben, vielleicht wäre dann alles real geblieben. Aber nun ist alles dahin. Die Wirklichkeit hat sich in ein Hätte-sein-können-Land verwandelt, und du bist endlich erwacht... im Nichts, für das Nichts!‹

›Wir kehren um! Wir versuchen es noch einmal!‹
›Es gibt keine Umkehr. Alles ist vorbei.‹
›Wir werden einen Weg finden. Es muß einen Weg geben...‹
›Es gibt keinen Weg. Es ist aus.‹
Es war aus.
Und nun... die Demolition.

17

Man fand die beiden Männer am folgenden Morgen in den Parkanlagen oberhalb des alten Haarlem-Kanals, am äußersten Ende des dortigen Landzipfels. Jeder der beiden war die ganze Nacht lang gelaufen, auf Fußwegen, über Brücken und Hochstraßen, aller Umwelt unbewußt, und doch waren beide unausweichlich zueinander getrieben worden, wechselseitig angezogen und wie zwei magnetisierte Nadeln auf einem von Tang verstopften Tümpel. Powell saß mit überkreuzten Beinen auf dem feuchten Rasen, das Gesicht eingefallen und leblos, sein Atem war kaum wahrnehmbar, sein Pulsschlag fast verstummt. Er hielt Reich in eisernem Griff. Reich war zur Fötalhaltung zusammengekrümmt.

Man brachte Powell in höchster Eile in sein Haus am Hudson, wo das gesamte Labor-Team des ESPer-Verbandes im Schweiße des Angesichts sich um ihn kümmerte und sich untereinander zur ersten gelungenen Massen-Kathexis-Aktion in der Verbandsgeschichte gratulierte. Mit Reich hatte es keine Eile. Auf dem Dienstwege und im geeigneten Verfahren beförderte man seinen schlaffen Körper zum Zwecke der Demolition in die Kingston-Klinik.

Danach ruhte der ganze Fall für sieben Tage.

Am achten Tag stand Powell auf, nahm ein Bad, kleidete sich an, schlug seine Pfleger mit deutlicher Überlegenheit im Einzelkampf und verließ das Haus. Unterwegs machte er einen Abstecher in die Konditorei ›Süße Kleine Chose‹, kam mit einem geheimnisvollen, großen Päckchen wieder heraus und begab sich erst daraufhin schnurstracks ins HQ, um Polizeipräsident Crabbe seinen persönlichen Bericht zu erstatten. Auf dem Weg nach oben steckte er seinen Kopf in Becks Büro. *›Hallo, Jax.‹*

›Herzlichen (Verdammt noch mal) Glückwunsch, Lincoln.‹

›Wieso fluchen Sie?‹

›Ich habe fünfzig K gewettet, daß Sie bis zum nächsten Mittwoch im Bett bleiben müssen.‹

›Da haben Sie leider verloren. Hat Vater Moses uns im Fall

D'Courtney hinsichtlich des Motivs recht gegeben?‹

›Alles schon beschlossen und besiegelt. Die Verhandlung dauerte nur eine Stunde. Reich wird jetzt der Demolition unterzogen.‹

›Gut. Na, dann gehe ich nun wohl besser hinauf und erkläre Crabbe die Sache, damit er sie auch endlich versteht.‹

›Was haben Sie da unterm Arm?‹

›Ein Geschenk.‹

›Für mich?‹

›Nein, heute ausnahmsweise einmal nicht. Dreimal dürfen Sie raten.‹

Powell begab sich hinauf vor Crabbes Büro in Ebenholz und Silber, klopfte an, hörte das herrische »Herein!« und kam der Aufforderung nach. Crabbe betrug sich angemessen betulich, blieb jedoch in seinem Gesamtgebaren gewohnt plump. Der Fall D'Courtney hatte sein Verhältnis zu Powell nicht verbessert. Der Ausgang dieser Sache belastete es vielmehr zusätzlich.

»Es handelte sich um einen bemerkenswert komplizierten Fall«, begann Powell äußerst taktvoll. »Keiner von uns vermochte ihn zu begreifen, folglich trifft niemanden von uns eine Schuld. Bedenken Sie, Herr Polizeipräsident, sogar Reich war sich nicht dessen bewußt, warum er D'Courtney ermordete. Als einziger hatte der Prosecution Computer den Fall sofort durchschaut, aber wir meinten, er albert nur herum.«

»Die Maschine? Sie hat durchgeblickt?«

»Genau. Als wir unser Gesamtmaterial zum ersten Mal durchlaufen ließen, erteilte der Computer uns die Auskunft, das Tatmotiv Leidenschaft sei ungenügend nachgewiesen. Wir hatten jedoch alle angenommen, das Motiv sei Gewinnsucht. Auch Reich. Natürlich unterstellten wir dem Computer Mucken. Wir bestanden darauf, daß er seine Kalkulationen auf der Grundlage des Tatmotivs Gewinnsucht durchführte. Damit begingen wir einen Fehler...«

»Und diese ungeheuerliche Maschine hatte recht?«

»Ja, Herr Polizeipräsident, das hatte sie. Reich redete sich ein, daß er D'Courtney aus finanziellen Erwägungen tötete. Das war seine psychologische Tarnung für das tatsächliche Tatmotiv: Leidenschaft. Sie ließ sich nicht aufhalten. Er bot D'Courtney eine Fusion an. D'Courtney war einverstanden. Aber es trieb Reich unterbewußt dazu, die Mitteilung zu mißverstehen. Er mußte sie mißverstehen. Er mußte auch weiterhin der Überzeugung sein können, er morde für Geld.«

»Warum?«

»Weil er den wirklichen Beweggrund nicht zu verkraften vermochte...«

»Und das war...?«

»D'Courtney war sein Vater.«

»*Was?!*« Crabbe stierte ihn an. »Sein Vater? Sein leiblicher Vater?«

»Stimmt. Alles war völlig klar. Wir konnten es bloß nicht erkennen... weil Reich selbst es nicht erkannte. Zum Beispiel diesen Landbesitz auf Callisto, das Land, womit er Dr. Jordan von der Erde fortlockte. Reich erbte es von seiner Mutter, die es wiederum von D'Courtney hatte. Wir waren jedoch davon ausgegangen, daß Reichs Vater es D'Courtney irgendwie abgegaunert und auf den Namen seiner Frau überschrieben habe. Das war ein Irrtum. D'Courtney schenkte den Grundbesitz Reichs Mutter, weil sie seine Geliebte war, als Liebesgabe an die Mutter seines Sohnes. Reich kam dort zur Welt. Jackson Beck hat das alles ermittelt, sobald wir erst einmal den Faden in der Hand hatten.« Crabbe öffnete den Mund, schloß ihn wieder. »Und es gab noch so viele andere Hinweise: D'Courtneys starke Selbstmordneigung, die auf intensiven Schuldgefühlen infolge Pflichtvergessenheit beruhte. Er hatte seinen Sohn verleugnet. Seine Gewissensbisse zerfraßen ihn innerlich. Dann Barbara D'Courtneys Zwillings-Image von ihr selber und Ben Reich. Irgendwie ahnte sie, daß sie beide Halbgeschwister waren. Ferner Reichs Unvermögen in Chooka Froods Haus, Barbara zu töten. Tief im Unterbewußtsein ahnte auch er es. Er wollte den verhaßten Vater, der ihn verleugnet hatte, ins Unglück stürzen, aber er konnte sich nicht dazu durchringen, seiner Schwester etwas anzutun.«

»Aber wann haben Sie das alles herausgefunden?«

»Erst nach Einstellung der Ermittlungen, Sir. Als Reich mich überfiel, weil er glaubte, ich hätte ihm die Bomben gelegt.«

»Er behauptete, Sie seien es gewesen. Er... Aber wenn Sie's nicht waren, Powell, wer dann?«

»Reich selbst, Sir.«

»Reich?!«

»Ja, Sir. Er hatte seinen Vater ermordet. Damit entlud er seinen Haß. Aber sein Über-Ich... sein Gewissen, anders ausgedrückt... konnte ihn für ein so furchtbares Verbrechen nicht ungestraft davonkommen lassen. Da die Polizei anscheinend nicht dazu in der Lage war, ihn der Bestrafung zuzuführen, nahm sich sein Gewissen dieser Aufgabe an. Das war die Bedeutung von Reichs Alptraumgestalt... des Mannes ohne Gesicht.«

»Des Mannes ohne Gesicht?«

»Jawohl, Herr Polizeipräsident. Er war das Symbol von Reichs tatsächlicher Beziehung zu D'Courtney. Die Gestalt besaß kein Gesicht, weil Reich nicht der Wahrheit ins Angesicht schauen konnte – der Tatsache, daß er D'Courtney als seinen Vater erkannt hatte. Die Gestalt erschien in seinen Träumen, sobald er beschlossen hatte, seinen Vater umzubringen. Von da an verließ sie ihn nicht wieder. Zuerst war sie die Androhung der Strafe für das, was er beabsichtigte. Dann verwandelte sie sich selbst in die Strafe für den begangenen Mord.«

»Mit diesen Bomben?«

»Ganz genau. Reichs Gewissen mußte ihn bestrafen. Aber Reich gestand sich niemals ein, daß er D'Courtney deswegen ermordete, weil er sein Vater war, der ihn verleugnet hatte, weil er ihn deshalb haßte. Daher mußte die Bestrafung den Weg über die Ebene des Unbewußten nehmen. Reich stellte sich diese Fallen persönlich, ohne sich jemals dessen bewußt zu werden... im Schlaf, im Schlafwandeln... am Tage, während kurzer Ausfälle seines Bewußtseins. Es ist einfach fantastisch, welche Tricks dem geistigen Apparat des Menschen in dieser Hinsicht zur Verfügung stehen.«

»Aber wenn Reich selbst von alldem nichts wußte... wie sind dann Sie dahintergekommen, Powell?«

»Tscha, Sir, das war das Problem. Wir konnten keine Hirn-Introvision vornehmen. Reich stand uns feindselig gegenüber, und zu einer solchen Maßnahme bedarf es ja der ausdrücklichen Zustimmung des Betroffenen. Außerdem beansprucht der Vorgang Monate. Des weiteren stand in Aussicht, daß Reich, sobald er sich von der Reihe von Schocks, die er erlitten hatte, einigermaßen erholte, dazu imstande sein werde, sich auf die neue Situation einzustellen und sich neu zu orientieren, so daß er für uns unangreifbar geworden wäre. Das war eine große Gefahr, denn er hatte eine Position mit genug Macht erlangt, um das ganze Sonnensystem aus den Angeln zu heben. Er war einer jener seltenen Welteroberer, dessen Wüten unsere gesamte Gesellschaft zum Zusammenbruch gebracht haben könnte, der uns vielleicht unwiderruflich seinen eigenen psychotischen Vorstellungen unterworfen hätte.«

Crabbe nickte. »Fast war ihm Erfolg beschieden. Solche Menschen tauchen dann und wann im Laufe der Menschheitsgeschichte auf... sie sind Bindeglieder zwischen der Vergangenheit und der Zukunft. Läßt man sie und ihre Pläne ausreifen... läßt man zu, daß das Bindeglied erstarkt, erhärtet... dann ist die Welt auf einmal an ein schauderhaftes Morgen gekettet.«

»Und was haben Sie unternommen?«

»Unser Verband beschloß eine Massen-Kathexis-Aktion, Sir. Es ist schwierig zu erklären, aber ich will's versuchen, so gut es geht. Jedes menschliche Wesen besitzt eine Psyche, die sich aus latenter Energie und Nutzenergie zusammensetzt. Die Latenzenergie ist unsere Reserve... die unberührte natürliche Kraftquelle unseres Geistes. Nutzenergie nennen wir jene latente Energie, die wir abziehen und bestimmten Zwecken zuführen. Die meisten von uns gebrauchen immer nur einen kleinen Teil der latenten Energie.«

»Verstehe.«

»Wenn der Verband eine Massen-Kathexis-Aktion einleitet, öffnet jeder ESPer sozusagen seine Psyche und lenkt seine Latenzenergie in ein gemeinsames Sammelbecken. Ein einzelner ESPer zapft dies Sammelbecken an und wird zum Leiter dieser Energiemenge, zu ihrem Kanal. Er verwandelt sie insgesamt in Nutzenergie und verwendet sie für einen bestimmten Zweck. Damit kann er fürchterliche Dinge bewerkstelligen... vorausgesetzt, er behält sie in seiner Gewalt. Das ist eine äußerst schwere und sehr gefährliche Aufgabe. Ungefähr damit zu vergleichen, als wolle man sich mit einer Tonne Dynamit zum Mond schießen... äh, sagen wir lieber, auf einer Tonne voller Dynamitstäbe...«

Plötzlich grinste Crabbe. »Ich wünschte, ich wäre ein ESPer«, sagte er. »Ich sähe gerne in Ihrem Kopf Ihre tatsächliche Vorstellung davon.«

»Sie kennen sie bereits, Sir.« Powell grinste ebenfalls. Zum ersten Mal verstanden sich die beiden Männer. »Es war notwendig«, berichtete Powell weiter, »Reich mit dem Mann ohne Gesicht zu konfrontieren. Wir mußten ihn dazu bringen, die Wahrheit zu sehen, um selber an die Wahrheit zu gelangen. Unter Einsatz des Sammelbeckens von Latenzenergie konstruierte ich für Reich eine verbreitete neurotische Auffassung... die Illusion, er allein in der Welt sei real.«

»Wie, was... das soll verbreitet sein?«

»O ja, Sir. Dabei handelt es sich um eine der häufigsten Fluchtfantasien. Wenn das Dasein schwerer wird, neigt man zur Zufluchtnahme in dem Gedanken, die ganze Welt sei nur Schein... eine gigantische Täuschung. Reich hatte in seinem Innern bereits die Keime dieser Schwäche. Ich verstärkte sie lediglich und ließ Reich sich selbst auslöschen. Ich verleitete ihn zu der Annahme, das gesamte Universum sei nur ein Scheingebilde... ein Rätsel. Dann baute ich es ab wie ein Kartenhaus, Schicht um Schicht. Ich flößte ihm die Überzeugung ein, die Prüfung sei vorbei, das Rätsel werde zurückgenommen. Und zuletzt ließ ich Reich allein mit dem Mann ohne Gesicht. Er sah in dessen Miene und erkannte sich selbst und seinen Vater... und damit war der Fall endgültig klar.«

Powell nahm sein Päckchen und stand auf. Crabbe sprang hoch und begleitete ihn zur Tür, eine Hand freundschaftlich auf Powells Schulter. »Sie haben hervorragende Arbeit geleistet, Powell. Mir fehlen die Worte... Es muß eine wundervolle Sache sein, wenn man ein ESPer ist.«

»Wundervoll und zugleich schrecklich, Sir.«

»Sie müssen alle recht zufriedene Menschen sein.«

»Zufrieden?« Powell verharrte an der Tür und musterte Crabbe. »Wären Sie zufrieden, Herr Polizeipräsident, müßten Sie Ihr ganzes Leben in einem Krankenhaus zubringen?«

»Einem Krankenhaus?«

»Wir leben darin... Wir alle. In einer Psychiatrie. Ohne Ausweg... ohne Zuflucht. Seien Sie froh, daß Sie kein ESPer sind, Sir. Seien Sie froh, daß Sie von den Menschen immer nur das Äußere sehen. Seien Sie heilfroh, daß Sie niemals ihre Leidenschaften wahrnehmen, ihren Haß, ihre Eifersucht und ihren Neid, ihre Bosheit, ihre geheimen Scheußlichkeiten... Seien Sie froh, daß Sie nur selten vom furchtbaren wirklichen Innern der Menschen erfahren. Die Welt wird ein herrlicher Ort sein, sobald nur noch ESPer sie bewohnen und Harmonie herrscht... aber bis dahin seien Sie bloß froh, daß Sie telepathisch blind sind.« Er verließ das HQ, bestieg einen Münz-Jumper und sauste nordwärts zur Kingston-Klinik. Er saß mit dem Päckchen auf den Knien in der Kabine und blickte hinab auf das herrliche Hudson-Tal, pfiff leicht falsch eine kümmerliche Melodie. Einmal grinste er. »Hoho«, murmelte er, »das war vielleicht eine wilde Geschichte, die ich Crabbe aufgeschwatzt habe! Aber ich mußte unser verbessertes Verhältnis festigen. Von nun an wird er mit ESPern Mitleid haben... und folglich freundlicher zu ihnen sein.«

Die Kingston-Klinik kam in Sicht... ein ausgedehntes Gebiet von wunderschöner landschaftlicher Beschaffenheit. Solarien, Teiche, Rasenflächen, Sportplätze, Wohnbauten, Klinikgebäude... alles in vornehmer neoklassischer Architektur. Als der Jumper abwärts schwebte, konnte Powell die Gestalten von Patienten und Pflegern erkennen... alle gebräunt, lebensfroh, unter Gelächter mit Spielen beschäftigt. Er dachte an die umsichtigen Maßnahmen, zu denen der Klinik-Verwaltungsrat gezwungen war, um dagegen vorzubeugen, daß aus dem Kingston ein zweites Spaceland wurde; schon seit langem versuchten bei weitem zu viele Mode-Hypochonder Einlaß zu erhalten. Powell erkundigte sich in der Besucheranmeldung nach Barbara D'Courtneys Aufenthalt und wanderte dann hinaus aufs Krankenhausgelände. Zwar war er noch schwach, aber am liebsten wäre er über Hecken gesprungen, hätte an Wettläufen teilgenommen, Torhüter gespielt. Nach sieben Tagen völliger Erschöpfung war er mit allen seinen Gedanken bei einer Frage erwacht – einer Frage, die es Barbara D'Courtney zu stellen galt. Er fühlte sich gewaltig aufgemöbelt.

Sie erblickten einander im selben Moment. Über ein breites Rasenstück hinweg, das gesäumt war von Terrassen aus Feldstein sowie auf der anderen Seite von prachtvollen Gärten. Sie eilte herüber und winkte; er lief ihr entgegen. Doch als sie sich einander näherten, befiel beide plötzlich Schüchternheit. Auf ein paar Schritte Abstand blieben sie stehen, wagten sich nicht anzuschauen. »Hallo.«

»Hallo, Barbara.«

»Ich... Wir wollen in den Schatten gehen, ja?« Sie wandten sich zum Gemäuer der Terrassenanlage. Powell beobachtete sie aus dem Augenwinkel. Sie war wieder mitten im Leben... so lebendig, wie er sie noch nie gesehen hatte. Und ihre spitzbübische Miene – dieser Gesichtsausdruck, von dem er angenommen hatte, er resultiere nur aus einer bestimmten Phase ihrer Déjà-Éprouvé-Therapie, war unverändert vorhanden. Sie wirkte in unaufdringlicher Weise mutwillig, auf faszinierende Art hochmütig. Aber sie war erwachsen. Er kannte sie nicht. »Heute abend werde ich entlassen«, sagte Barbara.

»Ich weiß.«

»Ich bin Ihnen schrecklich dankbar für all das, was Sie für mich...«

»Bitte sagen Sie doch nicht so etwas.«

»Für mich getan haben«, beendete Barbara unbeirrt den Satz. Sie nahmen beide auf einer steinernen Bank Platz. Sie betrachtete ihn mit ernstem Blick. »Ich wollte, ich könnte Ihnen sagen, wie dankbar ich Ihnen bin.«

»Ich bitte Sie, Barbara! Sie bringen mich ja außer Fassung.«

»Wahrhaftig?«

»Ich kannte Sie doch so gut, als Sie... na, als Sie ein Kind waren. Und nun...«

»Nun bin ich wieder erwachsen.«

»Ja.«

»Sie müssen mich besser kennenlernen.« Sie lächelte anmutig. »Sagen wir... morgen um fünf Uhr beim Tee?«

»Um fünf…«

»Ganz zwanglos. Keine festliche Garderobe.«

»Hören Sie«, sagte Powell verzweifelt. »Ich habe Ihnen mehr als einmal beim Ankleiden geholfen. Und beim Kämmen. Und beim Zähneputzen.« Sie winkte fahrig ab. »Ihre Tischsitten ließen immer zu wünschen übrig. Fisch aßen Sie gern, Lamm dagegen nicht. Einmal haben Sie mir ein Kotelett aufs Auge geworfen.«

»Das ist eine Ewigkeit her, Mr. Powell.«

»Das war vor zwei Wochen, Miss D'Courtney.«

Sie erhob sich mit großkotzigem Gebaren. »Also wirklich, Mr. Powell, ich habe das Gefühl, wir sollten das Gespräch beenden. Wenn Sie sich dazu veranlaßt sehen, mit unzeitgemäßen Verunglimpfungen um sich zu werfen…« Sie verharrte und sah ihn an. Auf ihrem Gesicht erschien wieder die Spitzbubenmiene. »Unzeitgemäßen…?« fragte sie. Er ließ das Päckchen fallen und fing sie in seinen Armen auf. »Mr. Powell«, sagte sie leise. »Mr. Powell, Mr. Powell… Hallo, Mr. Powell…«

»Meine Güte, Barbara… liebe Baba. Ich dachte wirklich schon, du meinst es ernst.«

»Ich habe es dir zurückgezahlt, daß ich wieder aufwachsen mußte.«

»Du warst immer ein nachtragender Balg.«

»Du warst immer ein gemeiner Kerl von Vater.« Sie lehnte sich zurück und musterte ihn. »Wie bist du wirklich? Wie sind wir beide in Wirklichkeit? Werden wir genug Zeit haben, um's herauszufinden?«

»Zeit?«

»Bis wir… Lies meine Gedanken. Ich kann's nicht aussprechen.«

»Nein, Liebes. Du mußt es mir schon sagen.«

»Mary Noyes hat mir dic Situatlon erklart. Vollständig.«

»Aha, so?«

Barbara nickte. »Aber es ist nicht schlimm. Es macht mir nichts aus. Sie hatte recht. Ich werde mich mit allem zufriedengeben. Auch damit, daß du mich nicht heiraten kannst…«

Er lachte. Er konnte seine Aufregung und Erwartung nicht länger bezähmen. »Du wirst dich nicht mit irgend etwas zufriedengeben müssen«, sagte er. »Setz dich. Ich möchte dir eine Frage stellen.« Sie setzte sich. Auf seinen Schoß. »Ich muß noch einmal auf jene bewußte Nacht zu sprechen kommen«, fügte er hinzu.

»Die Nacht im Haus der Beaumont?« Er nickte. »Das wird mir nicht leichtfallen.«

»Es dauert nur einen Moment. Also... du lagst im Bett und schliefst. Plötzlich wachtest du auf und liefst ins Orchideen-Zimmer. An den Rest erinnerst du dich.«

»Ich entsinne mich.«

»Nun meine Frage. Was war das für ein Schrei, der dich weckte?«

»Du weißt es.«

»Ja, aber ich möchte es von dir hören. Sprich's aus.«

»Bist du sicher, daß das mich... nicht wieder in Hysterie stürzt?«

»Ganz sicher. Sag's nur.«

Nach langem Schweigen kam Barbara dem Ansinnen nach. »Hilfe, Barbara«, sagte sie leise.

Wieder nickte Powell. »Wer rief das?«

»Na, es war...« Plötzlich verstummte sie.

»Jedenfalls war's nicht Ben Reich. Er hätte nicht um Hilfe gerufen. Er benötigte ja keine Hilfe. Also wer?«

»Mein... mein Vater.«

»Aber er konnte nicht sprechen, Barbara. Seine Kehle war unbrauchbar geworden... Krebs. Er vermochte kaum ein Wort zu flüstern.«

»Ich habe ihn doch gehört.«

»Du hast seine Gedanken empfangen.«

Sie starrte ihn an; dann schüttelte sie den Kopf. »Nein, ich...«

»Du hast seine Gedanken gelesen«, wiederholte Powell freundlich. »Du bist eine latente ESPer. Dein Vater rief auf telepathischer Ebene um Hilfe. Wäre ich nicht so betriebsblind auf Reich konzentriert gewesen, hätte es mir sofort auffallen müssen. Während deines Aufenthalts in meinem Haus hast du unablässig meine und Marys Gedanken wahrgenommen.« Sie konnte es nicht begreifen. *›Liebst du mich?‹* dachte Powell.

»Natürlich liebe ich dich«, antwortete sie leise, »aber ich glaube, du konstruierst Vorwände, um...«

»Wer hat dich gefragt?«

»Was gefragt?«

»Ob du mich liebst.«

»Na, du selbst...« Sie verstummte und begann von neuem. »Du selbst hast... Du...«

»Ich habe es nicht gesagt. Verstehst du jetzt? Wir brauchen uns nicht mit irgendeiner zeitweiligen Beziehung abzufinden.«

Eine halbe Stunde später – nur Sekunden später, wie es jedoch ihnen erschien – erschreckte sie ein lautes Poltern von der Terrasse über ihren Köpfen, und sie lösten ihre Umarmung. Erstaunt blickten sie nach oben. Auf der steinernen Mauer zeigte sich ein nacktes Geschöpf, das seiberte, kreischte und zuckte. Es fiel über die Brüstung und rutschte durch die Blumenbeete bis zum Rasen hinab, schrie und zappelte, als werde es ständig von Stromstößen geschüttelt, die sein Nervensystem aufwühlten. Es war Ben Reich, beinahe nicht wiederzuerkennen; er hatte bereits einen Teil der Demolition durchgestanden. Powell schwang Barbara herum, so daß sie Reich den Rücken zukehrte. Er legte eine Hand unter ihr Kinn. »Bist du noch mein liebes Mädchen?« fragte er. Sie nickte. »Ich möchte nicht, daß du dir das ansiehst. Es ist nicht gefährlich, kann aber schädlich für deine Gemütsruhe sein. Gehst du hinüber zu dem Pavillon und wartest auf mich? Wie ein braves Mädchen? Also gut... Dann los. Zisch ab!« Sie küßte eilig seine Hand und lief über den Rasen davon, ohne sich nur einmal umzuschauen. Powell sah ihr nach, dann drehte er sich um und betrachtete Reich.

Wenn man in der Kingston-Klinik einen Menschen der Demolition unterzieht, wird seine gesamte Psyche zerstört. Die Reihe osmotischer Injektionen beginnt mit den obersten Gewebeschichten der Großhirnrinden-Synapsen; dann arbeitet man sich langsam abwärts, so daß jegliche zerebralen Schaltkreise stillgelegt werden, alle Erinnerungen erlöschen, am Ende alle Bestandteile der geistigen Struktur, die von Geburt an entstanden waren, vernichtet sind. Und während der Geist zerfällt, setzt jeder seiner Partikel seine Energie frei, verwandelt er den ganzen Körper in einen Mahlstrom krampfartiger Zerrüttung. Aber nicht darin liegt die Qual; nicht das ist das Furchtbare an der Demolition. Das Schreckliche ist vielmehr die Tatsache, daß bis zum Schluß die Bewußtheit nicht schwindet; daß der Verstand es wahrnimmt, wie die Psyche langsam in Richtung Vergangenheit abstirbt, bis endlich auch er erlischt und der Wiedergeburt harrt. Der Verstand erlebt eine Ewigkeit des Abschieds; er klagt in endlosem Begräbnis. Und hinterm Zwinkern und Zucken von Ben Reichs Augen sah Powell diese Bewußtheit... den Schmerz... die tragische Verzweiflung.

»Nanu, wie ist er denn da hinuntergefallen? Müssen wir ihn womöglich anschnallen?« Oben schob Dr. Jeems seinen Kopf über die Brüstung. »Ach, hallo, Powell! Das ist ein Freund von Ihnen. Entsinnen Sie sich an ihn?«

»Lebhaft.«

Jeems sprach über die Schulter. »Er liegt unten auf dem Rasen. Holen Sie ihn rauf. Ich behalte ihn im Auge.« Er wandte sich wieder an Powell. »Er ist ein munterer Bursche. Wir haben für ihn große Hoffnungen.«

»Wie bekommt ihm die Behandlung?«

»Prächtig. Er besitzt eine Widerstandskraft, damit kann er allem standhalten. Wir erhöhen die Verabreichung stufenweise. In einem Jahr dürfte er bereit zur Wiedergeburt sein.«

»Ich warte regelrecht darauf. Männer wie Reich haben wir nötig. Es wäre eine Schande gewesen, ihn zu verlieren.«

»Verlieren? Wieso denn das? Sie glauben doch sicherlich nicht, ein so harmloser Plumps könnte...«

»Nein, ich meine etwas anderes. Vor drei- oder vierhundert Jahren pflegte die Polizei Leute wie Reich gefangenzunehmen, bloß um sie dann zu töten. Todesstrafe nannte man das.«

»Sie scherzen.«

»Nein, mein Ehrenwort darauf.«

»Aber so etwas ist doch unsinnig. Wenn ein Mensch soviel Begabung und Mut besitzt, daß er sich gegen die Gesellschaft zu stellen wagt, ist er eindeutig eine überdurchschnittliche Persönlichkeit. So eine Person kann man doch gebrauchen. Man rückt sie zurecht und verwandelt sie in ein gesellschaftliches Plus. Warum sollte man einen solchen Menschen aufgeben? Treibt man das lange genug, bleiben nur Schafsköpfe übrig.«

»Keine Ahnung. Vielleicht wollte man damals bloß Schafe.« Die Pfleger kamen über den Rasen geschlendert und richteten Reich auf. Er wehrte sich und brüllte. Sie bändigten ihn mit dem schonungsvollen Kingston-Judo-Stil und untersuchten ihn fürsorglich auf Brüche und Zerrungen. Nachdem er sich als unversehrt herausgestellt hatte, wollten sie ihn in aller Ruhe fortführen. »Halt, einen Moment noch«, rief Powell. Er ging zu der steinernen Bank, holte das geheimnisvolle Päckchen und löste die Verpakkung. Darunter befand sich eine der bombastischsten Pralinenschachteln, die sich in der Konditorei ›Süße Kleine Chose‹ erhalten ließen. Er brachte sie zu dem in der Demolition begriffenen Mann und hielt sie ihm entgegen. »Hier ist ein Geschenk für dich, Ben. Nimm's.«

Das Geschöpf belauerte Powell mit scheelem Blick, dann betrachtete er die Schachtel. Schließlich streckte es unbeholfen die Hände aus und ergriff sie. »Tscha, nun bin ich sein Kindermädchen«, sagte Powell mit gedämpfter Stimme. »Wir alle sind Kindermädchen dieser verrückten Welt. Ob sie die Mühe wert ist?«

Aus dem Chaos in Reichs Innerem drangen ausbruchsartige Empfindungsfetzen zu Powell vor. *›Powell... ESPer... Powell... Freund... Powell... Freund...‹* Sie erreichten ihn so plötzlich, so unerwartet, so voller tiefer Dankbarkeit, daß sich Powell von

Herzlichkeit und Tränen überwältigt fühlte. Er bemühte sich um ein Lächeln, dann wandte er sich ab und strebte über den Rasen zum Pavillon und zu Barbara.

›*Lauscht*‹, dachte er in großer Erregung, ›*lauscht, ihr Normalen! Ihr müßt lernen, was dies ist. Ihr müßt lernen, wie es ist. Ihr müßt die Barrieren niederwerfen. Ihr müßt die Schleier fortreißen. Wir sehen die Wahrheit, die ihr nicht zu sehen vermögt ... daß im Menschen nichts wohnt außer Liebe und Glauben, Mut und Güte, Großmut und Opferbereitschaft. Alles andere entsteht nur aus dem Hemmnis eurer Blindheit. Eines Tages werden wir alle ein Herz und eine Seele sein ...*‹

Im unendlichen Universum hat sich nichts Neues getan, nichts hat sich verändert. Was dem winzigen Verstand des Menschen außergewöhnlich zu sein schien, war für das zeitlose Auge Gottes unvermeidlich. Dieser sonderbare Moment im Leben eines Menschen, jenes ungewöhnliche Ereignis, jenes bemerkenswerte Zusammentreffen von Umständen, Möglichkeiten und Begegnungen ... sie alle sind immer wieder auf jenem Planeten einer Sonne vorgekommen, deren Galaxis sich einmal in zweihundert Millionen Jahren dreht und die sich bereits neunmal gedreht hat. Einst gab es Freude. Es wird wieder Freude geben.

STIRB, ERDLING!
AU WEIA!
Bevor Sie also in eine
solche peinliche
Situation stolpern
kontaktieren Sie
besser **vorher**
den Science Fiction Club
Deutschland e.V.
über Michael Haitel
Kemptener Str. 97
8901 Königsbrunn
Tel. 08231 / 1060